어릿광대 저택의 살인 사건

노원 지음

포문 출판

인간의 모든 언어는 인간을 속이기 위해 사용된다

- 노원

1부   그곳으로

1장   DAY-1 오전 9:14

똑똑똑. 짧고 경쾌한 스타카토 소리가 복도식 아파트의 통로를 울렸다.
호버 편집장은 그 소리가 마치 자신의 심장을 두드리는 듯했다. 이미 문고리를 보는 순간 불길한 예감이 엄습했기 때문이다. 그것은 핑크빛의 선명한 하트 모양 손잡이였다.

이곳 주소를 물을 때, 섹션 담당자 매티가 뭐라고 했던가. "아일랜 캐스터요? 편집장님이 직접 가시게요? 다른 직원을 대신 보내는 게 낫지 않겠어요?" 그러면서 묘한 미소를 띠더니. 문자로 주소를 전송한 다음 한마디를 덧붙였다. "그 친구, 엄청 특이하거든요. 집에 들어가면 무척 놀라실 거예요." 그리고 혼잣말처럼 "... 게다가 편집장님이 딱 질색하는 부류인데."라고 중얼거리기도 했다.
그러나 판권을 비롯해 중요한 전달 사항이 많으므로 선택지는 하나뿐이었다. 게다가 어릿광대 저택의 파티가 내일 오후라 한시가 급했으니. 직접 방문해 확답을 들을 밖에.

내일 열리는 파티는 온 나라의 미디어가 열광하고 기대하고 있는 파티였다.

미디어가 열광하는 파티란, 은둔해 있던 사교계 거물이 등장하거나, 막대한 돈과 권력이 흘러넘치는 행사일 터. 그런데 바로 내일, 이 두 가지 조건을 완벽하게 구비한 파티가 열린다는 것이다.

처음, 쿠어 회장이 파티를 연다는 소식을 듣고 호버는 귀를 의심했다. 엉뚱한 소식이라며 코웃음을 치고 말았는데. 주최자인 쿠어 회장은 빅 올더 섬에 36년째 은둔 중으로, 그동안 한 번도 미디어 앞에 나선 적이 없었기 때문이다.

바스티. TK. 쿠어. 그는 골드 머니 붐을 제대로 탄, '황금의 제왕'이라 불리는 남자였다. 체스터에 금광을 개발한 1세대로, 골드 머니 산업으로 부의 제국을 건설해 나간 입지전적 인물이기도 했다. 그러나 36년 전 롯시 광산의 폭발 사고로 하반신을 다쳐 그만 일선에서 물러나야 했다.

그 후, 그는 재일스 군도의 오래된 섬 하나를 사들여 자신만의 왕국을 세웠다고 한다. 그곳에서 거의 왕처럼 군림하며 산다고, 호사가들은 입방아를 찧어 대기도 했다. 그러나 그것은 안개와 같이 실체 없는 소문일 뿐. 쿠어 회장은 결코 미디어 앞에 모습을 드러내지 않았다.

그런 회장이 자신의 저택에서 파티를 연다니. 모습을 드러낼지도 모른다니. 어떻게 그 이야기를 믿을 수 있겠는가. 그러나 소속 캐스터들의 이야기를 종합해 본 바, 파티를 열 수밖에 없는 중대한 이유가 생긴 듯했다. 그것은 바로 유산을 분배하기 위함이라는 것이다.

즉, 회장은 이번 파티에서 재산을 분배하는 유언장을 발표한다고 하는데. 그 액수가 자그마치 1조 6천억 골드 머니라는 것이었다.

1조 6천억 골드 머니.

은둔자의 등장과 막대한 유산. 이 얼마나 대단한 파티인가! 후, 상상만으로도 호버의 심장은 빨라지는 듯하다. 그런데 하필 초보 캐스터가 취재의 행운을 거머쥐게 되다니. 도무지 탐탁지 않다.

호버는 다시 한 번 하트 손잡이를 쥐며, 콧방귀를 뀐다.

'아일랜 러비라... 내가 놀랄 거라고? 겨우 조회 수 1000 이하 무급 캐스터에게? 흥.'

'기자'가 쓰는 '기사' 대신 '캐스터'가 쓰는 '픽셔'가 자리 잡은 시대.

정치, 경제, 문화 섹션이 아니라 '오노애락희욕애' 감정 섹션에 포함된 픽셔가 넘쳐 나는 시대.

그 픽셔를 쓰는 캐스터는 구독자와 조회 수로 다시 급이 나뉜다. 그런데 조회 수 100만을 넘는 메이저급도 아니고, 10만을 넘는 마이너급도 아닌, 1000 이하면 무급 캐스터란 말이다.

더블픽셔사에 소속된 메이저와 마이너 캐스터는 이미 두 자릿수를 넘겼다. 그 모두가 자신이 편집장을 맡으며 키워 낸 이들이다. 그 대부분 애초 작가가 본업이었으며, 특이하고 독특하기로 따지면 세상 유일무이한 작가들이었다. 그들과 사적으로 친분을 쌓고, 집에 초대받은 적도 많으니. 작가들의 개성에 대해 자신만큼 잘 아는 사람이 어디 있으랴.

때문에 아일랜 러비에게 놀랄 일은, 아마도, 없을 것이다. 흐흥. 그는 한결 여유로운 미소를 지으며 손잡이를 잡고 다시 문을 두드렸다. 똑똑똑.

두 번째 노크에 찰각, 소리와 함께 드디어 문이 열렸다.

"자네가......," 호버는 고개를 들고 입을 열었으나 곧 다물어야 했다. 그리고 저도 모르게 콧등과 이마에 주름을 잔뜩 잡아 버렸다.

검고 마른 얼굴에 긴 눈매와 매부리코. 심술궂은 고블린처럼 보이는 그는, 무표정이 트레이드 마크였다. 얼굴의 다른 근육은 움직이지 않고 콧등에 걸친 이중 렌즈로 상대를 쏘아보기만 할 뿐.

그런데 지금 호버는, 턱을 툭 떨어뜨린 채 이마에 주름을 잡고 말았다. 열린 문 너머 펼쳐진 풍경이, 그의 포커페이스를 무너뜨릴 만큼 놀라웠기 때문이다.

그곳은... 밖에서 보기에 온통 핑크색이었다.

벽은 벚꽃과 같은 연한 핑크. 천장은 벽의 페인트를 두 번 덧칠한 것 같은 진한 핑크. 마룻바닥은 하트 모양의 러그와 부드러운 카펫에 깔려 원래 색을 알 수가 없다. 게다가 신발장 대신 벽을 차지한 앤티크 장식장은 또 어떤가. 짙은 분홍색으로 칠한 가구 안에, 작가가 받은 로맨스 소설의 수상패와 메달, 상장이 고이 분홍 액자에 담겨 있다.

바닥과 벽과 천장, 장식장과 그 안의 상패마저, 모두 그러데이션된 핑크빛 세계라니.

"오, 세상에." 탄식이 절로 나왔다. 여기서 한 발만 더 들이면 온몸이 저 색으로 물들 것 같다.

그러나 호버 편집장을 더욱 놀라게 만든 것은, 화분을 옆구리에 낀 채 비켜선 거대한 남자였다. 독특한 취향의 인테리어는 주인과 따로 노는 경우도 많지 않던가. 그러나 눈앞에 나타난 스물아홉 작가는 집과 세트로 만든 인간처럼 잘 어울렸다. 정말, 이 집에 물이라도 든 양.

호버는 실례라는 것도 잊고, 더욱 구겨진 표정으로 상대를 훑어보았다. 그리고 이런 남자도 난생 처음 본다는 사실을 인정하기로 했다. 작가란 부류가 특이하긴 하지만, 대체로 숨겨진 내면이 독특하지 않던가. 반면 이 작가는 외모 자체가 남달랐다.

편집실에서 그에게 지어 준 '핑거', '핑그'라는 별명이 떠올랐다. 서른 가까운 남자의 별명이 '핑크 핑거', '핑크 피그'라니. 휴게실 앞에서 직원들이 나누는 잡담을 들었을 때는 잘못 들었나 넘어갔는데. 지금 보니 꼭 맞는 말이다.

금발 커트 머리에 동글동글한 푸른 눈과 펑퍼짐한 코. 오물거리는 작은 입술은 장난꾸러기 소년 같으나. 작가는 남들의 두 배나 됨 직한 뚱뚱한 체형에 독특한 살굿빛 피부를 가지고 있었다.

그 색은 단지 혈색이 좋다는 말로는 부족할 듯. 특히 광대와 턱, 귀와 쇄골처럼 볼록한 부분은 꽤 진한 색을 띠었는데. 가만히 보고 있노라니, 아닌 게 아니라 친구가 운영하는 웰링턴 목장의 돼지 같기도 했다.

'그래… 유독 깨끗했던 수퇘지가 있었잖아. 그 돼지를 깨끗하게 씻겨 짧은 금발 가발을 씌워 놓으면, 이 남자와 구분할 수 있을까?'

그 생각이 들자 얇은 입술이 실룩거리고 만다. 쿡, 실소가 터질 듯해. 그는 얼른 주먹으로 입을 가리고 헛기침을 해 댔다. 큼, 큼.

"호버 편집장님 아니세요? 세상에. 이렇게 아침 일찍 무슨 일이세요?" 아일랜은 깜짝 놀라 고개를 두리번거렸다. 그리고 들어오라 말하며 왼편에 끼고 있던 화분을 장식장 위에 내려놨다. 이미 많은 화분들이 차지한 터라 비좁은 틈에 간신히 부바르디아 화분을 끼워 놓고는, 방문객을 집 안으로 안내했다.

내키지는 않았지만, 아일랜의 안내에 호버 편집장은 토끼 슬리퍼를 신고 거실 소파에 앉았다. 슬쩍 둘러보니 집 안 풍경은 더 가관이다. 바닥에는 화분이 그득하며, 거실 겸 주방인 듯한 공간의 위쪽은 아기자기한 인형과 손뜨개 장식들이 차지했다. 실로 이상한 세계에 들어온 것 같다.

후, 그는 정신을 차리려 짧게 숨을 내쉬었다. 그리고 슬리퍼를 잠시 내려다보다 서둘러 용건을 전하기로 했다. 이 이상한 세계에서 탈출할 방법은 한시바삐 용건을 전하는 것뿐. 그는 테이블에 놓인 단내가 진동하는 차를 외면하고 입을 열었다.

"거두절미하고. 이번에 빅 올더 섬에서 열리는 파티 말일세. 자네가 거기 가야 할 것 같은데."

"네?" 아일랜의 파란 눈이 동그래졌다. 따끈한 시럽으로 목구멍을 열기도 전이라, 쉿소리가 터져 나왔다.

"그 대단한 파티에, 저더러 참석하라고요? 전, 싫은데요." 그는 편집장의 말을 도무지 알아들을 수가 없다. 그러나 이해고 뭐고 간에, 곱게 여민 나이트가운의 섶이 벌어지도록 가슴을 내밀며 거절부터 했다.

아침 일찍 현관 앞에 서 있는 편집장을 볼 때도, 깜짝 놀라 잠이 깰 지경이었는데. 지금은 꼿꼿이 앉은 상대의 입에서 나온 놀라운 제안에 도로, 꿈속인가 의심이 들 지경이다.

그는 연신 고개를 저었다. "전, 그 파티의 픽셔도 하나 읽지 않은 걸요. 헤드라인만 보고 넘겼을 뿐이에요... 하긴 저 말고는 지금 이 순간도 수천수만 명이 클릭해 댈 테니, 센세이셔널한 파티이기는 하죠. 이런 후미진 동네의 빵 가게 아저씨도 입에 거품을 물고 떠들어 대니. 어제 블루베리 파이를 사러 갔다 붙들려서는 말이에요. 유산 상속과 암투에 관한 이야기를 억지로 들어야 했는데......, 욱."

갑자기 욕지기가 치밀어 오른 듯, 그는 얼굴을 찡그리며 불그스름한 손으로 입을 틀어막았다. 두어 번 구역질을 참더니, 후, 한숨을 쉬고 말을 이었다.

"죄송해요. 편집장님... 제가 미주신경성... 실신인가... 하는 공포증이 있어서... 범죄나 피를 떠올리면... 막 어지러워지고, 심장이 터질 듯 뛰거든요. 후우."

아일랜은 호흡을 조절하며 천천히 말을 이었다. 그리고 다시 거절 의사를 밝혔다. "향기로운 음악과 즐거운 웃음이 넘쳐야 할 파티에서, 유언장 같은 걸 낭독하다니 이해가 안 돼요. 그런 짓을 하면 재산을 둘러싼 시기와 증오가 토네이도처럼 파티장을 휩쓸어 버리지 않겠어요? 모처럼 연 파티가 엉망진창이 될 텐데. 전 그런 곳에 참석하기 싫은데요."

대단한 파티인 걸 알면서 거절부터 하다니. 일말의 여지도 주지 않는 단호한 어투에 호버는 어이가 없다. 그러나 곧 차분한 어조로 설득을 시작했다. "그것도 그냥 일반적인, 어느 정도의 부자일 경우가 그렇지. 쿠어 회장의 재산은, 금광과 부동자산 등을 제외하고, 곧바로 현금화할 수 있는 만기 채권과 예금액만 하더라도, 1조 6천억 골드 머니라고 하지 않나. 실로 천문학적인 금액이라, 자네 말대로 소소하게 친척들끼리 모여 분배할 수준은 아니지. 게다가 픽셔를 안 읽어서 모르나 본데, 그에게는 직계 상속자가 없어. 이 나라 상속법에 따라 자동적으로 유산을 받을 수 있는 3차 존속마저 한 명 없는 관계로, 그의 재산은 전부 타인의 손에 이양될 운명이라네. 재산을 물려받는 모두가 동등하게도, 회장과는 피 한 방울 섞이지 않은 타인이라니. 그 향방에 따라 파문이 얼마나 크겠나. 그러니 거창하게 파티를 열어, 미리 후환을 없애겠다는 거 아닌가. 회장이 직접 발표한 유산의 분배에 누가 토를 달겠어. 혹, 사회에 헌납하더라도 대대적으로 발표하면 모양새도 훨씬 좋고. 어찌 보면 탁월한 선택이라 할 수 있지."

"그 말에는 동의할 수가 없네요. 아무튼, 제가 낄 자리는 아닌 것 같은데요." 아일랜은 거절 모드를 유지했다. "감사하긴 하지만 어째서 저를 발탁하셨는지 이해가 안 돼요. 편집장님은 저에 관해 잘 모르시겠지만, 전 더블픽셔사의 마지막 섹션 '사랑' 파트에서 일하거든요. 픽셔도 사랑에 관한 것만 쓰고, 소설도 로맨스 소설만 쓰고 있어요. 세상에서 가장 위대한 건 사랑, 국경도 나이도 성별도 뛰어넘는 건, 오직 사랑뿐이라 생각해요. 그러니 앞으로도 아름답고 고귀한, 영혼에 울림을 주는 사랑에 관한 글만 쓸 생각이구요. 독자들에게 배신과 음모, 욕망과 증오, 이런 끔찍한 감정에 대해 전달하는 캐스터들은 넘쳐 나지 않나요? 이 파티에는 기쁨이나 욕망, 분노 섹션에서 담당자를 찾아 보내시는 게 나을 것 같은데요."

연극배우처럼 과장된 몸짓으로 몸서리치는 작가를 향해 호버가 얼른 손을 내저었다. "물론, 내가 자네를 발탁한 게 아니야. 오해는 말게. 난 자네에 대해 별명, 아니, 이름만 들었을 뿐. 얼굴을 보는 것도 오늘이 처음이지 않나. 그러니 발탁을 하고 말고 할 계제가 아니지. 우리 더블픽셔사를 대표해 파견할 작가들은 이미 팀으로 구성해 뒀어. 자네 말대로 제일 잘나가는 '분노, 혐오, 욕망' 섹션에서 캐스터를 한 명씩 뽑아 놨지."

음, 그는 머리를 끄덕이며 말을 이었다. "초대장이 없는 사람은 파티에 참석할 수 없으니, 저택 입구에 취재 팀이 머물 간이 중계실도 설치해 두고. 어차피 모든 미디어사의 취재 팀이 같은 처지라 단독 픽셔가 뜨지는 않을 테니 경쟁할 걱정도 없고. 지금은 파티 상황을 실시간으로 전해 줄 주민들을 섭외하고 있다네. 그러니까 자네가 파티에 참석하게 된 것은 우리 그룹과는 무관해. 나나 회사의 상황과는 상관없이 가야 할 이유가 생긴 거지."

말을 마친 그는 오른편에 끼고 있던 가죽 파우치에서 실링 스탬프가 찍힌 봉투를 꺼냈다. 거의 노트만 한 검은 봉투에는 황금 잉크로 쓴 필기체의 글씨가 두 줄로 박혀 있었다.

- 초대장. 아일랜 러비 작가님 앞. 빅 올더 섬, 쿠어 저택 -

아일랜은 봉투를 건네받으며, 고개를 갸웃했다.

"이 초대장이 어제 오후, 사무실로 전달됐네. 자네가 낸 책에는 우리 회사 주소밖에 없으니까 우리 쪽으로 온 모양이야. 자네가 영혼을 울리는 데 성공한 팬이 그 저택에 있을 줄이야. 자네도 짐작을 못 했나 보군. 그것도 초대장을 쓸 수 있는 사람이라니 얼마나 대단한 행운인가. 파티의 참석자는 서로 얼굴을 알고 있는 주민들, 회장의 지인이 대부분이고, 외부 인사는 서너 명도 안 되는 걸로 알고 있는데. 자네가 그중 한 명이라네." 호버는 칭찬을 거듭했다.

"하지만... 제 소설은 일 년에 천 권도 채 팔리지 않는데."

"뭐, 수상 경력은 최고로 화려하지 않나. 그렇다고 해도 해마다 몇 십만 권씩 파는 작가들도 많은데, 자네에게 이런 날이 오다니. 이건 정말, 하늘이 주신 기회야. 평생에 한 번 있을까

말까 한 기회. 그러니 결코 놓쳐서는 안 돼. 최선의 다해 붙잡아야지, 안 그런가?" 다시 한 번 격려의 말을 던지고, 호버는 손목을 힐끗 쳐다봤다. 시곗바늘이 9시 30분을 가리키고 있다. 출근까지 한 시간밖에 남지 않았으니, 빨리 용무를 마치고 센트럴 로드에 있는 편집실로 출발해야 한다.

"자네가 속해 있는 섹션 관리자가 아니라, 내가 직접 온 이유도 이 초대장을 전해 주기 위함이고. 더불어 원고의 독점 소유권과 판권 계약서도 전할 겸 해서 왔네. 자네 또한 우리 회사 소속으로 일주일에 한 번씩 픽셔를 제공하니, 당연히 우리에게 원고를 넘기겠지만. 혹시나 딴생각을 할까 싶어서 말이야. 자네도 알겠지만, 이런 기회는 흔치 않아. 그러니까 이것저것 기록할 생각이지? 그 기록물을 모두 우리에게 전해야 하네. 일단 파티장에 도착하면, 우리가 지급한 FAC(픽셔 공인 카메라)로 모든 걸 기록하고. 저택의 풍경도 좋고, 파티장 내부도 좋고. 어마어마한 재산이 걸렸으니 엄청나게 화려하고 휘황찬란할 거야. 그 모든 것을 카메라에 담도록. 특히 유산 분배든 유언장이든, 발표가 시작되면 녹화는 기본이고. 알지? 무조건 단상 가까이에 머물러야 하는 거. 참, 더욱 좋은 것은 나중에라도 쿠어 회장이나 상속인들과 인터뷰를 하는 거라네. 그것 또한 분량이나 내용에 관계없이 전부 우리 회사 자료가 될 걸세. 혹시나 싶어, 2년 전 작성한 캐스터 계약서를 가져왔어. 자네의 픽셔와 기록 자료는 모두 더블픽셔사 소속이며, 어길 시 위약금 3천만 골드 머니. 기억하고 있지?"

그는 말을 쏟아 내며 아일랜이 딴생각을 못하도록 몰아붙였다. 이미 결론이 난 것처럼, 붉은 파일 한 부를 더 꺼내 테이블에 올려 놓고 자리에서 벌떡 일어섰다.

아일랜은 계약서와 편집장을 번갈아 쳐다보았다. 잠시 뜸을 들이다 겨우 입을 열었다. "... 하지만 별로 주의를 끌 만한 사건도 없고, 인터뷰도 시시하면 어쩌죠. 재벌들을 만나 이야기를 나누는 게 얼마나 괴로운지 아세요? 그런 사람들은 십중팔구 성공담만 늘어놓거든요. 세상에 남의 자랑을 듣는 것처럼 지루한 일이 어디 있겠어요. 자기가 성공의 교본이라도 되는 양, 으스대는 꼴이라니. 자신처럼 살라고 주입이나 시키고. 하지만 전, 그 사람이 아닌 걸요. 태어난 바탕이 다르다구요. 게다가 남의 인생을 흉내 내다니, 최악이잖아요. 전, 세상에 저 같은 사람은 없었으면 좋겠어요. 저와 비슷한 사람은, 단 한 명도, 절대로 보고 싶지 않아요."

호버는 그의 마음이 바뀐 것을 알아차렸다. 이 이상한 작가가 드디어 파티에 참석할 마음이 든 듯했다. 그가 변덕을 부리기 전에 재빨리 안심시키기로 했다.

"잠깐! 그 점은 하나도 걱정할 게 없네. 우린 최고의 미디어 기업 아닌가. 전문가들이 얼마든지 있어. 자네의 그 시시하고 쓸데없을 것 같은 잡담도, 드라마틱하게 전달해 줄 캐스터들이 있으니, 어릿광대 저택에서 쓰레기라도 건져 와. 보석으로 포장하는 건 우리에게 맡기고."

그러자 상대는 또다시 입을 다물더니 눈만 깜박거렸다. 그 모습을 내려다보며 호버는 매티의 말을 다시금 떠올렸다. 실로 이 작가는 자신이 질색하는 타입이 맞다. 인테리어 취향뿐 아니라, 성향 자체가 기피하는 타입인 것이다. 수다스럽고, 과장스럽고. 개성이니 뭐니 하며 일반의 테두리에서 벗어나는 사람. 세상의 공고한 경계와 펜스를 무너뜨리려 덤비는 부류.

이런 사람에게 휩쓸리면 하지 않아야 할 말도 하게 되고, 아까운 시간도 낭비하게 된다. 지금도 예상보다 5분 가까이 시간을 소요했다는 것을 깨달은 호버는 얼른 레인코트를 들어 팔에 걸쳤다.

"저기 편집장님, 방금 말씀하신 어릿광대 저택은 또 뭐죠?"

파티에 관한 대부분의 이야기가 처음 듣는 것이었으나, 편집장이 무척 바빠 보였으므로, 아일랜은 고심 끝에 선택한 질문을 던졌다.

그러자 호버 편집장은 어이없는 표정을 짓더니, "자네는, 정말 그곳에 대해 아는 게 하나도 없군. 쿠어 회장의 저택을 일컫는 말 아닌가. 정 궁금하면 그것도 빅 올더로 내려가서 직접 알아보도록 해. 마침 오늘이 금요일이니, 오후에 당장 내려가는 건 어떻겠나. 거기 도착하면 취재부터 하고. 참, 사전 답사는 원고로 치지 않겠네. 우리는 토요일, 파티 당일 건만 필요하니까. 그 점은 착오 없도록! 그럼, 바빠서 이만." 하고는 등을 돌려 현관으로 향했다.

아침부터 정신없이 들이닥친 방문객은, 이제 할애할 시간이 남지 않은 듯. 묻고 싶은 게 잔뜩 있는데 결코 뒤돌아보지 않았다. 그리고 재빨리 슬리퍼를 벗어던지더니, 구두를 신자마자 밖으로 뛰쳐나가 버렸다.

"아, 안녕히," 인사를 건네는 아일랜의 눈앞에서, 문이 쾅 닫혔다. 호버 편집장은 신중하고 진중한 성품인 줄 알았는데. 착각이었던 모양이다. 이렇게 한바탕 폭풍처럼 휘몰아치고 가 버릴 줄이야.

거실로 돌아온 아일랜은 무언가 난감하기만 했다.

먼저 화분들이 무사한지 살핀 다음, 주방으로 가 포트에 물을 받았다. 따뜻한 밀크 티와 땅콩 쿠키를 먹으며 마음을 진정시키기로 한다.

그는 전기 포트에 물을 끓이며 투덜거렸다.

"그런데 진짜 이상한 건 말이야. 사람들은 어쩜 저리도 단순할 수가 있지? 호버 편집장님도 그럴 줄 몰랐는데, 정말 실망스러워. 상상력이 없어서 그런가. 아니, 그 파티가 파티일 거라 생각하는 거야? 화려하고 휘황찬란하다니, 어이가 없어. 진심으로 하는 말은 아니겠지?"

"그건 그러니까 단순한 파티가 아니잖아. 결코 파티 같은 분위기는 아닐 걸. 실내악단의 클래식 연주나 최고급 만찬 요리, 얼음 조각이나 대형 화환 같은 것들은, 모두 불필요한 장식품일 뿐이야. 사람들의 관심사는 오로지 유산 상속일 테니까. 그래도 발표 전이 분위기가 조금 나을까? 재산의 향방이 결정되지 않았으니 기대와 흥분으로 출렁거리겠지. 끔찍한 건 발표를 한 이후일 거야. 그건 생각만으로도 등골이 서늘해져. 쿠어 회장이 얼마나 유산을 공평하게 처리할지는 모르겠지만. 사람들은 원래 제 손에 받은 게 제일 작아 보이는 법이잖아. 유산에 관한 발표가 끝나고 나면 많이 받은 사람이나 적게 받은 사람이나 난리가 날 텐데. 만에 하나, 사회에 기부를 한다고 쳐도... 자기 몫을 빼앗겼다는 착각에 불만이나 분노가 터질 듯 차오르지 않겠어?"

"그렇지. 쿠어 회장이 얼마나 공평하게 재산을 분배하느냐가 관건일 거야. 후계자를 발표할지도 모른다는 제목도 뜬 걸 보면, 후보군이 있다는 말이잖아. 브릭 아저씨도 벌써 재산을 둘러싼 모종의 암투가 벌어지고 있다고 하고... 우욱... 봐, 또 이렇게 되잖아. 피 냄새가 가라앉지 않아. 아까 그 얘기를 들을 때부터 피 냄새가 진동을 하더라니. 휴....... 갈 거면 단단히 준비하고 내려가야겠어.”

물이 끓기도 전에 주먹만 한 쿠키를 먹어 치운 그는, 다시 깡통에 손을 넣었다. 그리고 여행 가방을 어디에 처박아 두었는지 기억을 더듬기 시작했다. 편집장의 권유도 있었지만, 어쨌든 호기심이 일렁거려 다른 일에 집중할 수 없을 듯했다.

결국 아일랜은 섬으로 가는 기차 시간을 알아보고, 출판사에 메모를 남긴 다음, 집을 나섰다.

2장 DAY-1 오후 4:00

기차 여행은 특유의 정취가 있다.
덜컹거리는 리드미컬한 흔들림. 묵직한 차체의 밀도감. 창밖 풍경이 재미없는 소설의 책장을 넘기듯 휙휙 뒤로 물러나 사라지고. 낯선 사람과 무릎을 맞대고 가야 하는 어색함도 기차 여행의 묘미라면 묘미일 것이다.
물론 지금은 모든 것이 센서로 움직이는 최첨단 전자기 열차라 상상으로 즐길 수밖에 없다. 다행히 금요일 오후 4시, 빅 올더행 열차는 그 모든 상상을 불러오기에 완벽했다. 창가에 앉아 수다를 떠는 사람들. 화장품과 오일리한 퍼퓸 향. 누군가 먹고 있는 커피와 마들렌 냄새. 정차 역에 대한 안내 멘트.

이 차편은 쿠어 회장이 만들어 낸 것이나 다름없었다. 그는 날씨와 상관없이 빠르고 안전하게 육지로 이동할 수 있는 교통편을 필요로 했는데. 60년 전 내전 때 건설된 철교가 온전히 남아 있었던 것이다. 그것을 이용해 빅 올더까지 종착역을 연장해 달라는 청원을 넣은 것도 회장이었으며, 로비로 성사시킨 것도 쿠어 회장이었다.

지금은 빅 올더로 가는 유일한 교통편이라, 열차 안은 승객들로 북적거렸다.

그럼에도 불구하고 아일랜은 1호 객차의 맨 앞자리를 독차지하고 앉았다. 사람들이 요상한 차림의 남자를 보고 화들짝 놀라며 피해 버린 탓이었다. 그러나 그는 아무것도 눈치채지 못한 채, 플더 백에서 꺼낸 노트에 글을 쓸 뿐이었다. 보통은 메모 앱을 이용하지만 열차에서는 멀미 때문에 펜을 잡는 게 낫다. 그가 써 내려간 것은 자신이 출간한 소설의 제목이었다.

"사람들은 예상을 벗어나는 법이 없어. 소설가라고 하면 어떤 책을 썼냐 물어볼 게 틀림없다니까. 마치 하트 여왕이 명령이나 내린 것처럼 말이야. 이 나라 시민들은 소설가를 만나면 어떤 소설을 썼는지 물어보도록 하라. 만약 다른 인사를 건네는 자는 Off with his head! (그 놈의 목을 베어 버려라) 라고 한 것 마냥 말이지."

 그는 투덜대며 노트에 쓰여진 소설의 제목을 다시 꼼꼼히 살폈다. 사실 캐스터가 된 것은, 로맨스 소설로 먹고 살기 힘들어하게 된 부업일 뿐이다. 때문에 회사에 들어간 후에도, 2년간 픽셔는 의무적으로 제공했을 뿐, 본업인 소설 창작에 매진했다. 덕분에 출간한 책은 13권이나 되었으나. 수많은 사람들이 모이는 파티이므로 보수적인 사람에게도 소개할 만한 책 제목을 미리 골라 두기로 한 것이다.

 그는 탈락이라 생각되는 제목에 길게 두 줄을 그어 나갔다. "음, '아로아와 뜨거운 밤'이라. 이것도 안 돼. 흠, '달콤 쌉싸래한 키스의 추억'도 빼야겠지. 어쩜, 제목조차 이렇게 사랑스럽게 지은 건지."

 아일랜의 뺨은 더욱 붉게 상기되었다. 그러나 남에게 소개할 만한 작품을 고른다는 것은, 역시 어려운 일임에 틀림없다. 한 편 한 편, 모두가 자신의 사랑스러운 연인이었기에. 그는 몹시 심각한 표정으로 작업에 열중했다.

 시간이 흐르고, 기차는 육지의 마지막 역 사우전드에 멈췄다. 많은 승객들이 분주히 짐을 챙겨 내린 반면, 기차에 오른 이는 서너 명이었다.

 그중 마지막으로 차에 오른 남자가 1호차 앞문으로 들어와 천천히 자리를 살피기 시작했다. 그러다 하필 일을 끝내고 고개를 든 아일랜과 눈이 마주치고 말았다.

아일랜은 반갑다는 듯 박수를 세 번이나 치고, 분홍색 손으로 우아하게 맞은편 좌석을 가리켰다. 그것은 남자가 전혀 예상하지 못한 뜻밖의 상황이라. 그는 한동안 머뭇거리며 서 있기만 했다. 그러나 마땅한 자리도 눈에 띄지 않고, 상대의 호의를 대놓고 거절할 만큼 냉정한 성격도 아니었던 듯. 결국 스트랩 백을 천천히 창가 쪽에 내려 놓았다. 그리고 아일랜과는 비스듬히 마주 보는 통로 쪽에 앉았다.

그사이에도 아일랜은 남자를 빤히 주시하고 있었다. 그가, 마치 화산의 불구덩이 사이에 자리를 잡는 사람처럼 조심조심 움직였기 때문이다. 그 바람에 자리에 앉는 데까지 족히 1분은 걸린 듯.

사람마다 고유한 리듬을 가지고 있는데. 이 남자는 확실히 템포가 아다지오였다. 빠르고 경쾌한 비바체인 자신에 비해 이렇게 느리고 침착하게 움직이는 사람은 처음 보는 것 같다.

뿐만 아니라 외모도 상당히 이국적이다. 보통 사람보다 머리 하나쯤 키가 크고, 뼈가 앙상한 그는 화이트 셔츠에 흔히 멜빵이라 불리는 H자 모양의 서스펜더를 찼다. 무엇보다 소년인지 중년인지 심지어, 노인인지조차 구분되지 않는 것이 실로 기묘한데. 어깨가 좁은 것도 성장기라 그런 건지, 등이 굽기 시작한 때문인지 구별이 어려웠다.

　나이를 알 수 없는 가장 큰 이유는, 은발에 가까운 회색 머리와 회색 눈동자, 푸른 기가 돌 정도로 창백한 피부 때문인 것 같다. 귀 뒤로 넘긴 단발머리에 갸름한 얼굴. 이목구비는 뚜렷한 편으로 콧대도 높고 입술도 도톰했으나, 눈만큼은 감은 듯 실눈을 뜬 듯했다. 아주 독특한 외모라 아일랜은 누구든 이 남자를 한 번 보면, 결코 잊지 못할 것 같다는 생각이 들었다.

　그럼에도 불구하고… 어딘가… 낯익은 듯 보이는 것은 무엇 때문일까.

　'에이, 그럴 리가…….' 하던 일이 마무리된 관계로, 그는 기차 여행의 정취를 만끽하기로 한다. 이 독특한 남자와 대화를 나눠 볼 참이다. 서둘러 노트를 덮으며 슬쩍 질문을 던졌다.

　"어디까지 가세요?"

　간단한 질문이지만, 회색 남자의 머릿속은 복잡한 곡선들이 선회하기 시작했다. 이 다음 역은 하나밖에 남지 않았다. 바로 종착지인 빅 올더 섬. 사운즈엔드에서 승차했다면, 기차에서 바다로 뛰어내리지 않는 이상, 행선지는 빅 올더일 뿐이다.

　그렇다면 이 질문의 의도는, 심리학의 고전이라 일컬어지는 인과 심리학 기초 편에 나오는 세 번째 예와 같은 경우에 해당된다. 낯선 사람과 10분 이상 같은 공간에 머물게 될 경우,

상대에게 건네는 가벼운 인사. 그러나 난처한 것은 이 질문을 받아 내면, 대화를 계속 나누게 될 확률이 높다고 책에서 미리 경고해 놓았다는 사실이다.

일단 그는 짧게나마 답하기로 했다. "……. 빅 올더요." 그리고 고개를 숙여, 손에 쥐고 있던 잡지를 펼쳐 들었다. 더 이상 말을 걸지 말라는 신호였다.

그러나 아일랜은 그 신호를 가뿐히 무시했다. 목소리를 듣자 더욱 호기심이 치올랐기 때문이다. 그것은 이제 막 변성기에 들어선 듯, 거친 부분이 완전히 다듬어지지 않은 소리였다. 쉰 듯한 음성 중에도 '올더'의 끝부분에는 맑은 미성이 섞였다.

'설마, 10대는 아니겠지?' 그러나 그는 상대의 나이에 대해 섣불리 예단하지 않기로 한다. 대신 손으로 다시 박수를 두 번 쳤다. 짝짝. 그것은 사감 선생의 수신호처럼 상대의 시선을 끌었다.

"오, 반가워라. 저랑 같군요. 저도 거기로 가는 중인데. 혹시, 어릿광대 저택에 가는 길 아닌가요? 그 유산 상속 파티에 초대를 받았다거나."

남자는 고개를 들고 가로저었다. "……. 다른 볼일로." 라고 작게 대답했다.

아일랜은 그가 고개를 숙이기 전에 재빨리 입을 열었다.

"저는 아일랜 러비라고 해요. 더블픽셔사에 소속된 캐스터

이자, 소설가죠."

"……. 뉴윈 무운입니다. ……, 프리랜서, 포토 컬렉터죠."

예상대로 자기 소개까지 이어지고 말았다. 뉴윈은 자신에 대해 밝히는 것이 썩 내키지 않아, 이름만 말하고 한동안 입을 다물었다. 하지만 상대는 생글생글 웃으며 자신을 주시하고 있는 것이다. 때문에 또다시 예의상 직업을 마저 알려 주지 않을 수 없었다. 그것은 어머니의 가르침이었다. 무례한 태도는 매우 나쁜 것이며, 지위 고하를 막론하고 누구라도 상대에게 예의를 갖추어 대해야 한다고 늘 말씀하셨다.

그러자 아일랜은 그 답을 기다렸다는 듯이 낚아챘다. 그것이 마치 대화의 인증서라도 되는 양. 특유의 수다스러운 친화력을 발휘한다. "네, 뉴윈 씨라구요, 반가워요. 저는 그 파티에 초대받아 내려가는 중이거든요. 그렇다고 제가 대단한 거물이거나 재력가라는 뜻은 아니고. 방금 말했다시피 소설을 몇 편 썼는데. 전 로맨스 소설만 쓰거든요. 그런데 그 저택에 제 독자가 있었지 뭐예요. 그것도 엄청나게 열렬한 독자였던지 초대장을 보내온 거예요. 역시 사랑의 위대함은 누구든 감동시키기 마련이죠. 어쨌든 저도 팬의 호의에 보답하기 위해 내키지 않지만 파티에 참석하러 가는 길이에요. 패션도 T.P.O를 맞추느라 얼마나 고르고 골랐는지. 거기가 어릿광대 저택이라고 하던데. 마침 옷장에 딱 맞는 게 있어 천만다행이었죠."

뉴원은 고개를 끄덕였다. 아닌 게 아니라 그가 입은 정장은 체스 보드와 같은 격자 무늬였다. 칸칸이 나뉘어진 흑백의 체크 무늬 양복은 착시 효과마저 일으키며 엄청나게 시야를 공격했다. 게다가 항아리 모양의 몸매 탓에 한 벌로 맞춰진 싱글 슈트임에도 불구하고, 흡사 분장을 한 피에로나 피에레타처럼 보이기도 했다.

'그 파티에 드레스 코드는 없었는데. 어떤 컬러풀한 드레스도 저 차림 앞에서는 빛이 바래겠어. 보고 있노라니 눈이 아플 지경인 걸.' 그는 그동안 읽었던 픽셔들을 생각하며 손가락으로 눈 사이를 꾹꾹 눌렀다. 지난 한 달간 쏟아져 나온 어릿광대 저택에 관한 픽셔를 모조리 읽었지만, 복장에 관한 이야기는 전혀 없었다는 게 떠올랐다.

그사이에도 작가는 연신 떠들어 댔다.

"그런데 왜 그 저택을 어릿광대 저택이라 부르는지 모르겠어요. 황금의 제왕이라니까, '골드 캐슬(황금 성)'이나 '머니 밤(돈 벼락)' 이런 식으로 부르는 게 어울릴 것 같은데. 혹시 쿠어 회장이 어릿광대 인형을 수집하는 취미가 있거나 해서, 자기 저택을 그렇게 부르는 건가요? 저택에 들어가면 기괴한 인형들이 잔뜩 앉아 있다거나 그렇진 않겠죠?"

청년은 상대를 가만히 바라보았다. 말 속에 담긴 의도를 파악하려 애썼다. 방금 던진 말의 의도는 확실히 의구심인 듯했다. 다른 불순한 의도가 없어 보이는 관계로, 그는 자신이 알고 있는 것을 알려 주기로 했다. "……. 아일랜 작가님도 학창 시절 별명이 있었겠죠?"

"그냥 아일랜이라 불러요. 그럼요, 얼마나 많았는데. 그중에 '사과 돼지'가 제일 기억에 남네요. 정확히는 '사과를 문 새끼 돼지 통구이'였는데, 좀만 줄여 보자면요."

"……. 그건 누가 지었죠?"

"짓궂은 친구들이 워낙 많아서 누가 작정하고 지은 건지는 몰라요. 하지만 학교에 입학하고 어느 날인가, 아마 한 달도 채 되지 않았을 때였던 것 같은데. 갑자기 아이들이 쉬는 시간에, 제 앞으로 몰려와서 놀려 대는 거예요. 사과를 문 돼지 새끼라고요. 그래서 제가 다음 날, 친구들을 불러 오류를 정정해 줬죠. 스페인의 코치니요든, 중국의 카오루주든, 요리의 주재료는 새끼 돼지다, 그러니까 별명을 부르고 싶으면 정확히 불러 다오. '돼지 새끼'가 아니라, '새끼 돼지'라고요. 이게 언어의 재미있는 점이죠. 단어의 순서만 바꿔도 180도 다른 의미가 되니. 어쨌든, 사과를 문 새끼 돼지 통구이라 불러 달라고 하니, 애들이 모두 벙벙한 표정을 짓는 거예요. 사실 저도 별명이 궁금해서 찾아봤는데, 아주 고급 요리던 걸요."

"……. 네. 그러니까 별칭이라고 하나 그런 것들은, 대개 다른 사람들이 지어 부르는 거라는 말이죠. 저도, 그 이름이 무척

이나 독특한 것 같아 주민들을 만나 물어봤는데. 작은 섬이니까 누가 처음 그렇게 불렀는지 알 거라 생각해서요. 그런데 그들도 잘 모르더군요. 어쨌든 지금은 저택에 들어가면 모두 어릿광대가 된다는 의미로, 이름을 쓰고 있다고 합니다."

"뭐예요, 그 말을 지금 믿으라는 건가요? 저택에 들어가면 어릿광대가 된다니. 저택이 무슨 마법의 저주에 걸리기라도 했단 말이에요?" 그러면서 무척 놀란 듯, 작가는 두 손으로 입을 가렸다.

그러나 뉴원은 그 말에는 대꾸하지 않기로 했다. 방금 그 말은 자신의 반응을 떠보기 위함인 듯했기 때문이다. 손으로 가린 얼굴 위쪽을 보면, 푸른 눈동자가 흰자위 위로 미세하게 올라가고 눈꼬리는 반대로 아래로 조금 처졌다. 이쪽의 반응을 살피는 눈과 반대로 입매는 확실히 웃음이 묻어 났다. 아마 이런 말을 한 목적은, 상대가 장난이나 농담이 통하는 사람인지 알아보려는 정보 수집 행위인지도 모른다.

"……."

뉴원이 입을 다물자 아일랜은 머쓱해졌다. 한편으로 놀라기도 했다. 사람들은 이런 말을 들으면 대개 어이없다는 표정을 짓거나, 잘난 척 대꾸를 한다. 그러나 그는 별다른 말을 하지 않으며, 그렇다고 어이없는 얼굴도 아니다. 마치, 장난인 것을 안다는 듯, 가벼운 미소로 응수하고 있다.

'이거, 재밌는 사람인 걸.' 자신의 의도를 알고 있는 듯하니, 작가는 슬쩍 눙치며 넘어가기로 했다.

"아, 농담이에요, 농담. 그러니까 사람들이 저택에 발을 디디는 순간, 쿠어 회장의 어릿광대가 된다는 말이죠? 그 정도로 위압감을 주는 저택이라니, 궁금하네요. 그래도 꼭두각시 저택은 몇 번 들어 봤는데, 어릿광대 저택은 처음 들어 봐요. 그런데 생각해 볼수록, 꼭두각시 저택이라는 말이 더 어울리는 것 같지 않나요? 보통, 황금이나 권력자에게 조종 당하는 건, 꼭두각시가 어울리는 비유잖아요. 어떻게 생각해요?"

그 질문을 들은 뉴원은 그제서야 그가 작가라고 했던 소개가 사실일지 모른다는 생각을 했다. 별명을 말할 때도, 지금도 마찬가지였기 때문이다. 단어의 차이를 구분하고 그것에 관심을 가지고 있다면, 글을 쓰는 사람이라는 말을 믿어도 좋지 않을까. 그는, 사람들이 스스로 소개하는 말은 결코 믿지 않았다. 사기꾼의 속임수는 첫 만남, 첫인사에서 시작된다고 확신하고 있기에.

"……. 제 생각입니다만. 전, 무척 암시적인 이름이라 생각했습니다. 어릿광대를 비유적으로 쓸 때는, 여러 의미가 중의적으로 담겨 있으니까요. 쿠어 저택을 둘러싼 복잡미묘한 상황을 압축해서 보여 주는, 꼭두각시보다 더 어울리는 이름이라 생각했기에, 그렇게 부른 사람을 만나 보고 싶었죠."

그 말을 들은 아일랜은 재차 반박해 보았다. 왠지 그러고 싶었다. "글쎄요. 어릿광대가 그렇게나 깊은 의미가 있던가... 오히려 단순하게 생각하고 지은 게 아닐까요. 저택에 들어가면 모두 쿠어 회장의 비위를 맞추게 된다, 회장의 마음에 들기 위해 없던 재주도 만들어 피우게 된다, 이런 조롱 섞인 비웃음인 거죠. 그렇다고 해도 꼭두각시가 더 어울린다는 생각은 변함없어요. 어때요? 제 말이 맞지 않나요?" 마지막 질문으로 아일랜은 능숙하게 상대를 대화로 이끌었다.

"....... 그렇게 볼 수도 있지만... 사실 어릿광대는 그렇게 단순히 재주나 피우는 존재는 아닙니다... 인형극에 나오는 펀치처럼 악당도 있고, 북유럽 신화의 오딘이 원형인 신비한 할리퀸이라는 캐릭터도 있죠... 종류도 다양할뿐더러 의미도 꼭두각시와는 완전히 다릅니다. 물론 쿠어 회장의 저택을 가리키는 데 쓰인 것은, 우스꽝스러운 클라운이나 흔히 쓰이는 피에로겠지만... 그것 역시 꼭두각시와 대체될 수 있는 존재가 아니라, 오히려 비교 선상에 놓기 어려울 정도로 범주가 다른 존재라고 생각하는데요."

"어머 재밌네요. 꼭두각시와 어릿광대가 그렇게나 다르다? 생각해 본 적 없는데. 어떻게 다른 거죠? 궁금해요." 그러면서 아일랜은 탁자에 팔꿈치를 괴고 손으로 턱을 받쳤다. 상대가 답을 피하지 못하도록 얼굴을 들이대며 압박해 들어갔다.

예상대로 대화가 이어지는 게 부담스러웠지만, 뉴윈은 답을 하지 않을 수 없었다. "……. 제 생각입니다만. 그 둘은 겉으로 드러나는 차이와 드러나지 않는 차이가 있습니다… 먼저 눈에 띄는 차이는 행위에 담긴 자유 의지겠죠. 어릿광대는 자신의 의지를 가지고 있고, 꼭두각시는 그렇지 않습니다. 원래 서커스의 어릿광대는 무대 원고를 직접 쓴다고 하더군요. 저글링이나 외발자전거 같은 기예도 스스로 익혀야 하고요. 반면 꼭두각시는 구속되고 통제되어 움직일 뿐입니다. 모든 것이 타인의 의지, 줄을 쥐고 있는 조종자(괴뢰자)의 의지죠."

아일랜은 격려하듯 과장스럽게 고개를 끄덕였다.

뉴윈은 말을 이었다. "……. 그러나 무엇보다 큰 차이는, 숨어 있는 차이입니다. 바로, 어릿광대에게는 뚜렷한 목적이 있다는 거죠. 그의 모든 대사와 움직임은 오직 하나의 목적을 달성하기 위해 이루어집니다. 꼭두각시는 그런 목적이 없습니다. 오직 지배당할 뿐이죠… 반면, 어릿광대는 분명한 목적을 가지고 있죠. 자유 의지를 가진 그가, 남몰래 추구하는 것은,"

그리고 뉴윈은 잠시 입을 다물었다. 그의 회색 눈동자가 더욱 짙어진 듯했다. 그 모습을 지켜보던 아일랜은 저도 모르게 마른 침을 삼켰다.

"……. 그것은, 사람들의 주의를 돌리는 것입니다. 그는 쇼의 막간을 이용해 관중들의 긴장을 풀어 주고, 서커스 스타를

돋보이게 하는 것처럼 굴지만, 결국 그가 하는 일이란, 사람들의 시선을 끌어 주의를 분산시키는 것뿐이죠."

그 말은 아일랜의 머릿속에 곧장 스파크를 일으켰다. 어릿광대가 활동하는 목적이, 사람들의 주의를 돌리는 것이라니.

"어머, 놀랍네요. 전 한 번도 읽은 적이 없지만, 마치 미스터리 소설에나 나올 법한 대사 같은데요. 어릿광대라고 하면, 웃음을 주는 친근한 존재인 줄 알았는데... 사람들의 시선을 분산시킨다는 말씀이죠... 주의를 돌린다, 라... 그 말은 상당히 부정적으로 들리네요. 그렇다면 그는 어떤 경우에는... 진실을 감추기 위해 활동할 수도 있다는 말 아닌가요."

뉴원은 다시 상대를 뚫어지게 응시했다. 아일랜이, 자신이 하고자 하는 말의 의도를 정확히 파악했기 때문이다. 지난 11년간 그의 관심사는 오로지 어릿광대와 범죄였다. 지금까지 그것만 조사하고 있으며, 그것에 관계된 곳만 찾아다니고 있다. 예전에 섬을 찾았던 이유도 어릿광대 저택이란 이름을 들었던 때문이고, 지금 기차를 타고 있는 이유도 마찬가지였다.

그는 천천히 고개를 끄덕였다. "....... 네, 제 생각이지만요. 어릿광대의 중요한 임무는, 현란한 술수와 말재간으로, 진실을 숨기는 것이라 생각합니다... 그러니까 그 별칭은, 쿠어 저택의 사람들이 속셈을 숨기고 있다는 것을 알려 주는 이름이라 생각했죠. 거기 살고 있는 이들은, 남의 눈을 가리고, 진실을 감추고 있는 어릿광대들이다, 그런 의미라고... 확인하지는 못했지만요... 그리고 그런 곳에서 범죄가 일어난다면... 만약에 말이에요... 그럼, 아주 복잡한 색채를 띠며 진상을 찾아내기 어려울 것 같다는 생각도 했죠." 그것이 바로 자신이 기차를 탄 이유였다. 그동안 간간이 전해지던 어릿광대 저택의 소식이 갑자기 파도처럼 세상을 들썩이게 하고 있다. 더욱이 범죄와 관련된 불길한 조짐이 픽셔마다 감지되고 있어 그는 쫓기듯 기차에 오른 것이다.

그제야 아일랜은 턱을 받쳤던 손을 떼며 고개를 끄덕였다. "아, 확실히 그런 것 같네요. 꼭두각시는 수동적이고 소극적인 반면, 어릿광대는 능동적이고 적극적이다. 무엇보다 어릿광대는 자신의 의지로 사람들의 시선을 분산시킨다. 진실을 감추고, 진실을 숨길 수 있다... 흠, 정말 그런 사람이 있다면 범죄의 진상을 파악하기는 어렵겠어요... 우욱."

범죄라는 말과 더불어... 한 여인의 가슴에서 솟구치는 붉은 핏줄기가 떠올랐다. 그것은 그의 오랜 망상이었다. 그러나 곧장 코끝에 비릿한 피 냄새도 생생하게 끼치는 듯했다. 우욱. 그는 붉은 손으로 입을 틀어막았다. 두어 번 어깨를 들썩인 다음, 금발 눈썹을 누그러뜨리며 뺨을 찌푸렸다.

"미안해요... 제가 범죄 같은 끔찍한 이야기를 들으면 머리가 어질어질하면서 구역질이 나거든요... 범죄나 피에 대해...

공포증이 있다고 하는데... 그런데 어쩌죠, 뉴원 씨... 이제 그 파티가 무서워지는데요... 어릿광대 저택에서 어릿광대들의 파티라니. 꿍꿍이를 숨기고 있는 사람들이 모여 파티를 한다... 설마, 거기서 무슨 일이 일어나진 않겠죠?" 그는 구역질을 참으며 천천히 말을 이었다.

그러자 뉴원은 고개를 반대로 돌려 시선을 창밖으로 던졌다. 기차는 '써드 윈드 브릿지'를 지나고 있었다. 철교의 구조물 너머로 푸른 바다가 넘실거리고 있다.

"....... . 글쎄요. 부디 그러기를 바랍니다만. 전국의 모든 미디어사가 출동해서 중계를 해 댈 테니. 거기서 범죄를 저지를 사람은 없겠죠. 하지만 사실, 범죄는 언제 어디서든 일어나고 있습니다. 단지 우리가 모를 뿐."

아일랜은 소름이 돋기 시작한 팔을 슥슥 문질렀다. 그리고 상대를 바라보았다. 그는 또다시 자연스럽게 범죄라는 말을 입에 올렸다. 범죄에 관심이 많은 사람인 것 같은데. 그런 사람이 빅 올더로 가는 이유는 무엇일까. 방금 나눈 대화로 알아낸 것은, 그는 대화를 시작할 때 한 템포 쉬거나 자기 생각이라고 밝힌다는 것. 그리고 빅 올더에 첫 방문은 아니며, 주민들과도 이야기를 나눈 적이 있다는 것이다.

역시 세상에서 가장 재미있는 일 중 하나는 새로운 사람을 만나는 일이다. 그렇다면 오늘은 행운의 날임에 틀림없다.

이처럼 색채와 개성이 뚜렷한 사람을 만나다니. 대화가 즐거운 것은 오랜만이었다.

그러나 그의 다음 생각은 스피커에서 튀어나온 안내 멘트에 중단되고 말았다.
-아, 아. 승객 여러분께 알립니다. 승객 여러분은 자리를 지켜 주십시오. 우리 열차는 써드 윈드 브릿지를 무사히 통과했습니다. 종착지 빅 올더 역에는 예정대로 도착하게 됩니다. 전자기 회로에 잠깐 이상이 있었으나, 운행에는 지장이 없습니다. 당황하지 마시고, 침착하게 자리를 지켜 주십시오. 커네리크호는 아무 문제없이 달리고 있습니다.
자동 항법 장치의 전자음이 아니라, 생생한 사람의 음성이었다. 자동으로 운행되는 기차라도 레일사 직원이 조정실에 타고 있을 터였다. 그는 몹시 당황한 듯, 연신 침착하라고 외쳐 댔다.
그리고 보니, 조금 전부터 객차 안이 크게 술렁거리고 있었다. 방송을 듣고 깜짝 놀란 아일랜은 당장 FAC를 꺼냈다. 가로 8인치, 세로 3인치 보호경 모양의 카메라는 정부로부터 공인받은 픽셔 전용 영상 기록기였다.
지금은 수많은 가짜 영상과 페이크 기록이 무작위로 넘쳐 나는 시대라, '정부 인증 워터마크'가 있는 FAC 영상만 웹매

거진에 픽셔로 업로드할 수 있다. 정부는 FAC를 미디어사에 제공하고 따로 일련번호를 관리하며. 캐스터는 회사로부터 카메라를 지급받아 픽셔를 제작한다.

카메라를 켜니 홈 화면에 더블픽셔사의 영상과 글이 189개나 올라와 있었다. 레드와 그레이가 스트라이프 무늬로 떴다는 말은 '분노'와 '혐오' 섹션의 픽셔라는 것이고, 그것은 곧 대형 사고가 일어났다는 의미였다. 그러나 '슬픔'과 '기쁨' 섹션의 컬러가 보이지 않는다는 것은, 다행스럽게도 인명 피해는 없다는 뜻이다.

컬러로 섹션을 확인하고, 그는 픽셔의 헤드라인을 훑었다.

- 〈분노 주의〉 또다시 인재. 빅 올더 타운으로 연결되는 커네리크호, 신호기 차단되다

- 〈분노 주의〉 3년 전부터 예견된 사고. 그동안 중앙부 관리 센터는 무엇을 했는가

- 〈혐오 주의〉 단독. 복구대 연락 지연. 복구센터 소장 퍼펙대런의 늑장 대응을 낱낱이 파헤치다

그러나 그것들도 곧 지워지고 말았다.

실로 엄청난 양의 새 픽셔들이 3인치 모니터를 채우며 나타났기 때문이다.

화면 아래 숫자 카운터가 무섭게 올라가고 있었으며, '오노애락희욕애' 모든 섹션의 컬러가 화면을 무지개로 물들였다.

독자들에게 모든 감정을 자극하는 픽셔들이 동시에 파도처럼 밀려드는 경우는 한 가지였다.

잠시 화면을 보던 아일랜은, 퍼뜩 고개를 들어 뉴윈을 쳐다보았다. 뜻밖에 그는 일말의 미동도 없이 자신을 주시하고 있었다. 아일랜은 몇 번 눈을 깜빡거리며 뉴윈과 화면을 번갈아 쳐다보다, 겨우 입을 뗐다.

"이게 무슨 말이죠? ... 쿠어 회장이... 죽었다는데요....... ."

3장　DAY-1 오후 4:39

정신을 차릴 새가 없는데. 이번에는 폰의 착신음이 울렸다. 아일랜은 테이블에 놓인 핸드폰을 들어 문자를 확인했다. 호버 편집장이 보낸 것으로. 편집실 번호가 아닌 개인 번호로 보낸 문자는 단 한 줄이었다. - 입회 수락 - 그리고 첨부 자료로 위약금 계산서 1부가 달렸다.

아일랜은 동그라미를 꼬리처럼 늘어뜨린 3천만이라는 숫자를 확인했다. 이건 또 뭔가.

그사이 열차가 좌우로 흔들리기 시작했고, 사람들의 비명 소리가 울렸다. 아일랜도 핸드폰을 떨어뜨렸으나, 뉴윈이 재빨리 받아 돌려주었다.

폰을 돌려받은 작가는 어지러움을 참아 내며 편집장에게 전화를 걸었다. 그러나 아무리 통화 버튼을 터치해도, 화면에는 '신호가 약합니다' 라는 문자만 되풀이해 뜰 뿐.

대여섯 번이나 시도가 무산되자, 할 수 없이 픽셔를 읽어 보기로 했다. 핸드폰은 먹통이라 놔두고 FAC에 떴던 픽셔를 터치했다. 멀미가 날 것처럼 메스꺼운 속을 달래며 읽어 보려 했으나, 글자가 노이즈와 함께 뭉그러지고 말았다. 그 바람에 사건에 대해 알아낸 것은 얼마 없었다.

"회장은 자택의 메인 홀에서 발견되었다고 해요. 10분 전쯤에요. 처음엔 2층 난간에서 추락해 사고사로 추정되었는데, 수상한 흔적이 발견되는 바람에 타살로 조사 방향이 전환되었다고 하구요." 읽은 것을 일단 뉴원에게 알려 주었다.

"저기, 픽셔들은 어느 섹션에서 많이 나왔나요?"

그의 질문은 의외였다. 아일랜은 오색찬란한 화면을 반대로 돌려 보이며 답했다. "모든 섹션에서 쏟아졌어요. 살인 사건이란, 오노애락희욕애, 어떤 감정이든 대입시킬 수 있으니까요."

"아직은 방향이 정해지지 않았단 말이군요. 정말 다행입니다." 알 수 없는 말을 하며, 뉴원은 고개를 끄덕였다.

그사이 기차는 빅 올더에 도착해, 역 입구에 급정거하듯 멈췄다.

1호자 앞문을 이용해야 승강장 보도에 내릴 수 있고, 그 뒤쪽으로는 선로 옆 풀밭이다. 실로 간신히 역에 도착한 모양새라. 사람들이 비명을 지르며, 열차 밖으로 뛰쳐나갔다.

아일랜도 허둥지둥 백을 챙겨 내렸다. 승강장에 내려 보니 생각보다 훨씬 규모가 작은 간이역이었다. 알아본 바에 의하면, 커네리크호는 4시 40분 빅 올더에 도착해 한 시간 정도 점검을 하고, 5시 44분 다시 육지로 출발한다고 한다.

하루 한 번 운행하는 열차라 선로도 하나뿐인 듯. 외줄로 길게 뻗은 철길과 검게 칠해 놓은 콘크리트 철골 구조의 역사는, 마치 타임머신을 타고 과거로 날아온 듯한 느낌을 불러 일으켰다. 멀리 보이는 개찰구와 매표소가 있는 건물 역시, 빅토리아 풍의 목조 건물이었다.

그는 잠시 발을 떼지 못하고 서 있었다. 시공간이 뒤틀린 차원의 문을 통과해 반 세기 전으로 잘못 날아온 것 같은 느낌이다. 혹은, 자신의 몸이 작아져 한때 엄청나게 유행했던 디오라마 세트장으로 들어온 것 같은 착각도 든다.

그러다 아우성치는 사람들 소리에 얼른 정신을 차렸다. 하루 단 한 차례 운행하는 특별지선의 역에는, 승객들이 우르르 게이트로 향하고 있다. 역에 도착했으나 놀란 마음이 가라앉지 않는 듯. 모두 경주하듯 앞으로 달려가는 중이다.

아일랜 또한 사람들을 쫓아 서둘러 걸음을 옮기는데, 갑자기 한 남자가 다가왔다. 그는 "정말이었어. 이렇게 찾기 쉬울 줄이야." 라고 중얼거리며 그의 앞을 가로막았다. 소매를 걷어 올린 체크 무늬 셔츠와 짙은 청바지를 입고 있는 남자는 떡 벌어진 어깨에 털이 많은 곰 같은 사내였다.

그 바람에 아일랜은 저도 모르게 뒷걸음질 치며 "뉴윈 씨, 도와주세요." 라고 외치고 말았다.

청년은 조금 전 나눈 인사를 끝으로 아일랜과 자연스럽게 헤어질 생각이었다. 때문에 더욱 천천히 걷고 있었으나, 도움을 청하는 다급한 목소리에 앞으로 달려갈 수밖에 없었다.

"아, 아닙니다." 사내는 손을 저으며 얼른 자기 소개를 했다. "저는 윌킨스라고 여기 빅 올더 조수대에 근무하고 있는 조사대원입니다." 그러면서 용건을 전했다. "아시는지 모르겠지만, 아주 큰 사건이 터져서 말입니다. 살인 사건이 터졌어요." 굵은 목소리로 황급히 사정을 설명했다. "조사 팀을 꾸리고 곧바로 모든 미디어사에 연락해 봤는데, 현재로서는 입회할 수 있는 캐스터가 더블픽셔사의 아일랜 씨뿐입니다. 캐스터 입회 없이는 조사에 착수할 수 없지 않습니까. 그런데 마침 아일랜 씨가 온다니. 팀장님도 얼마나 가슴을 쓸어내리시던지. 호버 편집장님께 여러 이야기를 듣고 곧바로 마중 나왔습니다. 지금은, 여기 발전소에 사고가 나서 FAC건 핸드폰이건 통신은 어려울 겁니다. 일단 저와 함께 사무실로 가시지요."

순간, 아일랜의 눈앞은 머리에서 호박 스프가 쏟아진 것마냥 샛노래졌다. 남자가 쏟아 낸 말들이 귓가에서 벌처럼 윙윙댈 뿐이었다. '그러니까 이 사람은 지금 나더러... 살인 사건의 입회 캐스터가 되라는 말을 한 거지? 맞아? 살인 사건이라고?' 욱, 그는 허리를 꺾으며 욕지기를 토해 냈다.

뉴윈 또한 아일랜의 얼굴이 새하얗게 질리는 것을 지켜보았다. 수다스러운 작가의 붉은 얼굴에서 순식간에 색이 확 빠지고 허옇게 뜨는 걸 보니, 그가 얼마나 큰 충격을 받았는지 알 것 같았다. 고꾸라지듯 엎어지는 작가의 오른팔을 재빨리 붙들고, 등을 두드려 주었다.

우웩. 쿠윽. 우억. 소리는 요란했지만 그의 입에서는 침만 줄줄 흘러나왔다.

"저런 멀미를 하셨나 보군요. 이제 열차에서 내렸으니 괜찮을 겁니다." 아무것도 모르는 윌킨스가 위로를 하다, 뒤늦게 뉴윈을 가리키며 물었다. "그런데 이 분은?"

주르륵. 입에서 떨어진 침이 시멘트 바닥에 점점이 동그라미를 남기는 것을 보며 아일랜은 겨우 턱만 들었다. 그 순간, 바닥의 침과 똑같은 동그라미를 잔뜩 달고 있던 숫자가, 눈앞을 덮치듯 나타났다.

세상에! 위약금의 의미를 이제야 알 것 같았다.

그는 양손으로 무릎을 짚고 허리를 숙인 채로, 천천히 답을 했다. "... 저기, 이 분은... 제가 사설로 고용한 보조 캐스터예요. 저랑 한 팀으로 취재도 다니고, 여, 영상도 기록하고, 편집도 하고, 정리도 하고... 온갖 일을 다 하는 꼭, 필요한 분이죠."

그리고 고개를 살짝 모로 돌려, 푸른 눈동자로 뉴윈을 쳐다보았다. 눈꺼풀을 꿈쩍거리고, 뭍에 올라온 붕어처럼 입을 뻐끔거렸다. '도와주세요. 저, 죽을지도 몰라요.'

뉴윈은 그 입 모양을 똑똑히 읽었다. 하긴, 이 작가는 로맨스만 쓴다고 하지 않았나. 짧은 금발 머리를 8:2로 멋지게 갈라붙이고, 파티에 참석할 것을 기대했던 작가는 수다스럽고 낙천적이었다. 그뿐만 아니라 범죄에는 전혀 면역이 안 된 인간이기도 했다. 그러나 선뜻 수락할 수도 없었다. 이처럼 중요한 사건에 조수대를 속이고 입회할 수는 없다.

그러자 다음 순간, 아일랜의 입술이 다시금 절박하게 움직였다. '사알려 주세요. 제에발.'

아... 조금 전 봤던 핸드폰의 화면이 떠올랐다. 만약 여기서 청을 거절하고 돌아간다면, 이 가여운 남자가 어떻게 될지 가히 짐작할 수 있었다. 후우, 한숨이 절로 나온 듯했다.

"... 네. 맞습니다. 한 팀이죠." 뉴윈은 또 한 번 어머니를 떠올리며, 윌킨스에게 이렇게 답을 하고 말았다.

그러자 윌킨스의 얼굴이 아일랜보다 더욱 환해졌다. "정말 다행이네요. 다행입니다. 얼마나 인원이 부족한지, 고양이 발이라도 빌릴 판이거든요. 제가 역 앞에 차를 대 났습니다. 먼저 가서 시동을 걸어 놓을 테니, 속이 가라앉으면 나오시죠." 그는 재빨리 돌아서서 달려 나갔다.

몇 번 상체를 요동치던 아일랜은, 잠시 후 속이 가라앉는 기미가 보이자 감사의 말을 전했다. "정말 고마워요. 뉴윈 씨. 저를 살려 주셔서. 이건 과장이 아니에요. 정말 목숨을 건진 것과 같은 일이에요. 이 은혜는 잊지 않을 게요. 그런데 방금 들은 말이 농담이거나 꿈은 아닌 거죠? 저더러 살인 사건에, 욱, 입회하라니. 제가 살인 사건에 입회해야 한다니, 우욱. 상상도 하지 못한 끔찍한 일이에요."

"그나저나 계속 그렇게 구역질을 하는 건가요? 뭔가 대책이 있어야 할 것 같은데요."

"약이 있어요. 강력한 진정제와 신경 안정제가. 그것부터 한 알, 아니 두 알, 아니, 몇 알 먹어 보죠." 그는 폴더 백의 옆 주머니에서 약병을 찾아, 손바닥에 주둥이를 대고 털었다. 둥근 알약이 다섯 알이 나왔으나 그대로 입에 털어 넣더니, 와작와작 씹고는 그대로 꿀꺽 삼켰다.

잠시 후, 그가 괜찮아진 것을 뉴윈도 확연히 알 수 있었다. 얼굴에 붉은 기가 되돌아왔기 때문이다.

아일랜이 앞장서고, 두 사람은 역사를 빠져나왔다. 자동 집표기를 통과하니, 역 앞에 4인승 1톤 트럭이 서 있었다. 짐칸에는 오크테리어 닭들이 닭장째로 실려 있다. 운전석 창 밖으로 팔을 휘저으며 윌킨스가 차에 타라고 외쳤다. 두 사람은 뒷좌석에 나란히 앉았다. 차는 역 주변을 빠져나와 들판을 달리기 시작했다. 길은 거칠고, 차는 심하게 덜컹거렸다. 아일랜은 비포장도로의 노면을 엉덩이로 내달리는 듯한 느낌을 받았다. 새삼, 이곳이 얼마나 외따로 떨어진 곳인지 절감할 수 있었다.

섬은 마치 잠이 든 듯했다. 주인과 함께 과거의 영광스러운 시대에 멈춰 있기로 작심한 듯. 이제 외부와 연결이 끊긴 채 고립된 것도, 섬의 주인이자 왕이 자신의 궁에서 살해당했다는 끔찍한 사건도 모르듯. 그저 영상으로만 남은 과거의 모습을 간직하고 있을 뿐이었다.

넓게 펼쳐진 보리밭에 황금빛 이삭이 물결치는 모습도 왠지 비현실적이었다.

4장　DAY-1 오후 4:58

10여 분만에 트럭은 마을의 번화가인 듯한 곳에 도착했다. 회전 교차로에서 두 번째 출구로 나가니 여느 시골과 비슷한 풍경이 펼쳐졌다. 2차선 도로를 가운데 두고 양쪽에 가게들이 줄지어 있다. 식료품 가게와 정육점, 철물점, 자동차 수리점,

주점과 식당들이었다.
 그 길 끝에, 랜드마크인 양 위압감을 주는 건물이 나타났다. 마치 관공서 전용인 듯. 1층에 주민센터와 은행, 우체국 등이 '빅 올더' 지점이란 간판을 나란히 달고 있다. 윌킨스는 출입구 계단 아래 두 사람을 내려 주며, 조수대 사무실은 2층이라고 알려 준 다음 어딘가로 향했다. 주차장으로 가는지 닭을 배달하러 가는지는 알 수 없었다.
 차에서 내린 아일랜은 엉덩이를 연신 문질렀다. 뉴윈은 트럭이 가는 방향을 확인한 후, 출입문 쪽으로 몸을 돌렸다. 그 잠깐 사이에도 주변 행인들은 두 사람만 주시했다. 그들은 놀란 듯, 신기한 듯, 희한한 것을 보기라도 한 듯. 눈을 동그랗게 뜨거나, 입을 딱 벌리고 이쪽을 힐끔거렸다. 일행이 있는 사람들은 서로의 귀에 뭔가를 수군거리기도 했다.
 그러나 아일랜도 뉴윈도 타인의 시선에 개의치 않았다. 두 사람은 태연자약한 태도로 사람들의 시선을 물리쳤다.
 모자이크 유리를 넣은 철제 문 안으로 들어설 때까지 뒤통수가 따가웠지만. 언제 어디서든 주목을 받는 것은, 둘 다 익숙할 뿐이었다.
 커다란 문 안쪽으로 들어서자 아치형의 긴 천장에 널찍한 복도가 앞으로 쭉 뻗었다. 아케이드 상가와 비슷하게. 양쪽으로 사무실과 가게들이 마주 보고 있으며, 2층의 가게들도 고개만

들면 살펴볼 수 있는 구조였다. 두 사람은 위층 중앙에 자리 잡고 있는 사무실을 확인하고, 널찍한 돌계단을 올랐다.

사무실은, 문틀 위쪽에 '빅 올더 경찰서'라는 15년 전, 현판을 그대로 달고 있었다. 대신 유리문에 깨끗한 필름지로 '빅 올더 조사수색대'라는 이름이 새겨지듯 붙었다.

안으로 들어가니 어수선한 공간이 나타났다. 스무 개 남짓한 책상은 모니터 기기와 서류, 문서와 쓰레기로 덮였는데, 사람들은 보이지 않는다. 대신 안쪽 '본부실'이라는 팻말이 달린 미닫이문 너머에서 웅성거리는 소리가 들려왔다.

두 사람이 망설이는 사이, 어느새 윌킨스가 달려와 앞장섰다. "벌써 본부실에 모여 있습니다. 들어가시죠." 그는 성큼성큼 걸어가 문을 열고 외쳤다. "팀장님, 입회할 캐스터가 도착했습니다."

그곳은 생각보다 널찍했으며, 확실히 막 꾸려진 본부 같은 느낌을 주었다. 맞은편 흰 벽에 커다란 설계도가 걸렸고, 책상 하나와 긴 테이블이 'T'자 모양으로 놓였다. 그리고 스무 명 남짓한 사람들이 다닥다닥 붙어 앉아 있었다.

윌킨스가 궤도 앞으로 가는 사이, 50대로 보이는 여인이 책상에서 일어나 두 사람에게 다가왔다.

컬을 넣은 커트 머리에 갈색 피부, 검은 눈동자를 가진 여인은 키는 작았으나, 목과 어깨에 힘이 들어가 어딘지 단단해 보였다. 곧고 바른 자세로 손을 내밀며 그녀는 자신이 빅 올더 조사수색대 책임자인 조안 도로시라고 했다.

손을 맞잡은 아일랜은 제복이 멋지다는 칭찬을 하려 했으나, 그녀는 금세 손을 풀고 자리로 돌아갔다. 그러더니 의자에 앉아 노란 손수건으로 연신 이마의 땀을 훔친다. 그런 조안의 뒤를 이어, 네이비 제복을 입은 사람들이 주르륵 일어나 간단히 목례를 했다. 아일랜의 이름을 부르며 반갑다 인사를 전하는 걸 보니, 저들은 이미 이쪽을 알고 있는 듯했다.

이번 사건에 꾸려진 조사수색대는 총 21명. 그중 해이드 테리라는 눈매가 날카로운 남자가 이끄는 수색대가 14명이었으며, 조사대는 월킨스를 포함해 7명이었다.

그러나 조안이 조사대 대장이자, 전체 팀장인 걸로 봐서 역할의 비중은 비슷한 듯했다.

대원들의 인사가 끝나자 조안이 입을 열었다.

"사실 정식 대원은 저와 해이드, 월킨스와 캐롤뿐이에요. 나머지는 겸업을 하고 있죠. 이곳은 주민이 4백 가구도 되지 않는 조용하고 평화로운 섬이니까요. 쿠어 회장이 이 일대를 사들이고, 투자를 아끼지 않은 덕분에 어엿하게 기차역까지 자리 잡게 됐지만. 관광객만 드나들 뿐... 그런데 이런 끔찍한 일이 일어나다니... 전임 팀장도, 빅 올더는 흉악한 범죄가 없는 곳이라 자랑했거든요. 인계 받은 사건들도, 애들이 부모 몰래 육지로 나가거나, 밀가루나 설탕, 치즈를 훔치는 좀도둑이 있거나, 밤새 농기구가 고장나 있는, 그런 것들뿐이고... 그런데 살인 사건이라니... 그것도 쿠어 회장이 자택에서, 말이에요."

조안은 사건의 충격에서 빠져나오지 못한 듯했다. 어쩔 줄 모르며 연신 땀을 훔쳤다. "그런데 아일랜 씨가 출판계에서 활약하고 있는 전문가라니, 정말 다행이에요. 호버 편집장이, 범죄 소설에는 일가견이 있는 분이라 큰 도움이 될 거라고 하더군요. 아일랜 씨는 캐스터 일을 한 지는 얼마 되지 않지만, 책을 많이 내셨다고. 참, 내 정신 좀 봐, 제 소개만 했군요. 경황이 없어서 그만. 저기 아일랜 씨는 어떤 책을 쓰셨나요? 나중에 시간이 되면 찾아 보겠어요."

순간 아일랜은 머리를 휙 돌려 팀장을 바라보았다. 예상했던 바가 멋지게 들어맞은 셈이었지만, 실로 엉뚱한 상황이 아닐 수 없었다. 살인 사건의 조사수색 책임자에게, 뜨거운 로맨스 소설을 소개하게 되다니. 그것도 조수대 본부에서 대원들이 지켜보는 가운데.

얼마나 당황했던지. 그는 얼떨결에 골라 두었던 목록을 준비한 대사 그대로 소개하고 말았다.

"어... 아직 작품을 많이 내진 못했습니다. 팀장님께 권할 수준도 못 되고요. 뭐, 그중, '아웃 오브 리터스티', '서던의 비밀스러운 밤', '발코니에서 들려오는 거친 숨결' 정도가 반응이 좋은 편이었죠."

팀장은 고개를 끄덕였다. "오, 발코니에서 들려오는 거친 숨결이라니. 제목만 들어도 섬뜩하네요. 부끄럽지만 저는 서점에 들르는 것조차 좋아하지 않는 사람이라. 책을 읽어 본 기억이 까마득해요... 이번 조사가 끝나고 나면 꼭 읽어 봐야겠어요. 물론 사건 입회는 처음이라고 하지만. 그렇게 평소에도 범죄를 상상하고 소설로 쓰시는 분이니 기록을 잘 하실 거예요."

평소에도 범죄를 상상하다니. 약을 다섯 알이나 먹지 않았으면, 지금쯤 화장실로 달려갔을 것이다. 아일랜은 한숨을 내쉬며 그 말의 출처를 떠올렸다. 도대체 호버 편집장은 뒷감당을 어떻게 할 생각으로 저런 무책임하기 짝이 없는 말을 뱉았단 말인가. 소름마저 끼치는 듯했다.

기대감을 나타내던 조안은 그제야 뉴윈을 발견한 듯했다. 윌킨스가 상사의 궁금증을 알아차리고, 들은 이야기를 전했다. "아일랜 씨는 대형 미디어사의 잘나가는 캐스터라, 보조 캐스터도 따로 고용한답니다."

그 말이 끝나자 뉴윈은 자기 소개를 했다. "....... 아일랜 씨를 도와주며 한 팀으로 일하는 뉴윈 무운입니다." 그리고 살짝 고개를 숙이는데, 오늘만 벌써 두 번째, 색다른 경험을 하고 있다는 것을 깨달았다. 20여 년을 살아오며 이런 경우는 처음이었다. 언제, 어디를 가도, 자신은 가장 눈에 띄는 사람이었으며, 곤란하게도 사람들의 주목을 받기만 했다. 그런데 조금 전 윌킨스에 이어 조안 팀장까지 사람들의 관심을 뒤늦게 받다니. 그만큼 아일랜의 화려함 내지 독특함이 자신을 압도한 것이다. 아니나 다를까 지금도 고개를 드니, 대원들은 홀린 듯 아일랜을 훑어보고 있었다.

5장 DAY-1 오후 5:15

"그럼, 입회 캐스터도 참석했으니, 조사수색대 발대식을 시작하지. 다들 3대 중범죄는 처음이라 매뉴얼을 나눠 줄 테니까 읽고 따르도록." 그녀는 프린트를 한 장씩 나눠 주고 곧 지시를 내렸다. 책임자로서 먼저 내용을 숙지하고 온 듯.

"가장 먼저 할 일은 개인 핸드폰 제출이야. 지금부터 48시간, 초동 조사수색 기간엔, 그 누구도 조사 내용이나 수색해서 찾은 증거를 타인에게 발설할 수 없어. 아일랜 씨도 FAC를 입회 모드로 조정해 주시죠."

대원들은 핸드폰을 제출하고, 대원끼리 연락이 가능한 통신기를 하나씩 받았다. 아일랜과 뉴윈도 폰을 내고 통신기를 받아, 채널을 맞추었다.

그다음 아일랜은 FAC를 꺼내 메뉴를 불러왔다. '사건 입회' 카테고리에서 '3대 중범죄' 바를 터치하자, 처음 보는 안내 문구가 떴다.

-지금부터 더블픽셔사, 타 캐스터와 통신이 단절됩니다. 앞으로 쓸 수 있는 메뉴는 기록과 재생뿐입니다. 실행하시겠습니까? -

아일랜이 'ok'를 선택하자, 화면에 떠올랐던 픽셔가 모두 사라지고 카메라는 투명한 플라스틱 보호경처럼 변했다. 목걸이 끈이 달린 실험실의 보호경과 비슷했으나 훨씬 얇고 납작했다. 그것을 안경처럼 착용하자 블랙 포인트가 눈동자 바로 앞에 나타났다. 그리고 왼쪽 눈썹 언저리에 '1/48'이라는 숫자가 떴다.

그사이 조안은 '중대 범죄 조사수색 매뉴얼'의 중요한 내용을 짚어 주고 있었다. 조항들은 까다로우면서도 철저했다. 몇몇 대원은 들은 적이 있는 듯했고, 대부분은 처음 듣는 내용인 듯했다.

"특히 중범죄 사건은 48시간 동안 현장과 가해자, 피해자 주변을 떠날 수 없으니. 출동하기 전 미리 가족들에게 연락해 두는 게 좋을 거야." 조안의 말에 모두들 더욱 긴장하는 듯했다.

발대식의 첫 순서는 사건에 따른 매뉴얼을 익히는 것이고, 다음은 팀으로 꾸려진 대원들에게 사건을 개략적으로 설명하는 것이다.

궤도 앞에 서 있던 윌킨스가 흠, 헛기침을 한 다음 포인터를 들었다. "그럼 절차에 따라, 어릿광대 저택에서 일어난 사건에 대해 지금까지 진행 과정을 브리핑하겠습니다. 이곳은 빅 올더 자치 조사수색대 본부이고, 참석자는 조수대 대원들이며, 입회 캐스터는 더블픽셔사 소속 아일랜 러비 씨입니다."

그는 긴장했는지, 연신 아일랜의 카메라를 쳐다보았다. "본 사건의 피해자는 바스티. TK. 쿠어 씨로 나이는 84세, 저택의 주인입니다. 오늘 오후 4시 30분경 그가 저택 메인 홀에 쓰러져 있다는 신고가 '사체 통합 관리소'로 들어왔습니다. 신고 접수자는 핀테 접수원이며, 최초 발견자, 신고자는 모두 포더 집사라고 합니다. 1호 중범죄, 살인 사건의 처리 절차에 따라 사체 관리소 직원 5명과 부검의 2명이 가장 먼저 현장으로 출동했습니다. 그들이 저택을 통제하고 있으며, 보고에 따르면, 현장에 도착할 당시 저택에는 패밀리뿐 아니라 파티 준비를 위한 임시 고용인까지 있어, 참고인은 총 51명이나 된다고 합니다. 참고인 숫자가 많아 조사하는데 시간과 인력이 많이 필요한 상황입니다."

"저기, 패밀리는 뭔가요? 쿠어 회장은 가족이 없는 걸로 아는데요." 순간, 궁금증을 참지 못하고 아일랜이 손을 들었다.

그러자 조안이 의아한 듯 되물었다. "거의 모든 픽션에 나왔을 텐데요. 유산을 상속받을 후보군으로 거론된 인물들이요."

뉴원은 아일랜의 표정을 살폈다. 작가는 동공이 커지는가 싶더니 급하게 눈을 두 번 깜박였다. 그리고 동시에 턱을 밑으로 당겼다. 그것은 뜻밖의 말을 듣고 당황한 표정이었다. 이번에는 그가 팀장을 향해 손을 들고 대신 답했다. "저희는 픽션을 읽지 않았습니다."

워낙 담담한 어조라 조안은 그것이 직업 윤리나, 암묵적인 룰인가 생각했다. 직접 픽션을 쓰는 캐스터들은 다른 픽션을 읽지 않는 것인지도. 그럼에도 불구하고 항상 픽션이 비슷비슷한 것은 무엇 때문인가. 그녀는 서둘러 설명을 시작했다.

"말씀대로 쿠어 회장은 혈혈단신이었어요. 일가 친척은 60년 전 내전 때 모두 사망했고, 본인은 사고를 당하는 바람에 가족을 이룰 수 없는 상태였죠. 하지만 그분은 대가족을 거느리고 싶어 했어요. 듣기로는 쿠어 그룹에서 물러날 때, 이사진과 경영진에 의해 반강제적으로 쫓겨나다시피 했다고. 그때 혼자 싸우며 가슴에 맺힌 것이 많아, 가족 경영에 대한 꿈이 있었다는 거예요. 물론 패밀리 중 누군가의 입에서 나온 말이지만요. 거기다 저택을 유지하는 데는, 회계나 보안 등 필요한 부분이 있잖아요. 이렇게 외딴 섬이니 자신을 돌볼 전담 주치의도 있어야 하고. 때문에 쿠어 회장은 필요한 사람들을 뽑아, 저택에 불러들여 함께 살았어요. 그들이 바로 패밀리들이에요."

그리고 고개를 갸웃하다 이런 이야기를 덧붙였다. "그럼, 유언장 이야기도 모르겠군요. 그들이 패밀리라 불리는 건, 단지 저택에 함께 살기 때문만이 아니라 유언장에 유산을 나눠 갖는 게 명시되어 있기 때문이죠. 패밀리들이 오고 나서, 쿠어 회장은 매년 새해 첫날 유언장을 발표했다고 해요. 금액은 해마다 달라졌지만, 어쨌든 회장이 죽고 나면 그들이 유산을 받는 건 틀림없는 사실인데, 올해는 새 유언장을 발표하지 않았다는 거예요. 작년 봄, 데이지 포더 양과 마담 매릴린이 새로운 패밀리가 돼서, 지켜볼 셈이었는지 말이에요. 그래서 바로 내일, 발표하지 않고 미뤄둔 유언장이 발표된다고 떠들썩한 거고요. 그런데 회장이 사망해 버렸으니."

"쿠어 회장의 패밀리라고. 어제까지 아랫집에 살던 친구 놈이 회장에게 뽑혀 대저택으로 가더니 얼마나 거들먹거리는지. 무지하게 호화로운 생활을 하면서도 매달 생활비로 우리 월급보다 서너 배나 많은 천만 골드씩 받는다며, 자랑을 일삼죠. 거기다 어마어마한 유산도 기다리고 있고." 윌킨스는 못내 부러운 표정이었다. 그러나 곧 정신을 차리고 헛기침을 한 후, 다시 설명을 이어 갔다.

"그럼, 여기, 저택의 설계 도면을 보시죠. 어릿광대 저택은 바로크 양식의 대저택으로, 침실이 14개, 욕실이 11개, 도서관, 홈 시어터, 체육관, 사우나와 온실까지 모두 갖추고 있습니다. 여기가 정면 출입구 '양날의 문'이고, 이 넓은 공간이 바로 메인 홀 '니케의 영광'입니다. 포더 집사가 '회장님이 니케의 영광에 쓰러져 계신다'고 신고를 하는 바람에, 핀테가 되물어서 알게 된 사실인데. 어릿광대 저택은 중세 귀족의 성처럼 주요 구역에 명칭이 따로 있다고 하는군요. 여기 홀 안쪽에 2층으로 올라가는 윙 구조의 계단도 '이카로스의 날개'라고 합니다. 저택은 1층과 2층, 그리고 오른편과 왼편으로 공간이 분할되어 있습니다. 일을 하는 공간은 1층이고, 2층은 쿠어 회장과 패밀리들의 생활 공간입니다. 2층부터 살펴보면, 이니셜로 표시해 놓았으니 보기 편할 겁니다. 먼저 중앙 계단 바로 앞, 출입문이 세 개나 달린 이 넓은 곳이 쿠어 회장의 룸입니다. 그 왼편이 H, A, 헉스와 애나 남매의 룸, 그 옆이 M, M, 마크와 메리 부부의 공간이며, 회장실의 오른쪽이 K, K, 칼과 컬린 의사 부부, 옆이 M, L, 매릴린과 레오 모자의 룸입니다. 룸이라고 말씀드렸지만, 보다시피 안쪽에 침실과 욕실을 비롯, 거실과 다이닝룸을 갖추고 있어, 소형 아파트라고 봐도 무방할 겁니다. 그리고 1층, 왼편 통로에 표시된 F, D, 가 포더 집사와 딸 데이지 양의 룸입니다. 데이지 양은 패밀리지만, 포더 집사가 직원이라 아버지와 함께 1층에 거주하고 있습니다. 1층을 보면 가운데 메인 홀을 기준으로 왼쪽의 '프롤리 문'과 통로는 직원들 공간으로 연결되며, 오른편 '보르죠 문'과 통로는 패밀리들의 작업 공간으로 연결됩니다. 중요한 건, 지금은 이 통로들을 이용할 수 없다는 겁니다. 여기 양쪽 복도로 통하는 문은 파티를 준비하면서부터 잠겼다고 하더군요. 때문에 메인 홀로 들어오거나, 2층으로 갈 때는 반드시 정면에 있는 '양날의 문'을 통해야 한다고 합니다."

아닌 게 아니라 도면의 왼쪽, 홀과 마주한 안쪽 프롤리 문을 지나면 집사의 집무실과 주방, 팬트리, 직원 휴게소와 식당 등이 표시되어 있으며, 정원으로 나가는 바깥 프롤리 문 너머에는, 종묘장과 동물들의 축사, 목공소 등이 표시되어 있었다.

그리고 홀로 통하는 안쪽 보르죠 문 너머 통로에는, 응접실을 비롯, 재봉실, 세무실이 있고, 바깥 보르죠 문을 통해 정원으로 나가면, 온실, 진료실, 수의실이 삼각형 모양을 이루며 독채로 표시되어 있었다.

"바로 여기에 쿠어 회장이 쓰러져 있었습니다. 회장의 방 바로 앞, 난간 아래입니다. 현장은 부검의가 기록을 남겼으며, 회장의 시체는 이미 사체 관리소 1부검실로 이동했습니다. 처음에는 추락사로 생각되었으나, 머리에 화살촉 같은 게 박혀 있어 꼼꼼히 조사해야 한다고 나이카 부검의가 전했습니다. 물론 제 3의 원인이 있을 수 있다고도 합니다. 그리고 주요 참고인들이 전부 회장의 죽음과 관계없다고 말했다니, Q1 사례라는 사실도 함께 전해 왔습니다." 그러면서, 윌킨스는 아일랜을 향해 고개를 끄덕였다. 그러자 다른 대원들도 일제히 아일랜을 쳐다보며 고개를 끄덕이는 것이었다. 아일랜은 그저 어리둥절할 뿐이었다.

  그리고 다시 윌킨스가 패밀리에 대해 설명하려는데, 조안이 자리를 박차고 일어났다. "여기까지면 충분해, 윌. 이분들은 픽셔도 읽지 않았다고 하니, 현장에서 직접 패밀리를 만나는 걸로 하지. 범인이 나타나지 않았으니 한시바삐 기록을 시작해야지." 그리고 아일랜을 보며 말했다. "그럼, 급한 대로 식은 이 정도로 끝낼까요? 궁금한 것은 차로 이동하면서 이야기를 나누도록 하죠. 당장 저택으로 가, 현장과 참고인 진술부터 기록해야 해요." 그리고 해이드를 향해 "가장 먼저 찾아야 할 것은, 흉기와 새 유언장이야. 수색대부터 빨리 출발하지." 라고 명령하듯 말했다.

  수색대가 나가자, 아일랜은 부탁이 있다며 카메라를 벗어 목에 걸었다. 중요한 용건이 있어, 호버 편집장과 통화부터 하겠다고 했다. 그러자 조안이 책상에 놓인 전화기의 재발신 버튼을 누르고 수화기를 건넸다. 난감해하던 때와 달리 무척 재빠른 동작이었다. 그 바람에 아일랜은 남들이 지켜보는 가운데 통화를 할 수밖에 없었다.

편집장은 기다렸다는 듯 전화를 받았다. 그러나 조안이 아니라는 것을 알고는 뻔뻔스레 대꾸했다. "그것 봐. 윗사람 말을 들으면 자다가도 먹을 게 생긴다고 하지 않아. 자네가 내 말을 듣고 거기 내려간 게 얼마나 천운인 건가. 거기다 내가 말을 잘해 놔서, 중요한 정보는 자네에게 제일 먼저 알려 줄 걸세."

이토록 끔찍한 경험을 선물해 주셔서 감사하다고 되받아치고 싶었으나, 사람들이 귀를 기울이고 있어 궁금한 것만 물어보기로 했다. "그런데 여기 이미 취재 팀이 내려와 있다고 하지 않았나요? 왜 다른 캐스터는 없는 거죠?" 그것이 너무나 궁금했다. 지금이라도 다른 캐스터가 있다면 그에게 입회를 떠넘기고 싶었다.

"……. 흠, 자네는 작가라면서 말을 똑똑히 들어야 할 게 아닌가. 그렇게 준비를 하고 있다고 했지, 그렇게 했다고는 하지 않았지." 그는 더욱 뻔뻔스럽게 발뺌했다.

기가 막혀 잠시 말을 잃었으나 아일랜은 곧 반격했다. "뭐라구요? 회사를 대표해 파견할 작가들을 팀으로 구성해서는. 제일 잘나가는 '분노, 혐오, 욕망' 섹션에서 대표 작가들을 한 명씩 뽑았다고 하셨잖아요. 저택 입구에 취재 팀이 머물 간이 중계실도 설치해 두고, 어차피 다른 회사의 취재 팀도 같이 대기하는 처지라 단독 픽셔가 뜨지는 않을 테니 경쟁할 걱정도 없고. 지금은 파티 상황을 실시간으로 전해 줄 주민들을 섭외하고 있다고 말씀하셨는데요."

조안을 비롯한 대원들은 여전히 시선을 피하고 있었지만, 이쪽의 대화를 듣고 있는 게 분명했다. 그 바람에 아일랜은 하고 싶은 말을 에둘러 전하느라 진땀을 뺐다.

"편집장님 말씀처럼, 작가이기 때문에 다른 사람의 말은 충분히 귀담아듣고 있어요. 중요한 내용은 똑똑히 기억하고 있구요."

그 말에 상대방도 뜨끔한 듯, 입을 다물었다. 그러나 잠깐뿐이었다. 편집장은 노련하게 반박했다.

"방금 그 말이 그 말 아닌가. 대표 작가를 뽑아 두었을 뿐. 거기 보냈다는 말은 하지 않았어. 그리고 간이 중계실을 설치해 '두었다'고도 하지 않았지. '설치해 두고'라는 말은 앞으로의 계획인 거 아닌가. 주민들 섭외는 이쪽에서 통신으로 할 수 있는 거고. 취재 팀은 내일 기차로 보낼 계획이었네. 파티가 오후 7시라니, 기차를 타고 도착해도 1시간이나 남지 않아. 중계하는 데는 아무 지장 없지... 취재라는 건, 곧 비용과의 싸움인 거야. 취재를 하는 데, 시간이며 돈이 얼마나 많이 드는지 아나? 나, 참. 또 반박할 내용이 있으면 언제든 연락하게. 참, 중범죄 조사에 입회했으니 이제 연락이 안 되겠구만. 아무튼 사건 입회 잘 하고, 모든 내용을 철저히 기록하는 것 잊지 말고." 그는 오직 아일랜의 자료를 받기만 기다리고 있었다는 말은 하지 않았다. 그것만으로 쿠어 회장의 유산과 파티에 관한 픽셔를 섹션별로 100편이나 써낼 계획이었다는 것도. 일개 무급 캐스터에게 그런 것을 일일이 알려 줄 필요는 없다.

통화가 끊길 것 같아, 아일랜이 황급히 다시 물었다. "저기, 잠깐만요, 편집장님. 그런데 다른 회사의 캐스터도, 왜 안 보이는 거죠? 지금까지 쿠어 회장의 파티에 관한 픽셔들이 얼마나 많이 쏟아져 나왔는데."

"그걸 왜 나에게 묻나. 다른 회사 사정이야 내 알 바 아니지. 바빠서 이만." 호버는 황급히 전화를 끊어 버렸다.

옆에서 가만히 이야기를 듣고 있던 조안이 그 답을 알려 주었다. "여기 주민 중에 캐스터나 미디어사에 제보하는 사람들이 여럿 있어요. 그들의 얘기로 썼겠죠."

뉴윈도 한마디 덧붙였다. "……. 제 생각입니다만, 방금 통화를 듣고 보니, 다른 곳도 비슷한 사정인 것 같은데요. 취재 팀을 내려 보내는 것보다, 제보자들에게 몇 푼 쥐어 주는 게 비용이 절감되지 않을까요."

뒤이어 윌킨스가 마무리를 지었다. "그리고 다른 캐스터들을 찾으셨는데, 그들은 적어도 2,3일 뒤에야 올 수 있을 겁니다. 커네리크호를 탔으니 아시겠지만, 섬 전체가 정전될 때, 갑자기 단전되는 바람에 열차 센서가 충격을 받은 것 같다고 해요. 아무래도 섬이라 해풍과 습기 때문에 센서가 고장나는 사고는 여러 번 있었는데, 이번엔 픽셔들이 난리법석이라... 아무튼 꼼꼼하게 점검하는 데 며칠 걸릴 거라고 하네요. 아까 역에서 두 분을 기다릴 때, 역장에게 물어봤죠."

그러나 아일랜은 포기하지 않고 되물었다. "그럼, 혹시라도 다른 캐스터가 나타난다면, 와서 입회한다면 제가 빠져도 되나요? 건강이 나빠서, 조사에 방해될까 미리 말씀드리는 거예요. 다른 캐스터를 보조하는 선으로 물러나도 괜찮은지."

"무슨 말이에요. 3대 중범죄의 경우, 처음 입회한 캐스터만 끝까지 입회하도록 규정이 정해져 있잖아요. 법가원도, 입회 캐스터의 FAC 기록만 제 1증거로 채택하고요. 물론 보통의 경우엔 입회 캐스터가 서너 명, 많게는 열 명이 넘기도 하는데. 이번엔 아일랜 씨뿐이라, 아일랜 씨 기록만 1증거로 채택될 거예요. 책임이 막중하니 어떻게든 버텨 보세요. 어차피 다른 캐스터들은 입회를 못 했으니 서둘러 올 생각도 없을 테고요."

단호히 대답한 조안은 다른 조사원들을 돌아보았다. "그럼, 각자 맡은 인물들 알고 있지? 진술 녹화는 통신기로 하고, 특별한 정보가 있으면 나나 아일랜 씨에게 보고하도록. 중범죄 FAC 기록은 삭제나 조정이 안 되니까 빠르면서도 신중하게 조사해야 해."

조안은 지휘자의 위엄을 되찾은 듯했다. 조사 팀 중 세리 대원이 사무실을 지키기로 하고, 다들 본부실 밖으로 나갔다.

그사이 뉴원이 슬쩍 아일랜의 귀에 속삭였다. "아시는지 모르겠지만, 지금부터 이 사건에 대한 픽셔는 나오지 못합니다. 중범죄는 픽셔 규정도 까다롭거든요. 초동 조사수색 기간인 48시간이 끝나도, 입회 캐스터의 첫 픽셔가 나온 다음에야 다른 캐스터들이 픽셔를 쓸 수 있어요. 중범죄의 기소와 판결에 영향을 미칠 수 있는 픽셔는, 오직 입회 캐스터만 쓸 수 있죠. 게다가, Q1 사례라면, 범인의 자백이나 주요 목격자가 없는 사건이란 뜻이에요. 이럴 경우, 첫 픽셔에는 사건의 진상과 범인을 추정하는 내용이 들어가는 게 관례죠."

"네? 전혀 몰랐어요. 그럼 제가 탐정처럼 추리를 해서 픽셔를 적어야 하는 건가요? 어떡하죠, 전 범죄 픽셔는 읽어 본 적도 없단 말이에요."

큼직한 호버 백을 챙긴 조안이 아직 미닫이문 안쪽에 있는 두 사람을 돌아보았다. "참고인들에게 선입견이 없어, 기록하는 데 도움이 되겠어요. 저도 픽셔를 보지 않는 게 좋았을 텐데. 아침에 눈을 뜨면 그것부터 읽는 게 습관이 돼 버렸어요. 그걸 읽어야 세상을 알고 있다는 생각이 들어서요."

그때 사무실 문이 벌컥 열렸다. 그리고 한 남자가 황급히 들어섰다. 대원들은 모두 그를 아는 듯했고, 윌킨스가 '롭'이라고 반갑게 이름을 불렀다. 그는 윌킨스를 보며, "저기, 제보할 게 있는데." 라고 말했다. 그러다 아일랜과 뉴원을 발견하고는 입을 다물었다.

 그러자 조안이 얼른 손짓을 하며 "벌써 제보자가 나타났군요. 다시 카메라를 켜죠." 라고 말했다.

 아일랜이 남자의 앞으로 가, 목에 걸린 FAC를 다시 켰다. 작가의 홍채를 인식한 카메라에 전원이 들어오더니. 캐스터의 눈과 귀가 되어 기록을 시작한다.

 녹화가 시작된 것을 안 조안의 목소리가 한결 부드러워졌다. "보다시피 여기 있는 분들은 조사에 입회하는 캐스터라 괜찮아요. 롭, 제보할 내용을 말해 봐요."

 그는 두툼한 손을 깍지 끼고는, 잠시 망설이다가 마침내 입을 열었다. "쿠어 회장님이 돌아가셨다는 픽셔를 봤거든요. 그런데 수상한 흔적이 발견됐다고 해서. 사고가 아니라, 타살 정황이 있다던데… 퍼뜩 짚이는 게 있는 겁니다. 그래서 바로 달려왔죠." 그리고 그는 또 우물쭈물 망설였다.

 "얼른 말해 보라니까. 지금 현장으로 가야 돼. 시간이 없어." 윌킨스가 재촉했다.

 결국 거대한 물풍선 같은 남자가 다시 입을 열었다. "혹시, 그 흔적이란 게, 머리에 화살 같은 게 박힌 게 아닌가요?"

 그 말에 모두 긴장했다. 롭은 고개를 끄덕이며 입을 열었다.

 "저기, 사흘 전에 말입니다. 그날 패밀리 세 명이 주점에서 술을 마셨거든요. 자정이 넘어, 아내가 자러 가고 저 혼자 남을 때까지도, 계속 술을 마셨는데. 처음엔 와인으로 시작했다 나중에 맥주로 바뀌고도 한참이 지났을 때... 그 이야기를 들은 겁니다. 이 두 귀로 똑똑히요. 칼과 마크와 헉스가 있었는데, 그들이 이렇게 얘기하는 거예요. 이제는 못 참겠다, 회장을 죽여 버리겠다고요."

"세 사람이 자주 모였나요?"

"웬걸요. 사이가 얼마나 나쁜데요. 각자 들어온 시간도 다르고, 따로 마시고 있었죠. 그런데 최근에 셋 다 회장님께 크게 혼이 났나 보더라고요... 술에 취하니까 슬슬 합석을 하더니. 누가 회장이 2층 난간에 있을 때 밀어 버리고 싶다고 하자, 헉스가 벌떡 일어나서는, 그걸로 안 된다고, 이걸 머리통에 박아 줘야 한다고, 그러면서 손바닥만 한 보우 건 같은 걸 꺼내 자랑을 하는 겁니다... 어휴... 한 달을 기다려 겨우 구한 '데스 블'인가 하는 건데 독이 발린 화살을 쏘는 무기라고 하더군요. 장난감처럼 작지만 장전 보조 장치도 따로 붙어 있고, 마치 건설 현장에서 쓰는 대못 박는 타카 건처럼 쏘는 힘도 강력하다고... 그러면서 장전하는 걸 보여 주기까지 해서, 전 그가 실수로 발사하기라도 할까 봐 얼마나 조마조마하던지... 그런데 그 위험한 걸 막 휘두르더니... 나중엔 크게 비웃기까지 하는 거예요. 그 거만한 회장이 개구리처럼 납작하게 뻗은 걸 보면 아주 속이 시원할 거라고 말이죠."

2부 참고인들

1장   DAY-1 오후 5:45

조사대는 8인승 승합차에 올랐다. 운전대는 조안이 잡았다. 그녀는 매우 부드럽게 운전하는 타입이었다. 좌석도 두툼한 가죽 시트라 엉덩이가 한결 편했다. 그러나 아일랜은 그물에 잡혀 항구로 끌려가는 물고기와 비슷한 심정이었다. 현장에 도착하는 순간 숨이 막혀 죽어 버리지나 않을까 걱정스러웠다. 제보를 받고 나니, 비로소 살인 사건에 입회했다는 실감이 났기 때문이다.

옆에 앉은 뉴윈도 그 불안한 심정을 고스란히 느끼고 있었다. 그것은 관찰하고 말고 할 필요도 없었다. 작가는 조안이 일러주는 설명은 듣는 둥 마는 둥, FAC를 만지작거리며 잠시도 가만있지 못하더니. 결국 슈트 주머니에서 약병을 꺼내, 흰 약을 털어 삼켰다.

자신 안의 공포와 싸우고 있는 이를 놔두고 그는 다시금 바깥 풍경을 살폈다. 도로 주변의 모습이 달라진 것 같다. 조금 전까지 가로수가 없었는데, 지금은 사이플러스 나무가 일정한 간격으로 늘어서 있다. 가드레일 너머 보이는 드넓은 밀밭도

구획 정리가 잘 되어 있다. 아니나 다를까, 캐롤이 여기부터 쿠어 회장의 사유지라고 알려 주었다. 조사에 있어서, 가장 중요한 것은 '관찰'과 '기억'이다. 선입견 없이 자신의 눈으로 본 것을 머릿속에 정리해 두어야 한다.

잘 닦인 도로를 달리던 차는 다시 구불구불한 숲길로 들어섰다. 그 뒤를 윌킨스의 트럭이 따랐다.

피톤치드 향이 가득한 길을 얼마쯤 달리자, 웅장한 대문이 나타났다. 바다의 여신 세일렌이 조각된 간살 철문은 센서가 작동하기까지 10초 이상 걸린 듯했다. 철컥. 소리가 울리고 문은 천천히 안쪽으로 밀려 들어갔다.

승합차와 트럭은 넓고 반반한 흙길을 달려, 시야가 확 트인 주차장에 도착했다. 대원들이 먼저 내리고, 아일랜과 뉴윈이 마지막으로 차에서 내렸다. 윌킨스도 트럭에서 내려 앞으로 다가왔다. 그들은 모두 주차장 끝에 이르러 약속이나 한 듯 발을 멈추었다. 어릿광대 저택과 그 주변 전경이 파노라마처럼 눈앞에 펼쳐지고 있었다.

그것은 몹시 독특한 지형이었다. 잔디로 덮인 네 개의 언덕이 둘러싼 가운데, 정원이 분지처럼 내려앉았다. 맞은편에 대저택이 우뚝 서 있으며, 그 양쪽 끝에는 마치 위성처럼 여러 작업실과 건물들이 적당한 거리에 자리 잡고 있다.

뉴윈은 왼쪽에 세워진 푯말부터 살폈다. 나무 기둥에 화살표 네 개가 각기 다른 방향을 가리키는데, 표지에 의하면 자신들이 있는 주차장은 북쪽 언덕이며, 맞은편 언덕에 저택이 있다. 동쪽 언덕은 수령 500년이 넘은 그릴란드 나무가 주인이고, 서쪽 언덕에는 파빌리온이 서 있다.

그는 표지판의 내용이 사실인지 확인해 보기로 한다. 지금은 오후 6시 10분. 서 있는 곳을 기준으로 3시 방향으로 해가 지고 있다. 기울어진 햇살을 받은 그리스 풍의 흰 건물이 눈에 띈다. 파빌리온이 있는 곳이 오른쪽이므로 자신이 서 있는 곳은 북쪽 언덕이 맞다. 확인을 끝낸 뉴윈은 "네 개의 언덕이라. 이런 곳도 있군요." 감탄하듯 말했다.

조안이 돌아보며 "아, 모르겠군요. 쿠어 회장이 이렇게 터를 닦은 거예요. 차를 타고 온 방문객들에게 보여 주고 싶은 풍경을 일부러 만든 거죠."

"그랬던가요… 누구든 이런 풍경부터 보게 된다면 주눅이 들 것 같은데요. 과연 수많은 사람을 거느렸던 회장다운 발상이군요." 뉴윈은 더욱 크게 감탄했다.

회장은 섬에 내려와 많은 주민들을 이곳으로 불러들였을 것이다. 직원과 패밀리를 뽑기 위해. 혹은 외부 일을 맡기기 위해. 그들은 여기서 풍경을 보자마자 기가 질리지 않았을까. 그리고 어떤 악조건이라도 그의 말을 따랐을 것 같다.

그때였다. 입을 다물고만 있던 아일랜이 후우, 길게 숨을 내쉬었다. 뉴원은 그가 두려움에서 벗어나지 못한 것이라 생각했으나 아니었던 모양이다. 작가는 막힌 봇물이 터지듯 경탄을 쏟아 냈다. "다들 보셨나요? 저 독특하고 아름다운 정원을! 언덕으로 오르는 네 개의 경사면까지 모두 가든의 일부로 꾸며 놓았잖아요. 이런 색다른 정원을 보게 된 건, 정말 행운이지 뭐예요. 이 정도 규모의 정원은 잘못 꾸미면, 굉장히 지루하거나 아님 지저분하게 되거든요. 그런데 이곳은 대분수를 중심으로 크로스 라운드 쉐입에, 동서는 모던과 어반, 남북은 코티지와 트로피컬 가든을 매치해 놓았잖아요. 세상에! 규모가 큰 정원이 지루해지는 것은 대개, 전체를 하나로 통일해 데칼코마니처럼 꾸미기 때문이랍니다. 그런 곳에 들어가면 정말 하품만 나오죠. 그런데 분할을 해 버리다니. 게다가 언덕으로 가는 경사면까지 가든의 일부로 꾸며, 형태가 실로 역동적이잖아요. 금방이라도 클로버 잎처럼 돋아날 것 같고. 게다가 부분 가든도 클래시컬하게 잘 꾸몄구요."

그는 말을 하는 사이에도 고개를 두리번거리며 소리를 질렀다. "어머나, 세상에. 그냥 분할 쉐입이 아니었어요. 블루, 옐로, 퍼플, 컬러 가든이 숨어 있군요! 시크릿 가든의 재해석인가 봐요. 이런 정원을 꾸민 사람이 있다니. 그가 누구라도 사랑에 빠지겠어요."

시름 따위 잊은 듯 떠들어대던 작가는 갑자기 손을 이마에 댔다. "저기 어른어른하는 게, 밀짚모자인가? 당장 저 사람을 만나 봐야겠어요." 그리고는 성큼성큼 언덕을 내려가기 시작했다. 파빌리온으로 연결되는 서쪽 산책로였다.

남은 사람들은 당황한 채로 서 있었다.

조안이 겨우 "그렇군요. 확실히, 정원이 많이 달라졌네요."라며 고개를 끄덕였다. "재작년인가, 섬으로 부임해 인사를 왔을 때만 해도 풀과 나무만 무성했는데. 2년 만에 이렇게나 변했을 줄은 생각도 못했어요." 라고 말했다.

그 순간, 통신기가 울렸다. 해이드의 연락이었다. 그는 조안에게 도착했냐 묻고는, 패밀리와 직원들의 몸수색이 끝났다고 전했다.

조안은 조사대의 도착을 알리고, 뉴윈에게 아일랜을 데려오라며 손짓을 했다.

흥분한 아일랜은 구르듯 언덕을 내려왔다. 밀짚모자가 어른거렸던 곳을 찾아 부근에 이르렀다. 이곳은 종묘장인 듯. 정원수로 쓰일 묘목과 성인 키만큼 자란 수목들이 줄을 맞춰 서 있었다. 나무를 심기 위한 구덩이도 곳곳에 패여 있다.

정원사를 찾아 안쪽을 기웃거리는데, 갑자기 키 큰 나무들 사이에서 열에 들뜬 듯한 목소리가 들려왔다.

"난 더 이상 기다릴 수 없어, 데이지. 할머니가 그러시는데, 결혼은 빵 반죽과 똑같다는 거야. 알맞게 부풀었을 때를 놓치면 사랑은 꺼지고 시큼한 맛이 날 뿐이라구." 소리나는 방향으로 다가가 보니, 남자가 한쪽 무릎을 꿇은 채 양손을 벌리고 있었다. 뜻밖의 구애 장면에 아일랜은 저도 모르게 전나무 뒤로 몸을 숨겼다.

밀짚모자를 쓴 여인은 등을 돌린 채였다. 셔츠와 반바지 차림이었으며 팔뚝과 종아리에 단단한 근육이 잡혀 있다. 그녀는 청년을 향해 차임벨 같은 맑은 목소리로 대꾸했다. "꼭 하고 싶은 말이 있다더니. 그런 이야기를 할 때야? 지금 저택에서 어떤 일이 일어났는지 모르는 건 아니지? 바자르, 회장님이 돌아가셨어."

"알아. 할머니가 지금은 의지할 사람이 필요할 거라고 하신 걸. 이런 끔찍한 일이 생겼을 때는 사랑하는 사람이 곁에 있는 게 좋다고도 알려 주시고. 그러니까 앞으로도 쭉 함께 있자는 말을 하는 거잖아."

오, 저런. 단번에 어떤 장면인지 알 것 같았다. 그러나 청년의 성급함에 아일랜은 탄식이 나올 뿐이었다. '의도는 알겠는데. 지금이, 청혼할 때는 아닌 것 같은데... 바자르 군.' 그러나 속으로만 중얼거렸다.

"게다가 난 너를 알고 지낸 지 겨우 1년밖에 되지 않아. 널 좋아하지만, 결혼은 신중히 결정해야 할 문제야." 여인은 한발 물러섰다.

그러자 청년이 무릎을 세워 일어섰다. 멀찍이 보이는 그는 짙은 눈썹과 구레나룻, 부리부리한 눈과 듬직한 체격을 가진 남자였다. 캠프단 단복을 단정히 차려 입은 그는 모자를 든 손으로 답답하다는 듯 가슴을 두드렸다.

"사랑을 아는 데 시간은 필요 없어. 난 널 처음 본 순간, 평생의 반려자라 생각한 걸. 그리고 여기서 나만큼 믿음직한 남자도 없어. 난, 학부모들이 가장 신임하는 캠퍼고 학생들도 따르고 좋아해. 그리고 스물여섯이면 결혼에 대해 생각해 보기 좋을 때 아니야." 청년은 더욱 열정적으로 밀어붙이는 듯했다.

하지만 여인은 고개를 저었다. "하지만 이제 장례식이야. 아버지를 도와 드려야 하고, 마담도 위로해 드려야 해. 얼마나 상심하고 계신데."

"또, 그 마담? 안 그래도 넌 온종일 정원과 그 여자에게 붙들려 있다시피 했잖아. 지난 1년간 네 시간을 즐긴 적이 얼마나 돼? 난, 너와 데이트도 제대로 하지 못했어." 남자는 맹렬해지기만 했다.

아일랜은 몹시 답답해졌다. 자신도 청년처럼 가슴을 치고 싶었다. '오, 제발. 바자르 군. 그렇게 밀어붙이기만 하면 안 돼. 공감이 우선이라구. 그녀가 무슨 말을 하고 있는지 제대로 들

어 봐. 자네는 지금 그녀와 완전히 다른 태양 아래 있다니까.'
이제라도 앞으로 나서서 도움을 줄까 싶은 찰나, 청년은 더욱
큰 실수를 하고 말았다.

"그리고 마담도 그래. 그녀가 아무리 저택을 꾸민다고 해도, 현실은 엄연히 어릿광대 저택일 뿐이야. 앞으로도 저곳은 어릿광대 저택일 뿐이고. 제아무리 뻣뻣한 사람도 발을 들여놓는 순간, 어릿광대로 변한다는 곳. 저기 들어가면 모두 회장님 눈치나 보며 우스꽝스러워질 뿐. 너나 마담은 파티를 반겼지만 솔직히 우리 주민들은 달가워하지 않았어. 한창 바쁜 농번기에, 난데없이 주민들을 불러 모아 파티라니. 할머니는 이제 마을 사람 모두를 어릿광대로 만들 셈이라며, 질색하신 걸. 파티라는 건 회장님이 어릿광대들을 한자리에 불러 모으는 행사일 뿐이라고, 초대도 거절하셨어."

"미안한데, 바자르. 그렇다면 넌 나랑 결혼하기보다는 할머니와 계속 사는 게 낫지 않아? 무슨 말을 해도 할머니, 할머니. 할머니 말이 다 옳고, 할머니 말만 들을 거잖아. 이제 그만 캠프장으로 돌아가 줘. 바쁘니까."

여인의 목소리가 굳어졌다. 그녀는 손으로 반대쪽을 가리킨 다음 종묘 상자 앞에 쪼그려 앉았다.

사랑하는 여인이 화가 났다는 것을 바자르도 알아차렸다. 또한 자신이 말을 잘못했다는 것도 곧바로 깨달은 듯했다. 그는

우뚝 선 채 "그게 아니라, 데이지... 난... 널 위해서라면 어떤 일이라도 할 수 있다는 말이었는데...... ." 라고 중얼거렸다. 그리고 고개를 떨군 채, 모자만 비틀어 댔다.

 그러나 잠시 후, "그래... 할머니도 남자는 물러날 때를 알아야 한다고 하셨으니까." 라며 버림받은 사냥개마냥 어깨를 늘어뜨린 채, 천천히 발길을 돌렸다.

 잠시 후, 더 이상 숨어 있으면 실례라고 생각한 아일랜은 재빨리 앞으로 걸어 나갔다. 성인의 키만큼 큰 플라타너스와 동백 묘목을 살펴보는 척하다, 자신을 바라보고 있는 여인을 뒤늦게 발견한 듯, 고개를 갸웃했다.

 인기척에 놀란 여인이 자리에서 일어나 상자를 든 채, 이쪽을 보고 있었다.

 아일랜은 두 손을 깍지 끼고 그녀에게 다가가며 물었다. "혹시 이 멋진 정원을 꾸민 분 중에 한 분인가요?"

 가까이서 보니, 그녀의 얼굴은 아주 개성적이었다. 네모난 각진 턱은 의지가 굳어 보이며, 살짝 찢어져 치올라간 눈은 날카롭기 그지없다. 콧망울이 둥근 코는 지나치게 우뚝했으나 붉고 도톰한 입술과는 잘 어울렸다.

 "세상에. 이렇게 색다르고 멋진 정원은 처음 봤어요. 전체적인 스케치도 훌륭하지만 섬세하기까지 하다니. 주차장에서 내려오는 길인데 구석구석의 포석 화단도 빠짐없이 꾸며 놓았더군요. 혹시, 수석 정원사는 어디 계신가요? 그와 이야기를 나눠 보고 싶은데요."

그러나 여인은 망설이며 아일랜을 훑어볼 뿐이다. 그는 개의치 않고 말을 이었다. "어떻게 시크릿 가든을 컬러로 숨겨 놓을 생각을 했는지 모르겠어요. 보통 시크릿 가든은 귀족들의 밀회 장소로 은밀하게 만들어 놓는 걸. 그에 반해, 이곳의 시크릿 가든은 꽃과 관목의 컬러 그 자체던데요. 아주 재밌고 유니크해요."

그러자 데이지의 표정이 더할 나위 없이 환해졌다. 그녀는 몹시 기쁜 표정으로 말했다. "알아보셨군요. 사실은 제가 꾸민 거예요. 일손을 도와주는 분들이 다섯 명 있구요. 매일 아침 정원에 대한 보고를 드릴 때마다, 회장님은 시크릿 가든 같은 건 만들지 말라고 명령하셨지만. 전, 꼭 한 번 꾸며 보고 싶었죠. 그래서 말 그대로 몰래 만들어 본 거예요."

"어머, 아가씨 작품이라구요? 어디서 가드닝 수업을 받으셨나요?"

"아, 따로 배운 적은 없어요. 서던에서 마담 매릴린에게 플로리스트 수업을 듣다 보니, 꽃과 식물에 관심이 생기는 거예요. 그리고 정원이야말로 플랜트 아트의 종합 예술이라는 걸 알게 됐죠. 독학으로 가드닝 공부를 하던 중, 아버지가 저택에 정원사가 필요하다고 하시는 바람에 이곳으로 내려왔어요."

"아버님이요?"

"네. 아버지는, 여기 저택에서 집사로 일하고 계세요."

아일랜은 진작에 그녀가 포더 집사의 딸인 데이지라 것을 알고 있었지만, 정식으로 인사를 나누기로 했다.

이제 그녀는 밝게 미소를 띠고 있었다. 빛나는 갈색 눈동자가 모자 아래 늘어진 단발머리와 햇볕에 그을린 구릿빛 피부와 잘 어울렸다. 다시 보니, 적당한 키에 군살 없이 늘씬한 몸매의 여인은 들꽃처럼 생기 넘치는 모습이었다.

"독학으로 이 정도 정원을 꾸려 나갈 수 있다니. 당장 첼시 플라워 쇼나 씨체스 가드닝 대회에 나가도 되겠어요. 쇼가든에 작품을 출품하면 골드 메달은 따 놓은 당상일 텐데... 참, 아가씨 이름을 외워 둬야겠어요. 전, 더블픽셔사의 캐스터 아일랜 러비예요."

"데이지 포더라고 해요." 그러나 여인의 표정은 눈에 띄게 어두워졌다. "저기, 캐스터라면... 사건을 기록하러 오셨나요? 혹시, 방금, 대화도 전부 기록된 건가요?"

"아뇨. 목에 걸린 이 카메라를 착용하는 순간부터 기록이 시작되니까, 걱정하지 마세요."

그사이 언제 내려왔는지 뉴윈이 두 사람에게 다가왔다. 조사대는 저택으로 곧장 향했다며 데리러 왔다는 것이다. 아일랜은 데이지에게 인사를 전했다. "만나서 반가웠어요. 데이지 양. 본격적으로 조사가 시작될 모양이네요. 전 조사에 입회하러 저택으로 가야 해요."

"아, 저기, 아일랜 씨라고 하셨죠? 그럼, 저도 저택으로 가서 대기하고 있어야 하나요? 수색대는 이미 만났어요. 아버지와 제 방도 수색을 끝냈구요. 하키라는 수색 대원에게 버섯 농장을 안내하던 중에... 친구가 불러서 잠시 나온 거예요."

그녀를 잠시 바라보던 뉴윈이 고개를 끄덕이며 대신 답했다. "네. 아가씨는 주요 참고인이라, 아일랜 씨의 FAC로 진술을 기록해야 하니까요."

그녀는 수색원에게 저택으로 돌아간다는 것을 알려야 한다고 했다. 통나무 창고로 향하는 그녀를 보며 아일랜이 입을 열었다. "그녀가 이 놀라운 정원을 꾸민 주인공이지 뭐예요. 아직 가드닝에 대해 이야기도 나누지도 못했는데." 그러자 뉴윈이 슬쩍 물었다. "그래서 사랑에 빠지셨나요. 한눈에?"

아일랜은 청년을 쳐다보며 웃었다. "어머, 설마 그걸, 재미있는 농담이라고 던진 건 아니죠?" 그러자 정곡을 찔린 듯, 뉴윈의 얼굴이 붉어졌.

아일랜은 쿡쿡, 웃으며 안타깝게도 그러지 못했다고 답을 했다. "먼저 그녀에게 빠져 허우적거리는 청년이 있었어요. 그이부터 건져내야겠죠." 그리고 저택으로 향하며, 자신이 본 구애 장면을 전했다. 뉴원이 빠짐없이 이야기를 해 달라고 하자, 그는 세세하게 묘사를 곁들였다. 뉴원은 시간을 계산해 보았다. 자신이 그를 뒤쫓아온 게 4,5분 남짓 후다. 종묘장에 심어 놓은 묘목과 구덩이를 살펴보느라 그 정도 시간 차가 났다. 작가의 말을 종합해 보면 거의 빠짐없이 전한 것 같았다.

두 사람은 이제 저택의 정문 앞에 이르렀다. 마침 통신기가 울려 받아 보니, 조안이었다. 그녀는 어디냐고 묻더니 대뜸 아일랜에게 주의를 주었다.

"정원을 보고 그렇게 놀랄 정도면, 메인 홀에 들어오기 전에 심호흡부터 단단히 하는 게 좋을 거예요. 파티 준비가 끝나, 홀이 화려하기 이를 데 없거든요."

세심한 배려였으나 그 말을 들은 아일랜은 오히려 들뜨는 듯했다. 아름다운 것을 보는 것은 매우 기쁜 일 중 하나였기 때문이다. 어릿광대 저택의 파티 홀이라. 1조 6천억 골드 머니가 걸린 파티는 얼마나 아름답고 화려할 것인가.

그는 한껏 기대에 찬 얼굴로 '양날의 문'을 열고 안으로 들어갔다. 그러나 작은 대기 공간이 나왔을 뿐이었다. 저만치 앞에 짙은 와인 컬러의 벽과 뉴 에이지 풍의 양각이 도드라지는 문이 하나 더 있었다. 그는 더욱 당당하게 앞으로 나아가 이중문의 손잡이를 움켜 쥐었다. 그리고 앞으로 밀어 열어젖혔다.

육중해 보이던 문은 자동 장치가 달렸는지 부드럽게 움직이며 활짝 열렸다.

그리고 두 사람의 눈앞에 메인 홀이 모습을 드러냈다.

그것은 마치 깜짝 선물 상자가 터진 듯했다. 아일랜은 숨이 멎었고, 뉴윈은 말을 잊었다. 파티를 하루 앞둔 '니케의 영광'은 완벽하게 화환으로 장식되어 있었다. 두 사람은 잠깐 넋이 나간 듯 드라마틱하고 놀라운 모습에 압도당했다. 금세 서늘한 기운이 돌며 소름이 확 끼치는 듯도 했다.

니케의 영광은 커다란 빛의 화원과도 같았다. 머리 위에서 찬란한 빛이 쏟아져 내리고, 홀은 온통 꽃밭이었다. 파스텔 톤의 데코 리본과 미니 커튼이 장막처럼 혹은 바탕처럼 홀을 에워쌌으며, 그 위를 아름다운 꽃들이 수놓았다. 2층 난간과 계단에는 갈란드와 스웨그가 여인의 머리처럼 우아한 자태를 늘어뜨리고 있으며, 댄스 홀과 뷔페식 바, 실내 악단의 연주 무대도 모두 꽃으로 장식되어 있었다. 가장자리를 두르듯 서 있는 기둥 화분과 커다란 리본 패널, 간이 화단도 꽃으로 가득했다. 수줍게 꽃망울을 모으고 있는 작약, 연보랏빛 히야신스, 흰색과 분홍색의 수국, 노란색, 붉은색, 살구색의 가든 로즈, 장미와 흡사한 모습의 라넌큘러스, 자주색과 붉은 색의 튤립, 흰색의 우아한 카라와 리시안셔스. 큰 꽃송이들 사이사이에도 부바르디아와 은방울꽃, 안개꽃 같은 작은 꽃들이 흐드러지게 둘러 포장되어 있었다. 아일랜은 반가운 친구를 만난 듯, 꽃들의 이름을 하나하나 불러 주었다. 뉴원은 그 목소리를 가만히 듣고 있을 뿐, 한숨도 탄식도 뱉지 못했다.

이윽고 아일랜은 환한 빛을 내뿜는 천장을 올려다보았다. 층고가 족히 10미터는 될 듯. 까마득히 높은 곳에서 꽃들의 향연을 찬란히 비춰 주고 있는 빛무리의 주인은 샹들리에였다. 가로 너비가 200피트 가까이 될 듯한 천장에, 십자 대형으로 어마어마하게 큰 샹들리에가 다섯 개나 걸렸다. 40여 개 등이 달린 대형 샹들리에 주변에 크리스탈과 골드 체인으로 장식된 소형 샹들리에도 여러 개 달려 있었다.

그저 입을 벌린 채 머리를 젖히고 있던 아일랜을 깨운 것은, 누군가의 목소리였다. '... 엄청나게 휘황찬란하고 호화로울 거야.' 그는 금발머리를 끄덕였다. "와, 진짜 대단해요. 이건, 정말 기록해 둘 만해요." 그는 눈앞에 호버 편집장이 있는 것처럼 맞장구를 쳤다.

뉴원은 그런 작가를 힐끗 쳐다보았다. "상상한 것과 완전히 다른데요. 놀라워요. 이 많은 꽃들 때문에 양쪽 통로를 막아야 했군요."

"그러니까요." 아일랜은 연신 고개를 끄덕였다. "세상에. 이렇게 화려한 홀은 처음 봤어요. 단번에 압도당해 버린 걸요. 이렇게 파티를 꾸몄을 줄이야. 쿠어 회장은 심미안이 대단한 사람이네요."

뉴윈도 고개를 끄덕였다. "네, 지나친 감이 있긴 하지만요."

"아뇨." 아일랜이 만세를 부르듯 두 손을 번쩍 들었다. "1조 6천억 골드 머니라잖아요. 그 많은 재산이 걸린 파티다운 거죠. 사실, 그 액수를 들었을 땐, 그게 얼마나 많은 돈인지 와 닿지 않았거든요. 도대체, 그게 어느 정도 돈인지, 우주의 먼지처럼 뿌옇기만 했는데... 이걸 보니 단번에 이해됐어요. 하룻밤 파티에, 이 정도 돈을 뿌릴 정도면, 그게 얼마나 많은 돈인지 실감하겠다구요. 이건, 뭐. 눈을 감아도 꽃향기에 어지러울 정도니까 말이에요... 이게 진짜 돈의 향기겠죠. 허휴." 그는 탄식인지 한숨인지 모를 숨을 연신 들이쉬고 내쉬었다.

2장　DAY-1 오후 6:24

그때 홀을 둘러보느라 정신없는 두 사람에게 윌킨스가 다가왔다. "오셨군요. 제가 벌써 새로운 사실을 알아냈어요." 그는 조금 흥분한 듯했다. "오늘 오전부터 홀의 에어컨을 쭉 켜 놨다고 하더군요. 꽃들이 시들지 않게, 에어 워터 펌프도 계속 돌아갔다고 하고요. 그래서 점심시간 후에, 정전이 됐다는 겁니다. 아마, 이 저택부터 과부하가 걸려, 섬의 센터 발전기가 터진 것 같아요. 홀의 디자이너이자 플로리스트인 마담 매릴린 양에게 들은 이야기예요. 그녀가 여기로 올 테니, 기록을 부탁해요. 온실에서 이야기를 나누며 1차 기록은 사건 현장에서 작성하는 거라 와 달라고 했죠."

  그의 말이 끝나기도 전에, 윌킨스의 뒤편에서 한 여인이 나타났다. 두 사람에게 다가오는 여인은 그야말로 아일랜과 뉴원이 지금까지 본 사람 중에 가장 아름다운 여인이었다. 윌킨스보다 큰 키에 늘씬한 자태는 그리스 조각을 연상케 했다. 수수한 리넨 원피스로도 가릴 수 없을 만큼 완벽한 비율의 몸매, 뚜렷하고 화려한 이목구비와 밤의 여신마냥 칠흑 같은 검은 머리. 가슴 한 편에 땋아 늘어뜨린 헤어 스타일에 레이스 손수건을 캡처럼 머리에 둘렀다. 가까이 다가온 그녀는 새하얗다 못해 투명한 팔을 우아하게 들었다.

  아일랜이 손등에 가볍게 입술을 대는 사이, 윌킨스가 두 사람을 그녀에게 소개했다. 뉴원은 간단하게 목례를 하며 그녀의 팔에 난 상처들을 살폈다. 그 눈길을 알아차린 그녀가 매력적인 저음으로 입을 열었다. "이 홀이 아름다워지는 만큼, 장식하는 사람의 손은 거칠어지기 마련이죠. 제가 꾸민 곳이 얼마나 아름다운지 궁금해하는 사람들에게 전 이걸 보여 준답니다." 그러면서 원예 장갑을 마저 벗고 손등을 보여 주었다. 거칠어 보이는 손은 긁힌 상처가 가득했다.

"오, 제 생각에는 마담의 꽃들은 주인을 보고 배우는 것만으로 아름다울 듯한데요. 그 꽃들을 놓기만 해도 장식은 충분하지 않을까요."

과연 아일랜의 답이 마음에 든 듯, 그녀가 미소를 띠었다.

그러자 아일랜이 다시 말을 이었다. "매릴린 부인이라고 했던가요... 검은 머리에 청록빛 에메랄드 눈동자... 저는 아름다운 것은 결코 잊지 않는답니다. 그것이 풍경이든, 사람이든 말이죠. 여기서 만날 줄, 몰랐는데... 에블리 하운 양, 만나서 영광입니다." 아일랜이 다시 한 번 정중하게 허리를 굽혔다. 방금 전한 대로 그는 이 여인을 알고 있었다.

에블리 하운. 그녀는 외모가 지나치게 아름다워, 커리어를 쌓지도 못하고 연기력도 저평가된 비운의 연극배우였다. 그 비현실적 외모는 무대에 등장하는 순간, 극중 인물이 아니라 '에블리 하운'이라는 본인에게 집중하게 만들어 버렸기 때문이다. 결국 뛰어난 미모로 스포트라이트를 받은 것은 잠시였을 뿐. 곧 서던 사교계의 가십거리 주인공으로 전락해 버리더니, 얼마 못 가 픽션에서도 사라지고 말았다. 그런데 여기서 만날 줄이야.

"한여름 밤의 꿈을 보러 갔었죠. 당신의 티타니아는 최고였어요. 그 후로 요정의 여왕은 당신 말고는 생각하지 못하게 됐어요." 그는 감격에 찬 목소리로 말했다.

"평소에도 하루 종일 온실에 계신다고요? 그렇게 일이 많은가요?"

뉴윈의 말에 여인은 우아하게 웃었다. "2차 진술은 온실에서 하게 된다니, 내일 확인해 보세요. 오늘은 시간이 없을 테니 말이죠. 제 온실은 아주 아름답고 아주 크거든요. 안쪽으로 70야드도 넘는 곳에, 키우는 꽃의 종류도 600종이 넘으니까요. 매일 돌봐 주어야 할 꽃들이 수백 종이나 되죠."

규모를 듣자마자 아일랜이 놀랐다. "그 정도면 거의 식물원이 아닌가요?"

"그러니까요. 그냥 화초에 물이나 주는 편한 일로만 생각하면 오산이죠. 꽃들이 얼마나 섬세하고 까다로운 아이들인데. 그건 진짜 무식한 소리예요." 그녀는 물끄러미 자신의 손등을 내려다보다 장갑을 끼었다.

그리고 고개를 들더니 확실하게 진술을 마무리했다. "아까 윌킨스 조사원에게 말한 건 이게 다예요. 1차 진술은 여기까지 하죠. 그럼, 기록이 끝났으니 카메라부터 꺼 주실까요."

그러자 뉴윈이 재빨리 질문을 던졌다. "저기, 저택에 정전이 있었다고 하던데. 말씀해 주시죠."

"아, 그건, 오후의 일이었어요. 당장 파티가 내일이라, 오늘은 일종의 예행연습이 필요했거든요. 밀라오에서 들여온 샹들리에가 제대로 켜지는 건지, 꽃들의 상태는 싱싱하게 유지될 수 있는 건지, 회장님이 궁금해하셨어요. 그래서 오전부터 테스트하기 시작했죠. 그런데 결국 점심시간이 끝나고 전기가 나가 버린 거예요. 홀의 자동 습도 조절 장치가 꺼졌다가 다시 들어오는 데 30분 정도 걸린 것 같아요. 하지만 문제는 내일이죠. 내일은 수백 명의 사람들이 모일 테고, 그럼 에어컨과 워터 펌프가 더 돌아갈 테니까요. 이건 포터 집사에게 물어보는 게 좋지 않을까요." 그녀는 어딘지 바빠 보였다. 아닌 게 아니라 할 일이 많아, 빨리 온실로 가 봐야 한다고 했다. "장식을 철거할 직원들이 저를 기다리고 있어요. 캐스터가 도착했으니 현장 보존이 풀린다고 해서, 홀의 철거를 시작해야 해요."

두 사람은 고개를 끄덕였다. 아일랜은 몹시 안타까운 얼굴로 메인 홀을 둘러보았다. "아깝네요. 이 아름다운 홀을 많은 분들이 봤다면 좋았을 텐데. 그랬다면 플로리스트로서의 명성도 높아졌을 거예요." 그녀는 씁쓸하게 웃었다. 그 미소를 보며, 아일랜은 그녀가 비운의 여주인공 역을 맡으면 무척 어울리겠다는 생각을 했다. 그러나 조용히 카메라를 벗은 다음, 인사를 전했다.

여인을 돌려보내고, 두 사람은 안쪽의 '레드 라인'으로 향했다. 사건 현장은 2층 난간의 중앙 바로 아래였다. 회장실 바로 아래라고 해도 될 것 같았다. 검은 제복을 입은 사체 관리소 직원이 열중쉬어 자세로 현장을 지키고 있었다.

 뉴원이 다가가니 직원이 붉은 테이프로 라인을 쳐 둔 안쪽을 가리키며, 회장의 모습을 설명해 주었다. 사람이 사망한 현장이었으나 홀이 워낙 넓고 화려한 관계로 크게 눈에 띄지는 않았다. 시체는 검시소로 운반됐기에, 부검의가 남긴 영상과 자료밖에 남지 않았다. 뉴원은 직원이 내미는 영상 기록기를 건네받아, 꼼꼼히 살펴보았다.

 첫 장면은 한 노인이 양날의 문을 향해 바닥에 엎드린 채 쓰러져 있는 모습이었다. 팔은 어색하게 위로 쳐들었고 오른쪽 뺨이 바닥에 짓눌렸다. 천장을 보고 있는 왼쪽 턱밑은 깨끗했으나 관자놀이 위부터는 피범벅이었다. 상처에서 흘러내린 피가 얼굴을 타고 내려가 바닥에 고여 있었다. 크게 뜬 눈의 텅 빈 동공과 창백한 낯빛이 그가 사망했음을 생생하게 알려 주는 듯했다. 다리는 부자연스럽게 오므려 있었는데, 휠체어에 앉은 모양으로 굳은 것처럼 보이기도 했다. 조금 놀랐던 것은 쿠어 회장이 픽셔에서 본 것보다 작고 왜소한 체구였다는 것이다. 화면 테두리의 눈금자를 보니 엎드려 있는 노인은 1미터가 조금 넘을 뿐. 거대한 황금 오라가 사라진 채, 누워 있는 노인은 그저 죽음의 세계로 건너가야 하는 가련한 인간이었다.

 그다음 이어지는 컷은 시체의 한 부분을 확대한 것이었다. 정수리에서부터 발끝까지 이어졌으며, 머리에 난 상처 부분만 해도 수십 장은 되는 듯했다.

 기록을 훑어본 다음 뉴윈은 기기를 끄고 직원에게 돌려주었다. 그리고 다시 현장을 살폈다. 바닥에는 시체만 없을 뿐, 굳어 버린 피 웅덩이와 어지럽게 흩어지고 뭉개진 꽃들이 그대로였다. 커다란 리본 패널 아래까지 피가 흘러갔으며, 고개를 들어 보니 위쪽 난간의 꽃장식과 갈란드가 조금 뜯겨 나갔다. 2층 난간에서 바닥까지는 4,5미터 가까이 될 듯했고, 그는 곧장 바닥으로 떨어진 듯했다. 그리고 몸부림친 흔적이 없으므로 그대로 기절했거나, 즉사한 것 같았다.

 고개를 끄덕이던 뉴윈은 문득 아일랜이 생각나 돌아보았다. 그랬더니 그는 카메라를 낀 채로 멀찍이 떨어져 있는 것이다. 자신이 아니라 그가 봐야 할 것 같아서 얼른 불렀다. "가까이 와서 현장을 기록해야 하지 않나요? 피가 고여 있기는 하지만 눈을 감고 있으면 될 것 같은데요."

 그러나 아일랜은 자리에 서서 꼼짝도 하지 않고 외쳤다. "어차피 사체 통합소 기록이 있잖아요. 여기서도 현장은 보여요. 그리고 이 카메라는 제 홍채에 반응하기 때문에, 제 눈동자와 정확히 초점이 일치해야 돼요. 눈을 감거나 초점을 흐리거나 하면 카메라도 꺼지거나 초점이 맞지 않게 되거든요. 그래서 다른 사람에게 넘길 수도 없죠."

 FAC가 캐스터의 눈동자에 맞춰 움직인다는 것을 들은 적이 있다. 그러나 직접 눈으로 확인한 적이 없기에, 한편으로는 영상에 조작이 있을 거라 의심했던 것도 사실이다. 이제야 뉴원은 그동안의 의심이 불식되는 듯했다. 또한 저 카메라야말로 훌륭한 조사관이라는 사실도 인정해야 할 듯했다.

어떤 사건의 진실을 알고 싶다면, 결코 눈을 감거나 초점을 흐리지 말고, 있는 그대로의 사실을 직시할 것. 당연하지만 참으로 지키기 어려운 원칙이다.

"그렇군요. 그럼 제가 몇 장 더 찍어 두겠습니다. 영상 기록에 없거나 희미하게 찍힌 부분들을 남겨 두고 싶거든요. 어차피 증거로 인정되지는 않겠지만. 참고 자료 정도는 되겠죠."

"그 끔찍한 곳을 더 찍을 필요는 없을 것 같은데요. 지금은 아무것도 없잖아요."

"있는 것은 있는 대로 없는 것은 없는 대로. 중요한 법이죠."

그는 아일랜에게 허락을 구하듯 외치고, 스트랩 백에서 카메라를 꺼냈다. 그리고 쪼그려 앉은 채로 현장 주변을 한 바퀴 돌며 사진을 찍었다. 그 후에는 같은 자세로 바깥 풍경을 돌아가며 찍었다. 마치 쿠어 회장이 자리에서 일어나 앉아 있다면, 그의 눈에 보일 듯한 주변 풍경이었다. 다음은 일어나 허리와 무릎을 잔뜩 굽힌 채로 사진을 찍고, 마지막에는 일어선 자세로 바닥을 내려다보며 찍었다. 마치 시체가 거기 있기라도 한 양.

아일랜이 다시 외쳤다. "왜 그렇게 여러 번 찍는 거죠?"

"……. 여러 각도에서 현장을 보는 겁니다. 통합소 기록은, 근접 촬영에 사체만 잔뜩 찍어 놔서. 주변을 비롯해 다양한 시점으로 현장을 찍어 놓고 싶어서요. 그리고 시점의 높이만 조절해도 피사체가 완전히 달라 보이거든요. 물론 검시의들 사진이 더 전문적이기는 할 테지만요."

아일랜은 고개를 끄덕였다. 확실히 저 청년은 뭔가를 조사하는 데 익숙해 보인다. 잠시 후, 자신에게 다가온 뉴윈을 향해 그는 가슴을 쓸어내리며 말했다. "지금까지 생각해 본 적 없는데. 19호 조항이 이렇게 고마울 줄 몰랐어요."

뉴윈이 고개를 끄덕였다. 픽셔에는 자극적인 화면을 쓸 수 없으며 죽은 사람의 사진은 전쟁이나 기아, 난민처럼 국제적 사안에 관한 영상만 올릴 수 있다는 게, 픽셔 19호 조항이다.

연이어 아일랜은 몸을 부르르 떨었다.

"만약 이 눈으로 회장의 시체를 봐야 했으면, 전 죽을 때까지 악몽에 시달렸을 거예요."

3장　DAY-1 오후 6:55

그사이, 이번에는 조안이 왼쪽 통로에서 한 남자를 데리고 나타났다. "아일랜 씨. 이 분은 포더 집사예요. 진술을 대강 들었으니, 기록을 부탁해요. 그럼, 전 주치의 부부를 만나러 갈 게요. 수색이 시작된 후로, 양쪽 문도 열렸으니 다니기 편할 거예요." 그리고 그녀는 서둘러 홀을 가로질러 안쪽 보르죠 문으로 사라졌다.

아일랜은 얼른 포더 집사 쪽으로 몸을 돌렸다. 장년의 남자는 반백의 머리를 깔끔하게 올백으로 빗어 넘기고, 검은 양복을 입고 있었다. 딸과 똑같이 날카로운 인상이 지배적이었으나, 어깨와 등을 반듯하게 편 채, 두 손을 가지런히 모은 자세에서 공손함이 묻어났다.

아일랜이 인사를 했다. "기록을 담당하게 된 아일랜 러비입니다."

"아, 네. 팀장님께 들었습니다. 집사인 그랜 포더입니다." 인사를 마친 그는 낡은 수첩을 하나 내밀었다. "사건과 관계없다면, 오늘 오후 행적에 대해 자세히 말하라고 하시더군요. 기록을 남겨야 한다고... 오늘은 정말 정신없이 바쁜 날이었습니다. 여기 제 일과표가 있습니다."

과연 대저택의 집사답게 그의 수첩에는 하루 일과가 시간대별로 기록되어 있었다. 왼쪽 페이지에는 5월 17일 날짜와 오전 6시 기상부터 오후 11시 일지 작성까지 할 일이 꼼꼼하게 적혀 있었으며, 오른쪽 페이지에는 실제 일을 시작한 시간과 마친 시간이 수정되어 적혀 있었다.

뉴원이 수첩을 보는 사이 집사는 또박또박 말을 이었다. "보다시피 일과는 정해져 있습니다. 특히 오늘은 제 평생 가장 바쁜 날 중 하나였죠. 게다가 전기가 나가 버리는 바람에. 그게 3시 10분경이었습니다. 당장 배전실로 달려갔더니 올트가 퓨즈가 끊긴 정도가 아니라 변압기가 폭발했다고 해서 수리 방안을 의논했습니다. 그리고 메모를 한 다음 회장님께 보고 드리러 가야 했는데, 수석 메이드인 한나 양이 찾아와서 저녁 식사 준비를 할 수 없다고 하는 겁니다. 오븐과 전기 레인지, 전기 플레이트가 모두 멈췄으니 어떻게 할 수가 없다고요. 오전부터 홀의 에어컨과 워터 펌프를 돌린 데다, 샹들리에도 켜고, 파티 준비로 주방에서도 엄청난 전기를 쓰고 있었으니, 사고가 당연하다는 걸 알게 됐습니다. 일단 회장님과 패밀리의 식사부터 준비해야 했으므로 한나 양과 메뉴를 바꾸기 위해 의논을," 거기서 그는 잠시 말을 멈추었다. "아, 이건 빼도 된다고 했는데. 어쨌든 저녁 메뉴를 의논하고, 전기 문제 해결을 위해 바빴습니다. 올트는 자가 발전기를 고치고, 저는 헉스 씨에게 마을 회관에 가서 임시 발전기를 빌려 와 달라고 부탁했죠. 문제가 일단락된 것 같아 3시 40분에 회장님께 보고를 드렸습니다. 보고를 마치니, 회장님이 컬린 의사를 불러 달라고 하셨습니다. 그리고 복도로 나오니 헉스 씨가 문밖에서 기다리고 있는 겁니다. 전, 수의실로 가 컬린 부인에게 회장님의 말씀을 전하고, 집사실에서 선물 목록을 정리했습니다. 그리고 다시 보고를 드리러 가는데 홀로 들어와 보니 저기 난간 아래, 이상한 게 보이는 겁니다. 아까는 보지 못한 덩어리가 놓여 있는데... 전, 그게 회장님일 거라고는 상상도 못 했습니다. 가까이 가 보니까 점점 그게 또렷이 보이는데…….”

집사의 얼굴도 점점 굳어지더니 말을 잇지 못했다. 두 사람은 고개를 끄덕였다.

"회장님이었습니다. 쓰러진 채 꼼짝도 하지 않는 걸 보고 큰일이다 싶어, 당장 주치의 칼 씨에게 달려갔습니다. 그랬더니, 칼 씨가 컬린 부인도 불러 달라고 해, 칼 씨는 홀로 오고, 저는 수의실로 달려가 컬린 씨와 함께 돌아왔습니다. 그때는 이미 칼 씨가 호흡과 맥박, 동공 등 사후 증상을 확인했다며 사체 통합소에 신고를 하라고 했습니다. 집사실로 가서 전화를 하고 오니, 헉스 씨가 상황을 알린 듯, 패밀리들이 모여 있었습니다. 그가 직원들에게도 사건을 알리고 있다고 마크 씨가 말하길래, 전 검시의가 올 때까지 패밀리분들과 함께 있었습니다."

집사의 목소리는 떨렸으나 진술은 막힘없었다.

아일랜을 한 번 쳐다보고 뉴윈이 입을 열었다. "……. 저기, 회장님은 다리가 불편한 분이니, 곁을 계속 지켜야 하는 게 아닌가요? 일과표를 봐도 그렇고. 말씀하신 걸 들어 봐도 거의 따로 일을 하고 계신 것 같은데요."

청년의 지적에 집사는 고개를 가로저었다. "쿠어 회장님은 독립적인 분이십니다. 할 수 있는 것은 손수 다 하셨죠. 휠체어로 움직이시면서도, 저택을 샅샅이 살피고 계셨습니다. 거기다 최근 바꾼 의족도 상당히 기능이 우수해, 자리에서 일어나 몇 발 옮길 수도 있었죠. 근력이 뒷받침되었다면 더욱 좋았겠지만, 허리와 허벅지 근육이 워낙 약해진 탓에 앉아서 생활하신 거죠. 또한 하루 세 번 식사 시간과 한 번의 티 타임, 그리고 하루 한 번 저택 관리에 관한 보고 시간이 있어, 그것만 해도 제가 회장님 곁에 있는 시간이 대여섯 시간이 됩니다. 게다가 패밀리분들은 다 알겠지만, 보고할 게 워낙 많아 수시로 회장님을 찾아뵈었습니다. 이곳을 관리하는 데 드는 시간을 빼고는 회장님 곁에 지켰죠."

"그래요?"

"물론 이 정도 규모의 저택은 거대한 생물과도 같아 관리에 시간이 많이 들긴 합니다. 살아 있는 것만 생로병사의 순환을 겪는 게 아니라, 이 저택이야말로 늙고 병들어 가고 있으니까요. 10에이커가 넘는 대지에 저택이 거의 3,4에이커라 점검과 보수가 필요한 곳이 한두 군데가 아니죠. 외벽이나 내벽에 금이 간 곳들은 물론이고 보일러와 상하수도 시설, 낡아서 부서지기 시작한 계단과 난간 등, 손볼 데가 워낙 많아. 그래서 하루 단위, 일주일 단위, 한 달 단위로 점검하는 부분의 일지가 따로 있을 정도인 걸요. 하지만 그 시간 외는 회장님 곁을 지켰다고, 확실히 말씀드릴 수 있습니다."

포더 집사는 눈으로 캐스터를 힐끔거렸다. 생생하게 자신을 찍고 있는 카메라가 몹시 신경 쓰이는 듯했다.

두 사람은 서로 마주 보고 고개를 끄덕였다. 이제 더 질문은 없다는 의미였다. 그것을 알아차린 포더 집사가 말했다.

"그럼, 저는, 다시 주방으로 가도 될까요? 파티 준비로 사 놓은 식재료가 엄청나게 많아서 한나 양과 의논 중이었거든요. 날이 더워지는 데다 냉장고도 믿을 수 없고. 빨리 처분해야 한다고 합니다."

그러라고 하자, 집사는 직원들의 공간으로 서둘러 사라졌다. 그 모습을 보며 아일랜이 한숨을 쉬었다. "뒤처리도 골치 아프겠군요."

그때 윌킨스가 계단을 내려왔다.

"헉스는 동생과 함께 자기 룸에서 이야기를 하겠다고 하네요. 남들이 오라 가라 하는 건 질색이라며, 위층에 있겠다는데요." 하고는 고개를 내저었다. "1차 진술은 현장에서 받아야 한다고 해도, 이 저택이 모두 사건 현장이 아니냐고 막무가내 우기는데, 정말."

두 사람이 알았다고 하자, 그는 "그럼, 전 마크 부부를 데리러 가겠습니다." 하고는, 팀장이 사라진 안쪽 보르죠 문을 향해 홀을 가로질러 갔다.

4장 DAY-1 오후 7:15

두 사람은 계단을 올랐다. 서늘한 기운과 꽃향기가 여전히 뒤를 쫓아오고 있었다. 우아한 날개형 계단의 오른쪽에 남매의 방이 있었다.

노크를 하고 들어서니, 테이블 바깥으로 한 다리를 뻗은 채 거만하게 앉은 남자는 표정이 잔뜩 굳었다. 베이지색 카고 바지에 사냥꾼용 조끼를 입고 팔짱을 낀 그는, 키는 작았으나 바스타 감옥의 간수처럼 체격은 건장했다. 두툼한 얼굴은 광대가 도드라진 바람에 턱이 유난히 뾰족해 보여 마치 족제비와 같은 인상이었다.

쓴웃음이 잔뜩 배어 있는 입매를 보며, 뉴원은 그가 저 웃음으로 늘 남과 시비가 붙고 그때마다 주먹으로 해결할 것 같다는 생각을 했다.

반면 문을 열어 주고 자리로 돌아가는 여인은, 남자와 비슷한 점이 하나도 없다. 그녀는 24시간 간수의 감시를 받는 죄수처럼 목과 어깨가 움츠러들어 굳은 듯했다. 키는 크지만 삐쩍

마른 몸매라 소녀처럼 보이는 여인은, 오빠가 살짝 밀치기만 해도 저만치 나가떨어질 만큼 힘이 없어 보였다. 그러나 그녀가 오빠의 맞은편에 앉자, 정반대의 외모에도 불구하고 묘하게 어울리는 것이다.

이미 그들이 앉아 있는 작은 응접실은 폭풍이 휩쓴 것처럼 엉망진창이었다.
아일랜이 손을 모으며 자기 소개를 했다. "입회 캐스터 아일랜 러비입니다."
그러자 헉스가 퉁명스럽게 대꾸했다. "알고 있어. 방금 윌에게 들었으니까. 나는 헉스, 저쪽은 애나." 그렇게 이름만 말하는 것으로 그는 자신과 여동생의 소개를 끝냈다. 그러더니 곧바로 주변을 가리키며 이를 갈았다. "이 꼴을 보라고. 수색대가 이렇게 헤집어 놨어. 게다가 치욕스럽게 몸수색이라니. 조사인지 수색인지 얼마든지 해도 좋은데. 티끌 하나 없이 결백하면 나중에 보상을 받아 내고 말 거야. 윌에게도 단단히 일렀어. 그 괴팍한 노인네 기분을 맞추며 사는 게 쉬운 일은 아니었어도, 그런 대담한 짓을 할 사람은 이 방에 없다고 말이야."
이 남자가 윌킨스에게 자랑을 일삼는다는 친구인 것 같았다. 그러나 '살인'이라는 행위를 두고, 잔인한 게 아니라 대담하다고 하는 말이, 뉴윈의 귀를 자극하는 듯했다.

아일랜은 고개를 끄덕이며 곧바로 본론에 들어갔다. 오늘 오후 행적에 대해 말해 달라고 부탁했다.

그러자 헉스는 턱을 쳐들고 카메라를 노려보았다. "내가 얼마나 바쁜 줄 알아. 딴 놈들과 달라. 한가하게 꽃에 물이나 주고, 손가락만 까딱이며 계산기를 두드리는 일이 아니야. 이 저택과 정원, 모두 감시해야 하니까. 경비 책임자로서 말이지." 그는 항변하듯 말을 이었다. "오늘 오후에도 저택을 지키고 있었어. 가뜩이나 돈 냄새에 미친 놈들이 꼬이는 판에, 임시로 일꾼들을 대거 뽑았잖아. 그놈들을 감시하고, 동선을 파악해서 어디 있는가 확인했어. 참, 10년을 함께 살았어도 재벌이라는 인간의 생각은 알 수가 없다니까. 아니, 죽을 날이 얼마 안 남았으면, 남은 생을 조용히 정리해야 할 거 아냐. 돈이나 펑펑 쓸 궁리를 하고. 이게 다 그 퇴물 때문이야. 그 여자랑 멍청한 아들놈이 나타난 후부터 이곳이 이상해졌어."

"오빠가 그동안 저택을 잘 지켰으니까. 회장님도 별 생각없이 받아들이셨지." 여동생은 오빠의 기분을 풀어 주려 애쓰는 듯했다.

"그건 맞아. 내가 워낙 일을 잘했으니 한두 사람 더 있어도 상관없다고 생각했겠지. 하지만 그것도 사람 나름이지. 그렇게 사악한 모자가 올 줄 누가 알았겠어. 그 쥐새끼 같은 놈이랑 허구헌날 숨바꼭질하는 게 얼마나 분통 터지는데."

"오빠. 제발." 여동생은 오빠가 화를 터뜨릴 때마다, 안절부절못하는 듯했다.

"도대체 데이지는 왜 그런 여자를 데려온 거야. 저는 그렇게 못생긴 주제에. 여자들은 자기보다 예쁜 여자랑은 안 다닌다며? 네가 친구니까 잘 가르쳐 주지 그랬어." 그는 그 모든 일들이 마치 여동생 잘못인 양, 애나에게 언성을 높였다.

그러자 애나가 변명하듯 말했다. "데이지도 정원을 맡는 게 처음이었잖아. 게다가 이렇게 크기까지 하니, 선생을 데려온 것뿐이고. 잠시 도와주러 온 마담에게... 회장님이 온실을 맡기며 함께 있어 달라고 할 줄이야. 누가 상상이나 했겠어."

"애초에, 그런 여자는 데려오는 게 아니었다고." 그러면서 헉스는 아일랜을 노려보았다. 지금까지 목청을 높인 본심은 따로 있었던 듯, 화를 터뜨렸다. "그러니까 오늘까지 픽셔에 나온 말들은 전부 거짓말이야. 그 썩을 캐스터 놈들이 제멋대로 쓴 거지."

"오빠. 그 얘긴 안 하는 게," 그러나 애나는 거기까지 말하고 또 거북이처럼 목을 움츠렸다.

"무슨 소리야. 이 작자도 캐스터라고 하잖아. 내가 패밀리들 중에, 회장님께 제일 미움을 받는다고, 엉터리 글을 쓴 놈들과 같은 패라고. 어디서든 몰래 훔쳐 듣고, 없는 이야기나 만들어 내고." 그러더니 마치 아일랜이 그걸 쓰기라도 한 것처럼 이를 갈며 쳐다봤다. 그것이 그가 화난 진짜 이유인 듯했다. 그러자 여동생이 또 고개를 저었다. "이 분은 아일랜 씨라고 하잖아. 내가 기억하기로 오빠에 대한 픽셔를 쓴 캐스터 중에 그런 이름은 없었어."

"알 게 뭐야. 기억력이 좋다고 또 잘난 척이야!" 오빠가 큰소리를 치자, 여동생은 고개를 푹 수그렸다.

"어째서 나만 미움 받는다는 거야. 딴 놈들도, 마크나 칼 같은 놈들도 못 참겠다고 징징댔는데. 주먹을 휘두를 배짱도 없는 놈들이 내 앞에서만 어릿광대 노릇이 신물 난다고 하고. 그러면서 정작 제 놈들도 슬금슬금 딴짓을 하다 걸렸잖아. 나만 그 늙은이에게 혼난 게 아니라고. 알지도 못하면서! 당신도 허튼 소릴 써 갈기면 가만두지 않을 거야." 그는 분을 참지 못하고 책상을 쾅쾅 내리쳤다.

이대로 중요한 진술을 받지 못하고 엉뚱하게 분풀이만 당할 것 같아, 아일랜은 초조해졌다. 그때였다. 조용히 방을 둘러보고 있던 뉴원이 헉스를 쳐다보며 물었다. "....... 그런데 헉스 씨, 궁금한 게 있는데요. 가지고 있던 데스블을, 마지막으로 본 게 언제인가요?" 그러자 헉스가 벼락을 맞은 듯, 숨을 들이켰다. 그 소리가 생생하게 귀에 들려왔다. "어, 어떻게... 아니, 그런 건 가지고 있지 않아. 그런 걸 수집하는 취미는 없어."

수집과 취미라는 말을 듣는 순간, 뉴원은 그 말이 반대임을 알아차렸다. 그는 취미로 무기 따위를 수집하는 모양이었다.
"그래요? 그럼, 보조 장치까지 써서 장력을 높인, 독을 바른 화살을 쏠 수 있는, 위험한 암기가 누구 것인지 모른다는 말씀이신가요? 손바닥만큼 작지만 아주 강력한 보우 건이라고."
"난 몰라. 모른다니까. 수색대가 뒤지고 갔잖아. 아무튼 여기에는 없어."
그러나 벌써 여동생 애나의 어깨는 불쌍하리만치 떨리고 있었다. 그 모습을 보며, 뉴윈이 그녀를 향해 정중하게 말했다.
"그렇군요. 실례했습니다. 그럼, 이제 본론으로 들어가 볼까요. 헉스 씨는 정리할 시간이 필요한 듯하니, 애나 양이 먼저 말씀해 주시죠. 아주 중요한 진술이니, 천천히 말씀하셔도 됩니다. 오늘 오후 점심시간 이후부터 수색대가 올 때까지, 어디서 무엇을 하고 있었나요?"
그 질문에 그녀가 크게 심호흡을 하고 고개를 들었다. 그리고 자리에서 일어나 문 안쪽에서 드레스를 한 벌 가져왔다.
"내일이 파티라, 재봉실에서 드레스를 손보고 있었어요. 가지고 있던 드레스인데 마음에 들지 않아서… 여기 엉덩이를 풍만하게 강조하기 위해 늘어뜨린 트레일도 한물간 디자인이고. 곤란하게도 원단이 오렌지 컬러라, 제 붉은 머리칼이 도드라지거든요. 올해 트렌드는 블랙 앤 화이트가 대세여서… 때문에 디자인만이라도 손보기로 했죠."

뉴원이 고개를 크게 끄덕여주었다.

그녀는 말을 이었다. "오전까지 수선해야 할 옷들을 작업하고. 오후에는 제 드레스 리폼에 열중하고 있는데, 디자인을 여러 번 고쳐 가면서요... 갑자기 오빠가 재봉실로 달려와 회장님이 돌아가셨다고, 화살 같은 걸 맞아 살해당했다고 외치는 거예요. 그리고 직원들에게도 알려야 한다고 나갔는데... 전 너무 놀라고 무서워서, 데이지에게 달려갔어요. 혼자서는 도저히 홀로 갈 수 없을 것 같아, 친구와 함께 가려구요... 종묘장에 도착했는데 데이지가 위쪽 비료 배합장에서 나오더군요. 제가 이야기를 전하고, 우리는 함께 저택으로 왔어요... 우리가 가장 늦게 홀에 온 것 같아요... 모두 있었던 것 같은데. 메리 부인이, 살인 사건이니 수색대가 올 때까지 모두 함께 있어야 한다고 오빠가 명령하듯 말했다는 거예요... 오빠는 직원들을 찾아다니며 이야기를 전하고 있다고... 그래서 저도 머리가 깨질 듯 아픈 것도 참고 있었죠. 수색 대원이 오고, 재봉실을 수색하도록 돕고. 그다음 방으로 함께 올라왔는데, 보니까 이 드레스를 그때까지도 들고 있는 거예요." 그녀는 드레스의 소매와 가슴에 묻은 지저분한 흙을 발견하고 터는 데 열중했다.

그러자 헉스가 입을 열었다. "맨날 드레스 타령을 해도 새로 살 필요가 없다니까. 동생은 실력이 좋아서 항상 고쳐 입거든." 보우 건 이야기 때문인지 한결 누그러진 목소리였다.

그러나 칭찬이라 던진 말에 오히려 애나는 손을 멈추고 오빠를 힐끗 노려보았다. 딱 한순간이었지만, 주근깨가 잔뜩 앉은 납작한 얼굴이 무서운 증오로 뒤덮였다. 그러나 다음 순간 다시 카메라를 보며 고개를 끄덕이는 그녀는 울먹이는 처녀로 되돌아가 있었다. "네. 새 드레스는 필요 없어요."

그러나 그녀의 얼굴이 일순 헉스와 똑같이 변한 것을 두 사람은 보고 말았다.

"그럼, 이제 헉스 씨도 말씀해 주시죠." 아일랜의 요구에 헉스도 입을 열었다.

"점심을 먹고, 오후엔 발전기를 빌려와 올트에게 갖다 주고 주차장 언덕에 있었어. 거기가 내 전용 감시대거든. 거기 앉아 있으면 저택과 정원이 훤히 내려다보여. 그리고 외부에서 오는 사람들은 자동차를 이용하기 때문에 주차장만 지키면 되지. 물론 저택을 살피다, 수상한 게 눈에 띄면 서쪽 언덕이나 동쪽 언덕까지 돌아다니기도 해. 그렇게 주위를 살펴보고 있는데, 칼이 진료실에서 뛰쳐나오더군. 포더 집사도 뒤따라 나오고, 칼은 양날의 문으로 달려가고 집사는 수의실로 뛰어가는데. 집사가 뛰는 건 처음 봤거든. 엄청나게 허둥대길래, 무슨 일이 생긴 것 같아 나도 저택으로 달려갔어. 홀에는 이미 집사와 의사 부부가 쓰러진 회장님 곁에 있었는데. 의사가 회장님이 돌아가셨다고 하더군. 머리에 화살이 박혔다고. 포더 집사에게 신고를 지시하길래, 나는 패밀리와 직원들에게 사건을 알려야 한다는 생각이 들었어. 조수대가 올 때까지 모두 자리를 지키고, 수상한 짓을 하는 사람이 없는가 서로 감시해야 할 것 같아서. 여기저기 다니며 사건을 알렸지. 그다음 홀로 돌아와 패밀리들과 함께 있다가, 수색대가 도착해서, 몸수색도 당하고, 여기도 들쑤시도록 내주고. 내가 보기엔 수색 과정이 엉망진창이야. 멋대로 구역을 나눠서 헤집고 다닐 뿐이잖아. 그리고 조사대의 기록도 어설프긴 마찬가지고. 1차 진술은 현장에서 받는다고 하던데. 픽셔들이 제목을 그럴듯하게 썼잖아. '어릿광대 저택의 사건' 이라고. 그럼, 뭐, 이 방도 저택 안에 있으니 현장에 포함되는 거 아닌가. 바보 같은 규정이라고 윌에게 따졌지."

"그렇군요. 매우 훌륭한 조치였습니다. 사람들을 한데 모아둔 건 말이죠... 그 말을 전하느라 바쁘게 뛰어다니셨겠어요." 그리고 뉴윈은 묘한 의문이 들어간 목소리로 질문을 이어 갔다. "그런데, 오늘 오후 회장실을 방문한 이야기는 왜 하지 않는지 궁금하군요."

다시 그의 얼굴이 어두워졌다. 조금 놀란 듯 눈을 크게 뜨더니 잠깐 생각에 잠긴 후, 답을 했다. "그건, 별일 아니니까... 발전기가 문제가 아니라, 회장님께 정전이 되면 얼마나 골치 아픈지 말씀드려야겠다는 생각이 들어서... 만약 파티 도중에 불이 나가면 아수라장이 될 거잖아. 누군가 귀중품을 도둑맞을 수도 있고. 그래서 회장님께 예비로 임시 전등이나 손전등을 비치하는 게 어떻겠냐고 말씀드렸어. 그랬더니 대충 말하지 말고, 어떤 종류의 등을, 홀 어디어디 놓을 건지 정확히 결정해 오라고 하시길래. 세일렌의 숲까지 걸어가며 생각을 좀 했지."

아일랜은 다른 질문을 했다. "그런데 아직 방을 치우지 않으셨네요. 수색은 벌써 끝났을 텐데."

"네... 정신이 없어서. 이제 치울 거예요." 답을 하는 애나는 여전히 긴장한 얼굴이었다.

두 사람은 기록에 응해 줘서 감사하다고 인사를 했다.

방에서 나와 계단을 내려가며 아일랜이 미소를 띠었다.

"다행히도 보우 건 이야기를 하고 나서는, 조금 고분고분해졌어요."

"제가 너무 주제넘게 끼어든 건 아닌지 모르겠네요." 뉴윈의 회색 눈동자가 부끄러운 듯 옅어졌다.

"웨일리 주점장의 말은 비밀 유지 조항도 아닌 걸요. 친절한 경고인 셈이죠. 이런 사건에서 솔직하지 못한 태도는 이로울 게 없어요... 어쨌든 방금 반응을 보면, 그는 그날 밤 엄청나게 취한 것 같아요. 주점에서 자기가 떠들어 댄 것도, 무기를 꺼내 자랑한 것도 모르는 것 같으니까요. 안 그럼, 얼토당토않은 거짓말은 하지 않을 텐데 말이에요."

"어쨌든 무기의 행방은, 그날 밤까지만 확실한 것 같네요."

"헉스 씨의 데스블이 흉기가 맞을까요?"

"……. 수색대도 그걸 제일 먼저 찾고 있을 텐데. 아무도 그것에 대해 말하지 않고, 수색대도 찾아내지 못한다면 흉기가 맞을 겁니다. 누가 일부러 감췄다는 뜻이니까요."

5장　DAY-1 오후 7:45

1층으로 내려오니, 한 쌍의 남녀가 사건 현장을 바라보며 서 있었다. 그들도 두 사람을 발견하고 계단 아래로 마중 나오듯 다가왔다.

아일랜이 카메라를 착용하자 남자가 입을 열었다. "윌킨스 씨가 여기서 캐스터 분들을 기다리라고 했습니다."

금전 출납 업무를 맡아 종일 세무실에서 장부와 씨름한다는 남자는 숫자 1을 닮은 듯했다. 대나무 꼬챙이 같은 외모에 부드러운 곡선이라고는 이마에 가득한 잔주름뿐. 목이 앞으로 쑥 빠져 있고 어깨가 구부정한 것 외에는 전체적으로 가늘고 긴 체형이었다. 그는 하는 일부터 소개하고 '마크 본 스튜어'라는 이름과 38세라는 나이도 알려 주었다.

그러자 옆에 서 있던 뚱뚱한 여인이 면박을 주듯 말했다. "이름과 나이 같은 건 픽셔에 넘치도록 나왔잖아. 내 키가 5.6피트에 몸무게 200파운드라는 것까지 다 실린 판국에. 그것 말고도 할 말이 얼마나 많은데. 당신도 참."

그녀는 입이 근질근질한 듯, 한 발 앞으로 나섰다. 그리고 금세 주르륵 말을 이어 갔다. "남편은 처음 보는 사람들에겐 꼭 나이를 알려 준답니다. 60이 넘은 것처럼 주름이 가득하니, 마흔도 안 된다는 걸 말하고 싶겠죠. 나보다 나이도 적은데 얼마나 고생을 하는지 얼굴이 폭삭 늙고 말았어요." 그러면서 2층을 힐끔 노려보았다. "남들은 겨우 저택을 관리하는데 회계사를 고용했다고 비웃지만, 헉스 같은 인간이요. 여긴 쿠어 회장의 저택 아니겠어요. 고용된 직원이 15명, 파트 타이머로 일하는 사람도 20명이 되는 데다, 여기저기 비용이 들어갈 데가 엄청나게 많아요. 솔직히 영세한 공장의 회계 장부보다 이 저택의 금전 출납부가 훨씬 복잡할 거예요. 게다가 이이는, 계산이 끝난 장부를 몇 번씩 점검해야 직성이 풀리는 사람이라 방에까지 장부를 끼고 온다니까요. 자다가 일어나 보면 혼자 거실에 앉아 장부를 들여다보고 있죠. 경비를 선답시고 빈둥거리며 돌아다니기나 하는 사람과는 차원이 다르다구요."

그러자 남편이 까칠하게 말했다. "그런 쓸데없는 소리는 말고. 할 말만 해."

그러나 부인은 못 들은 척, 두 사람을 번갈아 쳐다보았다. "궁금한 거 있으면 물어봐요. 아는 한에서 모조리 말할 테니까. 참, 이 이야기부터 알려 드릴까. 이번 달에도 우리 부부 빼고, 다 한 번씩 회장에게 불려간 거 모르죠? 쿠어 회장은 생활비를 주고, 그 사용처를 확인했거든요. 이이가 패밀리들의 지출 대장도 관리해 회장에게 보고해요. 일주일에 한 번씩. 그때 마음에 들지 않는 지출이 있으면 회장은 당장 그를 불러들여 한마디 하죠. 누구는 흉물스러운 칼이나 화살 따위를 사 모으지 않나, 누구는 틈만 나면 향수를 사들이지 않나, 씀씀이가 헤퍼서 큰일들이었다니까요. 큭."

가슴이 출렁이는 것도 아랑곳하지 않고 그녀는 웃음을 터뜨렸다. 그리고 거친 목소리로 다시 떠들어 댔다. "어째서, 그렇게 생각들이 없는지. 그게 다 회장의 함정이었거든요. 생활비를 준다고, 덥석덥석 쓸 게 아니었는데. 쿠어 회장은 남몰래 우리를 테스트하고 있었어요. 저 안락한 휠체어에 가만히 앉아, 누구에게 재산을 물려줄까 저울질하는 중이었다구요."

"쉿. 여보, 그런 말은 할 필요 없잖아. 기록에 남는다고." 마크가 부인을 보며, 안절부절못했다. 그러나 여인은 당당했다. "바보 같이. 기록에 남는다니까 협조하는 거잖아. 사건에 입회한 캐스터에게 협조를 해야, 우리에게 유리한 픽셔를 써 줄 거 아냐. 안 그래요? 알랜 씨." 남편이 아일랜이라고 이름을 정정해 주었지만, 부인은 떠드느라 바빴다. "어쨌든 뭐, 저 바보들 덕분에 우리만 좋았어요. 우리 평판이 제일 훌륭했거든요. 난 시간이 날 때마다 주방에 가서 요리사들을 도와주었답니다. 메이드들과도 친하게 지냈죠." 직원들 앞에서 짓던 상냥한 미소를 재현하려 했으나, 그녀의 입꼬리에는 경련만 일었다.

"여보, 제발. 할 말만 해. 오늘 오후에 하던 일만 말하면 돼." 남편이 더욱 까칠하게 선을 그었다.

그제야 여인은 맥주가 담긴 커다란 오크통 같은 허리에 양손을 댔다. 알겠다고 하는데, 두툼한 볼살에 밀려 잔뜩 처진 입꼬리가 더욱 심술맞게 보였다.

"오늘은 굉장히 바빴어요. 파티가 다가올수록 주방도 직원들도 난리가 아니었죠. 아침 식사도 디저트 없이 끝냈는데. 점심은 더욱 엉망이라. 데우지도 않은 스프와 샐러드, 빵, 차가운 햄 세 조각이 전부였다니까요. 전, 8시에 아침 식사를 마치고부터 쭉, 오후에도 주방을 감시하고 아니, 일손을 돕고 있었어요. 파티 정찬 메뉴가 엄청나게 많았으니까요."

그녀는 남편을 한 번 쳐다보았다. "손수 닭장에 들어가 계란을 한 바구니 담아 주방으로 갔어요. 전기가 들어오니 주방은 밀린 일을 하느라 더욱 바빠졌죠. 한나의 지휘 아래 케이크과 쿠키, 머랭을 굽고 있었고. 전, 주방과 팬트리, 바깥 창고를 돌아다니며 식재료와 식기들을 챙기고 날랐어요. 그리고 다시 닭장에서 계란을 담고 있는데 한나가 사건이 일어났다고 알려 주는 거예요. 그래서 홀로 왔어요. 그게 다예요."

쓸데없는 수다를 잔뜩 늘어놓던 여자는 정작, 오후의 행적에 대해서는 한마디로 정리해 버렸다. 주방의 일손을 도왔으며, 닭장에 있었다는 것이다.

"저기, 좀 더 자세히 말씀해 주시죠." 아일랜의 부탁에 여인은 "닭장과 팬트리를 오가며 식재료를 날랐다니까요." 하고는 다시 입을 다물어 버렸다.

모처럼 아내가 입을 다물자, 마크가 얼른 말을 이었다. 부인이 엉뚱한 수다를 떨기 전에 말을 마치려는 듯, 조급해 보였다.
"전 제 사무실에 있었습니다. 장부를 정리하고, 계산에 몰두하고 있었죠. 오후에 사고가 있어... 그것 때문에 발전기를 수리하고, 대여해 오는 데 생각지도 못한 지출이 생긴 겁니다. 그걸 메우기 위해 장부를 뒤지며 계산을 하고 있었죠."

"지출을 메워야 한다고요? 그게 무슨 말이죠?" 뉴원이 고개를 갸웃하며 되물었다.

"제가 하는 일은, 저택의 관리 비용과 지출을 조정하는 겁니다. 여긴 사업장이 아니니까. 회장님은 저택에서는 오로지 지출만 발생한다고 생각하셨어요. 그 지출을 조정하고 줄이기 위해 저를 불러들이신 거고요. 이 정도 규모의 저택을 유지하려면 매달 상당한 금액이 필요하거든요. 여기서 제가 맡은 일은, 매달 예상 지출을 산출하고, 비용을 최대한 줄이는 거예요. 특히 오늘처럼, 예상치 못한 지출이 발생할 때는, 반드시 메울 곳을 찾아 보고를 드려야 하는데. 그게 무척 어려운 일이었습니다. 그래서 장부에 매달려 있었죠. 이번 달이 보름 정도 남긴 했는데, 어느 부분에서 비용을 줄일 것인지 찾고 계산하느라 말이죠. 회장님은 '뜻밖의 일이니 어쩔 수 없네' 하고 넘어가는 분이 아니셨으니까요." 그는 이마를 더욱 찌푸렸다. 그 바람에 이제는 부인보다 30년은 늙어 보였다.

"거의 매달 돈이 더 들어갔어요. 칼도 헉스도 약값이며 경비 도구며 쓸데없는 구멍을 잔뜩 만들었으니까요. 남편이 그걸 메우고 보고해야 했구요. 불쌍한 마크... 얼마나 스트레스를 많이 받았는지."

부인의 침묵은 오래가지 못했다. 결국 끼어들어 한마디 하고는 표정이 무섭게 바뀌었다. "쿠어 회장은 진짜, 수전노, 자린고비였어요. 얼마나 돈에 벌벌 떨었는데. 하긴, 우리 부부에게만 가혹하게 돈주머니를 틀어쥐었을 거예요. 쓸데없이 꽃이나 나무를 키우는 데는 돈을 아끼지 않았으니." 부인의 볼이 더욱 부풀어 올랐다. 그 말에는 남편도 상처받은 듯한 얼굴이 되었다. 아픈 곳을 찔린 듯, 괴로워 보였다.

그때 다시 메리가 물었다. "모두 만나 봤나요? 의사 부부도요? 그들이 이 모든 사태의 원흉이라는 걸 알고 있는지 모르겠네. 칼이 회장에게 죽음을 선고하지만 않았어도, 이 난리는 없었을 거예요."

그것은 뉴원이 읽은 픽셔에도 나오지 않은 내용이었다. 때문에 얼른 되물었다. "의사 부부가 선고를 내렸다고요? 자세히 말씀해 주시죠."

그러자 잠시 놀란 표정을 짓던 마크가 부인을 팔로 제지했다. 재빠르고 냉정한 손짓과 더불어 곧 말을 이었다. "그건 제가 말씀드리죠. 그러니까 한 달 전쯤, 칼 씨가 회장님께, 건강이 많이 나빠졌다, 시간이 얼마 남지 않았다, 길어야 3,4개월이니 마음의 준비를 하라고 시한부 선고를 했습니다. 회장님이 우리에게 직접 그 사실을 알려 주셨죠. 그런데 조금만 생각해 보면, 그건 듣는 이를 위한 배려일 뿐. 몇 개월이 아니라... 오늘이라도 당장 쓰러질 지 모른다는 경고 같았어요. 다른 사람도 아닌 전담 주치의의 얘기라... 회장님도 충격이 남달랐을 테고. 그래서 저희에게 알리신 듯했습니다."

그것은 완전히 새롭게 등장한 문이었다. 그리고 보니, 최초에 파티를 시작하게 된 계기에 대해 생각하지 못하고 있었다.

두 사람이 놀라는 눈치를 보이자, 메리가 또 입을 열었다. "우리가 꼭 그렇게 놀랐어요. 어제까지 아무 말도 없던 의사 양반이, 그런 말을 했다니까. 그러니까 한 달 전쯤, 오후 티 타임 자리에서 회장이 할 말이 있다고 하는 거예요. 그러면서 의사에게 지난 주에 자신에게 했던 말을, 우리들에게 다시 전하라고 하더군요. 그러자 의사 양반이 시한부 선고를 그대로 되풀이해 주었고요. 물론 회장은 연세가 있으니 언제든 그날이 오리라 생각했지만. 여전히 정력적이고 활동적이고, 남편의 실수를 1골드 머니까지 찾아내는 분이라 200세까지 산다고 해도 그러려니 할 판이었는데. 어찌나 놀랐던지. 그리고 난데없이 파티가 튀어나왔죠." 그리고 메리는 기어이 한마디를 덧붙였다. "그 의사는 자기만 똑똑한 줄 아는데. 마음의 준비는 무슨. 흥, 재산을 잘 처분하라는 말 아니겠어요. 그걸 회장도 제대로 알아들은 거구요."

그때 세 사람이 양날의 문으로 들어왔다. 앞장선 조안의 뒤를 따르는 사람들을 보고 메리가 손으로 입을 가렸다. "큭큭. 주인공들 등장인가... 저 부부를 잘 캐 보세요." 하고 말했다.

그리고는 일부러 큰 소리로 "그러니까, 전, 닭장에 있다가 한나가 알려 줘서, 남편은 자기 사무실에 있다가 헉스가 알려 줘서 홀로 왔어요. 남편이 저보다 먼저 도착해 있었고, 수색대가 올 때까지 함께 있었어요. 기록이 끝났으면 이만 가 볼 게요. 머리가 아파서 쉬어야겠어요." 라며 말을 마쳤다.

아일랜이 고개를 끄덕이자, 그녀는 남편의 손을 이끌고 계단을 올라갔다.

두 사람이 부부를 보내고 돌아보니 조안만 서 있었다. 그녀는 의사 부부가 응접실에서 기다린다고 알려 주었다. "메리 부인이 말이 많은 사람이라 시간이 꽤 걸릴 거라며, 오드 응접실에서 기다리겠다는 거예요. 헉스 남매도 자기 방에서 기록을 했다고 하니 응접실에서 기록을 해도 무방할 거예요."

6장   DAY-1   오후 8:15

보르죠 문을 지나, 오른쪽 통로에 들어서자 응접실들이 나타났다. 그중 북유럽 풍으로 꾸민 작은 응접실에 의사 부부가 앉아 있었다. 대여섯 명이 쉬기에 적당한 크기의 응접실은 안락해 보였다. 벽에 걸린 고풍스러운 액자와 앤티크 소품, 소파에 놓인 두툼한 쿠션과 필러가 아늑한 분위기를 연출하고 있다. 그러나 그 모든 분위기를 압도한 것은, 코를 찌르는 머스크 향이었다.

의사가 아일랜에게 인사를 하며 맞은편 자리를 권했다. "쿠어 회장의 주치의인 칼 파스텐입니다. 이쪽은 제 와이프입니다." 부인도 앉은 채로 인사를 했다. "처음 뵙겠어요. 칼린 맥더널이에요."

그들은 안쪽 소파에 자리 잡았는데, 태도가 자연스러워 마치 저택의 주인 부부를 만난 듯한 착각이 일 정도였다.

아일랜은 이 한 쌍이 마치 드레스덴 도자기 같다고 생각했다. 중산층 저택의 장식장에 진열된 로열 덜튼 인형 말이다. 한때, 의사라는 직업보다 반듯하고 조각 같은 얼굴로 더 인기가 많았을 듯한 남자는 마흔임에도 20대처럼 보였다. 의사 가운 대신 흰 셔츠와 편해 보이는 데님 팬츠를 입고 있다. 남편 옆에 조신하게 앉은 여인 또한 많은 남자들에게 구애를 받았을 것 같은 미모였다. 가벼운 하프 원피스에 카디건을 걸친 여인은 짙은 갈색 머리에 매끈한 검은 피부, 오밀조밀한 이목구비를 가지고 있다. 그리고 그녀가 바로 진한 향기의 주인공이었다. 무엇보다 도자기 같다고 느낀 이유는 무표정에서 오는 차가움 때문이었다.

코를 슥 비빈 아일랜은 시선을 의사에게 맞추고, 기록을 시작했다. "저기, 먼저 회장에게 시한부 선고를 했던 이야기를 해 주시죠. 한 달 전, 티 타임 때 있었던 일을 들었습니다."

그것이 뜻밖의 요구였던 듯. 부부는 서로 눈을 마주쳤다. 컬린의 얼굴이 크게 찌푸려졌다. 그리고 마음에 들지 않는다는 듯 고개를 저었다. 그러자 부인의 생각과 같다는 듯 칼이 당당히 말했다. "그것은 조안 팀장에게도 하지 않은 얘기입니다. 전혀 예상 밖의 질문인데. 더블픽셔사의 아일랜 씨라 했죠? 혹여 기록이 조금이라도 불리하게 조작된 듯 의심이 들면, 당신을 고소하도록 하죠."

그러자 부인이 다시 무표정한 얼굴로 되물었다. "누군가요? 말씀해 보세요. 누가 그 이야기를 했죠?"

남편이 부인을 말렸다. "여보. 그때 모두 자리에 있었잖아. 어차피 알려질 일이었어."

"어차피 알려질 일이라 해도 오늘 사건과 관계없는 일이잖아. 도대체 왜들 그리 말이 많은지." 여인은 이맛살을 다시 찌푸렸다.

남편이 아일랜의 카메라를 보며 입을 열었다. "감출 게 없으니 말씀드리도록 하죠. 사실, 회장님께 건강이 염려스럽다고 말씀드린 건 그보다 열흘 정도 전이었습니다. 제 진료실 캐비닛에 자료가 그대로 있을 겁니다. 당시 찍었던 X-ray 사진과 동료들과 주고받았던 메일도요. 물론 환자의 비밀 유지는 중대한 의무 조항이라 확실히 지켰구요. 사실, 겨울이 지나면서부터 회장님은 상태가 많이 나빠졌습니다. 무엇보다 소화 기능이 두드러지게 나빠지셨죠. 거의 식사를 못 하셨으니. 그런데 회장님이 먼저 눈치를 채신 듯 말씀하셨습니다. 자신의 건강 상태가 어떠냐, 얼마나 살 수 있냐, 물으시길래... 정밀 검사를 진행하고... 그 결과를 알려 드리며 길어야 3,4개월이니... 마음의 준비를 하시는 게 좋을 것 같다고 조심스럽게 말씀드렸죠. 회장님 같은 분은 위로나 위안이 필요한 게 아니라, 정리할 시간을 드려야 할 것 같아서요. 그분도 각오하신 듯 덤덤히 받아들이셨는데... 그 후에, 다른 패밀리들이 모인 티 타임에서 갑작스레 그 이야기를 다시 전하라고 하실 때는 놀랐습니다... 회장님의 명이라 했던 말을 그대로 되풀이했을 뿐이고요."

"남편분이 이야기를 하는 동안, 사람들의 반응은 어땠나요? 부인." 뉴윈이 컬린에게 물었다.

그녀는 기억을 더듬듯, 이마를 찌푸렸다. "칼만 안절부절못했던 것 같아요. 전 무척 놀랐지만 다들 욕심에 눈이 멀어 놀라지도 않았죠. 곧바로 모리배들이 본색을 드러내, 저러다 소리 내서 웃겠다는 생각이 들 정도였어요. 저 캐스터 카메라로 찍어 놓았으면 볼 만했을 텐데. 억지로 걱정하는 척하는 모습들이라니... 진심 어린 위로까지는 바라지 않았지만. 걸핏하면 장부에 손을 대는 누구나, 경비를 선답시고 위협만 하고 다니는 누구도, 흥분을 감추지 못했어요." 잔뜩 찌푸린 얼굴 위로 냉소적인 웃음이 떠올랐다.

그런데 부인의 신랄한 말을 듣던 남편이 뜻밖의 말을 꺼냈다. "하지만, 여보. 그건 나도 마찬가지였어." 그리고 아일랜을 똑바로 보며 이야기를 했다. "살 날이 얼마 안 남았으니 마음의 준비를 하라는 건 새해 카드에 적힌 말과 다름없습니다. 그냥 형식적인 말인 거죠. 제가 하고 싶었던 말은 마음의 준비가 아니었습니다. 전 정말 솔직하게 말씀드리고 싶었어요. 이제 곧 돌아가실 테니, 부디 뒷날을 위해... 재산을 잘 나눠 처분하시라고요."

참으로 진솔한 말이었다. 그 때문에 아일랜은 그에게 호감마저 생긴 듯했다. 그러나 부인은 감흥 없는 얼굴로 남편을 바라보고 있었다.

그는 말을 이었다. "어쨌든 제 말 덕분에 회장님도 정리할 생각이 든 듯했죠. 곧바로 패밀리들에게 파티를 열 거라고 하셨으니까요. 제 이야기를 듣고 여러모로 생각을 해 봤는데, 자신의 마지막 결정을 위해 성대한 파티를 열겠다고 하셨어요."

"파티는 틀림없이 그 여자 때문이에요. 마담 매릴린. 매일 아침 꽃을 장식한다는 이유로 회장님 방을 들락거리더니, 뭔가 입김을 불어넣은 것임이 분명해요. 들어온 지 얼마 되지도 않으면서... 파티는, 신경 쓰이고 귀찮은 행사일 뿐이잖아요." 부인이 조금 격앙된 목소리로 말했다.

"저기, 그런데, 단순히 유산을 분배하는 게 아닌 것 같던데요. 후계자를 발표할 거라던 픽셔도 있던데. 그건 어디서 나온 이야기일까요?"

뉴윈의 질문에 칼이 답했다. "누군가 잘못 전한 이야기입니다. 티 타임 때 회장님께서 말씀하시길, 저택을 돌봐 줄 사람이 있는 게 좋겠다고, 운을 떼셨거든요."

부인의 입에서 곧바로 한숨이 터졌다. "그 이야기를 듣자마자 모두 숨도 못 쉬고, 분위기가 무거워졌어요. 그 많은 재산을 누군가 한 사람이 독식할 거란 이야기잖아요."

그러자 칼이 다시 부인을 보며 이야기를 했다. "그러니까 컬린도 다른 패밀리도, 그 말을 오해했죠. 후계자나 독식이라는 말은 완전히 잘못된 표현이거든요. 회장님이 말씀하신 건, 여기 빅 올더 섬의 농지와 가게, 저택 등, 계속 관리가 필요한 일을 대표로 맡는 거라고 생각했습니다. 틀림없이 서명을 하고 얼굴을 내밀 필요가 있는 일들이 있으니까요. 곧바로 처분할 수 있는 현금과 증권, 만기 채권 같은 자산은 모두에게 나눠 줄 생각인 듯했는데… 저에게 따로 말씀해 주셨거든요. 결국 티타임이 끝나갈 무렵, 재산 분배는 적절하게 조치할 테니 모두 기대하라고 하신 것만 봐도 알 수 있죠."

그는 자신이 방금 한 말이 얼마나 중요한 것인지를 충분히 아는 듯했다. 재산의 처분에 관한 언질을 따로 듣다니. 회장에게 크게 신뢰받고 있음을 어필한 의사는 턱을 조금 쳐들었다. 그리고 다시 한마디를 덧붙였다. "남편과 사별한 마담 매릴린에게 열두 살이 된 아들이 있습니다. 레오 던킨이라고. 후계자가 아니라, 그 아이에게 후견인이 필요하다고 한 회장님 말씀이 잘못 전해졌을 겁니다."

두 사람은 곧 헉스의 말을 떠올렸다.

"마담은 경제 관념이 전혀 없는 여자라, 얼마를 받게 되든, 그 아이에게는 다른 후견인이 있는 게 좋거든요. 게다가 레오는 어머니 말을 잘 듣지 않으니까요. 오늘처럼 캠핑 학습을 가는 날이면 몰래 여기로 돌아와 여기저기 훔쳐보고 다니는데. 마담이 몇 번이나 그런 짓을 하지 말라고 타일러도, 하나도 달라지지 않았어요. 엄마를 퇴물이라고 욕한 헉스를 괴롭히는 게 취미가 된 듯한데... 그보다는 자식으로서 행실을 똑바로 하는 게 더 낫잖아요." 컬린이 혼잣말처럼 말했다.

아일랜은 감사하다고 인사를 전하고, 오늘 오후 행적에 대해서도 이야기해 달라고 했다.

먼저 칼이 입을 열었다. "저는 제 진료실에 있었습니다. 전 내과, 아내는 부인과 전문의인데, 우린 둘 다 수의사 자격증도 가지고 있거든요. 그래서 저택의 동물들까지 돌보고 있죠... 사건이 일어난 때는, 그러니까 포더 집사가 달려왔을 때는, 혼자 리트리버의 진드기 제거 수술 중이었습니다. 그걸 빨리 끝내야, 조경을 하다 허벅지에 상처를 입은 커컨 씨와 팔뚝에 화상을 입은 라보 양을 봐줄 수 있어서요. 여기서는 짐승이건, 사람이건 치료와 수술은 전부 저희들 소관이니까요."

그 말을 들은 부인의 얼굴에 다시 냉소가 떠올랐다. "사실 냄새나는 동물은 제가 돌보고 있죠. 회장님이 그렇게 일을 맡기셨거든요. 향수로 감춰질 냄새가 아니니, 이미 두 분도 눈치채셨겠지만... 남편은 사람만 봐주는 데도 얼마나 바쁜지. 저도 남편을 만나고 싶으면 화상 같은 걸 만들어야 할 정도라니까요." 유독 날이 선 목소리에 칼은 시선을 피해 버렸다.

 두 사람은 의사 부부를 번갈아 쳐다보았다. 이제 부부는 서로 외면한 채, 표정이 잔뜩 굳었다.

 잠시 침묵이 흐르고, 칼이 헛기침을 하더니 이야기를 이어 나갔다. "오늘 오전에 컬린이 머리가 아프다고 하는 겁니다. 그래서 제가 수술을 대신 맡았죠. 그게 돋보기를 들여다보며 진드기를 하나하나 핀셋으로 집어 내는 일이라. 게다가 진드기 이빨이 박힌 채로 뽑지 않기 위해 주의해야 하는데... 일을 시작하고 얼마 지나지 않아 포더 집사가 황급히 달려왔습니다. 회장님이 쓰러졌다고 외치길래, 아내를 불러 달라 하고 달려가 봤더니, 회장님은 이미 돌아가신 것 같았습니다. 에어컨 때문에 피는 굳었고, 체온도 떨어졌으니까요. 제가 확인한 사후 증상을 아내도 확인했습니다. 집사에게 신고를 지시하고, 검시의가 올 때까지 홀에서 기다렸습니다."

 "사인은 뭐라고 생각하십니까?"

 "현재 부검 중이니 결과가 곧 나오겠죠. 물론 머리에 박힌 화살에 독약이 묻었다면 그게 원인일 수도 있고, 추락사나 과다출혈도 염두에 두고 있습니다."

 "패밀리들이 현장에 나타난 순서를 말씀해 주시죠." 뉴원이 부탁하듯 말했다.

 "저희 셋 다음으로 헉스 군이 달려온 것 같은데, 그는 사람들에게 상황을 알리겠다고 곧바로 나갔습니다. 그다음, 마크와 마담, 신고를 마친 포더 집사가 돌아오고. 메리 부인이 온 다음, 애나와 데이지가 함께 온 것 같습니다. 마지막으로 헉스가 직원들에게 소식을 알리고 홀로 돌아왔죠."

"알겠습니다. 참, 그럼 다른 패밀리들도 케어해 주는 겁니까?" 다시 뉴윈이 물었다.

"네. 그들도 공짜로 치료를 받죠. 회장님께 보고하지 않았다면, 날마다 영양제를 놔 달라고 졸랐을 겁니다." 의사의 목소리에 불만이 묻어났다.

그다음은 컬린 차례였다. 그녀는 따로 할 말이 없다고 했다. 하는 일은 남편과 같고, 대신 자신은 수의실에서 새끼 돼지를 돌보고 있었다는 것이다. 사건이 일어난 때는 렙토스피라가 의심되는 새끼를 보고 있었는데, 갑자기 포더 집사가 달려와 회장님이 쓰러졌다고 외치는 바람에, 함께 홀로 달려왔다는 것이다.

그녀가 입을 다물자, 뉴윈이 물었다. "저기, 지금까지 들은 바에 의하면, 컬린 씨가 회장을 가장 마지막으로 목격한 분이더군요. 오늘 오후, 쿠어 회장이 부른 이유가 뭔가요?"

그러자 컬린은 남편을 슬쩍 보더니 시선을 외면했다. "그건, 지금은, 말씀드리기 곤란하네요." 대신 화제를 돌리려는 듯, 뜻밖의 이야기를 꺼냈다. "아까 픽셔 얘기를 하셨는데. 오늘 사건도 이미 픽셔가 쏟아져 나왔겠죠? 얼마 전부터, 회장님이 핸드폰을 일절 못 쓰게 하는 바람에 픽셔를 읽은 지 오래됐거든요. 어떤 이야기들이 나왔을 지 궁금하네요."

"왜 핸드폰을 못 쓰게 했나요?"

뉴원이 되묻자, 칼이 서둘러 답을 대신했다.

"폰을 못 쓰게 했다기보다는 픽셔를 못 읽게 했다는 편이 맞는 말입니다. 그동안 픽셔들이 너무 많이 나온 데다, 저택 안에서도 온통 그 얘기뿐이라, 패밀리나 직원들 모두 말이죠. 사실 저도 별 관심은 없는데, 저희들 이야기라 읽지 않을 수도 없고. 회장님은 세상 사람들의 관심이 탐탁지 않으신 듯했습니다. 쓸데없는 데 정신들을 빼앗겼다며, 여기 있는 사람들만이라도 자기 할 일을 제대로 하라고 호통을 치셨죠. 하지만 소용없었습니다. 핸드폰이 있는데 픽셔를 못 읽게 할 방법은 없으니까요. 그래서 파티가 끝나고 사람들의 관심이 사그라들 때까지, 아예 폰을 못 쓰게 하신 거예요."

그러자 컬린이 싸늘한 미소를 띠었다. "글쎄요. 그건 회장님이 말씀하신 표면적인 이유일 뿐이고, 픽셔 때문만은 아닌 것 같지 않나요? 전, 다른 이유가 있다고 생각한 걸요. 그분은 모든 걸 감시하고 통제해야 성이 풀리는 분인데... 사실, 밀회가 필요한 커플은, 폰으로 연락하는 게 최고잖아요. 그걸 알아차리신 듯했어요. 불미스러운 일을 미연에 방지하기 위해, 핸드폰 사용을 금지시켰다고 생각해요." 그녀는 이제 남편을 똑바로 주시하며 말을 이었다. "그다음부터 저택 안에서 서로 연락을 하거나 누군가에게 볼일이 있으면 찾아가는 수밖에 없게 됐죠. 그리고 누가 어떻게 움직이는지, 회장님 발코니에서 내려다보면 훤히 보였구요. 어떤 패밀리가 자기 공간을 벗어나는지, 어떤 직원들이 게으름을 피우는지도 다 보였을 텐데… 그래도 딴짓을 하는 이들이 있었죠. 자기는 걸리지 않을 거라고 생각했는지." 목소리에 실로 칼바람이 부는 듯했다.

아일랜은 그녀가 굳이 그 이야기를 꺼낸 이유를 알 것 같았다. 컬린이 턱을 쳐들고 경멸의 눈으로 남편을 쏘아보고 있었기 때문이었다. 남편 또한 화난 표정을 감추지 않고, 부리부리하게 뜬 눈으로 아내를 노려보고 있었다. 이들 부부 사이는 균열이 가 있으며, 그 틈에서 북풍한설이 몰아치는 듯했다.

예상대로 시간이 꽤 걸렸다.
기록을 마쳤으나 부부는 응접실에 좀 더 있겠다고 해, 두 사람은 얼른 밖으로 나왔다.
"둘 다 인형처럼 생긴 것도 차가운데. 냉기가 휙휙 도네요." 진짜 냉기를 쐰 듯, 아일랜이 팔을 슥슥 문질렀다.
뉴윈도 고개를 끄덕였다. "냉랭한 정도를 넘어서 사이가 아주 심각하던데요."

7장　DAY-1 오후 9:10

"다음으로 누구를 만나도록 할까요?"
아일랜이 묻자 뉴원이 답했다. "이제 패밀리들 중에 데이지 양과 레오 군만 남았는데. 소년부터 만나 보죠."
"그 아이는 오늘 오후, 저택에 없었다는 것만 확인하면 끝이겠네요."
그들은 조안 팀장에게 통신기로 연락을 했다. 그녀 또한 레오를 만났으나 아무 말도 듣지 못했다며, 간단히 답을 기록하고 오라고 했다. 자신은 데이지와 함께 직원 휴게실에서 기다리겠다는 것이다.

계단을 올라 마담의 룸 앞에서 정중하게 노크를 했다. 온실 수색이 끝났는지, 마담은 방으로 돌아와 있었다. 그녀는 가벼운 드레스에 가운을 걸친 채로 두 사람을 맞았다. 아일랜이 레오을 만나러 왔다고 말하니 놀라는 눈치였다. 아일랜은 의례적인 확인 절차로 하나만 물어보고 돌아가겠노라 전했다.
마담의 안내에 따라 룸으로 들어갔다. 구조는 헉스 남매의 방과 같았는데, 전혀 다른 곳에 들어온 듯한 착각이 일었다. 온실에서 온종일 꽃을 돌보기 때문인지 방에는 화병이 하나도 없었다. 오히려 발코니 창을 가린 이중 커튼 때문에 실내는 어두운 편이었다. 응접실 테이블에 앉아 있는데, 마담이 안쪽에서 아들을 데리고 나왔다.

아이는 돌아가신 아버지의 인자를 물려받은 듯, 이목구비가 큼직큼직했다. 갈색 고수머리에 피부는 흰 편이고 또래보다 골격도 크다. 여드름이 만발한 이마를 찌푸리며 소년은 불만이 가득한 얼굴로 빈 의자에 앉았다. 마담은 커다란 벽난로 옆에 기대어 섰다.

소년은 아일랜을 곁눈질로 바라본 후, 참지 못하겠다는 듯 불만을 터뜨렸다. "살인 사건이 일어났잖아. 그런데 왜 이렇게 조용하냐구. 호타나 주톤 같은 메이저 캐스터들은 오지도 않고. 난 인터뷰할 준비를 다 해 놨는데." 그러면서 발로 탁자의 다리를 툭툭 찼다.

"지금이 바로 그 인터뷰를 하는 자리입니다. 할 말이 있으면 하죠, 레오 군." 아일랜은 기록이 되는 터라 상냥하고 정중하게 부탁했다.

"난 조사대 아줌마에게도 아무 말 안했어. 그런데 무급 캐스터랑 이야기를 왜 해. 듣도 보도 못한 캐스터랑 이야기해서 뭐 하냐구." 그러면서 그는 더욱 거칠게 탁자의 다리를 찼다.

아일랜은 볼이 상기된 채, 잠시 숨을 골랐다. 그리고 다시 달래듯 이야기를 했다. "그럼 묻는 말에 대답만 하면 돼요. 저기 오늘 오후에,"

"싫다니까. 바보 아냐! 난 아무 말도 하지 않겠다고. 말귀도 못 알아들어?" 그러면서 소년은 보란 듯 고개를 쳐들고 입술을 앙다물었다.

어쩔 줄 모른 채, 아일랜이 허리를 꼿꼿이 세웠다. "하나만 묻겠다니까요. 오늘 오후에 저택에 있었는지, 없었는지,"

그 말이 채 끝나기도 전에 소년은 양손으로 귀를 막아 버렸다. 그리고 거칠게 머리를 흔들었다.

그러자 뉴원이 오른팔을 뻗어 아일랜을 제지하듯 말렸다. 잠깐 틈을 준 다음, 고개를 천천히 끄덕였다. 그리고 차분하고 냉정한 투로 말을 시작했다.

"....... 아일랜 씨, 전 분명히, 이 소년을 만나는 것은, 시간 낭비라고 말씀드렸습니다. 조안 팀장이 아일랜 씨는 이번 사건의 단독, 입회 캐스터로서 주요 참고인만 만나라고 하지 않았나요... 주요 참고인만 인터뷰하라고 몇 번이나 당부했죠. 쿠어 회장이 피해자라 모두가, 전국의 모든 사람이, 아일랜 씨 픽셔만 목이 빠지게 기다리고 있는 판인데. 이 흉악한 범죄의 진실은, 오직, 아일랜 씨만 픽셔로 발표할 수 있는 상황이고. 다른 캐스터는 기껏해야 아일랜 씨 픽셔에 나온 정보를 짜깁기하거나 아일랜 씨 글을 베낄 테고요... 그런데 이 학생은, 단순히 저택에 살고 있다 뿐, 직원들과 다를 바 없어요. 아이 앞에서 누군가 중요한 얘기를 했을 리도 없고. 더욱이 오늘은 캠핑 학습장에 가는 날이라 사건에 대해 아무것도 모를 거라고 다들 말하지 않았나요. 레오 군은 할 말이 없는 듯하니, 헉스 씨와 메리 부인을 한 번 더 만나도록 하죠. 그분들은 할 말이 아주 많다고, 했으니까요." 그는 레오에게 눈길 한 번 주지 않고, 채근하듯 말했다. 그다음 자리에서 곧바로 일어섰다.

그러자 레오가 윗입술을 실룩거리더니 입을 열었다. "캠핑 학습장이 여기서 얼마나 가까운지 모르지? 바보들. 동쪽의 그릴란드 나무를 지나 언덕을 두 개만 넘으면 캠핑장이야. 저택으로 돌아오는 데 30분도 안 걸려. 그리고 올해 들어 일곱 번째 야외 학습이라, 선생들도 따로 놀거든. 바자르 선생은 데이지 누나한테 반해서 나보다 더 자주 여기 온다니까. 나도 야생 식물 탐사보다 여기로 돌아와 숨바꼭질하는 게 훨씬 좋구. 바보 같은 헉스를 놀리는 게 얼마나 재밌는데."

뉴윈이 다시 의자에 살짝 걸터앉으며 고개를 저었다. "하지만 오늘, 사건이 일어났던 그 시간에 여기로 돌아왔다는 말은 아니잖아요. 주목받고 싶은 마음은 이해하지만, 거짓말은 안 돼요. 오늘 오후에 저택 주변에 있었고, 뭔가 중요한 것을 목격한 목격자를 찾고 있거든요. 그 사람이 이번 사건, 아일랜 씨 픽션의 주인공이 되고, 수백만 명이 그 목격자의 말에 주목할 거예요. 그래서 더욱 거짓말은 안 되는 겁니다. FAC에 기록이 남으니까요."

그러자 소년이 가슴을 내밀었다. "거짓말이 아냐. 난 여기로 왔었어. 헉스의 방에 숨어 들어가기 위해 양날의 문 앞에서 망을 보고 있었는 걸. 사자상 뒤에 숨어 있었단 말이야. 헉스 방에 있는 거버 나이프나 화살 같은 걸 훔쳐 내 계단이나 분수대에 놔두면 난리가 나는데. 그걸 보는 게 얼마나 재밌는데. 다 큰 어른이 꼭 벌에 쏘인 황소처럼 날뛴다니까. 그런데 오늘따라 홀에 드나드는 사람이 얼마나 많던지. 게다가 앞치마에 피를 잔뜩 묻힌 채 돌아다니는 사람도 있고. 컬린 아줌마 말이야. 맞아, 그 아줌마에게 그걸 물어보면 알 거야. 내가 여기 있었다는 게 거짓말이 아니라는 걸." 소년의 얼굴은 붉으락푸르락 다채롭게 변했다.

 뉴윈은 고개를 끄덕였다. "그 말이 진짜라면, 정말 중요한 진술인데요. 오늘 오후 홀에 드나든 사람을 봤다니. 범인을 밝힐 중요한 목격자가 될 수도 있어요... 다른 건 없나요?"

 "그건... 생각해 봐야 해. 결국 홀로 들어오진 못했지만, 바깥을 좀 더 돌아다니다 캠핑장으로 갔으니까."

 "오, 저택 주변과 정원까지... 그럼, 여러 사람을 봤겠군요. 혹은 보지 못한 인물도요. 중요한 단서가 될 겁니다." 일부러 그런 듯, 청년의 목소리가 더 높아졌다.

 "보지 못한 인물이, 왜 중요해?" 레오가 고개를 갸웃했다.

 "헉스 씨나 메리 부인, 데이지 양은 그 시간에 저택 외부에 있었다고 했거든요. 칼과 컬린 의사도 마찬가지고요. 만약 그들을 보지 못했다면 그것도 매우 중요한 목격인 셈이죠. 알리바이가 무너질 수 있으니까. 범인을 잡는 데 결정적인 증언이 될 수 있어요."

알리바이! 그 단어가 소년을 자극한 듯했다. 그는 고개를 크게 끄덕였다. 눈빛을 반짝이며 손을 모은 채 가슴을 내밀었다.

그러나 그때, 마담이 황급히 테이블 앞으로 다가왔다. "아이가 어려서, 픽셔에 실릴 인터뷰가 얼마나 큰 무게를 가지고 있는지 모르는 것 같네요. 함부로 패밀리들에 관한 이야기를 하도록 내버려둘 수는 없어요. 오늘은 한 가지 질문만 하겠다고 했는데. 끝난 것 같으니 이만 하시죠. 내일 2차 진술도 있고, 우리도 방어권이 있으니까요."

그 단호한 태도에 잠시 방안에 침묵이 흘렀다.

뉴원이 고개를 끄덕이며, 다시 자리에서 일어섰다. 그리고 레오를 보며 말했다. "아주 똑똑한 학생이군요. 내일 인터뷰에서 남은 이야기를 해 주길 바라겠어요." 그리고 실례했다고, 마담에게 정중하게 인사를 했다.

아일랜도 뉴원을 따라 일어서며 내일 뵙겠다고 인사를 했다.

청년을 따라 복도로 나온 아일랜은 카메라를 벗으며 머리를 내둘렀다. "아이를 다루는 기술이 상당하군요. 어떻게 그럴 수 있죠?"

그러자 뉴원은 부끄러움을 감추듯 애써 무표정한 얼굴로 말했다. "그건... 어쨌든 중요한 목격자가 등장한 것 같은데요. 다른 사람들의 진술을 교차로 확인할 수 있게 됐어요. 물론 저 소년의 말이 거짓일 수도 있다는 건, 염두에 두고 말이죠."

8장　DAY-1　오후 9:25

첫날 기록의 마지막은 직원 휴게실에서 이루어졌다. 두 사람은 윌킨스의 안내로 프롤리 문을 통해, 휴게실에 도착했다. 그곳은 직원 전용 식당 겸 휴게실로 널찍한 공간에 테이블과 의자들이 놓여 있었다.

나머지 직원은 숙소로 돌아갔고, 세 사람만 인터뷰를 기다리고 있다고 했다. 그 처음이 데이지였다.

"패밀리인데 직원들보다도 순서가 밀렸군요." 아일랜이 자리에 앉으며 말을 건넸다.

데이지가 고개를 저었다. "괜찮아요. 겨우 1년밖에 되지 않은 걸요. 만찬에 참석할 수 있을 뿐이고. 그것도 아마 마담의 배려 덕분일 거예요. 아버지는 항상 우리는 직원이지 패밀리가 아니라고, 단단히 주의를 주세요."

그녀에게 오늘 오후 행적에 대해 물었다.

"내일이 파티라, 다들 바빴고, 저도 오늘은 종일 정원을 점검했어요. 사실 정원은 오래 전에 완성되어서, 점검만 하면 되니까, 특별히 더 바쁘거나 하지는 않았어요. 다른 패밀리들은 보기에도 정신없어 보였거든요. 그런데 오후에 아버지가 찾아와 잔소리를 하시는 거예요. 헉스 씨에게 발전기를 빌려 오라 부탁하고 내려오는 길인데, 주차장 언덕에서 저택에 이르는 길에, 돌멩이와 나뭇가지가 지저분하다고 하시는 거예요. 방문객들에게는 정원이 첫인상이 된다고 주의를 주셨죠. 아저씨들과 저는 꾸중을 듣고, 정원 구석구석을 더욱 말끔히 치워야 했어요. 아저씨들이 언덕을 맡고, 전 사방으로 돌아다니며 주입로 주변의 포석 화단을 정리를 했어요."

그녀는 구체적으로 한 일을 주르륵 나열했다. 시간이 꽤 지난 터라, 정리가 다 된 듯했다.

"그리고 잠깐 선생님을 도와 꽃 상자를 나르고, 그후에는 비료실에서 새 비료를 배합했어요. 그리고 밖으로 나오니... 애나가 저를 보고 황급히 달려오더군요... 회장님이 돌아가셨다고 하며... 그것도 살해당한 것 같다고 말하길래, 너무 무서웠어요. 우리는 서로 손을 꼭 붙들고 홀로 돌아왔어요. 다른 패밀리들이 와 있었고, 누군가 모두 홀에 함께 있어야 한다고 얘기해서 자리를 지켰어요."

차분하게 이야기를 마친 데이지는 더 할 말은 없다고 했다.

네 사람은 인사를 하고 그녀를 돌려보냈다.

　데이지가 떠나고 전기공인 올트가 들어왔다. 조안은 아일랜에게 이제 올트와 한나만 남았다고 말했다. 그 두 사람만 FAC 기록을 남기면 된다는 것이다.
　흰머리가 희끗희끗한 60대의 올트는 누런 얼굴에 깡마른 체구로, 몹시 당황한 듯한 표정이었다. 그는 옆 주방에서 대기를 하고 있다가 데이지가 나가자 윌킨스와 함께 들어왔다. 얌전히 인사를 하고는 아일랜의 맞은편에 앉아 진술을 시작했다.
　"오늘 오후에 있었던 정전에 대해, 말씀드리라고 해서 왔습니다. 사실, 그동안 정전은 여러 번 있었습니다. 아마 한 달에 한두 번 꼴로 일어났을 걸요. 배전 시설이 워낙 낡은 데다 사람들이 전기를 함부로 써 대니 그럴 만도 하죠. 특히 이번 달 들어서는 벌써 세 번째였는데, 지금까지는 전부 오후에 잠깐뿐이었어요. 대체로 식사 때였는데, 그건 항상 대비하고 있어서, 퓨즈가 나가자마자 손을 보면 1,2분 안에 해결이 됐습니다. 그런데 오늘 사고는 완전히 차원이 달랐죠. 예상보다 훨씬 많은 전기를 쓰는 바람에 변압기가 완전히 터져 버린 겁니다. 헉스 씨에게 혼나기까지 했어요. 헉스 씨가 그러는데, 만약 파티에서 정전이 발생하면 도난 사고가 일어날 수도 있으니 큰일이라고 말이죠. 그럼, 애초에 파티 같은 건 하지 않는 게 좋잖아요. 어쨌든 사고는 단순했으니까, 한 번에 지나치게 많은 전기를 써서 과부하가 걸린 거라, 재빨리 응급조치를 했습니다."

"그렇게 자주 정전이 되면, 제대로 수리를 하든, 교체를 하든 하는 게 낫지 않나요?"

"제 생각도 그랬죠. 그런데 헉스 씨가 말하길, 회장님은 이제 얼마 못 살 거라, 저택 수리에 돈을 들이지 않을 거라는 거예요. 그게 기억나서, 포더 집사에게 말하려던 걸 포기했죠."

그는 고개를 끄덕이는 사람들을 둘러보며, 말을 이었다. "게다가 헉스 씨가 말하길... 회장님이 돌아가시고 나면, 이 저택은 매각될 거라고 하던데요. 그것도 운이 좋으면 호텔이나 리조트 업체에 팔릴 거고, 운이 나쁘면 해체되거나 폐쇄될 수도 있다고요. 그러면서 직원들은 대대적으로 감축될지 모른다고 하는 바람에, 우리들은 걱정이 이만저만이 아니었답니다."

그런데 진짜 회장님이 죽고 말았으니... 올트는 한숨을 내쉬며 다시 사람들을 둘러봤다. 그러나 사람들은 근심 걱정이 가득한 노직원에게 위로해 줄 말이 없었다.

수고했다고 그를 내보낸 다음, 조안이 말했다. "중요한 진술이죠. 정전이 여러 번 있었다는 거요. 내 생각에, 범인은 정전을 노리고 있지 않았을까 싶은데. 어쨌든 중요한 정보라, 기록을 해 놓는 게 좋을 것 같았어요."

모두 동의한다는 뜻으로 고개를 끄덕였다.

그리고 윌킨스가 주방으로 가, 한나를 데리고 왔다. 기골이 장대한 여인은 과연 주방이라는 전쟁터의 지휘관과 같은 풍채였지만 눈가가 벌겋게 짓물러 있었다. 이곳에서 36년간 일한 수석 메이드는 지금까지 만난 그 누구보다 슬픈 듯 보였다. 젖은 앞치마 자락을 쥐고 자리에 앉은 그녀는 울음기가 묻은 목소리로 진술을 시작했다. 오늘은 파티 준비로 바빴다는 것이다. "대형 케이크와 메인 디쉬, 디저트, 그리고 컵케이크과 핑커 푸드를 합해 서른 가지도 넘는 메뉴를 준비해야 했어요. 주방에는 저를 포함해 여섯 명이 전부인데 말이죠."

"메리 부인이 도와주지 않았나요?" 뉴윈의 질문에 그녀는 콧방귀를 뀌었다. "저희들을 돕는다구요? 기가 차서. 그 부인은 우릴 감시하는 거예요. 귀한 커트러리나 은식기에는 손도 못 대게 하고. 그러면서 주방에서 지출이 많다고 잔소리나 해 댈 뿐이죠. 거만하게 몸을 흔들며 팬트리나 닭장을 오가는 게 일이에요." 한나는 눈물이 쏙 들어간 듯 "오히려 일을 만들죠." 라고 인상을 찌푸렸다.

그리고 중요한 이야기를 꺼냈다. "회장님의 식사 메뉴가 달라졌다는 말씀을 드렸거든요. 그랬더니 조사원이 기록을 남겨야 한다는 거예요."

맞은편에 앉은 사람들이 고개를 끄덕여 주자, 그녀는 그 내용을 전했다. "한 달 전부터, 회장님은 메뉴를 따로 주문하셨어요. 이전까지는 정찬이든 뭐든 제가 준비한 대로 식사를 하셨는데. 그런데 갑자기 먹어 보고 싶은 요리가 있다고 하시며 주방으로 메모를 보내시는 거예요."

"그 메모가 남아 있나요?" 조안이 묻자 그녀는 앞치마의 주머니를 뒤지며 고개를 저었다. "죄송해요. 전 그런 걸 보관하는 성격이 아니라, 음식을 만들고 나면 죄 버렸어요. 오늘 아침에 받은 건 어디 있을 텐데, 정신이 없어서. 대신 아주 다양한 요리로, 서던 같은 대도시에서 유행하는 음식이었다는 건 알아요. 그래서 새로운 걸 드셔 보고 싶으시다는 걸 알았죠. 그걸 알고 나니 또 얼마나 마음이 쓰이던지. 의사 선생이 괜한 허튼소리를 해서, 마치 죽기 전에 세상의 음식을 다 먹어 보고 싶으신 듯했어요. 원, 불쌍하게도... 때문에 저도 최선을 다해 주문을 맞춰 드렸죠."

그러다가 문득, 그녀는 한숨을 내쉬었다.

"헉스 씨가 하는 말이... 회장님이 돌아가시면 우리는 모두 쫓겨날 거라는 거예요... 이 저택은 유지비가 너무 많이 든다구요. 그런데 호텔이나 리조트로 개조할 업자에게 넘어가면, 직원도 필요하지 않을까요? 저는 이곳 말고 다른 데서 일하는 건 상상도 해 본 적이 없거든요. 포더 집사나 저나 우리는 스물넷에 들어와서 육십까지, 평생 여기서만 일을 한 걸요."

그녀는 다시 앞치마로 눈두덩이를 찍었다. "그런데 정말로 회장님이 돌아가시다니. 그래도 몇 년, 아니, 몇 달은 아무 일 없을 줄 알았는데. 패밀리들은 유산을 상속받아 걱정이 없겠지만. 저희들은 이제 어쩌죠... 슬프고 막막하고, 그러네요."
그러면서 무거운 한숨을 내쉬었다.
조안이 얼른 그녀를 위로했다. "한나 씨처럼 유능한 메이드는 금세 더 좋은 일을 찾을 수 있을 거예요."
그러나 한나는 멍한 표정으로 고개만 저을 뿐이었다. 잠시 후 진정이 된 한나를 돌려보내고, 첫날 조사는 끝이 났다.

3부 조사 수색 정리

1장 DAY-1 오후 10:00

보르죠 문 앞에 자리 잡은 비즈니스 응접실에 조수대 현장 회의실이 설치되었다. 조안 팀장이 패밀리들에게 양해를 구한 덕분이었다.
늦은 밤, 1차 조사를 정리하기 위해 사람들이 회의실에 모였다. 정식 대원 네 사람과 아일랜, 뉴윈이었다.

가장 먼저 해이드가 지금까지 수색 결과를 보고했다. 그는 출입문 왼편에 놓인 상자들을 가리키며, "혈흔이나 수상한 약품이 묻어 있을 수 있으므로. 저택에 있었던 사람들에게, 오늘 입고 있던 옷과 끼고 있던 장갑, 신발까지 전부 갖다 달라고 했습니다." 라고 전했다.

수십 개의 상자가 착용했던 주인의 이름표를 붙인 채 블록처럼 쌓여 있었다.

다음으로 그는 "이렇게 큰 저택은 처음이라, 일단 세 부분으로 나누어 수색하고 있습니다. 사건 현장과 저택 내부, 외부로 나누어서 말이죠. 그리고 이것들이 오늘 1차 수색에서 발견된 것들입니다." 라며 테이블에 놓인 밀봉된 케이스를 가리켰다.

번호표가 붙은 주황색 케이스들은 발견 당시 찍은 사진과 발견한 수색 대원의 이름이 붙었으며, 긴 테이블에 가지런히 두 줄로 놓여 있었다.

"안타깝게도 흉기와 유언장은 아직 찾지 못했습니다. 회장의 방과 메인 홀을 샅샅이 뒤졌는데 말이죠. 대신 여러 증거품이 나왔습니다... 먼저, 정원을 수색하는 일은 쉬웠습니다. 잔디가 깨끗하게 덮여 있어, 의심스러운 것은 곧바로 눈에 띄었거든요. 그러니까 덤불이나 키 작은 관목 사이를 중점적으로 살피라 지시했죠."

그는 종묘장에서 흰 레이스 조각과 펜, 양계장 근처에서 숯

자가 적힌 메모지, 그리고 동쪽 언덕에서 발자국들이 발견되었다고 했다. 그리고 양날의 문 앞에서 청소년 캠프단 배지도 발견했다고 전했다.

"이것들은 모두 의미 있는 증거물입니다. 데이지 양과 정원사들이 정원을 구석구석 돌아다니며 말끔히 치웠다고 하니, 오늘 오후에 떨어진 게 분명하니까요. 확인 결과, 레이스 조각은 애나 양의 것이고, 펜은 포터 집사의 것, 그리고 종이는 마크 씨의 것이었습니다. 애나 양과 집사는 데이지 양을 찾아 종묘장에 갔을 때 떨어뜨린 것 같다고 하더군요. 마크 씨는 부인을 찾으러 양계장 근처를 배회했다고 하고요. 발자국은 영상을 기록한 다음, 본을 떴습니다. 동쪽 언덕에서 발견된 발자국은 바자르 청년과 레오 군이 신은 워커로 밝혀졌습니다." 그리고 말을 이었다. "이쪽은 니케의 영광에서 수집한 증거물입니다. 양날의 문 앞에서 옷핀이 발견되었고, 짐승의 털로 보이는 긴 갈색 털뭉치는 사건 현장인, 피 웅덩이 위에서 발견되었습니다. 털뭉치는 확인했습니다. 칼 의사가 리트리버 수술을 하다 왔다는데, 확인해 보니 그 개의 털이 맞더군요. 진주 옷핀은 애나 양의 것입니다만, 드레스 장식용이라 메리 부인에게 선물한 거라 합니다."

그리고 연이어 지문에 대해 설명했다. 양날의 문에서 겹쳐진 쪽지문이 여러 개 나왔는데, 그것은 모두 참고인들 것이었다고 한다. 또한, 안쪽 보르죠 문에서 헉스의 지문이, 안쪽 프롤리 문에서 칼 의사의 지문이 나왔으며, 2층 난간에서 뜬 지문은 대조 결과 쿠어 회장의 것뿐이었다고 전했다. "주로 쪽지문이나 뭉개진 것이지만, 어쨌든 회장의 것뿐이었습니다. 때문에 실수로 인한 추락일 수도 있지 않나 생각되는데. 그렇게 의식을 잃고 쓰러져 있는 회장을, 누군가가 발견해 흉기로 일격을 가한 것일 수도 있고요."

마지막으로 그는 회장의 룸과 패밀리들 룸, 직원들 공간에서는 사건과 관계 있을 만한 증거물은 찾지 못했다고 했다. 특별히 수상한 것은 발견하지 못했다는 것이다. 메리 부인의 방에서 핏자국이 묻은 앞치마를 찾아냈을 뿐. 일단 증거물로 수거하는데, 그녀가 '자신은 직접 닭이나 오리를 잡기도 해서 핏자국이 튀는 일은 다반사였다'고 항변했다는 것이다. 어쨌든 그것이 짐승의 피인지, 사람의 피인지는 증거물 분석 센터로 보내 알아내겠다고 답하고 겨우 수거할 수 있었다며. 그는 지긋지긋하다는 듯 머리를 흔들었다.

그리고 해이드는 보고를 마무리하며, 지금 이 시간에도 조수대가 짝을 지어 불침번을 서고, 여전히 수색 작업을 진행하고 있다고 전했다.

"유언장과 흉기도 찾아야 하지만, 집요하게 수색하는 모습을 보이는 것도 중요하다 생각합니다. 이렇게 카펫의 털 한 오라기까지 뒤지는 모습을 보여 줌으로써 범인을 압박하는 거죠. 초조해진 범인이 뭔가 액션을 취하길 기다리면서 말이죠. 이미 대원들에게 수색과 더불어 수상한 움직임을 보이는 사람은 모두 기록하라고 말해 두었습니다."

실로 믿음직하다고 조안이 칭찬했다.

수색대의 보고 후에는 조사대 차례였다. 조사대 보고란, 다름아닌 FAC 기록물을 함께 시청하는 것이었다. 모두 피곤할 법도 했으나 흥분이 피곤을 압도한 듯. 커피를 타 온 이는 조안 팀장뿐이었다. 여섯 사람은 암막 커튼을 치고, 함께 시청 준비를 마쳤다.

타임 라인을 보니, 2시간 33분이나 되었다. 아일랜은 흰 벽 위로 익숙하게 영상을 출력했다.

2장 DAY-2 오전 1:15

기록을 보고 난 후 조안이 큰 소리로 칭찬을 해 주었다.

"사건 입회 기록을 여러 번 봤지만, 이렇게 선명하고 깔끔한 영상은 처음인데요. 아일랜 씨, 첫 입회라고 생각할 수 없을 정도로 완벽해요. 이 정도면 전부 증거로 채택되겠어요."

윌킨스 또한 "정말, 이렇게 참고인 진술만 담은 기록은 처음

봐요. 질문은 오히려 뉴윈 씨가 하고, 아일랜 씨는 거의 질문을 하지 않는군요." 라고 엄지를 치켜세우기까지 했다.

"그, 그런가요? 전 그냥 시키는 대로 했을 뿐인 걸요." 어리둥절한 표정으로 아일랜이 답했다. 그게 왜 칭찬받을 일인지 알 수 없었다.

조안이 미소를 띠었다. "사실 빅 올더로 오기 전, 꽤 여러 번 범죄 조사에 참여했거든요. 물론 조사에는 신참 수준이라 캐스터들과 노련한 고참 대원을 보조하는 정도였지만요. 그런데 여전히 옛날 방식으로 일하는 분들이 많은 거예요. 15년 전 방식 그대로 말이죠. 고참들도 캐스터도 대부분 수사관으로 일했던 분들이라, 몸에 밴 방식을 버리기 힘든 듯했어요. 무엇보다 수사라는 활동에 대단한 자부심을 가지고 있던 분들이라. 진술을 기록하며 범인으로 의심되는 사람을 특정해 압박하곤 했는데... 그렇게 하면 수집한 증언이 쓸모없게 돼요."

그것 역시 아일랜은 처음 듣는 이야기라고 했다.

그러자 해이드가 고개를 갸웃하며 설명을 덧붙였다. "범죄엔 관심이 있지만 현장에 대해서는 잘 모르는 것 같군. 그렇게 참고인들에게 진술을 압박하면 법가원에서 증거로 채택하지 않아. 그런데도 예전 방식으로 일하는 사람이 있단 말이지. 현장에 있었다거나, 눈빛이 불안하거나, 말이 장황하게 길어지면, 그 사람을 의심하고 몰아붙이는데. 강압적인 추궁이나 지나친 추정과 압박 때문에 나온 진술은 법가원에서 거부할 수 있어. 그럼 증거로 사용되는 게 아니라, 보관용 파일 신세가 될 뿐이고. 그래서 캐스터가 카메라를 착용하는 거야. 그 영상에는 참고인뿐 아니라, 캐스터와 조사 대원의 질문과 태도도 고스란히 기록되니까."

FAC가 꺼져 있기에 그는 편하게 말을 놓았다.

이것 역시 아일랜은 처음 듣는 내용이라 연신 고개를 끄덕였다. 자신은 범죄에 대해 아무것도 모를뿐더러, 약 기운 때문에 덤덤히 기록했을 뿐이지만. 이게 오히려 입회 캐스터로서 올바른 태도였다니. 실로 놀라웠다. "제 태도와 질문 방식도 법가원에서 감정하는 줄 몰랐어요."

그러자 조안이 답했다. "가장 먼저 그걸 보는 걸요. 조사 대원과 캐스터의 질문과 태도가 적절한가. 증거나 진술을 조작하는 사건이 워낙 많았던 탓이죠. 뭐. 한시라도 빨리 사건을 해결하고 싶은 수사관들은 픽셔에 휘둘리고, 픽셔는 편향 확증적 태도로 사건을 쑤셔 대고." 조안은 고개를 끄덕이며 말을 이었다. "그 절정이 '사우스 포트 사건'이잖아요. 범죄에 관심이 많다니, 사우스 포트 사건은 알고 있죠? 하지만 이것까지는 모를 거예요. 그 사건 때문에 수사대가 해체되었다는 거요. 물론 수사관들만 그렇게 믿고 있을 뿐이지만. 그래서 그 이름만 들어도 울분을 토하며 이를 가는데. 하지만 제 생각은 달라요. 수사대 해체나 조사 방식의 변화는, 단지 하나의 사건 때문이 아니라, 시대의 흐름에 따른 당연한 수순이라 생각해요."

자신이 사우스 포트 사건에 대해 알 리 만무했다. 아일랜은 뉴윈을 보며 어색하게 조안의 눈길을 피했다.

그러나 뉴윈은 다른 생각에 빠져 있었다. 자신의 생각에 몰두하느라 아일랜이 쳐다보는 것도 몰랐다. FAC는 캐스터의 눈동자와 초점이 일치하며 같이 움직인다고 하지 않았나. 그렇다면 방금 본 영상은 끊김 현상이 매우 특이했다. 장장 2시간이 훌쩍 넘는 시간 동안, 패밀리들의 진술이 길게 이어짐에도 끊김이 거의 없는 것이다.

때문에 뉴윈은 그 점을 묻지 않을 수 없었다. "저기, 영상을 보며 궁금한 게 생겼는데... 아일랜 씨는 거의 눈을 깜빡거리지 않는군요. 진술들이 꽤나 길었는데. 그게 가능한가요?"

그러자 조안의 눈이 동그랗게 커졌다. "아, 그거였군요. 영상이 깔끔하고 선명하다고 느껴졌던 게."

그러자 아일랜이 뉴윈을 보며 살짝 미소를 띠었다. "어머, 그걸 알아챘나요? 남몰래 백커드 산에서 특훈을 했는데."

그리고는 큭큭 웃었다. "농담이에요. 저도 얼마 전에 알았어요. 사람들과 대화할 때, 제 눈동자가 거의 움직이지 않는다는 걸요. 저와 말하는 게 부담스럽다고 회사 동료들이 슬슬 피하길래. 이유를 물어보니, 대화를 나눌 때면 제가 거의 눈을 감지 않는다고 하더라구요."

"그게 무슨 말이죠?" 윌킨스의 물음에 아일랜이 시선을 그쪽으로 옮겼다. "아, 그건... 쉽게 말하자면 눈과 귀가 분리됐다고 할까. 대화를 할 때, 귀로는 상대의 말을 들으며, 눈으로는 표정을 읽는 거예요. 그렇게 표정을 읽으면 말에 담겨 있는 진짜 의미가 들리는 것 같거든요. 잘못했다고 손바닥을 싹싹 빌고 있는 아이가 사실은 욕을 날리고 있다는 것도, 사랑한다고 말하는 연인이 다른 생각에 빠져 있다는 것도 다 보이죠. 그렇게 상대의 표정을 시시각각 읽어 내는 게 너무 재미있어, 눈을 감는 걸 잊는 듯해요. 아, 물론 매번 그런 건 아니고, 특별히 집중할 때만 그래요."

그 말을 들은 사람들은 모두 혀를 내둘렀다.

뉴원은 아일랜이 무섭다는 생각마저 했다. 자신의 얼굴을 온전히 꿰뚫어 보는 사람이 있다면 얼마나 무서울 것인가. 그러나 한편으로 이 작가야말로 자신이 찾아 헤맨 '말 너머를 보는 눈'을 가진 사람이라는 사실도 알게 되었다. 단지 범죄에 흥미가 없는 게 안타까울 뿐. 하긴 흥미가 없을 뿐만 아니라 면역력 자체가 없으니. 실로 치명적인 약점 아닌가.

그때 조안이 이번에는 뉴원을 가리키며 고개를 끄덕였다. "팀으로 일한 지 얼마 안 됐나 본데. 아무튼 뉴원 씨도 관찰력이 무척 뛰어나네요. 전, 내용에만 집중했는데, 영상 자체의 특이한 점을 찾아낸 건 대단해요."

그러자 뉴원이 얼른 헛기침을 했다. "큼, 중범죄 입회를 함께하는 건 처음이라. 게다가 같이 진술을 들었으니 내용은 다 기억하고 있습니다. 그래서 다른 걸 살펴본 거고... 대단한 건 없습니다."

"됐어요. 너무 겸손할 필요 없어요." 조안은 미소를 띠었다. 그리고 쑥스러워하며 굳이 칭찬을 사양하는 이 청년이, 예상보다 나이가 적을 것 같다는 생각도 했다.

그 순간, 윌킨스가 흥분한 투로 목소리를 높였다. "그럼! 아일랜 씨는 오늘 진술로도 누가 거짓말을 하고 있는지 아시겠네요. 전 아무리 봐도 모르겠는데. 전부 말이 그럴 듯하잖아요. 사실 전, 조수대가 출동하면 범인이 금방 자백해 올 줄 알았거든요. 요즘엔 대부분 충동적으로 범죄를 저지르고 증거가 널렸으니 자수해 버리고 끝나니까요. 범행을 잡아떼는 것도, 캐스터와 독점 인터뷰를 해 몸값을 높일 속셈일 뿐이고. 그런데 아무리 Q1 사례라지만 이렇게 범인이 감쪽같이 숨어 버릴 줄은 몰랐어요. 찍고 있는 카메라가 한 대뿐이라 그런가." 그리고는 수상한 인물을 알려 달라고 졸랐다.

윌킨스의 부탁에 아일랜은 난감해하며 어쩔 줄 몰랐다.

그러자 조안이 얼른 아일랜을 구해 주었다. "자자, 그건 첫 픽셔를 내야 하는 아일랜 씨의 숙제야. 그리고 지금으로선 섣불리 이야기를 꺼내면 선입견만 가지게 될 뿐이잖아. 우리는 증거와 진술만 모으면 된다는 걸 잊으면 안 돼, 윌." 그리고 벽시계를 올려다보며 서둘러 정리했다. "벌써 새벽이 됐네요. 오늘은 여기서 마치도록 하죠. 내일은 2차 진술을 받고, 1차와 얼마나 일치하는지 어디가 달라졌는지, 보고서를 써야 해요. 그리고 불리한 정보에 대해 방어권 차원에서 보충 진술을 받아야 하고. 어쨌든 오전부터 시작할 테니 오늘보다는 빨리 끝날 거예요."

그리고 자리에서 일어선 사람들에게 마지막 당부를 했다. "참, 오전 7시에 검시 소견서가 전달될 거예요. 8시까지 이곳에 다시 모이도록 하죠."

2장   DAY-2 오전 1:45

모두 함께 2층으로 올라왔다.

조안이 첫 번째 게스트 룸으로 들어가고, 윌킨스가 그다음 방문 앞에서 인사를 전했다. "여기는 게스트 룸이 많아 얼마나 다행인지. 살인 사건은 처음이지만, 다음 번에 또 중범죄가 일어나면 침낭을 준비해야 될지 모르겠어요." 피곤이 몰려오는 듯 하품을 하며 그는 문 안으로 사라졌다.

아일랜과 뉴윈은 더 안쪽으로 향했다. 픽셔를 써야 하는 이들을 위해 조용한 곳을 부탁한 조안의 배려 덕분이었다.

아일랜의 룸은 가장 안쪽에 있었으며, 바로 앞이 뉴윈의 방이었다.

문을 열고 들어선 아일랜은 먼저 주위를 둘러보았다. 생각보다 꽤 널찍한 방이었다. 왼편에 킹 사이즈 침대, 정면에는 정원을 볼 수 있는 발코니, 오른편에는 벽난로와 뉴윈의 방으로 통하는 중문이 있다. 침대 발치에 놓인 원탁과 사이드 테이블 겸용으로 쓰이는 2단 서랍장이 가구의 전부였으며, 안쪽에 욕실도 하나 딸렸다.

그는 먼저 발코니의 커튼을 치고, 중문을 노크했다. 문을 열어 주는 뉴윈의 눈동자가 또렷했기에, 사우스 포트 사건에 대해 물어봐도 될 듯싶었다. 용건을 전하자, 청년은 자신의 방 테이블로 안내했다. 방은 자신의 방과 대칭 구조였으나 조금 작은 듯했다.

2인용 테이블에 자리를 잡자, 뉴윈이 놀랍다는 목소리로 입을 열었다 "정말 범죄에 관해서는 하나도 모르는군요... 물론 19년 전 일이긴 하지만, 조수대 탄생에 획은 그은 중요한 사건인데요."

아일랜은 그저 머쓱하게 웃을 뿐이었다. "지금도 관심은 없어요. 그래도 배려심 넘치는 조안 팀장님을 위해 예의상 알아 둬야 할 것 같아서요."

웃음과 더불어 예의라는 말이 나오자 뉴윈은 곧 어머니를 떠올렸다. 그리고 고개를 끄덕이며 친절하게 설명을 시작했다. "네. 픽셔를 쓰기 위해서라도 알아 두면 좋을 거예요... 아일랜씨도 중대 범죄든 아니든, 범죄 사건이라면 초동 조사가 매우 중요한 건 알고 있죠?"

뉴윈의 질문에 아일랜은 고개를 끄덕였다. 그러자 설명이 이어졌다. "그런데 이전에는 범죄가 일어나면, 심지어 조사가 시작되기도 전에 수많은 픽셔들이 쏟아져 나왔어요. 자극적이고, 원색적인 내용은 차치하더라도 그것들은 수사에 엄청난 혼란을 야기했는데. 대부분의 픽셔들이 편향 확증적 내용으로 쓰여졌기 때문이죠. 그 부작용이 정점을 찍은 사건이 사우스 포트 사건입니다."

사건은 19년 전 겨울, 서던 다음으로 큰 대도시 사우스 포트에서 일어났다고 한다. 20년간 부인을 간호하던 60대 남편이 자택에서 살해된 채 발견되었는데. 사건이 전해지자마자 픽셔들은 먼저 희생적이고 헌신적이었던 피해자를 대대적으로 조명했다.

그의 안타까운 사연이 순식간에 널리 알려졌으며, 대다수 시민들은 공분에 휩싸였다.

그리고 다시 픽셔들은, 범인은 남편만 죽인 게 아니라 부인까지 함께 죽인 거라며 극악무도하기 짝이 없는 범죄라고, 이 가여운 부부를 살해한 범인을 반드시 붙잡아 극형에 처해야 한다고, 성토하기 시작했다. 비슷한 내용의 픽셔가 연일 쏟아지고 여론은 들끓었다.

그러나 나중에 밝혀진 바. 놀랍게도 진상은, 교통사고로 반신불수가 된 부인이 자신을 간호해 준 남편을 독살한 사건이었다. 또한 남편이 간호를 한 게 아니라 수년간 부인을 학대했다는 사실도 함께 밝혀졌다. 사건이 발생하고 6개월 뒤, 부인은 그렇게 동기와 범행을 자백하고 눈을 감고 말았다.

그사이, 픽셔들은 애초 병상에 누워 있던 부인을 의심하지 않았다. 대신 동네 주민 몇 사람을 용의자로 지목했다. 그리고 이웃들의 혐의가 드러나지 않자 다시 대대적으로 부부의 친척들과 지인, 그 자식들까지 피의자의 범주 안으로 끌고 들어갔다. 그렇게 무고하게 끌려가 조사를 받은 사람이 50여 명에 이르고 말았다.

그러나 더욱 큰 문제는 따로 있었다. 대부분의 캐스터들이 오류로 밝혀진 추리와 주장을 수정하지 않았다는 점이다. 수사관들보다 빨리 범인을 지목하고 사건의 진상이라 떠들어 대며, 조회 수를 독점해 놓고는. 마침내 진상이 밝혀졌음에도 사과는커녕, 픽셔로 주장한 자신들의 이야기를 결코 바꾸지 않았다. 처음, 한두 가지 단편적 증거로 완성한 범죄 스토리가 진실이라고 끝까지 우겨 대기만 했던 것이다.

"그러한 캐스터들의 관성이 독자에게 그대로 이식된 게 더 큰 문제였죠. 픽셔에 나온 주장이 독자들의 머릿속을 잠식해 버려. 진상이 밝혀졌는데도 외려 캐스터의 말이 진실이라 믿는 독자들이 넘쳐난 겁니다. 그들은 오히려 수사 과정과 결론에 불신을 제기하기까지 했는데. 결국 사우스 포트 사건에서는 임종을 앞둔 부인이 마침내 범죄를 고백했으나, 그것마저 조작이라 믿는 사람들이 과반에 이르고 말았다고 합니다."

그렇군요, 심각한 표정으로 고개를 끄덕이는 아일랜을 보며 뉴윈은 이야기를 마무리했다. "하지만 그 사건을 계기로 법가원에서 새로운 규정을 검토했다고 해요. 모든 법과 규정은 진보와 변화를 전제로 해야 한다는 게 법가원의 대원칙이니까요. 여론이 극성인 만큼 수사는 강압적이었고, 범인 1명을 잡기 위해 50여 명의 수사 피해자가 발생했으니... 그 이후 범죄와 픽셔에 대한 논의가 거듭되고, 4년여 만에 수사대가 해체되었죠. 제가 낮에 말씀드린 규정도 그 1년 후, 제정됐고요. 초동조사수색 기간엔 누구도 범죄의 진상이나 범인을 추리하는 픽셔를 쓸 수 없다, 기간이 끝나도 사건에 입회한 캐스터가 첫 픽셔를 쓴 다음, 다른 캐스터들이 픽셔를 쓸 수 있다는 규정 말입니다. 그 34호 규정도 이 사건 이후 제정됐다고 할 수 있죠."

그리고 청년은 다시, 수사대 해체와 34호 규정을 최초로 발의한 법가원들의 명단도 알려 주었다.

이야기를 들은 아일랜은 아무 말도 하지 못하고 곰곰이 생각에 잠겼다. 범죄와 픽셔. 그리고 캐스터 입회와 픽셔. 조사수색대의 출범. 이것들이 생각보다 오랜 역사를 가지고 발전과 진보를 거듭한 결과라는 것을 알게 된 듯했다.

그리고 자신을 가만히 지켜보는 뉴원을 보며 물었다. "정리를 잘해 주셔서 단번에 이해가 됐어요. 그런데 뉴원 씨는 어떻게 이 사건을 이렇게 자세히 알고 있죠? 아무리 봐도, 사건을 알기엔 나이가 적을 듯한데. 이후 법가원에서 일어난 일들까지 일목요연하게 알고 있다니 놀라워요... 왜 이 사건을 조사하게 된 건지, 범죄에 관심을 가지게 된 계기가 궁금하네요."

뉴원의 나이를 알지 못하지만. 19년 전이면 자신도 겨우 열 살 무렵이었기 때문에 궁금증이 일었다.

그러자 뉴원의 얼굴이 금세 돌처럼 굳어졌다. 방금까지 부드러운 미소가 머물던 입가가 회색 벽돌에 금이 간 것처럼 단단해졌다. 그러더니 자리에서 벌떡 일어나 중문을 열어 주는 것이다.

"……. 시간이 너무 늦었군요. 피곤해서 이제 그만 잠을 청하고 싶은데요."

시선을 피하며 던지는 말도, 목소리가 조금 떨리는 듯했다. 분위기가 확 달라진 것을 눈치챈 아일랜은 황급히 자리에서 일어났다. 감사하다며 잘 자라는 인사를 전하고, 자신의 방으로 돌아와야 했다.

방에 들어와 침대 끝에 걸터앉으니, 쿠션감이 좋다. 뒤로 벌렁 누워 보니 볕에 잘 말린 시트의 까슬까슬한 감촉이 느껴진다. 그런데 왠지 살갗에 따끔따끔하게 쓸리는 듯하다. 마치 방금 전, 뉴윈의 표정처럼.
 아일랜은 뉴윈에게 던진 질문이 실수라는 것을 알았다. 하지만 왜 그게 잘못된 것인가. 단지 그가 범죄에 관심을 가지게 된 계기가 궁금했을 뿐인데. 범죄에...... .
 자신에게 범죄란... 어느 여인의 가슴에서 솟구쳐 오르는 핏줄기일 뿐이다. 그녀가 떠오르면, 가슴이 울렁거리며 정신은 아득해지고... 생각은 달아나고 만다.
 그래서 알 수가 없다. 윌킨스가 아무리 재촉해도. 자신은, 의식도 무의식도 범죄를 들여다보기를 거부하고 있기에. 누가 거짓말을 하는지, 누가 범인인지, 결코 알 수 없을 것이다.
 게다가 이곳은 어릿광대 저택이라 하지 않았나. 누가 어릿광대이며, 누가 어릿광대가 아닌가. 누가 진실을 감추고, 누가 진실을 이야기하고 있나.

아일랜은 어느새 눈을 감고 있었다. 나른한 울림이 머릿속에 물결을 일으키는 듯했다.

범죄와 살인... 픽셔... 그리고 어릿광대...

그러나 비몽사몽간의 시간은 얼마 가지 못했다. 어느새 그는 시트에 얼굴을 파묻고, 가볍게 코를 골기 시작했다.

뉴원은 욕실에서 씻고 나와 침대에 누웠다. 티를 내지 않으려고 했으나, 아일랜의 물음에 당황하고 말았다. 틀림없이 그도 자신의 동요를 알아차렸을 것이다.

그러나 범죄에 관심을 가지게 된 계기라니... 그는 핵심을 정확히 찔러 왔다. 물론 자신은 관심 있는 정도가 아니라 평생 그 그림자를 쫓아야 한다. 그리고 궁극적으로 범죄라는 장기 말이 아닌, 그 말을 움직인 악의 얼굴을 파헤쳐야 하는 것이다.

그것 또한 어머니의 가르침 덕분이었다. 개개의 범죄는 장기 말에 불과할 뿐. 그것을 움직이는 거대한 힘이 악이라는 것. 때문에 우리는 악을 파헤치기 위해 지금의 범죄에도 과거의 범죄에도 관심을 가져야 한다고 말씀하셨다.

어머니를 떠올리자 뉴원의 가슴에 통증이 일기 시작했다. 마치 불길에 데인 듯. 지독한 아픔이 느껴지자 그는 자리에서 일어나 발코니로 나갔다. 통증을 삭이기 위해 차가운 밤바람을 쐬어야 했다.

새벽 2시가 넘은 시각. 양편으로 나란히 선 발코니들은 하나같이 텅 비었으며. 밖을 내다보고 있는 사람은 자신뿐이었다.

조용한 풍경을 보고 있노라니. 마음이 점차 가라앉고, 아픔도 가라앉는 듯했다. 그는 다시 사건에 집중하려 애썼다. 뜻밖의 실마리를 잡았으니 이제 범죄에 집중해야 할 때다.
그는 이미 참고인들의 진술에서 이상한 점을 찾아낸 후였다. 아일랜이 노크를 하기 전, 그것을 꼼꼼하고 세밀하게 따져 볼 참이었는데… 만약 그것이 진짜 실마리라면, 사건의 숨겨진 진실로 자신을 이끌어 줄 것이었다.
역시 진실이 왜곡되는 대부분의 경우는 그 최초에 있으니. 이번처럼 1차 진술에서 이미 어그러지고 일그러진 부분이 나오고 만다.
한편으로 비밀스럽게 움직여야 한다는 것도 알고 있었다. 섣불리 덤비면 안 될 것이다. 진실을 판단하려면 상황이 충분히 무르익을 때까지 지켜봐야 하며, 결코 속단해서는 안 된다.
그런데 문득, 저 아래에서 움직이는 사람의 그림자가 뉴원의 눈에 들어왔다. 짙은 외투를 뒤집어썼으나 치맛자락은 달빛 아래 숨을 데가 없다. 여인은 산책을 나온 것인지도 모르지만 지금은 새벽. 게다가 자꾸 주위를 두리번거리는 게 위에서 다 내려다보였다.

그녀는 저택의 그늘을 따라 틀림없이 서쪽으로 향하는 중이었다. 그러다 순간, 고개를 돌려 저택을 올려다보는 듯한데.

실제 그런 일이 일어났을 리 없건만 뉴윈은 그녀와 눈이 마주친 것 같았다. 그녀 또한 불이 환하기만 한 방을 발견한 듯. 물론 거리가 멀어 실제 그녀가 어디를 보고 있는지는 확인할 길이 없다.

그러나 여인은 잠시 뒤를 올려다본 뒤... 방향을 바꾸어 대분수로 향하더니 분수를 한 바퀴 돌아, 양날의 문으로 돌아오는 것이었다. 마치 산책을 하듯, 천천히 걸으며.

그 바람에 붉은 머리칼이 더욱 선명하게 보였다.

4장　DAY-2　오전 7:30

얼마나 시간이 지났을까. 밖에서 노크 소리가 들렸다. 아일랜이 문을 열어 보니, 뉴윈이 깔끔한 스웨터 차림으로 서 있었다. 그는 아일랜의 부스스한 얼굴을 보며, 오늘은 따로 움직여도 되냐고 물었다. "어제 1차 진술을 듣고 알아보고 싶은 게 있어서요. 조사가 끝나고 합류할 게요." 라는 것이다.

"그게 뭐죠?" 잠이 확 달아나, 아일랜은 고개를 빼 들었다.

그러나 청년은 머리를 내젓는다. "아뇨. 아직 말씀드릴 수 없습니다. 조사 후, 제 생각에 확신이 서면, 그때 말씀드리죠."

그 말은 왠지 섭섭하기도 하고 뜨끔하기도 해, 한마디 하지 않을 수 없었다. "왜요? 말은 해 줄 수 있잖아요. 내가 못 미더운 건가요?"

청년은 다시 긍정도 부정도 하지 않고, 시선을 미끄러뜨렸다. "……. 아일랜 씨는 단독 캐스터로서 증거가 될 기록을 남기는 게 중요하잖아요. 전 조금은 자유로우니까요."

맞는 말일뿐더러 도와준 은혜도 있고 해서, 아일랜은 섭섭함을 애써 감췄다. 고개를 끄덕이며 "대신 나중에 꼭 얘기해 주세요." 라고 부탁하는 게 고작이었다.

그때 저만치 앞에서 나타난 윌킨스가 두 사람을 발견하고 재빨리 다가왔다. "일어나셨군요. 얼른 1층 회의실로 모이랍니다. 문제가 생겼어요."

아침 일찍 해이드 팀장과 수색 대원 셋이, 수집한 증거물을 빅 올더 역사로 날랐다고 한다. 그때 픽셔에 관한 소식을 들은 모양인데 상황이 좋지 않다는 것이다.

회의실에는 해이드와 함께 증거를 운반했던 대원들이 앉아 있었다. 아일랜을 보자, 조안 서장이 손으로 이마를 짚었다. "사건에 대해 쓸 수 없다고 안심하고 있었더니. 픽셔가 쏟아져 나왔다네요."

젊은 하이라 대원이 얼른 말을 이었다. "진짜예요. 그런데 그렇게 지독한 픽셔는 처음 봤어요. 글만 읽으면 패밀리들은 아주 살 가치도 없는 인간 말종들이더라구요. 거기다 각자 회장을 죽일 이유도 분명하고. 아직 아일랜 씨가 글도 안 썼는데, 어쩜 이럴 수 있죠." 분개한 말투였다.

윌킨스가 자리에 앉으며 되물었다. "세상에... 그런데 살해 동기를 썼다면 사건에 관계된 내용이니 34호 규정에 걸리는 거 아닌가요?"

그러자 해이드가 커피잔을 내려놓으며 고개를 저었다.

"그래서 몇 개 읽어 봤지. 근데 아니던 걸. 사건에 대해 직접적으로 다루지도 않았고, 살해 동기라고 밝힌 것도 아니야. 그동안 나왔던 픽셔의 연장 선상에서, 패밀리들을 파헤친 것뿐이니까. 그들이 회장과 다툰 일이라든가, 몰래 부정한 일을 저지르다 들켰단 식으로, 과거 사건만 언급할 뿐. 그런데 그것만으로도 충분해. 평범하게 살던 사람들이 재벌 회장에게 간택돼 잘 먹고 잘 살게 된 주제에 은혜도 모르고 욕심을 부렸다, 결론은 이거거든. 읽다 보면 결국 그 욕심 때문에 회장을 죽였다는 생각을 하게 되고, 분노가 치미는데. 다들 배은망덕하고 사악하다는 생각을 지울 수 없게 되더군."

20대 초크 대원이 말을 이었다. "제가 읽은 건, 모든 게 사회의 잘못이라고 이야기하는 글이었어요. 이 사회가 그걸 부추

긴다고. 돈이 최고의 가치가 되고, 부유한 사람에게 빌붙어 사는 것도 성공인 양 사회가 만들었다는데. 그러면서 돈 많은 부모, 돈 많은 형제, 돈 많은 친구에 붙어 사는 저급한 사람들의 예로 패밀리들을 언급했으니 34호 규정과는 더더욱 관계없죠. 역시 캐스터들은 전문가라 규정을 잘 피하던데요."

조안이 고개를 저었다 "상위에 랭크되면 조회 수가 수백만을 가뿐히 넘잖아. 그럼 단번에 몇 천만 골드 머니를 벌 테니, 규정을 어겨 퇴출된다 해도 몇 배나 남는 장사지. 뭐. 퇴출된 후에도 다른 사람의 명의를 빌려 픽셔를 쓰는 일도 횡행하고 있고."

안 그래도 뉴원은 픽셔의 방향이 몹시 궁금했던 터였다. 그리고 사람들의 반응도 궁금했는데, 그것은 다시 초크 대원이 전해 주었다.

그가 어이없다는 듯 말했다. "문제는 그게 아니예요. 갑자기 역장이 팀장님께 따끔하게 한마디 하더라니까요. 놈들을 싸그리 잡아 처넣지 않고 뭐하냐고요."

"나도 들었어. 헉스 같은 인간은 다른 죄를 걸어서라도 감옥에 집어넣어야 하지 않느냐, 옛날 같으면 벌써 다 잡아넣었다고 하는 거예요." 하이라 대원도 고개를 끄덕였다.

과연 우려하던 대로, 마을 사람들이 들끓고 있는 듯했다. 그렇다면 섬 밖의 사람들은 어떨 것인가.

다시 조안이 다급하게 종이를 흔들며, 사람들의 주의를 모았다. "오늘, 내일 이틀뿐이야. 어쨌든 사람들의 관심이 열렬하니 조사를 더 철저히 하는 수밖에. 자, 이왕 모였으니 검시 소견서부터 듣고, 바로 2차 조사를 시작하도록 할까."

해이드의 눈짓에 수색원들은 밖으로 나갔다.

아일랜이 카메라를 착용하자, 조안을 비롯한 정식 대원들은 자세를 바로잡았다. 이어 조안 팀장이 경어를 써 가며 친절하게 소견서 내용을 전했다.

그녀가 요약해 준 내용은 다음과 같았다.

먼저 사체는 12번 흉추에서 제2 요추까지 척추 골절이, 사지 골절 중에서는 발 부위 족부 골절이 있었다고 한다. 또한 단단한 바닥과 직접적 충돌에 의한 둔상으로 두경부에도 손상이 나타난 바. 우측 두개골에 금이 가 있다는 것이다. 반면 좌측 두개골에는 지름 8mm 길이 70mm 화살이 박혀 있었다고 한다. 결국 추락으로 인한 뇌진탕이 먼저 일어났고, 머리에 화살이 박히며 출혈이 발생했다는 게 검시관 두 명의 공통된 의견이었다. 문제는 시간상 전후 과정은 확실하지만, 어느 게 직접적인 사인인지는 알기 어렵다는 것이다. 혈흔을 보면, 확실히 추락이 먼저 발생했으며 회장은 쓰러져 움직이지 못했다. 그후, 누군가 쓰러져 있는 회장의 왼쪽 관자놀이에 화살을 쐈다. 손톱만 한 상처 둘레에 발사흔이 남았으므로, 범인은 회장의 머리에 발사구를 대고 쏜 것으로 추정된다. 화살에 묻었던 독극물 반응도 나타났다고 한다. 그리고 위의 소화물 상태로 보아 사망 추정 시간은 4시 00분부터 4시 30분 사이라고 했다.
  내용의 원본과 검시 사진, 영상은 법가원으로 곧장 발송했으니, 참고 자료가 필요하면 법가원에 요청하라는 안내로 소견서는 끝이 났다.
  조안이 질문하라고 했으나, 예상한 내용들뿐이라 모두 입을 다물었다.

  다음으로 윌킨스가 1차 진술을 정리한 도면을 보여 주었다. 본부에서 가져온 설계 도면에, 어제 진술대로 참고인들의 위치가 표시되어 있으며 보고는 간단했다.
  "1차 진술대로 대략 표시해 뒀습니다. 4시 이후로 회장이 발견되기까지, 헉스 군은 주차장 언덕에서 경비를 보고 있었고, 애나 양은 재봉실에서 드레스를 수선하고 있었습니다. 마크 씨는 사무실에서 장부 정리를, 메리 부인은 주방과 팬트리를 오가며 주방 일손을 돕고 있었다고 합니다. 사건 직후에는 닭장에 있었다고 하구요. 마담 매릴린은 온실에, 포더 집사도 집무실에 있었다고 하며, 칼 의사는 진료실에서 수술 중이었습니다. 컬린 의사는 사육실에서 새끼 돼지를 돌보고 있었으며 데이지 양은 종묘장과 비료 배합실에, 레오 군은 양날의 문 근처에 숨어 있다가 저택 주위를 돌아다녔다고 합니다. 이니셜이 없는 검은 점들은 직원들의 위치입니다. 직원들은 대체로 두세 명씩 함께 일을 했으며, 오래 자리를 비운 사람은 없다고 하는데, 자기들끼리 말을 맞출 수도 있다는 점을 염두에 두고 보면 됩니다. 오늘, 대원들은 여기 표시된 곳을 중점적으로 수색하게 됩니다."

저택의 왼편, 주방과 전기 배선실, 보일러실, 창고와 헛간에 검은 핀들이 주르륵 꽂혀 있었다.

윌킨스가 보고를 마치자, 조안이 곧바로 말을 이었다. "자, 그럼 간단히 아침 식사를 하고, 조사를 시작하죠. 2차 진술은 참고인들 영역으로 들어가는 거니까, 좀 더 세심하게 주의해야 해요. 더욱이 오늘은 각자 한 명씩 철저하게 분리해서 진술을 받아 내는 거니까, 조정도 잘해야 하고. 어제 진술을 확인하고 보충 진술을 할 기회를 주어야 하고요. 기록이 법가원에 넘어가면 참고인들의 이런저런 고발이 이어지니까 더욱 조심해야 할 거예요. 참, 누가 픽서에 대해 물어보면 대충 얼버무리며 넘기는 게 낫겠어요. 괜한 시비에 휩쓸리지 않도록. 캐스터 분들은 저와 함께 가고... 윌도 오늘은 함께 움직이지."

모두 회의실 밖으로 나와 식당으로 향하는데 뉴원이 인사를 했다. "그럼 가 보겠습니다." 하고 돌아서는 청년을 보며 조안과 윌킨스가 아일랜을 쳐다보았다.

당황한 아일랜은 "상황이 좀 급박해서요. 따로 조사를 하고 합류할 거예요." 라고 답했다.

그러자 윌킨스가 박수를 쳤다. "그러니까 제 말이 맞았군요. 역시 뭔가 알아낸 거죠? 어제 진술에서 거짓말을 찾아낸 거예요." 그러면서 그게 뭐냐고 되물었다.

아일랜은 어깨를 으쓱하며, "아, 아직은 비밀이에요. 나중에 조사가 끝나면 알려 드릴 게요." 라고 시치미를 뗐다.

그러자 조안이 고개를 끄덕였다. "전 침대에 눕자마자 잠들었는데. 역할 분담을 의논했을 거라곤 생각도 못 했네요. 따로 또 같이 움직이다니. 역시 팀은 좋은 거예요."

"맞아요. 그게 인간 관계에서 딱 좋은 지점인데. 따로 또 같이. 우리 와이프도 그 지점을 존중해 주면 얼마나 좋을까요." 그리고 윌킨스는 과장스럽게 고개를 끄덕였다. "과연 범죄에 관심이 많다고 하더니, 벌써 실마리를 잡아내고. 대단해요. 팀장님, 우리도 분발해야겠어요."

그러나 조안은 다른 의미로 기쁜 얼굴이었다. "어쨌든 그 조사라는 게, 잘됐으면 좋겠어요... 솔직히 Q1 사례라 3차 진술까지는 가지 않았으면 하거든요. 예전에 딱 한 번 봤는데, 이런 경우 3차 진술 때는 정말 난장판이 되더라고요."

기대에 찬 듯한 조안에게 아일랜은 억지로 입꼬리를 끌어올려 은은한 미소를 보내 주었다.

메인 홀로 나오니 장식은 대부분 철거되고 없었다. 장식을 꾸미는 데는 한 달이나 걸렸다는데, 철거는 하루만에 이루어진 듯. 나뭇결이 정결한 모말라 바닥과 벽은 검은색에 가까운 적갈색이었다. 붉은 카펫을 치우고 바닥을 쓸고 있는 직원들을 보며 아일랜은 몹시 서운한 느낌이 들었다. 이 모습이 마치 삶이나 사랑 같다는 생각도 들었다. 화려하고 아름다운 봄날은 아주 잠시뿐.

5장 DAY-2 오전 8:15

직원 휴게실에서 식사를 마치고, 세 사람은 포더 집사를 만나러 집무실로 갔다. 거기에는 마침 데이지도 함께 있었다.
"누구보다 집사님이 바쁠 것 같아, 제일 먼저 2차 진술을 기록하기로 했어요."
조안이 찾아온 이유를 설명하자 집사는 고개를 크게 끄덕였다. "감사합니다. 아닌 게 아니라, 장례식 준비로 무척 바쁘거든요. 벌써 빅터 장의사에게 연락을 받았지 뭡니까. 어젯밤 늦게, 시... 회장님이... 도착했다고요. 그... 모습이 온전한 편이라, 엠바밍이 어려울 것 같지는 않다고 하더군요. 조형 시술도 크게 필요 없고, 포르말린을 주입해 방부 처리를 하는 데 반나

절이면 충분하다고 합니다. 저기, 초동 조사 기간이 끝나면 곧바로 장례식을 치를 수 있을까요?"

조안이 고개를 끄덕여 주었다.

그러자 날이 더워지는데 다행이라고 안도한 그는, 딸을 향해 인상을 크게 찌푸렸다. "이렇게 됐으니 한나 양에게 난 나중에 먹겠다고 전하렴. 그리고 오늘부터 패밀리들 식사는 작업실이나 룸에서 따로 이뤄질 테니까 너도 서빙을 돕도록 해." 그 말을 들은 데이지는 당황한 표정을 지었다.

어제까지 함께 식사를 하던 패밀리들에게 서빙이라니. 당치 않은 것 같아 아일랜이 집사를 바라보았다. "그녀도 같은 패밀리인데." 라고 얘기했더니, 집사는 개의치 않는 표정으로 쐐기를 박았다. "바쁜 곳에 손을 보태는 건 당연한 일입니다. 지금은 주방이 정원보다 바쁘니 일손을 도와야죠. 그리고 우린 정식 패밀리가 아니예요. 분수를 아는 게 좋다고 생각합니다만."

그 마지막 말에 데이지는 결국 얼굴을 붉혔다. 그녀는 입술을 굳게 다문 채 문을 열고 나갔다.

어색한 분위기에 세 사람이 우두커니 서 있자, 집사는 차분하게 맞은편 의자를 권했다.

아일랜이 카메라를 착용하고 집사의 2차 진술을 기록했다. 포더 집사의 진술은 변함없는 듯했다. 자신의 기억력으로 그것을 알 수 있었다. 조안이 1차 진술을 다시 한 번 확인하고,

불리한 이야기에 대한 보충 진술을 할 수 있다고 전하자, 그는 필요 없다며 거절했다.

카메라를 벗기 전, 아일랜은 궁금한 것을 물어보았다. "장례식은 집사님이 준비하는 건가요?"

그러자 집사가 고개를 가로저었다. "제가 준비하다니 얼토당토않은 말씀입니다. 회장님께서 이미 준비를 마쳐 놓으셨어요. 예배당과 미사를 봐 줄 신부님도 정해 놓으셨구요."

기록을 마친 세 사람은 다시 홀로 나왔다.

그때 양날의 문에서 애나가 나타났다. 그녀는 세 사람을 발견하고 순간, 멈칫하는 듯했다. 잠시 고개를 돌려 외면하는가 싶었는데, 결국 한숨을 내쉬고 빠른 걸음으로 다가오더니 주의를 주는 것이다.

"저기, 오빠를 조심하세요. 방금 만나고 오는 길인데 단단히 화가 났어요. 오늘 이상한 픽셔들이 나왔다면서요? 회장님 몰래 픽셔를 읽는 직원들이 있는데, 아침부터 그를 또 만났는지. 자기에게 죄를 뒤집어씌웠다면서, 아일랜 씨를 가만두지 않을 거라는 거예요. 잔뜩 벼르고 있어서… 걱정이에요." 그러면서 몸을 흠씬 떤다.

그러자 조안이 얼른 대꾸했다. "아니예요, 애나 양. 이건 살인 사건이라 어떤 캐스터도 초동 조사 기간에는 범인을 추정하는 픽셔를 쓸 수 없어요. 입회 캐스터인 아일랜 씨도 마찬가지고요. 픽셔의 내용은 누구를 범인으로 몬 게 아니라, 여러분들의 과거에 대한 소문이에요."

"그런 말은 오빠에게 통하지 않아요. 아무튼 전 경고해 드렸어요. 제 이야기는 비밀로 해 주시고. 아일랜 씨, 부디 몸조심하세요." 그리고 그녀는 황급히 보르죠 문으로 향하는 것이었다. 그러자 조안이 그녀에게 2차 기록을 해야 한다고 소리쳤다. 그 말을 들은 애나는 뒤를 돌아보며 "저는 재봉실에 있을 테니, 거기로 오시면 돼요." 하고 말릴 새도 없이 문 너머로 사라지고 말았다.

할 수 없이 조안이 뒤를 돌아보니, 아일랜의 얼굴이 하얗게 질려 있었다. 그 얼굴을 보며 그녀는 조심스레 "그럼 매릴린 부인을 먼저 만나기로 할까요?" 라고 물었다.

그러자 윌킨스가 "네. 헉스 씨는 마지막으로 미루죠." 라며 맞장구를 쳐 주었다.

6장   DAY-2 오전 8:00, 뉴원의 조사 1

뉴원은 먼저 세 사람을 만나 볼 계획이었다. 컬린 부인과 마크와 애나였다. 그들을 만나 자신의 생각이 맞다는 걸 확인하면, 한나와 몇몇 직원과도 대화를 나눠 봐야 한다.

수색대가 돌아다니는 정원을 둘러보며 그는 사람들을 찾아가기에 앞서 대분수로 갔다. 먼저 주위를 한 바퀴 돌아보고 조각을 살폈다. 분수의 주인공인 조각상은 베르사유 궁전을 본뜬 듯, 아폴론의 마차였다. 그렇다면 이전에는 고전적이고 웅장한 바로크 양식의 정원이었을지 모른다. 지금은 대분수를 중심으로 십자 모양의 주입로가 있으며 각기 다른 네 개의 스타일이 조화를 이루고 있지만, 예전에는 하나의 스타일로 통일된 정원이지 않을까 싶다.

그는 천천히 주위를 둘러본다. 뒤쪽의 저택과 눈앞의 주차장 언덕, 왼편의 서쪽 언덕, 그리고 동쪽 언덕의 그릴란드 나무까지 살펴본 다음, 어젯밤 애나가 향하던 방향으로 몸을 돌렸다. 마치 자신이 그녀가 된 듯. 물론 도중에 저택으로 되돌아가지는 않을 것이며 끝까지 가 볼 셈이다.

서쪽으로 걷다 보니, 잠시 후 직원들의 공간이 나타났다. 저택의 그늘과 가까운 곳에 종묘장과 닭장 등이 있고, 창고와 여러 건물이 서 있다. 고개를 들어 보니 머리끝에 파빌리온이 서쪽 언덕을 지키고 있는 것처럼 보였다.

그녀는 왜 이곳에 오려고 했던 걸까, 발을 멈추고 생각에 잠기는데. 그사이에도 푸르게 펼쳐진 잔디 덕분에 시야가 시원하기만 하다. 그리고 문득 뉴윈은 이 배경이 모든 사물을 도드라지게 만든다는 것을 깨달았다. 어떤 것도 숨을 수 없을 듯한 선명한 초록색. 햇살 아래 펼쳐진 잔디는 이쪽이 아무리 같은 색의 망토를 걸치고 있다 하더라도 자연스러운 색감에 비해 될 것 같다. 그리고 그것이 무척 중요한 사실이라는 것도, 이내 알아차릴 수 있었다.

종묘장 부근에 이르렀으나 사람의 기척은 없었다. 그는 어제 내려오면서 살펴보았던 묘목들을 다시 살펴보았다. 첫날은 대충 훑어봤을 뿐이었다.
어제 흉기를 찾지 못했다는 말을 듣자 이 구덩이들이 떠올랐다. 만약, 뭔가를 숨긴다면, 이곳이 최적의 장소가 아닐까... 수백 그루의 묘목이 질서 정연하게 서 있고 막 파헤쳐진 구덩이도 수십 개나 되니... 좌표를 만들기도 쉬워, 나중에 찾으러 오기도 좋을 것이다.
그는 구덩이들을 자세히 살폈다.

7장　조사 2　DAY-2　오전 8:45, 뉴윈의 조사 2

그다음 뉴윈은 사육실로 갔다. 그곳은 새끼 돼지들을 모아 놓은 포육실에 가까웠다. 새끼를 안은 채, 들고날 수 있도록 손잡이 없는 작은 문이 달렸으며. 수레가 다닐 만큼 널찍한 통로에 통나무로 가로질러 놓은 돼지 우리가 마주 보고 있다.

그 안에서 컬린은 돼지들에게 주사를 놓는 중이었다. 열 마리도 넘는 새끼들은 몹시 부산스럽게 움직였으나. 그녀는 능숙하게 주사를 맞지 않은 새끼를 골라 구석으로 몰아 뒷다리를 잡아챘다. 죽을 듯 비명을 지르는 돼지에게 주사를 놓는 것은 순식간에 끝났고. 뉴윈은 그녀가 주사를 다 놓을 때까지 기다려 주었다. 그리고 그녀가 자리에서 일어서자 무척 능숙하다며, 솜씨를 칭찬했다.

그러자 컬린이 돌아보며 "언제부터 와 있었죠?" 놀란 듯 되물었다.

"저 점박이 녀석에게 주사를 놓을 때부터요. 방해되지 않도록 조용히 구경하고 있었습니다."

뉴윈의 대답에 그녀가 수의실을 가리켰다. "2차 기록을 하러 왔나요? 수의실로 갈까요."

뉴윈은 고개를 저었다. "아닙니다. 개인적으로 궁금한 게 있어 물어보려고 왔습니다. 답은 꼭 하지 않으셔도 됩니다만."

"그래요? 무슨 질문이죠?"

"칼 의사와 결혼하신 지는 오래 됐나요? 언제 결혼을 하셨는지, 궁금해서요."

"갑자기 그런 질문을 받으니 당황스럽네요." 그녀가 아름다운 눈을 치떴다.

"꼭 답을 듣고자 하는 건 아닙니다. 하지만 결혼한 지 얼마 되지 않는 것 같은데. 두 분 사이가... 어색한 듯해서요." 냉랭하다는 말 대신 겨우 찾아낸 표현을 쓰며 뉴윈이 답했다.

곧 그녀는 이마를 찌푸렸다. "글쎄요. 질문한 의도는 대충 알겠어요. 어제 그런 모습을 보였으니. 하지만 결혼과 부부 사이란 시간과 관계 없지 않나요? 신혼이니 권태기니 하는 것도 커플마다 사정이 다를 테고요. 수십 년을 함께 살아도 다정한 부부가 있고, 서약서에 잉크가 마르기도 전에 냉랭해지는 부부도 있겠죠. 무엇보다 결혼을 하는 이유가 사랑 때문이 아닐 수도 있고요."

그러면서 그녀는 별일 아니라는 듯 답했다. "우리 부부가 그 케이스예요. 우린 사랑 때문이 아니라 합의로 결혼했거든요. 3년 전에 말이에요. 결혼에 얽매일 생각은 없었는데 회장님이 커플에게 좀 더 후한 것 같아. 본인이 하지 못하는 결혼 생활에 대리 만족하시는 것 같았거든요. 마크와 메리 부인에게 가장 많은 생활비를 지급했으니까요. 그래서 칼과 의논했죠. 사랑보다 합의로 이루어진 결혼 생활이 더 충실하고 만족스러울 수도 있으니. 남편도 당시엔 동의했고요. 지금도 결혼은 맹목적인 사랑보다는 의무적 합의하에 하는 게 낫다고 생각해요. 단, 그 합의를 깬다면 문제가 달라지죠."

"....... . 냉정하시군요." 그녀는 어제와 마찬가지로 차가웠다. 남편에 대한 불만 때문이 아니라, 원래 차갑고 정이 없는 성품인 듯했다. 외모에서 풍기는 이미지 그대로인 듯.

뉴윈의 한탄에 그녀는 고개를 가로저었다. "합리적이고 이성적이라고 말씀해 주시면 좋겠군요."

"식은 어디서 올렸나요?"

"여기에는 성당이 하나밖에 없어요. 산 피에르 성당. 거기서 올렸어요."

"답해 주셔서 감사합니다. 그런데 또 하나 궁금한 건, 말이죠. 어제 답을 하지 않은 바로 그 질문의 답입니다. 아일랜 씨의 카메라가 부담스러웠다면. 이제 캐스터가 없으니 말씀해 주셔도 될 듯한데요. 어제, 쿠어 회장이 따로 부른 이유가 무엇인가요?"

그러자 그녀의 얼굴이 더욱 차갑게 굳었다. "그건... 좀 생각해 봐야 할 질문인데요... 사실, 제가 어제 답을 하지 않은 건 아일랜 씨 때문이 아니라... 남편 때문이었으니까요."

"그럼 칼 씨도 없고 마침 카메라도 없으니. 말씀해 주시는 게 어떨까요."

그러나 뉴윈의 청을 컬린은 거절했다. "아뇨. 이건 중요한 진술이라, 기록하는 게 맞지 않을까 싶은데요." 그리고 고개를 끄덕이며 "사실 칼에게 불리한 진술이거든요. 그래서 말하지 못한 건데. 만약 하게 된다면 기록이 남도록 카메라 앞에서 말하는 게 좋겠어요." 라고 말했다.

답을 하지 않겠다는 거절이 확실했으므로, 뉴윈은 잠시 머뭇거리다 자리를 떠야 했다.

8장　DAY-2 오전 9:20, 뉴윈의 조사 3

다음으로 뉴윈은 마크의 사무실로 향했다. 바깥 보르죠 문을 통해 저택의 오른편 통로로 들어갔다. 패밀리들의 공간인 그곳은 규모가 각기 다른 응접실들과 오락 시설을 갖추고 있었다. 그 사이에 마크의 세무실과 애나의 재봉실도 자리 잡고 있다. 그는 가까운 세무실부터 들른 다음, 재봉실에 가기로 했다.

널찍한 복도를 걸어가며 장식 도자기와 그림, 호화로운 가구를 감상했다. 그러면서 저택의 구조를 다시금 떠올렸다. 이 저택은 누가 어디서 무엇을 하는지 알 수가 없다. 넓은 데다 출입구도 많으니. 그나마 양쪽 통로가 막혔다는 게 무척 다행스러웠다. 그렇지 않다면 왼쪽의 '프롤리 문'과 정면의 '양날의 문' 오른쪽의 '보르죠 문'까지, 메인 홀로 들어가는 통로가 세 군데나 된다. 가뜩이나 사건의 진상을 알 수 없는 판에, 얼마나 많은 가설을 세워야 했을 것인가.

대저택에 모여 살고 있는 대가족. 이것은 추리 소설의 고전과도 같은 무대 장치다. 때문에 자신은 사건이 쉽게 풀릴 거라 생각했다. 그동안 읽었던 소설들을 떠올리며. 아일랜의 청을 수락한 이유에는 그런 자신감이 숨어 있었을 지도 모른다. 사건을 해결할 수 있다는.

그러나 그것은 자신감이 아니라 자만심이었다. 이제는 알 수 있다. 자신에게 숨어 있던 마음은 자신감이 아니라, 자만심이었음을. 사건이 쉽게 해결되리라는 것은 오판이었음을.

이 저택은 미노타우로스의 미궁과 같다. 어느 곳에서 살인이 일어나도 미궁에 갇힌 사람들은 아무것도 모른다. 외딴 모퉁이에 유배된 마냥, 각기 떨어져 있을 뿐.

모두 혼자 있었다고 주장하며, 알리바이를 증명해 줄 사람도 없다. 목격자도 카메라도 없다. 누구든 회장에게 접근할 수 있지만, 그렇기에 누구든 목격될 위험이 있다.

여기서는 오직 진술을 듣고, 추리만으로 범인을 유추해 내야 한다. 그러나 천만다행으로 첫 진술에서 따라갈 길의 실마리를 잡을 수 있었으니. 그리고 이 추리가 정답이라면, 흩어져 있는 증거들이 모여 하나의 그림을 그리게 될 것이다. 혹은 하나의 스토리를 가지게 될 것이었다.

뉴원은 마크의 사무실 앞에서 노크를 했다. 곧 지친 표정의 남자가 문을 열어 주었다. 햇살이 밝은 아침이었으나 밤새 경비실을 지킨 노인과 같은 얼굴이었다.

 그는 뉴윈의 뒤를 살피고 고개를 갸웃했다. 뉴윈이 묻고 싶은 게 있다고 이야기를 하자, 별 의심 없이 안쪽으로 안내해 주었다.

 방은 규모가 크지 않았지만 한쪽 벽을 채운 캐비닛과 서류함이 눈에 띄었다. 책상은 두 개를 붙여 'ㄱ'자형으로 배치했는데, 벌써 일을 하고 있었던 듯. 각종 서류와 영수증이 펼쳐져 있었다.

 뉴윈은 넓은 소파에 앉아 차분히 이야기를 시작했다. "여기서 일하시는군요. 이 많은 영수증과 통장을 혼자 관리하시는 건가요?"

 그 질문에 마크는 들고 있던 페이퍼 나이프를 테이블에 내려놓으며 고개를 끄덕였다. "이런 계산은 오히려 혼자가 편하죠. 내 계산은 두 번만 점검하면 되는데. 다른 사람을 쓰면 그의 실수까지 찾아내야 해서 일이 몇 배로 많아집니다."

 "역시나. 하지만, 그렇다면 아무도 당신의 일을 알 수 없지 않을까요? 그것도 돈을 다루는 매우 중요한 일인데 말이죠." 청년은 말 속에 살짝 찌를 듯한 바늘을 숨겨 놓았다.

 예민한 남자는 그것을 알아차린 듯, "그게 무슨 말이죠?" 귓불이 붉어진 채로 되물었다.

"말 그대로입니다. 이곳 패밀리들은 각각 일터를 가지고 있고, 다른 이들은 그 일에 대해 잘 모르는 것 같다는, 의미죠."

그것은 맞는 말이었으나, 그렇다고 고개를 끄덕일 수도 없어 마크는 가만히 있을 뿐이었다. 대신 저도 모르게 빈 메모지를 찾아 나이프를 들고 슥슥 그어 대기 시작했다.

"그런데 다른 패밀리들의 장부가 아주 궁금하군요. 정말 쓸데없는 지출인지. 혹 특이한 지출이 있다면, 당신은 다 알 수 있겠어요."

"전 남의 씀씀이에 관여하지 않습니다. 제 돈도 아닌 걸요."

"하지만 그런 것치고는 너무 꼼꼼히 장부를 관리하는 거 아닌가요. 부인 말로는, 한밤까지 일을 하신다고."

"그거야 회장님이 맡기신 일이니까요. 그 일을 철저히 해내야 하죠. 아내의 말도 맞는 것 같고요. 회장님이 우릴 지켜보고 있다는 것 말이죠. 사실 패밀리들은 모두 회장님께 보고할 일이 하나씩 있는데, 다른 사람보다 실수를 많이 할 수는 없지 않습니까."

그러자 뉴원이 날카롭게 되물었다. "방금 그 말은 사실과 다른 것 같은데요. 레오 군을 빼고, 패밀리 중 회장님께 보고할 필요가 없는 분이 있지 않습니까? 부인 말입니다. 메리 부인은 딱히 하는 일도 없고, 회장님께 보고할 일도 없을 텐데요."

그의 얼굴이 더욱 붉어지는 것을 보며 뉴원은 마지막 사슬

조각을 던졌다. "부인에 대해 하실 말씀은 없나요? 지금은 아일랜 씨의 카메라가 없으니, 어떤 말을 해도 됩니다. 그래서 제가 혼자 온 겁니다... 패밀리 중 유일하게 할 일이 없는 부인이, 어떤 일을 몰래 저지르는지... 말씀해 주셔도 될 듯한데요."

자신이 자른 종이 조각들을 마크는 가만히 내려다보고 있었다. 마치, 누가 그랬는지 모르겠다는 듯 혼란한 표정으로. 그리고 잠시 후 그는 "거기에 대해서는 말하지 않겠습니다. 사건과는 관계 없으니까요." 라며 고개를 들었다.

뉴윈은 한 번 더 재촉했다. "사건과 관계가 있는지 없는지는 아무도 모릅니다. 걱정스러운 일이 있으면 털어놓는 게 좋지 않을까요."

"어, 어째서 그렇게 생각했죠?"

"어제 1차 진술 영상을 봤는데, 마크 씨가 자꾸 부인을 살피더군요. 시선이 거의 부인에게 가 있다고 할까. 안절부절못하면서 말이죠."

"그건... 당연한 일 아닙니까. 전 평생 숫자만 보고 살아와서, 말하는 자리가 아주 어색합니다. 말이나 글과는 거리가 멀죠. 그런데 살인 사건이 일어나고, 그 당시 행적을 진술하라니. 뭔가 난감했습니다. 그런데 아내는 지나치게 말이 많은 여자라. 항상 그 말 때문에 분란이 일어나는데도 고치질 못하는 겁니다. 그러나 어제 그 자리는 그냥 아무 말이나 하는 자리가,

수다를 떠는 자리가 아니지 않습니까. 캐스터가 증거가 될 진술을 기록하는 자리였는데. 저도 처음엔 낯설고 어색할 뿐이었으나 중간에 아일랜이란 분의 눈을 보고 퍼뜩 정신을 차렸습니다. 그는 눈도 거의 깜빡이지 않고, 아내를 노려보고 있더군요. 그때, 우리의 말 한 마디가 중대한 증언이고, 그걸 수집하는 캐스터가 앞에 있다는 것을 깨달았습니다. 그래서 아내에게 주의를 주고 싶었습니다."

"단지 그뿐인가요? 다른 말도 들었는데."

"메이드들이군요. 그들에게서 무슨 말을 들은 거죠? 하지만 그건, 잘 모르고 하는 말들이에요. 아내가 주방을 감시하는 건, 저를 돕고 싶어 그런 것뿐입니다. 지출을 메워야 하는데, 주방에서 그런 곳을 찾을 수 있다고 생각한 거죠. 경비로 보자면 주방도 지출이 많은 곳이니까요."

뉴원은 그를 가만히 쳐다보았다. 궁금한 점은 풀린 듯했다.

그러자 그는 뉴원의 눈치를 보더니 또 다른 변명을 꺼냈다. "그리고 아내는 하고 싶은 말을 참지 못하는 것뿐입니다. 주방에서, 당신과 아일랜 씨가 사기꾼 같다고 말한 것은, 그러니까, 진심이 아닙니다. 그건 아내의 입버릇 같은 건데, 메리는 처음 보는 사람에 대해 칭찬하는 경우가 거의 없거든요. 어쩌면 한 번도 없을지 모르고요. 그러니 무슨 소릴 들었나 본데, 개의치 마시길 바랍니다. 제가 대신 사과드리죠."

그러자 청년은 마지막 한마디를 덧붙였다. "그게 아니라, 부인이 직접 닭이나 오리를 잡는다는 진술을 들었습니다. 아주 대담한 분이라고 생각하는데요."

"그건 메리가 닭장을 거의 도맡고 있기 때문에," 말을 하던 마크는 갑자기 뭔가 떠오른 듯 입을 다물었다.

그리고 잠시 후, 그는 자리에서 일어났다. "생각해 보니 당신과 이야기를 할 의무는 없는 것 같은데요. 정식 캐스터는 아일랜 씨라고 들었습니다. 당신은 보조 캐스터라고... 그러니 더 이상 이야기는 하지 않겠습니다. 아내는, 아내의 일에 대해서는 잘 모릅니다." 그리고 시선을 외면해 버렸다.

9장   DAY-2 오전 9:30

조안을 비롯한 세 사람은 온실로 갔다. 그곳은 둥근 돔 천장의 아름다운 온실이었으나, 홀에서 철거한 자재들로 주변이 빼곡했다. 항아리 모양의 도자기 화단과 리본 패널이 가장 처치곤란인 듯. 마담과 직원들이 사람 키만 한 패널을 하나씩 나르고 있었다. 그러다 세 사람을 발견한 마담은 하던 일을 멈추고 온실 안으로 그들을 안내했다. 그 내부 역시, 태풍이 한바탕 휩쓸고 지나간 듯. 넓디 넓은 공간은 홀에서 걷어 낸 꽃들로 가득했다. 입구에 놓인 테이블만 주위가 깨끗했는데, 조사대를 맞기 위해 마담이 미리 치워 둔 것 같았다.

"앉을 자리가 없어 죄송해요. 꽃을 처분할 때까지 여기 놔두기로 했거든요. 마을 사람들에게 무료로 나눠 줬으면 좋겠는데. 헉스 씨에게 부탁했더니, 쓸데없는 짓이라고 거절 당하고 말았죠." 그녀는 안타까운 눈빛으로 꽃들을 쳐다보았다. 화병으로 쓸 수 있는 거의 모든 상자와 양동이와 물받이 통이 동원되어 꽃을 품고 있었다. "하긴, 보름이면 대부분 시들어 버릴 테죠."

조안이 차분히 입을 열었다. "네. 상관없어요. 2차 진술은 편한 곳에서 하도록 되어 있으니까요. 그럼, 어제 오후 행적에 대해 다시 말씀해 주시고, 혹시 빠뜨리거나 새로 생각난 게 있으면 말씀해 주세요. 자신에게 불리한 이야기를 들은 게 있다면, 반박하셔도 좋습니다. 하고 싶은 말을 다 하실 수 있어요."

온실을 둘러보며 감탄하느라 정신없던 아일랜이 얼른 카메라를 착용했다.

매릴린은 어제와 마찬가지로 카메라를 똑바로 보며, 행적을 진술했다. 보충 진술을 청하는 말에도 어깨만 으쓱하고 "더 할 말은 없어요." 라고 할 뿐이었다.

기록이 끝나고 온실을 나서기 전, 아일랜이 레오에 대해 물었다. "오늘은 레오가 있나요? 이야기는 다 정리했겠죠?"

그러자 매릴린은 표정이 한결 어두워졌다. "그 아이는 아직 어려요. 사건과 아무 관계가 없는데, 기록을 남기다니. 지나친 침해 아닌가요?"

어젯밤 기록을 함께 봤던 조안이 고개를 가로저었다. "죄송합니다만 1차 기록을 보니, 어제 오후에 홀의 출입문을 지켜보고 있었더군요. 양날의 문이 사건 현장의 유일한 출입구라 그것만 해도 아주 중요한 목격자인 셈인데. 정원도 돌아다녔다고 하니... 진술을 기록해야 합니다."

그 말에 마담의 얼굴은 한껏 굳어졌다. 그러나 금세 당당한 표정을 되찾았다. "레오가 어디 있는지 딱 잘라 말씀드리기 어렵네요. 아침 일찍 나가고 없거든요. 세일렌의 숲에 갔을지도 모르고. 혹시 보게 되면, 팀장님이 찾고 있다는 말을 전하죠."

"레오 군은 미성년이므로 마담도 동석해야 합니다." 조안의 당부에 그녀는 잘 알고 있다고 했다. 조안은 다시 한 번 레오를 꼭 만나야 한다고 부탁하고, 온실 밖으로 나갔다.

10장 DAY-2 오전 10:15

세 사람은 온실을 나와 맞은편 칼의 진료실로 갔다. 이번엔 윌킨스가 강하게 주장했기 때문이다. 윌킨스는 아일랜에게 단단히 자극받은 듯. "똑같이 진술을 들었는데, 제가 머리가 나쁜가요?" 한탄을 하더니, 집사와 마담을 조사하는 중에도 내내 입을 다물고 있었다.

그렇게 혼자 기억을 더듬어 가던 그는 결국 뭔가를 떠올린 것 같았다. 의사에게 물어보고 싶은 게 있다며 대뜸 앞장을 서는 것이다. 조안은 그러라고 허락하며, 아일랜에게 속삭이듯 말했다. "아일랜 씨가 좋은 자극이 됐나 봐요. 의욕이 넘치니 한 번 맡겨 보죠."

의사의 진료실은 하얀 도료가 칠해진 단층 건물이었다. 임시로 지은 건물이라 들었는데 규모가 놀랄 만했다. 어지간한 개인 병원보다 크고 깨끗한 듯. 벽이 두꺼워 방음도 잘될 듯했다. 실제로 책상 뒤편 창문에서 수색대의 외침이 작게 들려오고 있었다. 안쪽에 마련된 수술실을 들여다보니 제세동기, 의료용 흡인기와 산소마스크 같은 전문 기구도 구비되어 있다.

의사는 이미 가운을 입고 준비를 끝낸 채 사람들을 맞았다.

아일랜은 벽에 걸린 화이트보드에 진료할 사람의 목록이 시간대별로 적힌 것을 확인했다. 눈으로 세어 보니 15명이나 되기에 조금 놀라 물었다. "매일 이 정도로 바쁜 건가요?"

아일랜의 질문에 의사가 고개를 저었다. "어제 사건으로 모두 충격을 받았는지 갑자기 심장이 뛴다, 손발이 저리다, 머리가 아프다며 찾아온 직원이 많습니다. 평소에는 절반 정도죠."

그는 어제와 다른 사람 같았다. 응접실에서는 예의 바른 남편 같더니, 지금은 한결 날카로워 보였다. 2차 진술도 간결했다. 개의 진드기를 잡고 있었다는 진술을 반복할 뿐. 자신에게 불리한 정보가 있다면 해명할 수 있다고 하는 데도 여유만만하게 고개를 저었다.

금세 기록이 끝나는가 싶었는데, 기다렸다는 듯 윌킨스가 입을 열었다. "알고 있겠지만. 일반적으로 중범죄는 캐스터가 대여섯 명, 조사 대원까지 도합 열 명이 넘는 사람들이 참고인의 진술을 기록하는 경우가 대부분이죠. 칼 씨도 한 번 상상해 보세요. 자신을 찍고 있는 카메라가 열 대도 넘는 데다, 여기저기서 질문이 날아오는 장면을."

"무슨 말씀인지?" 의사가 미심쩍은 표정으로 윌킨스를 쳐다봤다. 그러나 어투는 의문스럽다기보다는 단단했다.

"여기 패밀리들은, 우리가 겨우 서너 명뿐이라 속일 수 있다고 생각하는 듯해서요. 하지만 카메라가 한 대나 열 대나 마찬가지 아닐까요? 자신의 진술이 영상으로 박제되어 오래오래 남는 건요. 그러니까 칼 씨도 숨긴 게 있다면 솔직히 털어놓는 게 좋다는 말입니다."

윌킨스의 말처럼 중범죄의 경우 캐스터와 조사 대원이 도합 열 명도 넘게 참고인을 만나는 경우가 많다. 그리고 그것만으로도 압박은 충분했다. 아무리 자기 집이고, 자기 사무실인들 무슨 소용이 있겠는가. 번득이는 카메라를 착용한 사람들이 자신을 둘러싸고 일거수일투족을 기록하는 데다, 많은 대원들이 자신의 숨소리마저 귀 기울여 듣고 있는데. 그것만으로 평범한 사람은 가슴이 오그라들기 마련이다. 게다가 간혹, 옛 방식을 고수하는 캐스터에게 걸리기라도 하면 곧바로 질문과 반박이 날아오는 일도 다반사였으니. 미리 준비한 거짓말도 실제 진술이 시작되면 무너지는 경우가 많았다.

칼은 그 말의 의미를 곧 알아들었으나, 냉정한 얼굴로 고개를 저었다. "전, 털어놓을 게 없습니다."

"그래요? 그럼... 혹시, 약을 처방하시나요? 직원들뿐만 아니라 쿠어 회장의 약도 직접 다루시죠?"

곧바로 날아온 윌킨스의 질문에 그는 목을 꼿꼿이 세웠다. "처방전은 제가 쓰지만, 약은 시내에 있는 약국에서 홀리 약사가 조제한 것을 받아 옵니다."

그러나 윌킨스는 물러서지 않았다. "하지만 모든 약은 독이라는 말이 있잖아요. 진통제나 마취제를 마약처럼 취급하는 의사도 있고. 그러니까 일반인들이 모르는 수상한 약도 많지 않나요?"

조안은 한숨을 작게 내쉬었다. 의욕이 앞선 탓에 윌킨스의 어조가 강경해지고 있었다.

아니나 다를까, 의사의 반응이 날카롭게 되돌아왔다. "수상한 약이라. 아, 예전에 그런 픽션를 읽은 것도 같군요. 제가 회장님께 수면제를 비롯, 위험한 약을 주고 있다고 하는... 하지만 이곳은 어제 수색 대원이 셋이나 들어와 샅샅이 수색했습니다. 상비약 목록과 대장을 제출했고, 약장에 있는 약들과 대조도 끝냈죠." 남자의 목소리에 날이 섰다.

그러나 윌킨스는 계속 딴지를 걸었다. "예전부터 그런 소문이 있었으니, 미리 문젯거리를 치워 두지 않았을까요?"

그러자 의사가 얼굴을 찌푸리더니 거부하듯 손바닥을 들어 보였다. "답을, 거부하겠습니다. 또한 방금 대화는 증거로 채택되지 않기를 바랍니다. 이건 보충 진술을 기록하는 게 아니라, 실체나 증거가 없는 소문으로 만들어진 질문이니까요. 명백하게 조사 태도 위반입니다."

카메라는 의사의 말과 행동을 전부 기록했다. 법가원들이 보면 의사의 주장대로 될 것이다. 결국 조안의 우려가 들어맞고 말았다.

11장 DAY-2 오전 11:03

그러나 윌킨스는 더욱 흥분한 듯했다. 이번에는 컬린을 만나야 한다고 두 사람을 이끌었다. "팀장님. 방금 답변만 봐도, 뭔가 숨기는 게 분명해요. 그러니까, 쿠어 회장이, 갑자기 자기 건강에 대해 물었다는 게 이상하잖아요. 지난 겨울에 회장이 쓰러졌다는 소문도 있었거든요. 아무 일도 없었던 게 아니라... 허일링 캐스터가 말하길, 그게 다 의사의 계략이라고, 자신에게 의존하게 만들고, 자신의 존재 가치를 상기시켜 유산 분배에서 우위를 점하려는 칼 씨의 계략이라고 했거든요. 몇몇 메이저 캐스터도 같은 주장을 했고요."

그는 기어이 두 사람의 발을 멈추게 하고 이야기를 마무리했다. "그러다 지나치게 약을 많이 써서, 홀을 둘러보던 회장이 정신을 잃고 추락한 거예요. 회장이 쓰러졌다는 말을 듣자마자 의사는 자신의 과실인 걸 알아차렸겠죠. 그래서 집사에게 부인을 불러 달라 하고, 뒤처리를 하기 위해 혼자 홀로 달려간 게 아닐까요. 그러나 회장은 사망한 후라, 자기의 실수를 뒤집어씌우기 위해 보우 건을 머리에 쏘고. 맞는 것 같지 않나요?" 그는 말을 하며 확신이 서는 듯했다.

"그게 사실이라면 흉기를 칼 씨가 미리 훔쳤다는 얘기잖아."

"아! 그러니까 롭의 주점에서 흉기를 손에 넣었을 수도 있죠. 헉스에게 돌려주려고 했는데... 회장이 약기운에 쓰러져 추락을 하고... 그래서 실수를 감추기 위해, 가지고 있던 흉기를 썼다... 아니면 흉기를 손에 넣는 바람에, 살인을 계획했을 수도 있지 않을까요. 뒤집어씌울 사람도 있겠다, 새 유언장이 발표되기 전에요. 롭의 제보로는, 주점에 있던 남자들 전부가 회장에게 혼이 났다니. 그런데 그는 좀 더 심각한 잘못을 저지른 거예요. 그래서 새 유언장이 불리하다 생각하고, 발표하기 전에 회장을 없앤 거죠... 그러니까 어제 오후 적당한 때에 약을 투여하고, 약 기운이 돌 때를 기다리다... 집사는 시간이 나면, 항상 회장을 찾아간다고 하니, 쓰러진 회장이 곧 발견될 테고, 그럼 자기부터 부르게 돼 있죠. 그다음은 같은 순서로 일이 일어났고요. 물론 추락은 의도한 게 아닐지 모르고. 간단하고 확실하게 보우 건을 쏠 생각이었겠죠."

조안은 미간을 찌푸렸다. 완전히 납득되는 이야기도 아니지만, 말이 안 되는 것도 아니다.

반면, 아일랜은 그 말을 들으며 다시 한 번 34호 조항이 얼마나 중요한지 깨닫게 되었다. 이런 식으로 이야기를 꾸며 나가면 누구든, 어떤 이야기든, 만들 수 있지 않나.

과연 진실이라는 것은 무엇일까... 어쩌면 진실은 존재하지 않는 것인지도 모른다. 진실은 없으며, 단지 보다 많은 사람이 믿는 '그럴 듯한 스토리'만 있는 게 아닐까.

어쨌든 가까운 곳에 수의실이 있으니 컬린 의사를 만나는 것은 적절한 순서 같았다.

사육실 옆에 자리 잡은 수의실은 지나치게 깔끔했다. 그곳 또한 목재로 만든 임시 건물이었으나, 이제 막 대청소를 마친 것처럼 수술대와 책상이 번쩍거렸다. 출입문 옆, 옷걸이에 걸린 가운과 여러 벌의 앞치마도 모두 깨끗했다. 대신 냄새는 막지 못했다. 에탄올을 비롯한 각종 소독약으로도 동물들의 냄새를 지울 수는 없었다.

세 사람이 들어서자, 의사는 모니터를 들여다보고 있었다.

조안이 두 번째 진술을 들으러 왔다고 하자, 그녀는 고개를 끄덕였다. 그리고 기록을 준비하는 아일랜을 보며 뉴원이 방문한 이야기를 꺼냈다. "참, 어제 함께 다니던 보조 캐스터가 찾아왔더군요."

"그래요? 언제쯤이죠?" 아일랜보다 윌킨스가 조금 더 빨리 되물었다. 호기심이 가득한 목소리였다.

"오전에 새끼 돼지들에게 예방 주사를 놓을 때였어요. 제가 주사를 다 놓을 때까지 조용히 지켜보고만 있어. 뒤늦게 그를 발견하고 깜짝 놀랐죠."

"그가, 무엇을 조사했나요?" 윌킨스가 아일랜의 눈치를 보며 또 캐물었다.

아일랜도 시선을 피하며 귀를 쫑긋 세웠다. 자신이야말로 그 누구보다 뉴원의 조사가 궁금한 처지였다.

의사는 고개를 가로저으며, "조사라기보다는, 결혼에 대해 사적인 질문을 했어요. 그리고 카메라가 없을 때 답하는 게 좋지 않냐며, 또 다른 질문을 했는데." 말하더니 입을 다물었다.

순간 조안은 낭패한 심정이었다. 사건과 무관한 개인적인 호기심을 채우려고 한 데다 마치 거래하듯 이야기를 했다면, 조사 방해가 아닌가. 그러나 컬린의 다음 말에 곧 안도했다.

"그 질문에 대한 답은 제가 거절했죠. 차라리 입회 캐스터가 있는 곳에서 말하겠다고 하니, 포기하고 가더군요." 다행히 그녀 쪽에서 제안을 거절한 모양이었다.

"그럼 이제 저희들이 왔으니, 그 답을 해 주시죠." 아일랜은 마치 어떤 질문인 줄 아는 양 답을 요구했다. 어차피 답을 들으면 질문을 대충이나마 짐작할 수 있을 터였다. 뉴윈의 단독 조사는 실패로 돌아간 듯했으나 자신이 답을 듣고 알려 주면 될 테니. 왠지 체면이 서는 것 같아 기쁘기까지 했다.

그녀는 잠시 뜸을 들이다 입을 열었다. "그게... 회장님께 불려간 이유 말이에요. 그건, 남편에게는 좀 불리한 이야기라, 지금도 고민스럽긴 해요."

그 말을 듣고 세 사람은 적이 실망하고 말았다. 그건 뜻밖의 질문이 아니었기 때문이다. 그들도 오늘은 컬린에게 그 답을 들어야 한다고 이야기를 나누었던 참이다.

결국 그녀는 결심한 듯 한숨을 쉬더니 아일랜을 똑바로 쳐다보았다. "하지만 말해야겠죠. 그러니까 어제 쿠어 회장님이 절

부른 이유는... 남편의 진단 결과에 대해 재차 확인하기 위해서였어요. 회장님은 저에게, 칼이 검사 결과를 미리 알려 주었는지 물으시더군요. 전 검사에 관해 전혀 듣지 못했다고 답을 했고요." 후, 그녀는 숨을 내쉬더니 말을 이었다. "지금도 그 말을 한 건 잘못됐다 생각한다고 말씀드렸어요. 회장님의 경우는 안정을 취해야 하는데 얼마 살지 못한다는 말을 하다니... 그런 말을 한 것은 오롯이 남편 혼자 결정한 일이라고 말씀드렸죠... 그는 최근에 회장님을 실망시켜 크게 혼이 났거든요. 그래서 화가 나 그런 말을 했을 수도 있다고 말씀드렸어요. 회장님도 그 점을 알고 있어 저에게 재차 확인하신 거겠죠."

회장의 실망. 윌킨스가 눈을 빛내며 자세히 설명해 달라 부탁했다. 그러나 그녀는 머리를 가로저으며 얼른 답을 마무리했다. "그리고 회장님이 듣고 싶은 답을 말씀드렸어요. 칼이 좀 과장한 것 같다, 건강 관리에 더욱 신경 쓰면 된다고 말이에요." 그리고 남편의 일은 남편에게 직접 들어보라며, 칼이 꾸중을 들은 이유에 대해 입을 다물었다.

잠시 그녀를 재촉하듯 침묵이 흘렀으나 컬린은 끝내 함구하는 듯했다. 그러나 뜻밖에 이어진 진술에서 결국 그 답을 던져 주고 말았다.

조안이 다시 2차 진술을 부탁한다고 하자, 그녀는 고개를 끄덕이며 어제와 같은 답을 했다.

마지막으로 조안이 레오의 말을 확인하기 위해. 어제 피 묻은 앞치마를 두른 채 저택에서 나오는 걸 본 사람이 있다는 이야기를 전하며 그때 상황을 설명해 달라고 했는데... 그녀는 잠시 이마를 찌푸리더니 이렇게 말하는 것이었다.

"어제 새끼 돼지들의 혈액을 채취해야 했거든요. 말씀드렸다시피 두세 마리가 전염성이 높은 바이러스에 감염된 것 같은데... 그 김에 다른 검사도 해 봐야 할 것 같아서요. 그런데 덩치들이 커진 바람에 혼자서는 감당이 되지 않는 거예요. 결국 피를 뽑던 주사기가 빠지고 피가 튀고 말았죠... 곧바로 도움을 청하러 남편을 찾아갔는데, 진료실이 비었더군요. 리트리버 수술을 대신 맡은 바람에 수술실에 꼼짝없이 잡혀 있을 줄 알았는데... 자리에 없는 거예요. 그래서 남편을 찾으러 저택으로 들어갔을 뿐이에요. 2층에 올라갔다 남편이 없기에 혼자 돌아왔고요."

"그래서 칼 씨는 어디 있었나요?" 아일랜이 무심하게 물었는데, 컬린의 낯빛이 확 변했다. "....... . 직원 휴게실에 있었다고 하더군요. 화상이 심한 라보 양을 만나러 갔다고요." 목소리도 미세하게 떨렸다.

세 사람은 칼이 회장에게 혼이 난 이유를 알 것 같았다. 더욱 합리적인 동기를 알아낸 윌킨스의 얼굴이 의기양양해졌다.

12장   DAY-2 오전 11:27

이왕 정원으로 나왔으니, 데이지와 헉스를 만나고 저택 안으로 돌아가기로 했다. 조안은 시계를 보며, 데이지를 먼저 만나자고 말했다. 헉스의 화가 가라앉을 때까지 시간을 좀 더 들이려는 듯.
세 사람은 저택의 그늘을 따라 서쪽으로 향했다.

데이지는 묘목에 물을 주고 있었다. 1m 남짓 자란 참나무 묘목이었다.
"여기는 섬인데도 토양이 비옥하네요. 이런 곳에서는 뭐든 잘 자라겠어요. 저도 꽃과 나무를 무척 좋아하거든요." 아일랜이 먼저 다가가며 친근하게 말을 걸었다.
세 사람을 보며 긴장했던 데이지도, "정원에 관심이 많으시길래 좋아하실 줄 알았어요." 라며 호스를 잠근 후, 바닥에 내려놓았다.
"뭐랄까. 식물은 어른 같고, 동물은 아이 같지 않나요? 동물은 손이 많이 가지만 귀엽고 재밌는 반면, 식물은 조용히 자리를 지킬 뿐이잖아요. 제가 좀 산만한 편이라, 동물보다는 식물과 합이 맞는 것 같아요. 물론 키우기 까다로운 트리안이나 마누카 같은 종도 있지만. 식물은 손이 덜 갈뿐더러, 소나무나 전

나무 같은 상록수는 보기만 해도 기대고 싶어지구요."

"그러시군요. 하지만 여기서는 큰 나무를 보려면 정원을 벗어나야 해요. 정원에는 시야를 가릴 나무를 심지 못하도록 돼 있거든요. 동쪽 언덕의 그릴란드 나무가 제일 클 거예요."

그녀가 가리키는 곳을 보며 아일랜은, 오후에 한번 가 볼 생각이라 답했다. 그리고 다시 수다를 떨었다. "아파트에 사니까, 화분만 잔뜩 두었는데, 분갈이를 해 줄 때마다 안쓰러운 거예요. 아무리 작고 예뻐도 식물은 자기 공간이 필요한 법인데. 그래서 정원에 관심을 가지고 쇼가든을 찾아다니며 대리 만족을 하고 있죠. 넓은 정원에서 햇볕을 받고 비바람을 견디며 자유롭게 자라는 나무들을 보면 행복해져요."

하지만 꾸준히 가지치기를 하고 웃자란 풀들을 솎아 내는 작업을 하니, 정원도 그리 자유로운 곳은 아니라고 데이지는 말했다. "최근에 쇼가든에서 메달을 수상한 작품을 보면, 정말 자연 친화적이잖아요. '다람쥐와 함께 품은 산'은 키 큰 나무가 울창해서 그냥 숲인 줄 알았어요."

두 사람의 대화는 최근 유행하는 정원 스타일로 흘러갔다. 조안이 말리지 않았으면 시간이 더욱 지체됐을 것이다.

조안의 지적에 아일랜이 정신을 차렸고, 데이지는 2차 진술을 시작했다. 사건 당시 행적은 어제와 같았다. 정원을 치우고, 마담을 도와 꽃을 나르고, 헛간에서 배합 비료를 만들고 나오니 애나가 사건이 일어났음을 알려 주었다고. 정확한 시간은 모르겠으나 친구와 함께 정원을 가로질러, 양날의 문을 통해 홀로 들어갔고. 사이렌 소리와 함께 검시관이 도착하고, 수색대가 올 때까지 패밀리들과 함께 있었다는 것이다.

 보충 진술로 하고 싶은 말이 없냐 물으니, 그녀는 아버지에 대해 오해하지 말라고 전했다. 사실은 자신을 무척 아끼고 사랑한다는 것이었다.

13장　DAY-2 오전 11:50

 드디어 세 사람은 헉스를 찾아 주차장 언덕으로 올라갔다. 그는 망원경을 목에 걸고 접이식 의자에 앉은 채로 사람들을 맞을 뿐이었다.

 자신들이 올라오는 것을 빤히 내려다보고 있었으면서. 눈앞에 당도했으나 일어설 생각이 없어 보이는 남자를 보며, 아일랜은 적당한 돌멩이를 찾아 날랐다. 덕분에 세 사람은 그의 맞은편에 엉덩이를 걸치고 앉을 수 있었다.

 그사이에도 헉스는 "사람들은 이 경치가 볼 만하다는데. 매일 몇 시간이나 보다 보면 감흥이 하나도 없어. 질릴 뿐이야." 라며 심드렁하게 지껄이고 있었다.

그리고 아일랜이 카메라를 착용하자, 자신은 별다른 일이 없는 한 여기서 경비를 본다고, 진술을 시작했다. 새로 들고 나는 직원들을 눈여겨볼 뿐. 자신이 있다는 사실만으로도 저택의 경비는 충분하다고.

다행스러운 것은 화가 많이 가라앉은 듯했다는 것이다. 조안이 2차 진술을 해 달라고 하자, '그까짓 것'이라며 투덜거리더니 입을 열었다. 그러나 그것은 세 사람의 착각이었다. 헉스는 아일랜의 카메라를 향해 비아냥거리며, 곧 시비를 걸어 왔다.

"참고인들 인권이다 뭐다 말이 많아서 일만 복잡하게 됐지. 권위는 시궁창 바닥이고. 안 그래, 윌? 검사나 수사관이면 이름부터 근사하잖아. 그런데 조사만 할 뿐이라니. 쳇. 저쪽도 예전 같으면 수사 반장쯤 됐을 텐데. 서장이나 총경이 될 수도 있을 테고. 그런데 겨우 팀장이라는 거야. 흐흥."

자신을 향해 코웃음을 치자 "이름이나 직책보다는 맡은 일에 대한 자부심이 중요하지 않을까요." 라고 조안이 대꾸했다.

그러자 헉스는 더욱 크게 비웃었다. "하. 그러니까 그 맡은 일이란 게 사람들을 찾아다니며 굽신거리는 거잖아. 자부심이 있을 리가 있나. 사건을 파헤치고 범인을 체포하고, 그런 멋진 일을 한다면 나도 수사관을 지망했을지 모르는데. 겨우 사람들을 찾아다니며 말씀 좀 해 주십사, 진술 좀 해 주시죠, 라며 굽실거릴 뿐이니. 어린 눈에도 그 꼴이 한심하더라니까. 월, 속상하지 않아? 여기저기 돌아다니며 부탁하는 처지가." 비틀린 입매에 경멸과 비웃음이 완연했다.

윌킨스는 아무런 대꾸를 하지 못했다. 그러자 헉스는 신이 난 듯 더욱 목소리를 높여 지껄였다. "아래, 윗집에 살며 어렸을 땐 친했는데. 지금은 완전히 다른 처지가 됐어. 아직도 그 좁아 터진 집에 살아? 그래서 허리를 잘 굽히게 됐나? 크큭." 그 말에 윌킨스의 얼굴은 더욱 붉어졌다.

그때 아일랜이 짝짝, 박수를 두 번 쳤다. 헉스가 쳐다보자 검지를 세워 살살 흔들기까지 한다. "어머, 완전히 잘못 알고 있군요. 헉스 씨, 저희들의 일은 그런 게 아니예요."

"아니긴 뭐가 아냐. 괜히 큰소리는. 얼마나 비위 상하고 부끄러운지 다 알아." 헉스는 괜찮다는 듯 고개를 끄덕였다.

그러자 아일랜이 호들갑스럽게 입을 열었다. "어머, 그럴 줄 몰랐는데 너무나 시대착오적인 생각을 하고 계시는군요." 그리고 말을 쏟아 냈다. "지금은 범죄가 일어나도 대부분 목격자가 있거나, 보안 카메라를 추적하면 끝나는 시대잖아요. 이번처럼 외딴 곳에서 일어나는 범죄는 많지 않구요. 그러니, 강제적인 수사보다는 있는 걸 찾아내는 조사가 더 중요하죠. 그리고 또 하나 오해인 게, 저희들은 참고인들 인권만 위하는 게 아니예요." 거침없이 말이 이어졌다. "그건 진짜 오해예요. 잘못된 편견이라구요. 저희들은, 참고인들의 인격만 존중하는 게 아니라. 저희들이 가장 중요하게 여기는 인권은, 바로 피해자 분의 인권이거든요. 중대 범죄, 특히 이번처럼 사망 사건의 경우에는 돌아가신 분을 위해 일하고 있는 거구요. 생각해 보세요. 진범을 찾아내는 게 돌아가신 분에 대한 진정한 예의이자 추모 아닐까요. 대충 아무나 의심하고, 아무나 범인으로 모는 것은, 피해자 분을 또다른 가해자로 만드는 행위일 뿐이죠. 결코 일어나서는 안 되는 일이에요. 무고하게 의심을 받고, 취조를 당한 사람이 있다면, 그는 피해자와 사건을 원망하지 않겠어요? 그리고 전 입회를 처음 해 보지만, 조수대 대원들을 존경하게 됐답니다. 이 일은, 질문 하나, 시선 하나, 잘못 처리할 수 없는 무척 힘든 일이니까요."

딱 부러지는 말투와 태도에 헉스도 적지 않게 놀란 듯했다.

아일랜은 고개를 끄덕이며, 어젯밤 뉴원의 방에서 했던 생각들을 전했다.

"사건을 파헤치고, 관련자를 의심하고, 그건 서두를 필요가 없어요. 저희들이 조사와 수색을 충실히 하고, 제가 첫 픽셔를 쓰고 나면, 그 이후에는 수많은 캐스터와 독자들이 진실을 쫓을 테니까요. 특히 이번 사건은 관심을 가진 시민이 수백만 명이나 돼요. 그들이 범인을 추리하고 사건의 진상을 쫓을 수 있도록, 저희들은 그 바닥을 다지고 있는 거예요. 아주 중요한, 어쩌면 가장 중요한 기초 공사 중인 거죠. 참고인들에게 진술을 듣고, 그 모습을 기록하고, 실오라기 하나까지 물증을 찾아내고....... . 저희들이 일을 제대로 해내기만 한다면, 당장은 아니더라도 언젠가는 반드시, 사건의 진실이 밝혀질 거예요."

그러자 헉스도 슬쩍 반격에 나섰다. "흥. 옛날 영상도 못 봤어? 경찰서나 검찰청의 취조실에서 며칠만 족치면 술술 범죄를 불지 않아. 그런 압박과 찍어 누르는 힘이 있으니까 범죄자들이 기가 죽어 실토하는 거라고. 그런데 이젠 일일이 찾아다니며 진술 좀 해 주십사 부탁하는 꼴이라니. 그중에 범인도 있을 거 아냐. 나 같음 더러워서 못 해." 그러나 기세는 한풀 꺾인 것 같았다.

그러자 아일랜이 쐐기를 박았다. "그건 15년도 더 된 옛날 영상이니까요. 요즘 사람들이 얼마나 똑똑한 줄 아세요? 범죄와 조사 절차에 대한 수많은 픽션들이 쏟아져 나왔고, 또 쏟아지고 있어요. 요즘 사람들은 자신의 방어권과 각종 법적 권리에 대해 훤해요. 심지어 실제 범죄를 저지른 피의자들에게 유리한 변론을 알려 주는 픽션도 수만 편이나 존재하고요. 지금은 막대한 지식과 정보를 가지고, 머리로 싸우는 시대예요. 어쩌면 더욱 흥미진진한 시대라고 할 수 있죠. 범인은 범죄를 저지르고 빠져나갈 수 있다 생각하고, 저희는 진술과 증거를 수집해 그 출구를 막아 버리고. 헉스 씨만 해도, 어제 말씀하시는 걸 보니, 방어권에 대해 잘 알고 계시던데요. 아마, 픽션을 통해 배운 것일 테죠?"

조안과 윌은 아일랜의 말에 크게 감탄하고 말았다. 금세 당당하게 고개를 들고 공감한다는 듯, 함께 헉스를 노려봤다.

자신이 한마디 하면 몇 배로 주르륵 말을 쏟아 놓는 데다 분위기가 바뀌자. 결국 기세에 밀린 헉스는 그냥 진술이나 하겠다고 말했다.

그의 진술 또한 어제와 마찬가지였다. 자신은 여기서 경비를 보고 있었으며, 정원을 둘러보다 진료소에서 칼과 집사가 달려 나오는 것을 봤다. 뭔가 사고가 났음을 직감해 저택으로 달려갔으며. 홀에는 이미 의사 부부가 회장님의 사후 징후를 확인한 후였다. 칼이 집사에게 신고를 하라고 해서, 자신은 패밀리와 직원들을 찾아다니며 사건이 일어났음을 알렸다. 충격을 받았지만, 빠르고 민첩하게 대응한 것으로. 먼저 여동생의 재봉실로 달려갔고, 그다음 옆 사무실의 마크에게도 알렸다. 저택의 오른쪽에 있는 패밀리들에게 사건을 알리고 직원들을 찾아다녔다. 배전실의 올트와 보일러실의 카루에게도 알렸으며, 메리 부인은 끝내 찾지 못했다. 직원들에게 수색대가 올 때까지 모두 함께 있으라고 당부하고 홀로 왔더니 거기, 메리 부인이 있었다는 것이다. 그리고 입을 다물었다.

진술이 다 끝난 거냐 확인한 후, 아일랜이 카메라를 벗었다.

그러자 헉스가 이맛살을 찌푸린 채, 할 말이 있다고 했다.

"들어보니까 오늘 나온 픽셔에, 나를 엄청 난폭한 사람이라고 욕을 했다지 않아. 그래서 어찌나 화가 나던지. 아까 애니한테 막 퍼부었거든. 다 때려죽일 거라고 말이야... 하지만 동생 말이 맞아. 참아야지 어쩌겠어. 화를 내면 더 악평이 쏟아질 거 아냐. 난 충분히 그다음을 생각하는 사람이야. 나를 성급한 멍청이로 알고 있는 놈들에게, 나도 생각이 있고, 자기 방어권에 대해 알고 있다는 걸 보여 주기로 했어. 나름 자제력이 있는 놈이라고."

조안이 고개를 끄덕였다. 이제 그 말과 태도는 놀라울 정도로 안정적이었다. 확실히 그는 성미가 급한 멍청이는 아니었던 모양이다.

14장 DAY-2 오후 12:25

세 사람은 다시 저택 안으로 들어갔다. 양날의 문을 통해 홀로 들어간 다음, 오른쪽 통로로 향했다. 재봉실의 애나를 만난 다음, 마크를 보기로 했다.

불투명 유리문 안으로 들어선 세 사람은 작게 탄성을 질렀다. 재봉실 또한 굉장했다. 어떤 의미에서는 진료실이나 유리

온실보다 더 압도당하는 듯했다.

출입문 오른쪽 벽은 투명 서랍장이 큐브처럼 맞춰져 있으며, 그 안에 단추를 비롯한 각종 의류 부자재가 가득했다. 둘둘 말린 원단 롤이 반대편 벽을 차지했으며, 정면에는 재봉틀이 석 대나 놓였다. 재봉틀 주위는 철제 망사 틀이 달렸는데, 날이 번득이는 가위와 수선용 칼이 여러 개 걸려 있었다. 날카로운 집게와 온갖 크기의 바늘도 달려 있었다.

공간의 주인인 애나는 뿌듯한 표정으로 미리 빼 놓은 재봉틀 의자를 권했다. 세 사람은 의자에 앉은 다음에도 연신 고개를 두리번거렸다.

"와. 굉장해요. 마치 유명 디자이너의 의상실 같아요." 아닌 게 아니라 벽에 기대 있는 수많은 원단 롤과 부속품 진열장은 마치 디자이너의 공방 같은 포스를 풍겼다.

아일랜의 감탄에 애나는 두 손을 마주 잡았다. 팔목에 핀이 잔뜩 꽂힌 바늘꽂이가 고슴도치마냥 달렸다. "네. 작업복에 쓰이는 천 외에도 원단을 수집하는 게 취미거든요. 게다가 부자재도 잔뜩 모아 놓았고요."

고개를 끄덕이며 "재봉틀을 석 대나 쓰는 건가요?"라고 조안이 물었다.

그러자 애나도 고개를 끄덕였다. "네. 수선할 작업복이 많은데, 바늘을 갈아 끼우는 데 시간이 걸려서요. 방수 비닐이나 두꺼운 양가죽도 여기서 용도에 맞게 재단하거든요." 더욱이 직원들의 작업복이나 간단한 일상복도 직접 만든다고 했다. 디자인부터 재봉, 마름질까지 전부 혼자 해낸다는 그녀의 얼굴에는 이제껏 보지 못한 자신만만한 미소가 어렸다.

 잠시 후, 조안이 그녀에게 2차 진술을 부탁했다. 그녀는 보충 진술로 어제 행적을 조금 더 자세히 전했다. 오전에는 정원에서 드레스를 스케치하느라 바빴으며, 영감을 얻기 위해 홀과 온실을 드나들며 꽃들을 관찰했다고. 그리고 오후에는 본격적으로 드레스를 손보기 시작했다는 것이다.

 그 외 별다른 내용이 없어, 세 사람은 감사하다 인사를 하고 자리에서 일어났다. 그런데 애나가 뜻밖의 말을 했다. "저기 오전에 뉴윈 씨가 찾아왔는데요."

 아일랜은 귀가 번쩍 트인 듯했으나 주춤했다.

 아니나 다를까 윌킨스가 이번에도 재빨리 질문을 던졌다. "아, 뭘 조사하고 갔죠?"

 그녀는 고개를 갸웃했다. "조사는 아니고. 제 드레스가 너무 아름다웠다며 칭찬을 하더군요. 그리고 재봉실을 보고 싶다고 하길래, 저도 기뻐서 마음껏 구경하라고 했죠. 저기 모아 놓은 천연 비즈와 레이스도 일일이 들여다보고. 이 정도면 거의 수집가 수준이라고 감탄하는 거예요. 그동안 열심히 모은 악세서리를 알아봐 주니 기분이 무척 좋았어요." 역시, 오빠처럼 그녀도 뭔가를 수집하는 데 열정을 쏟고 있는 듯했다.

"그래요?" 아일랜은 고개를 갸웃하며 진주와 하얀 레이스로 장식된 그녀의 드레스를 떠올렸다. 뉴윈은 왜 그 드레스에 주목한 걸까. 잠시 생각을 하다, 겨우 궁금한 것을 하나 떠올렸다. "그런데 말이죠. 드레스를 수선하는 데 비용이 얼마나 드나요?" 과연 이게, 뉴윈이 궁금해한 것인지는 알 수 없지만, 애나의 표정이 확 굳어졌다.

"드, 드레스마다 천차만별이겠죠."

"하지만 그 정도 비즈와 진주로 장식한 드레스면, 새 것보다 비쌀 것 같은데요."

그 말을 들은 애나의 표정은 더욱 험악해졌다. "그건 모르는 말씀이에요. 다른 드레스들이 얼마나 화려하고 예쁜데. 데이지와 닥터 컬린은 서던에서 맞춤 제작 드레스를 받은 걸요. 컬린 씨는 파티가 질색이라더니 우습게도 제일 먼저 드레스를 마련했어요. 메리 부인도 시내에서 맞춘 새 드레스에 만족하지 못하고 계속 저에게 진주 핀이나 코르사주를 달아 달라 귀찮게 하고. 게다가 마담이 가지고 있는 드레스는 또 얼마나 우아하고 아름다운데요. 레드 카펫 의상들이라구요. 게다가 전, 그녀만큼 예쁘지도 않은데." 그러다 표정이 일순간 확 어두워지고 말았다. 오전에 홀에서 봤던 때와 비슷하게. 두려운 듯, 당황한 듯. 그리고 어깨를 움츠리며 목소리를 낮춰 이렇게 부탁하는 것이다. "저기, 드레스 수선에 비용이 많이 든 것 같다는 말은, 오빠에게는 비밀로 해 주세요. 제발."

15장   DAY-2 오후 1:00

정원으로 나가는 보르죠 문 가까이 마크의 사무실이 있었다. 차가운 철제 문으로 들어간 세 사람은 동시에 감탄했다. 세무서에 가 본 적은 없지만, 가히 이 정도면 여느 세무서보다 클 듯. 넓은 방은 캐비닛과 서류함이 층층이 쌓여 있으며, 어디를 봐도 종이와 서류 뭉치들이었다.

그는 계산기를 든 채로 문을 열어 주었다. 세 사람을 보고, 테이블로 안내하며 빨리 기록을 마쳐야 한다고 재촉했다. 그 모습은 마치 어제 부인과도 비슷하게 서두르는 기색이었다.

"오늘도 바쁘시나요?" 재촉하는 모습이 이해되지 않아, 아일랜이 물었다.

"네. 장례식 비용을 계산해야 하거든요. 이건 생각지도 못한 지출이라, 난감하네요. 아, 물론 회장님은 안 계시지만... 하던 습관이 있어 청구서를 점검하고, 장례식 비용을 어디서 메워야 할지 생각 중입니다."

"하지만 그럴 필요 없잖아요? 파티 비용이 절약되었으니."

윌킨스의 물음에 마크는 고개를 저었다. "그렇죠. 안 그래도 그걸 비교하고 있습니다. 하지만 파티 비용은 거의 다 지불된 반면, 이건 새로 지출 목록을 뽑아야 해서요. 슬픈 습성이지만, 일단은 목록을 꼼꼼하게 작성해야 해서, 바쁩니다. 그러니 빨리 진술을 마쳐야겠어요... 기록을 시작하시죠."

그는 2차 진술을 담담하게 진행했다. 놀라운 것은 백지에 진술할 내용을 메모해 놓기까지 한 것이다. 그것을 읽어 내려가며 그는, 전기가 문제를 일으키는 바람에 예상치 못한 지출을 해결하느라 바빴다는 어제의 진술을 되풀이했다. 그렇게 있었던 일을 이야기하고 더 할 말은 없다고 잘라 말했다.

그러다 나가려는 조안을 불러 세운 다음, 참은 숨을 토하듯 한마디 물어보는 것이다. "저기, 조수대 대원들이 저택에 머무르는 경비는 확실히 지급되는 게 맞죠?"

조안은 얼굴을 붉히며 걱정하지 말라고 했다.

16장 DAY -2 오후 1:28

"드디어 메리 부인이군요." 아일랜은 저도 모르게 고개를 끄덕였다. 드디어, 라는 말은 무심결에 튀어나왔지만, 솔직히 그녀가 어떤 이야기를 해 줄지 몹시 궁금했다. 오늘은 남편도 없으므로 그녀는 거침없이 이야기를 쏟아 낼 것 같았다.
 예상대로 그녀는 주방에 있었다. "한나. 그건 오븐으로 날라. 저녁은 메인부터 준비해야 하지 않아?" 마치 안주인처럼 주방을 지휘하며 트레이를 독차지하고 있었다. 그러다 찾아온 세 사람을 발견하고는 "벌써 오셨군요. 전, 할 얘기가 많은데. 점심을 먹고 하면 안 될까요? 이것부터 날라야 해서요." 라고 부탁하는 것이다.
 그녀가 양손으로 손잡이를 꽉 쥔 트레이에는 비싸 보이는 도자기와 은 식기가 잔뜩 쌓여 있었다. 운반하는 데 집중하는 게 마땅할 듯했으므로, 조안은 점심 식사를 하고 한 시간 후에 오겠다고 말했다.

17장　DAY-2 오후 1:35

세 사람은 회의실에서 샌드위치와 커피로 간단히 식사를 했다. 한나가 마련해 준 두툼한 샌드위치는 매우 맛있었다.
 "뉴원 씨는 오후에도 합류하지 않는가요?" 허겁지겁 빵을 베어 먹던, 윌킨스가 갑자기 뉴원에 대해 물었다.
 아일랜은 당황했으나 대충 둘러댔다. "네. 충분히 조사한 다음, 합류하라고 했으니 얼마나 걸릴지 모르겠어요."

"그런데 아일랜 씨가 알아냈다는 게 뭔지 너무 궁금한데요. 컬린 부인의 진술은 중요하다는 걸 알겠는데, 애나 양의 말은 도무지... 그 재봉실에서 뭘 조사하라고 한 건지 모르겠어요." 그러면서 윌킨스는 말해 달라는 듯, 눈썹을 슬쩍 올려 보였다.

아일랜은 재빨리 화제를 돌리기로 했다. "전, 윌킨스 씨 추리가 꽤 흥미롭던데요."

그 말을 들은 그는 갑자기 손으로 입을 가렸다. "앗, 저도 비밀로 할 걸 그랬어요. 그건 제 단독 추리잖아요... 흠, 이제부턴 저도 조용히 입 다물고 있을 거예요." 그렇게 선언하는 폼이, 마치 추리 대결을 청하는 양 진지하기만 하다. 그리고 다행스럽게도 더 이상 뉴윈의 조사에 대해 캐묻지 않았다.

식사를 먼저 마친 조안은 통신기로 대원들에게 지시를 내렸다. 직원들의 2차 진술 확보가 끝났으면, 곧바로 수색대에 합류하라고 일렀다.

18장 DAY-2 오후 2:30

세 사람이 주방으로 오니, 메리는 야외 휴게실로 가자고 사람들을 이끌었다. 프롤리 문을 통해 밖으로 나간 그들은 닭장 가까운 곳에 있는 작은 벤치에 둘러앉았다.

아니나 다를까 자리에 앉자마자 그녀는 서두르는 기색이 역력했다. "오늘은 더 많은 얘기를 할 수 있죠? 보충 진술도 있으니까. 어제는 남편이 있어, 이야기를 다 못 했거든요." 그리고 답을 듣기도 전에 다시 입을 열었다. "그래서 그 영악한 의사 부부는 만나 봤나요? 수상하지 않던가요? 그들은 항상 회장님과 자신들이 가장 가깝다고 생각했는데. 사실 회장님에게 가까운 사람이란, 없다는 게 진실이죠."

사뭇 활기차게 입을 연 그녀는, 유일하게 진술 기록을 즐기는 모습이었다. 조안과 카메라를 기다린 유일한 사람인 듯도 했다. 그러나 또다시 다른 패밀리에 대한 이야기가 시작되었으므로 아일랜은 모든 게 기록되고 있다고 알려 주어야 했다.

그러나 그녀는 개의치 않았다. "나중에 심리에서 누가 봐도 상관없어요. 전, 사실을 말할 뿐이니까... 사실, 쿠어 회장은 매우 이상한 사람이었어요. 작고 왜소한 체구에 휠체어에 앉아 있을 뿐인데도, 우리들을 통제하고 있다고나 할까. 모두 그분 앞에서는 쩔쩔매기만 했죠. 그러면서 또 모두들, 자신이야말로 회장에게 특별한 존재다 착각하고 있었구요. 픽셔에도 실렸지만, 예를 들면 칼과 컬린은 자신들이 회장님의 건강을 책임지고 있으니 자기들이 제일 특별하다고 생각했고. 마담은 아침마다 회장실을 꾸민다는 핑계로 회장과 대화를 나누며 자기가 제일 특별하다고 생각했고. 헉스는 어처구니없게도 저택의 경비를 맡은 게 자기를 가장 신임한다는 증거라며, 무기를 산다, 어쩐다 오버했구요. 하지만 그렇게 따진다면 가장 특별한 건 우리예요."

그녀가 턱을 치올리며 이유를 물어 달라는 듯한 표정이라. 아일랜이 공손히 따랐다. "어째서요?"

"그분의 생명과도 같은 돈을 관리하니까요. 그리고 더 중요한 건, 우리가 가장 먼저 이 저택에 들어왔다는 사실이구요." 그녀는 한껏 거만하게 고개를 쳐들었다. "같은 10년이 아니예요. 우린 그중 7달이나 먼저 들어왔어요. 우리를 보고 회장님도 깨달은 거예요. 사람들을 불러들여도 된다는 것을. 그러니 순서가 중요하죠. 우리 다음으로 의사 부부가, 그리고 헉스 남매가 왔어요. 그 이후 셰프와 점술가 같은 이들도 몇 들어왔지만 내쫓기고 말았죠. 그리고 가장 최근에 들어온 사람이 마담인데, 웃기는 건 그녀는 데이지를 도와주러 왔다가 여기 눌러 앉게 되었다는 사실이에요. 회장님의 제안을 덥석 수락하는 꼴이라니. 그때 그녀가 잘나가는 배우였다는 말이 거짓말인 걸 알아차렸죠. 겨우 40대 중반이면 한창 일할 나이잖아요. 그런데 이런 섬에 틀어박힐 정도면, 헉스 말마따나 별게 아니었거나, 퇴물이 됐다는 증거 아니겠어요."

"그녀가 제안을 받은 것은 어떻게 알게 됐나요?"

"회장님은 머릿속에 생각한 것을 감추는 타입이 아니었어요. 최근에는 말을 많이 하지 않으셨지만, 마담에게 제안을 할 때도, 모두가 식사를 하는 자리에서 물었어요. 그녀가 해 주었으면 하는 일이 있으니 저택에서 함께 사는 게 어떻겠냐고. 모두 그 이야기를 듣고 경악을 금치 못했죠. 정원에 필요한 꽃들이 많아 온실을 맡아 달라 하시는데, 틀림없이 그녀도 처음 듣는 이야기인 것 같았어요. 엄청나게 놀랐거든요. 그러더니 생각해 보겠다고 답했어요. 그리고 곧 의기양양한 표정으로 우리를 둘러봤죠. 그 얼굴을 보니, 과연 배우다 싶은 생각이 들었어요. 관록과 기품이 느껴지고, 그때 그 여자의 진짜 얼굴을 본 듯했죠... 얼마나 아름다운지... 알겠더라고요. 데이지가 어려서 사람의 본색을 모르고 이 저택에 데려온 거예요. 불길한 독버섯 같은 여자인지도 모르고. 어찌나 화가 나던지, 한 번은 작정하고 정원까지 쫓아가 네가 한 일이 얼마나 위험하고 잘못된 일인지 아느냐고 따졌죠. 그리고 우리는 나름 반격을 시작했어요. 마담에게 주제를 알려 주기 시작했는데. 흥, 우린 만만한 상대가 아니거든요. 회장님께 인정받은 사람들이라고요. 헉스가 먼저 오갈 데 없는 퇴물이라고 면전에서 대놓고 면박을 주기 시작했어요. 저도 그 말을 그 여자 귀에 박일 때까지 되풀이했고요. 의사 부부는 아예 무시한 걸요. 그렇게 자신의 처지를 깨닫고는 풀이 죽긴 하더군요. 요즘엔 거만한 태도가 하나도 없었어요. 이 저택에서 가장 쓸모없는 사람은, 누가 봐도 자기였으니까요."

그리고 또다시 그녀는 사람들에 대해 품평을 하기 시작했다. 그 모든 것이 보충 진술이라고 우기기에 막을 수도 없었다. 1시간이 넘게 수다를 떠는 것을 모두 기록하고, 조안이 적당한 틈에서 이야기를 끊었다. "오늘은 2차 진술이라, 어제 오후 행적에 대해 다시 한 번 말씀해 주셔야 해요."

"아. 그건 별거 없어요. 닭장에서 달걀을 거두고 있었어요. 헉스가 입구에서 불렀다고 하는데, 전혀 들리지 않았어요. 나중에 한나가 닭장 안으로 달려 들어와 회장님이 쓰러졌다는 소식을 전하길래... 서둘러 홀로 왔어요."

"헉스 씨가 부인을 못 찾았다고 하던데. 그럼 닭장에 있었다는 말인가요?"

"네. 헉스는 밖에서 부르기만 했나 보더라구요... 전 제일 안쪽에 쭈그리고 앉아 있어서 듣지 못했는데... 아마 부르는 소리를 들었어도, 대꾸하지 않았을 거예요. 또 귀찮게 하려나 싶어서. 헉스는 별일도 아닌 걸로 사람을 귀찮게 하거든요... 이제 이야기를 그만하고 싶네요. 너무 많이 떠든 것 같아요." 그러더니 자리에서 황급히 일어났다.

19장 DAY-2 오후 3:50

이제 레오만 남았기에 세 사람은 홀로 들어왔다. 다행스럽게도 마담이 그들을 기다리고 있었다. 그녀는 레오를 만날 수 있다며 방으로 올라가 보라 전했다. 그러나 예상과 달리 앞장서지 않고 하던 일을 마무리하고 오겠다며 보르죠 문으로 향하는 것이다.

그녀가 아들과 함께 잠시 기다려 달라고 여유롭게 말한 이유를 곧 알 수 있었다. 방에서 기다리던 소년이 세 사람을 보자마자 고개를 저었기 때문이다.

"그냥 어제 말한 게 전부예요. 더 기억난 건 없어요." 라며 풀이 잔뜩 죽었다.

조안이 차분히 격려했으나, 소년은 침울한 목소리로 말했다. "엄마 말이 맞아요. 말이 얼마나 중요한데. 엄마는 지금까지 말 때문에 상처를 받았거든요. 여기 있는 사람들도 언제나 엄마에게 말로 상처를 주고요… 그리고 패밀리들과 사이가 틀어지면 더 힘들어져요. 헉스나 메리 아줌마는 엄청 심술을 부리는데… 그 사람들이 괴롭히면 우리는 여기서 살 수 없게 돼요. 이젠 회장님도 없으니까… 왜 맨날 우리만 당하는지 모르겠어요. 회장님이 살아 있었으면 진짜, 좋았을 텐데."

아일랜이 물었다. "뭐가 그리 좋았을까요?"

그러자 소년이 얼굴을 붉혔다. "정원사 아저씨들 얘기가... 몰라요. 아무튼 회장님이 조금만 더 오래 살아 있었으면, 우리 처지는 완전히 달라졌을 거라는 말을 들었어요." 그리고는 고개를 푹 숙여 버렸다.

그제서야 마담이 나타났다. 소년은 엄마를 보며 '진짜 할 말이 없다'고 재차 말하더니 일어서서 자기 방으로 들어가 버렸다. 마담은 우아한 미소와 함께 수고하셨다는 인사를 전했다.

그 말은 세 사람의 볼일이 끝났음을 알리는 종소리였으며, 그들은 쫓겨나듯 밖으로 나와야 했다.

20장 DAY-2 오후 4:10

임시 회의실에 정식 대원들이 모였다. 뉴원도 통신기로 연락을 받고 자리에 참석했다. 아일랜은 그의 옆자리에 바짝 붙어 앉았다. 눈빛을 번들거리며 조사는 잘 끝났냐, 신호를 보냈다. 그러나 뉴원은 궁금증이 가득한 아일랜의 눈길을 외면할 뿐이었다.

이번에도 해이드의 보고가 먼저였다. 내용은 어젯밤보다 더 간결했다. 그는 발견한 증거물과 그것을 확인하는 작업이 반복되고 있다고 전했다. 어제 발견된 지문을 확인한 바, 헉스는 문이 잘 잠겼나 확인하기 위해서 보르죠 문을 당겨 봤다는 것이다. 칼은 화상을 입은 라보 양을 진찰하러 가기 위해 깜빡 잊고 프롤리 문을 이용하려 했다고. 그러나 잠겨 있는 것을 보고 뒤늦게 문이 잠겼다는 사실을 떠올렸다고 한다. 양날의 문 앞에서 발견된 캠프단 배지는 레오의 것으로 확인되었다.

다음으로 조사대의 보고가 이어졌다. 먼저, 테이블에 조사원들이 직원들에게 받은 2차 진술 기록 장치가 놓여 있었다. 그들은 직원들의 진술부터 점검했다. 정부 인증 마크만 없을 뿐, 마이크와 카메라, 모두 성능이 좋아 영상은 깨끗했다. 여느 사건이라면 입회 캐스터가 여럿이라, 모두 FAC로 기록했겠지만. 여기서는 주요 참고인만 아일랜이 기록하고, 직원들은 조사원의 통신 카메라로 진술을 기록했다. 이런 경우가 왕왕 있는지라, 법가원에서 대원들의 영상 기록도 증거 2호로 채택할 확률이 높다고 조안이 미리 알려 주었다.

직원들은 주요 참고인이 아니었기에 영상을 빠르게 넘기며 점검했는데, 보충 진술 중 한나만 따로 들을 게 있다며, 캐롤이 영상을 틀어 주었다.

화면에 등장한 한나는 캐롤의 통신기 렌즈를 보며 이야기를 시작했다.

"보충 진술 때, 이걸 기록으로 남겨야 한다고 보조 캐스터라는 분이 일러 주었거든요. 점심 식사가 끝나고 뒷정리를 하고 있는데, 그 보조 캐스터라는 분이 와서 묻는 거예요. 최근 회장님의 식사량은 어땠냐고. 그래, 답을 했더니, 나중에 조사원이 오면, 방금 말한 걸 전부 기록으로 남기라고 하더군요."

모두 의아한 얼굴로 뉴윈을 바라보았다. 그러나 그는 영상을 보라며 정중하게 손짓을 했다.

화면 속 한나는 슬픈 얼굴로 입을 열었다. "예전에는 남기시는 양이 많았는데, 최근엔 확실히 조금 더 드셨어요. 역시 새로운 메뉴라 음미하듯 말이죠. 패밀리들만 잘했으면 좋았을 텐데." 그리고 얼굴을 잔뜩 찌푸렸다. "그분들이 회장님 화를 여간 돋운 게 아니었어요. 식사가 끝나갈 무렵엔 저희 메이드 여섯이 식탁을 치우기 위해 다이닝 룸 바깥에 대기하고 있답니다. 그런데 최근엔 어찌나 화를 많이 내시던지. 회장님은 사람들의 잘못에 대해서는 확실히 지적하고 따지는 분이시거든요. 그걸 알면서도 모두가 화를 낼 만한 일을 만들었죠... 칼 씨는 행실이 엉망이라 혼이 나고, 포더 집사는 말을 듣지 않는다고 질책을 받고, 가장 혼이 난 건 헉스 씨와 메리 부인이었어요. 경비가 엉망이다, 저택에 몰래 들어오는 사람들을 막지 않고 뭐 하느냐 헉스 씨에게 펄펄 화를 내시는가 하면. 메리 부인에게는 못된 짓을 했다고 엄청나게 호통을 치셨어요. 쓸데없이 남을 모함하지 말라면서요. 파티가 다가오는데 패밀리 분들은 더욱 정신을 못 차리는 것 같다고 자주 화를 내셨죠." 이걸 꼭 기록해야 한다며 말을 마치고, 한나는 입을 다물었다.

그 영상이 끝나자 사람들이 뉴원이 바라보았다. 그러자 그는 아주 중요한 진술이라며 고개만 끄덕이는 것이다. 그러나 패밀리가 혼이 난 이야기는 익히 알고 있던 게 아닌가. 때문에 청년의 당당한 표정을 이해한 사람은 아무도 없었다.

그러자 조안이 나서서 정리를 했다. 어쨌든 패밀리들의 상황에 관한 제 3자의 진술이므로 기록을 남기는 것이 좋았다고. 칭찬으로 마무리했다.

다음은 주요 참고인들의 2차 진술을 확인할 시간이었다. 아일랜이 어제와 마찬가지로 익숙하게 영상을 재생했으며, 모두 조용히 화면에 집중했다.

21장   DAY-2   오후 7:10

영상이 끝나자 윌킨스가 고개를 내둘렀다. "희한하네. 왜 두 번째 진술을 보니 더 헷갈리는 것 같죠? 모두 다. 내용도 하나 달라진 게 없고 너무 자연스럽잖아요. 칼 의사도 당당할 뿐이고... 그렇다고 다른 사람이 수상한 것 같지도 않은데." 그러면서 안타까운 듯 혀를 찼다.

그 말을 들은 사람들도 한숨을 내쉬었다. 공감하는 듯한 분위기였다. 다시 조안이 자리에서 일어나, "달라진 진술은 없는 것 같은데. 혹시 다른 걸 발견한 분이 있나요?" 라고 재차 확인했다.

그때 뉴윈이 오른손을 살짝 들어 올렸다. "……. 내용은 크게 달라진 게 없지만," 하고 입을 떼자, 모두 그를 의아하게 쳐다보았다.

그는 사람들을 둘러보며 답했다. "참고인들의 태도가 달라진 것 같습니다. 어제 사건 현장에서는 모두 조급하게 진술을 했다면, 오늘은 확실히 여유가 느껴지는데요. 두 번째 진술이라 익숙해진 탓도 있고. 아무래도 자신이 생활하던 공간이라, 편하기도 할 테고. 어제는 몹시 긴장한 태도에, 카메라를 노려보거나 시선을 회피했는데. 오늘은 다들 신중하게 카메라를 응시한 채, 막힘없이 진술하니, 아주 자연스러워 보였습니다."

"내 말이 바로 그거예요." 윌킨스가 고개를 끄덕였다.

조안 역시 "확실히 그런 목적이 있어요. 2차 진술을 참고인 영역에서 하는 이유는 말이죠. 죄가 없어도 진술이 힘든 소심한 사람들에게 편안히 말을 할 수 있도록 배려해 주는 거죠." 라고 말을 덧붙였다.

"그뿐만 아니라," 뉴윈이 다시 입을 열었다. "그와 반대로, 익숙한 공간에서 실수를 유도하려는 목적도 있지 않을까, 란 생각이 들었습니다... 대부분의 사람은, 낯선 곳에서는 긴장하고 실수를 하지 않으려 애를 씁니다만. 익숙한 곳, 자기의 공간에서는 오히려 마음이 놓여 실수를 하기도 하니까요. 방금 영상에서도 특정한 곳에 눈길을 주거나 앞뒤가 맞지 않는 진술을 하는 분이 있었습니다만."

"누구를 말하는 거죠?" 조안이 고개를 갸웃하며 구체적으로 말해 달라고 했다.

뉴윈은 이내 세 사람을 지목했다. "닥터 컬린과 애나 양, 메리 부인이요... 먼저, 애나 양은 세워 둔 원단 롤을 훔쳐보듯 하는데, 시선이 부자연스러웠습니다. 가운데 헤링본 무늬 원단만 보는 것 같았거든요. 메리 부인 역시 진술은 막힘없이 하면서도 안절부절 못하는 듯, 손을 부산스럽게 움직이더군요. 오히려 어제 사건 현장에서 진술할 때 태도가 더 안정적인 듯했어요. 오늘은 무척 산만한 데다 계속 닭장을 살피는 것 같았습니다. 바깥으로 나가자고 한 건, 메리 부인이었나요?"

그렇다며 조안이 고개를 끄덕였다. 그리고 영상을 확인해야겠다고 말했다.

실제 그의 지적은 정확했다. 생각에 집중하느라 단순히 시선을 돌린 게 아니라, 애나는 재봉틀 옆에 쌓인 롤을 몇 번이나 힐끔거렸다. 그리고 그 시선은 거의 같은 원단을 향해 있었는데. 뭔가 숨겨 놓기라도 한 듯, 조심스러워 보였다.

 메리 부인 또한 한마디 할 때마다 고개를 양쪽으로 흔들었다. 얼핏 사람들을 둘러보는 듯했지만, 마지막 시선은 오른쪽의 양계장에 머물렀다. 그곳은 대원들이 한창 수색 중이었다. 또한 실제 산만하게 양손을 움직이며, 손등을 비비며, 청산유수로 흘러나오는 말과 반대로 그녀의 손짓은 불안해 보였다.

 마지막으로 뉴원은 컬린의 진술에서 이상한 점을 지적했다. "그녀의 진술은 앞뒤가 모순됩니다. 제가 오전에 사육실로 찾아갔을 때, 그녀는 새끼 돼지들에게 주사를 놓고 있었거든요. 그녀가 주사를 다 놓을 때까지 지켜봤는데, 아주 능숙하게 일을 끝냈습니다. 그녀도, 제가 주사를 다 놓을 때까지 기다렸다고 말하고 있잖아요. 그런데 곧이어, 검사용 혈액을 뽑기 어려워 남편을 찾았다는 건 이해가 안 되는데요. 물론 피를 뽑는 게 좀 더 힘이 드는 일임에 틀림없지만. 주사기가 뽑혀 피가 튈 정도로 미숙하다, 그래서 당장 남편을 찾아 도움을 청해야 했다는 말은, 앞뒤 진술이 모순되는 것 같습니다."

 조안을 비롯한 다섯 사람은 깜짝 놀랐다. 주의 깊게 이야기를 들은 것 같은데. 곧바로 반대되는 진술이 나온 것을 알아차리지 못했던 것이다.

 곧장 아일랜이 한숨을 쉬며 한탄했다. "전, 표정과 속마음이 다른 건 알아차려도. 그 사람의 말이 순간적으로 앞뒤가 달라지는 건 모르고 넘어가는 모양이에요. 세상에."

"하, 진술을 듣는 것도 상당히 어려운 일이네요. 상대의 표정과 동작도 살펴야 하고, 말의 내용도 앞뒤로 비교해야 하고." 윌킨스가 머리를 긁적이더니, 아일랜을 쳐다봤다. "아일랜 씨 말처럼 진짜 우리 기록이 중요한 일이네요. 우리는 모순된 진술을 발견하지 못했더라도, 법가원들은 영상을 보며 찾아냈을 거 아녜요. 당장이든, 아니든. 우리든 다른 사람들이든. 정말 조사 기록을 남기고 꼼꼼히 수색하는 게, 가장 중요한 기초 공사가 맞는 것 같아요."

그러자 뉴윈이 말을 끝맺었다. "....... 제 생각입니다만, 컬린 의사는 남편을 무척 사랑하는 듯한데요. 그녀가 머리가 아프다고 진드기 수술을 미룬 것도 남편을 수술실에 붙들어 두기 위한 것처럼 보이고. '붙든다'는 표현이 무척 인상적이거든요. 또한 앞치마에 피가 묻은 것도, 그러니까 피를 묻힌 것도, 남편에게 도움을 청하기 위한, 확실한 제스처가 아니었나 싶습니다... 하지만 칼 씨는 한눈을 파는 듯하고요."

조안은 새삼 뉴윈에게 감탄했다. 컬린에게 실수했을 때는 잠깐 실망스러웠으나, 확실히 그는 관찰력이 뛰어났다. 아일랜이 따로 고용할 만큼 실력이 있는 듯. 그리고 보니 아일랜과 뉴윈. 이 둘이라면 어떤 범죄의 단서도 놓치지 않을 듯싶다.

'서던 조수대에 빈자리가 있던가? 만약 픽셔의 내용까지 완

벽하다면 이 두 사람을 특별 대원으로 추천하는 것도 좋겠어.'
그녀는 자신의 은사이자, 조수대 간부인 샤인 도어 교수를 떠
올렸다.

그렇게 2차 진술 점검은 마무리되었다. 회의실을 나서기 전,
조안은 기대에 찬 음성으로 두 사람을 향해 물었다.
"오늘 따로 조사한 건 잘됐나요? 3차 진술은 하지 않아도
되는지 궁금하군요. 내일도 1,2차 진술을 확인하고, 보충 진술
만 기록하면 되는 건가... 해서요."
아일랜은 재빨리 뉴윈을 쳐다보았다. 눈썹을 치뜨고 '어떻게
할 거냐'고 물었다. 그러자 뉴윈이 고개를 가로저었다.
조안은 두 사람이 시선을 교환하는 것을 지켜보았다. 그리고
뉴윈의 고갯짓으로 자신의 희망이 물거품이 되었다는 것을 알
아차렸다.
뉴윈이 덤덤하게 말했다. "아무래도 3차 진술을 들어야 할
것 같은데요. 참고인들에게 설명하는 자리에 저희도 참석해,
최대한 원만히 진행되도록 돕겠습니다."
후우. 한숨을 깊이 내쉰 다음, 조안은 어깨를 으쓱했다. "골
치는 아프겠지만... 할 수 없죠. 패밀리들이 협조를 잘해 줄까
걱정스러운데... 혹시, 늦게라도 범인과 진상이 대강이나마 추
려졌다 싶으면 꼭 말씀해 주세요. 3차 진술은 정말 피하고 싶

으니까요." 간절하게 부탁하더니, 인사를 전했다. "그럼, 저희들은 수색에 참여하러 가겠어요. 두 분은 픽셔에 집중하시고. 나중에 수색 결과를 말씀드릴 테니, 10시에 여기서 보도록 하죠. 참, 흉기나 유언장을 찾게 되면, 곧바로 알려 드릴 게요."

22장 DAY-2 오후 7:50

2층에 올라온 뉴원은 나중에 보자는 말을 하고 냉큼 자기 방으로 들어가 버렸다.
그러나 아일랜은 궁금증을 참지 못하고, 방에 들어와 곧장 중문에 귀를 댔다. 이상하게 벽 너머에 움직이는 기척이 없다. 생각을 정리하고 있나...
잠시 시간을 주자 싶어, 욕실에서 샤워를 하고 나왔다. 아끼는 꽃무늬 트레이닝복으로 갈아입고 시간을 확인하니 30분이 지났다. 이제 쳐들어가도 되지 않을까.
그는 다시 의자에서 일어나 중문에 귀를 댔다. 여전히 문 너머는 조용했다. 기척은 들리지 않고... 피곤해서 눈을 붙이고 있는 건가... 아일랜의 호기심은 부풀 대로 부풀었다. 그가 따로 무엇을 조사했는지 궁금해서 견딜 수 없다. 잘 모르겠지만 그 조사가 중요한 것임은 짐작할 수 있었다.

문 앞에서 서성대던 그는 결국 노크를 하고 말았다. 중범죄는 결정적 제보에 포상금이 지급되기도 하지만. 지금은 순수한 호기심에 사로잡혀 있을 뿐이었다.

똑똑. 문을 두드렸다. 똑똑. 똑똑똑. 똑똑똑똑.

점점 빨라지는 노크에 결국 문이 조금 열렸다. 뉴원이 눈을 동그랗게 뜨고 이쪽을 바라보고 있다.

아일랜은 재빨리 오른발을 밀어 넣고 자연스럽게 방을 둘러보는 척했다. "어제는 이야기를 듣느라, 방을 구경할 기회를 놓쳤거든요." 그러면서 어색하게 웃으며 목을 쭉 뺐다. "어머, 제 방보다 좀 작은 것 같은데요. 이쪽은 벽난로도 있는데." 그리고 더욱 자연스럽게 얼굴도 들이밀었다.

뉴원은 분홍빛이 감도는 발가락을 물끄러미 내려다보다 문을 활짝 열어 주었다.

아일랜은 얼른 들어가 발코니도 둘러보고, 침대 쿠션도 손으로 눌러 본 다음, 테이블에 자리를 잡았다. 그때까지 문 앞에 서 있던 뉴원은 포기한 듯 다가와 맞은편에 앉았다.

아일랜은 조급함을 감추고, 자연스럽게 입을 열었다. "정말 3차 진술까지 하게 됐어요. 조안 팀장의 걱정을 덜어 주고 싶지만... 전, 아무것도 떠오르지 않는 걸요... 모두 다 사정이 있고, 진술도 틀림없는 것 같으니까요." 그 말은 팀장을 도와줄 수 있는 사람은 '당신뿐'이라는 의미였다.

"어쩔 수 없죠. 조사를 끝까지 하는 수밖에요." 뉴원은 사뿐히 거절했다.

"과연 패밀리 중에 3차 진술에 대해 알고 있는 사람이 있을까요? 아까 점심을 먹으며, 이야기를 들었는데. 팀장님이 어찌나 걱정을 늘어놓으시던지 말이에요. 그런데 이야기를 들으니 알겠더라구요. 어째서 그렇게 3차가 부담스러운지. 저기, 뉴원 씨는 3차 진술에 대해 알고 있죠?"

뉴원은 고개를 끄덕였다. 그러나 대꾸는 하지 않았다. 그 바람에 대화 자체가 툭툭 끊겼다.

그러나 아일랜은 포기하지 않았다. "패밀리들 중에 알고 있는 사람이 있을까 궁금해요."

"없을 겁니다. 그들 중에 중대 범죄를 겪은 사람은 없을 듯하니까요. 더욱이 살인 사건이고 보면."

"패밀리들 반응이 궁금해요. 의외로 협조적으로 나오지 않을까 싶기도 하고. 물론, 저라면 크게 반발할 것 같지만요."

"조금이나마 픽셔에 대해 알고 있길 바랄 뿐이죠. 그럼 사태의 심각성을 알아차릴 테고. 3차 진술도 순조롭게 진행되지 않을까요? 자신들을 비난하는 픽셔들이 쏟아져 나오고 있다는 걸 알면, 협조적으로 나오지 않을까 싶은데요."

그러자 아일랜이 고개를 갸웃했다. "그건 모르죠. 그들이 비난을 얼마나 두려워할지 알 수 없잖아요. 저라면, 제 판단과 기준으로 합당한 일을 했다고 생각하면, 비난받는 게 결코 두렵지 않거든요. 스스로에게 확신이 있으면 남들의 비난은, 단지 관점이 다른 주장일 뿐 아니겠어요."

그것을 실로 뜻밖의 말이었다. 대부분의 사람은, 다른 사람의 시선에 갇혀 살지 않는가. 뉴윈은 아일랜을 새삼스럽게 바라보았다. "……. 제 생각입니다만. 인간이 가질 수 있는 최고의 환상 중 하나가, 바로 사람들 위에 서는 게 아닐까요? 돈과 권력은 그 도구에 불과할 뿐이고. 돈이든, 권력이든, 그걸 가지고 획득할 수 있는 최고의 포획물은 사람이라 생각해요… 인간은 만물의 영장이다, 어떤 경우에도 도구로 쓰일 수 없으며, 인간은 태어날 때부터 고귀하고 존엄한 권리를 가진다, 그렇게 인간들이 자화자찬할수록, 인간을 지배하는 기쁨과 환희가 커질 뿐이죠. 그렇게 위대하다는 인간이 내게 동정을 구하고, 내 발밑에 개처럼 기는 꼴을 보는 기쁨이라고 할까. 상상해 보세요, 아일랜 씨. 당신의 발을 개가 핥아 주는 것과 인간이 핥아 주는 것, 어느 것에 더 희열을 느낄까요? 때문에 다른 사람의 동경, 선망의 대상이 되는 일은 최상의 기쁨인 반면, 다른 사람에게 비난과 환멸을 받는 것은, 최악의 절망이 되죠… 패밀리들이 그걸 알고 있다면 협조적으로 나올 겁니다."

오, 아일랜은 대번에 몸서리쳤다. "난, 그 부분이 이해가 되지 않아요. 누가 내 발을 핥아 준다면, 소름 끼칠 것 같은데요.

상대보다 자신에게 환멸을 느낄 거구요. 이게 무슨 꼴이야, 아일랜, 정신 차려. 넌 영혼이 지옥 바닥까지 떨어졌구나. 네 발은 네가 닦아… 그리고 그렇게 발 아래 기는 인간을 보면… 아, 내가 속한 인간이란 종이 이렇게 서글픈 존재구나, 하는 생각에 그와 함께 나락으로 떨어질 것 같다구요. 사람들은 그저 내 옆에 나란히 서 있으면 좋겠어요. 위에 올라가지도 말고, 내 아래로는 더더욱 떨어지지 말구요."

뉴윈은 아일랜을 가만히 바라보았다. 이 작가는 참으로 독특한 사고방식을 가진 듯했다. 그래서 좀 더 쉽게 비유해 주기로 했다. "……. 하지만 대부분의 사람은 돈자루를 쥐어 주며, 로봇이 가득한 도시의 성주가 될지, 원주민이 열 명밖에 살지 않는 오지 마을의 추장이 될 건지, 물어보면 후자를 택할 겁니다. 방금 그 말은, 아일랜 씨, 당신이라 그런 거고요."

감탄하는 듯한 뉴윈의 목소리에, 아일랜의 얼굴도 기쁨으로 상기되었다. "어머, 내가 좋아하는 칭찬을 들었네요. '그건 너라서 그런 거야'라는 말을 들으면, 전 기분이 좋아지거든요."

그리고 슬쩍 침을 한 번 삼켰다. 이제 슬슬 오늘 조사에 대해 물어야 할 때였다. 청년의 회색 눈동자를 보며 지나가듯 물었다. "그런데 오늘 조사는 잘 끝났나요?"

그랬더니 뉴윈이 잠시 입을 다물었다. 그리고 조금 전과 정반대로 목소리를 낮췄다. "오늘 만나려고 했던 사람은 닥터 컬린과 애나 양, 마크 씨였습니다. 조사는 잘 끝났고요."

"어머, 마크 씨도요? 애나 양과 컬린 부인은 당신이 찾아왔다고 말했는데, 그는 아무 말도 하지 않았어요." 새로운 사실에 놀랐으나 아일랜은 얼른 화제를 이어 갔다. "그런데 컬린 부인에게서는 직접 답을 듣지 못했잖아요. 아까 영상으로 답을 들었을 뿐. 혹시, 누군가에게 더 묻고 싶은 건 없나요? 내가 도와줄 수 있을 것 같은데요."

그러나 뉴원은 덤덤히 말했다. "그녀의 답은 짐작하고 있었습니다. 그녀가 첫 진술에서 말했잖아요. 남편이 시한부 선고를 할 때 자신도 몹시 놀랐다고 말입니다. 그러니까 그녀도 남편의 이야기를 처음 들었다는 것이고, 회장도 그걸 눈치채지 않았을까 싶었습니다. 칼 의사가 부인에게조차 이야기하지 않고 시한부 선고를 했다는 것을. 그래서 다른 의사에게 재차 확인하고 싶었겠죠… 전, 칼 씨가 무리하게 선고를 해야 했던 이유가 더 궁금했는데, 그것까지 알게 돼서 만족하고 있습니다. 그 외는 더 궁금한 게 없고요."

딱 잘라 이야기하는 바람에 아일랜은 무색해졌다. 그러나 다시 질문을 던졌다. "세 사람과 이야기를 나눴다면, 시간이 많이 걸리지 않았을 텐데. 점심을 먹은 다음 오후에도 합류하지 않고 따로, 뭘 한 거예요?"

"……. 저택의 왼쪽 주변을 조사했습니다. 저택 왼편에 많은 공간이 있으니까요. 먼저 내부에 팬트리를 중점적으로 살피고, 종묘장과 창고를 둘러본 다음, 내친 김에 언덕 위 파빌리온까지 올라가 봤죠. 새벽에 애나 양이 그쪽으로 향하다 포기하고 돌아오는 걸 봤거든요. 그래서 서쪽 언덕을 기웃거렸죠."

"애나 양이요?" 아일랜의 목소리가 커졌다. 그러나 뉴원은 덤덤히 말을 이었다. "그리고 직원들을 만나 픽셔에 대한 이야기도 들었습니다. 회장이 핸드폰 사용을 금지했지만, 한두 명 정도는 딴짓을 하는 사람이 있기 마련이라서요. 헉스 씨에게 픽셔를 알려 준 직원도 있을 테고. 그래서 직원들을 찾아다니며 오늘 나온 픽셔에 대해 알고 있는 직원을 찾아봤죠."

"그래서 누가 알던가요?"

"네. 말을 관리하는 마필관리사가 읽었더군요. 몇몇 사람이 그를 지목해서 찾아갔는데, 처음엔 펄쩍 뛰며 시치미를 떼더니. 결국 제 질문을 듣고 답을 해 주었습니다."

"어떤 질문이요? 뭔가 중대한 실마리가 나왔다고 하던가요? 탑에 올라간 픽셔들은 어떤 내용이라고 하던가요?"

"전 내용은 궁금하지 않았습니다. 새벽에 증거물을 날랐던 대원들에게도 같은 질문을 한 걸요. 어떤 섹션에서 글이 쏟아지고 있는가를 물었죠. 그랬더니 기억을 잘 하더군요. 섹션의 컬러는 기억하기 쉬우니까요. 거의 대부분이 붉은색과 회색, 분노와 혐오였다고 합니다. 그리고 슬픔과 욕망 섹션의 글도 많았다고 하고요."

그리고 뉴원은 이번에도 먼저 자리에서 일어나 중문으로 갔다. 아주 공손한 태도로 문을 열어 주며, "사건 현장을 찍은 사진도 점검해야 하고. 10시까지 잠깐이라도 눈을 붙이고 싶은데요. 내일 아침 일찍 일어나야 해서요." 라고 말했다. 그는 새벽에 일어나 준비를 한 다음, 해이드 팀장을 쫓아 빅 올더 역에 갈 예정이라는 이야기도 하지 않았다.

마치 비서인 양 문을 열어 주고 정중히 옆에 대기하고 있는 청년을 보며 아일랜은 자리에서 일어서지 않을 수 없었다. 내일 일찍 일어나야 하는 이유를 물어보려 했으나. 곧 입을 닫고 말았다. 시선을 피하는 뉴원의 얼굴에서 더 이상 아무 말도 하지 않을 듯한 분위기가 강하게 풍겼기 때문이다.

    23장   DAY-2 오후 10:00

밤 늦도록 수색은 진행되었다. 대원들은 지치긴 했으나, 워낙 넓은 부지라 많은 시간이 소요되는 것은 어쩔 수 없는 상황이었다.

대신 조안과 윌킨스가 큰 성과를 올렸다. 애나의 재봉실과 직원 휴게실, 팬트리와 닭장을 꼼꼼히 수색한 덕분이었다.

뉴윈의 예상대로 재봉실 원단에 중요한 증거물이 숨겨져 있었던 바. 바로 보우 건의 화살 주머니였다. 날카롭게 갈린 화살을 8개 담을 수 있는 가죽 주머니는, 첫 칸이 빈 채로 가장 두꺼운 원단에 싸여 있었다. 흉기는 아니었지만 대원들은 환호성을 질렀다.

그리고 닭장 안쪽 바닥에서 금제 커트러리 세트도 발견되었다. 그것은 더러운 주머니에 둘둘 싸여, 달걀이 쌓인 둥지 밑바닥에 파묻혀 있었다.

보고 시간이 되자 역시 정식 대원과 아일랜, 뉴윈이 회의실에 모였다.

정원에서는 이틀째라 그런가 소득이 거의 없었다고 한다. 오늘 새롭게 발견된 것은, 동쪽 언덕 풀숲 사이에서 발견된 휴지 조각들뿐이었는데. 휴지는 바람을 타고 날아다니다 덤불에 걸린 것인지 모르지만, 어쨌든 새로 찾아낸 것이라 케이스에 보관 중이었다. DNA 검사를 해 보면 또 어떤 게 나올지 몰라 전부 수거해 놓은 상태라고. 수색 대원들은 새로 발견된 물품은 사소한 것이라도 무조건 수거, 보관하는 중이었다.

그리고 해이드는 카메라를 보며 공손하게 발표를 이어 갔다.

"오늘 오후 조사에서는 저택 안에서 여러 가지 증거물이 나왔습니다. 작은 진주 브로치와 새라 밴드, 그리고 코르사주가 새롭게 발견되었으며, 이것들 역시 미세증거 조사를 하기 위해 대기 중입니다. 브로치는 애나 양이 메리 부인에게 준 것이라고 하고, 코르사주 역시 애나 양이 데이지에게 선물한 것이라 합니다. 드레스에 장식하라고 말이죠. 끊어진 밴드는 회장의 룸 문틈에서 발견되었습니다. 헉스 씨는 기억이 분명치 않으나, 자신의 새총에서 나온 것 같다고 합니다. 그는 무기로 사용될 만한 위협적인 슬링샷도 많이 수집했더군요." 증거물 상자 네 개와 증거물 케이스에 담긴 것들에 대한 설명이었다.

그리고 그는 조안과 윌킨스를 바라보며, "무엇보다 조안 팀장과 윌킨스 대원이 애나 양의 재봉실에서 중요한 증거물을 발견했습니다. 헉스 씨가 잃어버렸다고 주장하는 보우 건의 화살 세트입니다. 재봉틀 옆에 쌓인 헤링본 원단 안쪽에 있었는데. 그러나 애나 양은, 절대 모르는 일이라며 입을 다물고 있습니다. 어쨌든 원단 전체를 함께 수거해 놓았습니다."

그리고 양계장에서 발견된 황금 커트러리에 대해서는 밝혀진 게 없다고 설명한 후 보고를 마쳤다.

그러자 조안이 두 사람을 향해, 조심스럽게 물었다. "혹시 픽셔의 윤곽은 잡혔나요?" 그 말은 범인과 진상을 알겠느냐는 질문이었다.

아일랜과 뉴원이 동시에 고개를 저었다.

그러자 조안이 굳은 표정으로 고개를 끄덕였다. "그럼, 내일 아침 일찍 패밀리들을 불러 3차 진술에 대해 설명해야겠군요. 만찬 장소였던 다이닝 룸에, 9시까지 모이도록 하죠."

24장　DAY-3 오전 6:00

새벽에 일어난 뉴원은 준비를 마친 다음, 회의실로 내려갔다. 잠시 후, 증거물 상자를 나르기 위해 해이드와 대원들이 나타났다. 그들은 먼저 나와 있던 뉴원을 보고 놀란 듯했으나, 도우러 나왔다는 말에 고개를 끄덕였다. 다섯 사람은 증거물을 승합차로 나른 후, 빅 올더 역사로 향했다.

역에 도착하니 역장과 역무원이 기다렸다는 듯, 대원들을 반겼다. 조사 과정이 궁금한 듯했으나, 대원들은 보조 캐스터가 있으므로 입을 다물고 증거품만 날랐다.

역장도 조사는 잘돼 가느냐 물을 뿐. 새로 나타난 청년을 보더니 캐묻기를 포기한 듯했다.

밀봉한 상자를 나르고, 대원들은 사무실에서 역무원들과 잠시 이야기를 나누었다.

그사이 뉴원은 역장에게, 새로 나온 픽셔들을 보게 해 달라고 부탁했다. 시간이 없지 않느냐 묻는 그에게 뉴원은 하나만 확인하면 된다고 공손히 답했다.

역장이 자신의 모니터 앞으로 안내해 주니. 과연 청년은 픽션의 제목만 보는 듯, 화면이 빠르게 넘어갈 뿐이었다. 결국 5분이 채 되지 않아 볼일을 마친 그는 자리에서 일어나 감사하다는 인사를 전하고 밖으로 나갔다.

4부　사건의 재구성

1장　DAY-3 오전 9:00

　아침 식사 후, 조안이 패밀리를 소집했다.
　3차 진술에 대한 설명을 듣기 위해, 패밀리들은 식사를 하던 다이닝 룸에 모였다. 만찬장은, 회장실 안쪽에 따로 독립된 공간으로 자리 잡고 있었다. 작은 샹들리에와 쟈포 무늬 식탁, 정원 풍경을 즐길 수 있도록 바닥까지 닿은 창문이 벽 하나를 통째로 차지한 이국적인 룸이었다.
　그들은 모두 오랜만에 집에 돌아온 탕아인 듯. 어색하고 어두운 표정으로 원래 앉던 자리를 찾아갔다. 사건 신고자인 포더 집사와 일요일이라 학교에 가지 않은 레오도 조안의 안내에 따라 자리를 잡고 앉았다.

 잠시 후, 매릴린이 깊은 한숨을 내쉬며 대리석 상판을 손으로 쓸었다. 이틀 전 점심 식사가 마치 꿈처럼 느껴진다며 조용히 상석을 쳐다본다.

 그러고 보니 불과 이틀밖에 되지 않았다. 회장과 함께 했던 식사가. 금요일 낮에 여기 모인 것이. 그것이 마지막이었으며, 최후의 만찬이었던 셈이다.

 아마 그날은 모두 흥분하고 들떠 있었을 것이다. 유산을 처분할 회장도, 유산을 나눠 받을 상속인들도. 때문에 범인의 흥분도 분위기에 휩쓸려 눈에 띄지 않았을지 모른다.

 그러나 불과 몇 시간 후, 만찬의 주인은 세상을 뜨고 말았다. 그는 검시소의 차가운 침대로 실려 가고 사람들은 우왕좌왕하고 있을 뿐.

 그들은 누구나 할 것 없이 식탁 위쪽을 쳐다보았다. 마치 거기, 회장이 앉아 있기라도 한 양.

 그런 패밀리들을 둘러보며 조안이 이야기를 시작했다. "모두 모이셨군요. 그럼, 3차 진술에 대해 알려 드리도록 하죠." 긴장을 풀기 위해 작게 헛기침을 했다. 방금 전, 뉴원에게 들은 대로 이야기를 시작하는 게 좋을 것 같았다. "아마 여러분 중 어제 오늘 나온 픽셔에 대해 아는 분도 있을 거라 생각합니다만. 이야기를 전해 들은 분이 있을 것 같은데요. 상황이 상당히 좋지 않아요. 헤드라인과 내용이 지나치게 자극적으로 나오고 있거든요. 사건에 대해 공식적인 픽셔는 쓸 수 없지만, 초점을 바꾸면 얼마든지 이야기를 쓸 수 있으니... 캐스터들이 가십거리로 여러분들을 공격하기 시작했고, 여론도 들끓고 있다고 합니다." 조심스럽게 운을 뗐다.

"그러게. 마치 내가 회장을 죽이기라도 한 것처럼 픽셔가 쏟아진다고 하잖아. 제보한 놈을 잡아 족쳐야지. 회장님께 혼난 이야기도 나왔다면 여기서 일하는 직원들이 분명해." 헉스가 소리쳤다.

그러자 칼이 어깨를 으쓱했다. "과연 직원들뿐일까? 그들만 의심하는 건 타당하지 않지."

무슨 소리냐고 묻는 메리에게 칼이 답했다. "우리 중엔 없다는 걸 어떻게 단정하느냐는 말이죠. 사건이 일어나기 전 나온 픽셔들은 누군가에게 유독 호의적인 것들이 있었으니까."

그러자 헉스가 마크를 노려보았다. "맞아. 우리가 쓴 돈을 1골드 머니까지 고해 바치면서 신용을 쌓은 인간도, 픽셔는 꽤나 호의적이었지. 돈으로 제보자를 매수한 게 아닐까 싶었어."

"어머, 내가 읽은 건 왕년의 대배우님에 관한 글이었어요. 직접 제보했나 싶을 정도로 그녀에게 호의적인 픽셔들이 얼마나 많았던지. 그녀가 제일 많은 유산을 차지할 거다, 캐스터들이 배팅도 하고 난리가 아니었죠. 크큭. 유산은 그만두고라도,

다시 사람들의 주목을 받게 됐으니 기쁘겠어요, 마담." 메리 부인이 매릴린을 똑바로 쳐다보았다.

"픽셔는 안 보는 게 정신 건강에 좋죠. 전 회장님이 읽기를 금지시키기 전부터. 아니, 무대에서 내려온 후로 쭉 픽셔는 읽지 않는답니다. 한가하게 글을 읽을 시간도 없구요." 마담도 지지 않고 대꾸했다.

조안이 손등으로 탁자를 두들겼다. 그리고 재빨리 말을 이었다. "자자, 여러분들, 시간이 없어요. 주목해 주세요... 이제 3차 진술에 대해 설명해 드릴 테니, 잘 듣고 협조해 주셔야 해요. 오늘 진술에서는 여러분들이 사건을 재구성해야 합니다. 즉, 사건을 면밀히 검토해 보고, 본인이 생각한 범인과 진상을 말씀해 주시는 거죠. 저희에게 주어진 시간은 48시간이고, 그것은 오늘 오후 5시 17분에 종료됩니다. 그러니 부디, 협조를 부탁드릴 게요."

그 말을 들은 패밀리들은 크게 놀랐다. 고개를 두리번거리며 서로를 쳐다보았다.

"이 저택은 너무나 크고 관련된 사람도 많아, 저희들이 놓친 부분이 있을 거예요... 사실, 여러분이야말로 여기 살고 있으니 어디가 수상한지, 누가 의심스러운지, 사건이 어떻게 일어날 수 있는지, 저희보다 쉽게 추측할 수 있지 않나요? 그것을 말씀해 주시면 됩니다. 그것 또한 모두 기록될 거라, 미리 알려 드리는 겁니다."

"그게 무슨 말이에요." 매릴린이 고개를 흔들었다. "사건의 재구성이라니. 그런 것은 해 본 적도 없고, 하고 싶지도 않아요." 그녀는 모욕적인 이야기를 들은 것처럼 즉각 소리쳤다.

그러자 목덜미를 노렸던 맹수처럼 메리가 매릴린에게 덤볐다. "어머, 수상도 해라. 어떻게 그렇게 바로 반대할 수 있죠? 범인을 잡기 위해서라는데. 생각하는 척이라도 해야지."

마크가 아내를 말리려 했으나 헉스가 비난에 가세했다. "염치가 없더라니. 우리처럼 쓸모 있는 일을 하는 것도 아니고. 꽃이나 끌어안고 왔다 갔다 하면서. 그깟 화초들은 물만 주면 자라는 거 아냐. 별것도 아닌 걸 일이랍시고 거둬 주신 회장님의 은혜를 생각해야지. 이젠 무대에 올라갈 일 없는 퇴물 배우를 써 주지 않았어."

그 말을 들은, 레오가 소리쳤다. "저도 진술할 수 있는 거죠? 전 범인이 누군지 알아요. 그날 정원에 있었다고 거짓말을 하고 자리에 없었던 사람이 누군지 안다니까요." 그러면서 헉스와 메리를 번갈아 노려보았다.

헉스는 "오호, 어디 한 번 해 보시지. 네 놈이야말로 수상하잖아. 쥐새끼처럼 여기저기 돌아다니고 손버릇도 나쁘고. 나도 얼마든지 말할 게 있어." 라고 대꾸했다.

그러자 뜻밖에 칼이 두 사람을 제지하며 완강하게 반대했다.

"전 반대입니다. 범인이라면 오히려 이런 기회를 바라지 않을까요? 대놓고 남에게 뒤집어씌울 수 있는 좋은 기회 아닙니까. 애초 회장을 죽일 때부터 의심을 피할 시나리오를 완벽하게 써 놓았을 겁니다. 당연히 빠져나갈 구멍도 만들어 놨을 거구요."

그러나 헉스는 물러서지 않았다 "돌아가신 회장님을 생각해, 의사 양반. 범인을 잡아 은혜를 갚아야 할 거 아니야. 간단하잖아. 수상한 사람을 지목하면 끝이라니까."

그러나 마크가 다시 "간단하다고는 말할 수 없습니다. 솔직히 전부 수상하니까요." 라고 가라앉은 목소리로 말했다.

"그러니까요, 오빠. 저도 싫어요." 반대 의견이 나오자 애나가 머리를 저으며 동조했다.

데이지도 한마디 했다. "어째서 우리들에게 그런 진술을 하라는 건지 모르겠지만. 솔직히 제 이야기를 하는 것만도 벅차요. 그날 오후 무엇을 하고 있었는지 말하는 것도, 알리바이를 증명하는 거라 생각하면 머리가 아픈데. 다른 사람을 의심하라니... 너무해요."

뜻밖에 사람들의 의견이 반대로 기우는 듯했다. 하지만 이것은 반대한다고 끝날 일이 아니었다.

중대 범죄였기에, 범인의 윤곽이 밝혀지지 않는다면, 3차 진술은 꼭 필요한 과정이었다.

어떤 사건이든 피해자와 가해자가 그 내용을 가장 잘 알고 있는 법이다. 그러나 이것은 살인 사건이고 피해자는 차가운 주검이 되었으므로. 모든 정황에 대해 가장 잘 아는 이는 범인 밖에 남지 않는다. 그런 그에게 사건을 설명해 보라면, 의외의 실수가 나오기도 한다. 남들은 모르는 숨겨진 실체에 대해 단서를 흘리거나, 다른 이를 범인으로 지목하며 모순된 진술을 하는 것이다.

아무리 자신의 알리바이는 술술 진술해 나가는 범인이라도, 사건의 진상과 범인을 지목하라고 하면 실수를 저지를 수 있다. 그 꼬리를 잡기 위해, 이야기를 시켜 보는 것이다.

대신, 이러한 3차 진술은 참고인들의 태도에 따라 효과가 극적으로 달라졌다. 사람들이 적극적으로 참여할 경우. 즉, 말들이 많아지고 뒤섞일 때는 도움이 된다. 반면 참고인들 대부분이 진술을 거부하거나 대충 넘겨 버릴 경우에는, 사건 해결은 요원한 과제로 넘어가 버린다.

그런데 패밀리들이 완강히 거부하는 상황이라. 조안은 대꾸도 못하고 난처한 표정만 짓고 있었다.

그때였다.

뉴원이 자리에서 조용히 일어섰다. 키가 큰 덕분에 일어선 것만으로 좌중의 이목을 끄는 그는, 묘하게 맑고 허스키한 미성으로 입을 열었다. "…… . 모두 오해하고 계신데, 그 누구보다 여러분을 위한 진술입니다. 팀장님 말씀대로 3차 진술에 적극적으로 참여하는 게 좋지 않을까요."

"우리를 위해, 서로 의심하라는 말인가요? 우리끼리 싸워서 엉뚱하게 누명을 쓰라고요? 가뜩이나 픽셔들이 우리 치부를 들춘 판에. 방금 헉스 씨와 레오만 봐도, 서로 의심하다 무슨 이야기가 나올지 모르잖아요." 매릴린이 항변했다.

그러자 뉴윈이 말을 이었다. "...... . 서로 의심하는 것. 그리고 수많은 치부가 드러나는 것. 그것을 여러분이 하거나 하지 않거나 상관없습니다. 하기 싫은 분은 하지 않아도 되죠... 하지만 이미 세상이 여러분을 의심하고 있습니다. 그건 어떻게 대응하실 거죠?"

모여 있던 사람들은 무슨 말인지 모르겠다는 표정을 지었다.

뉴윈은 고개를 젓고 다시 이야기를 해 나갔다. "전, 오늘 새벽, 수색대와 함께 빅 올더 역으로 갔습니다. 증거물을 나르고 잠시 시간을 내, 픽셔들을 검색해 봤죠. 글은 새벽에도 끊임없이 쏟아져 나오고 있었으며, 최신순으로 정렬되는 픽셔가 쉬지 않고 바뀌었습니다. 그 수가 어마어마한 것은 말할 것도 없거니와... 이미 여러분들 빼고는, 모두가 여러분을 의심하고 있더군요. 그도 그럴 것이 이 사건은 외부에서 범인이 침입했다고는 생각할 수 없으니까요. 그래서 다른 사건과 달리 3차 진술이 더욱 중요한 겁니다. 헉스 씨의 흉기를 손에 넣고, 홀에 드나들 수 있는 사람은 여러분 중에 있을 확률이 높으니까요."

어릿광대 저택의 사람들은 모욕을 당한 듯, 얼굴이 벌게졌다. 뉴원은 다시 말을 이어 갔다.

"더 큰 문제는, 픽셔들이 방향을 잡기 시작했다는 겁니다. 그저께 사건 발생 직후만 해도 오노애락희욕애, 일곱 개 섹션에서 쏟아지던 픽셔들이, 어제 아침엔 분노와 혐오, 슬픔, 욕망 섹션으로 줄어들었습니다. 살인 사건의 픽셔란, 대체로 범인에 대한 분노, 피해자에 대한 추모와 슬픔 등이 담기기 마련입니다. 그리고 쿠어 회장이 일선에서 물러나기는 했지만, 어쨌든 쿠어 그룹 주식 동향을 분석 예측한 욕망 섹션에서 픽셔가 나오는 것도 자연스러운 현상이고요... 하지만 오늘 새벽 픽셔를 보면, 단 두 방향으로 압축됐습니다. 바로 분노와 혐오, 섹션으로요."

"그게 왜 문제라는 거야?" 헉스가 대꾸했다.

"얼핏 보기엔 두 개의 섹션처럼 보이지만, 실제 내용과 논조를 보면, 전부 혐오에 가깝습니다. 벌써 픽셔들이 혐오로 방향을 잡고 있는 겁니다. 그럼, 사태는 걷잡을 수 없이 악화될 겁니다."

"혐오면 어떻고, 분노면 어때요. 어차피 미움 받는 처지는 비슷하지 않나요?" 조용히 청년의 말을 귀담아듣던 애나가 반박했다.

그러자 뉴윈의 어투가 조금 변했다. 속도가 느려진 반면, 어조는 높고 강한 투가 되었다.

"완전히 다릅니다, 분노와 혐오는. 추동력과 강도에 있어서 완전히 다른 감정이죠... 인간의 감정 중, 본능과도 같이 즉각 행동을 유발하는 강렬한 감정이며, 시간이 흘러도 거의 사라지지 않는 것은... '혐오' 뿐이니까요. 사실 인간의 모든 감정은 시간과 함께 수위가 낮아집니다. 시간 흐르면 분노는 가라앉고, 미움은 옅어지며, 슬픔은 희미해지죠. 대부분의 경우에요. 그러나 혐오는 결코 약해지지 않습니다... 혐오는... 무의식 깊은 곳에 새겨지듯 존재하니까요... 쉽게 비유하자면, 바퀴벌레를 상상하면 될 겁니다... 여러분이, 침대 머리맡에서 시커멓고 번들거리는 커다란 바퀴벌레를 봤다고 생각해 보세요. 날개를 퍼덕거리며 기어가고 있는 크고 검은 그것을."

순간, 사람들이 몸을 흠칫 떨었다.

"그 벌레가 백악기 공룡과 함께 살았으며, 인간보다 오랜 역사를 가진 곤충이라는 것은 중요하지 않습니다. 위기 때 아이큐가 340을 넘는다는 속설도, 육상 동물 중 가장 빠르다는 치타보다 3배나 더 빨리 난다는 사실도, 우리에게 긍정적인 반향을 일으키지 못하죠. 혐오는 이성을 마비시키니까요. 그 이전에 뱀도 있습니다. 인간이 본능적으로 뱀을 혐오하는 것에 대해 뱀 탐지 이론을 비롯, 온갖 이론이 나오지 않았나요... 혐오는 그런 겁니다. 혐오의 대상으로 새겨지는 순간, 그저 몸에 소름이 돋고 비명이 절로 나오며, 슬리퍼를 집어 던지든가, 손에 잡히는 대로 뭔가를 움켜쥐고 놈을 죽이고 싶게 만들 뿐. 아무리 시간이 흘러도 생각이 바뀌지 않습니다. 또한 혐오의 대상은, 당장 눈앞에 보이지 않아도 내내 마음에 그림자를 드리워, 바퀴벌레가 사라졌다 하더라도, 다음날, 그것을 박멸할 수 있는 살충제와 트랩, 해충 박멸 회사를 찾아 아낌없이 돈을 퍼붓게 만들죠... 그렇게 강력하고 즉각적으로 사람들을 행동하게 만들며, 정신없이 돈을 쓰게 만드는... 가장 돈이 되는 감정이 혐오라는 거죠."

"그런데 왜 우리가... 우리는 혐오스러운 존재가 될 수 없어요. 우리는 가족과 같은 분을 잃었어요." 데이지가 고개를 내둘렀다.

"아뇨. 세상 그 무엇도 혐오스러운 존재가 될 수 없습니다." 그의 목소리에 다시 힘이 들어갔다. "방금 말씀드린 바퀴벌레조차도 호일랜드에는 애완용으로 키우는 클럽이 있습니다. 반면, 어떤 존재도 혐오스러운 존재가 될 수 있죠. 렌즈가 어디를 어떻게 비추는가에 따라. 어떤 존재도 혐오스럽게 바뀔 수 있습니다... 그 렌즈가 '말과 글' 입니다. 그리고 그 렌즈의 성능을 최고 배율로 올린 돋보기가 '픽셔'죠... 만약 픽션가 혐오로 방향을 결정하면, 여기 있는 여러분도 혐오스러운 바퀴벌레가 될 겁니다. 픽셔는 클릭 한 번이 돈으로 환산되기 때문에, 캐스터들은 공격적이고 자극적인 픽셔를 쓰곤 하죠. 말씀드렸다시피 혐오 또한 아주 돈이 되는 감정이고요... 아일랜 씨의 픽셔가 내일 나오겠지만. 사실, 첫 픽셔와 관계없이 34호 규정이 풀림과 동시에 모든 픽셔가 일제히 혐오 섹션에서 쏟아져 나온다면... 상상해 보세요. 여러분이 섬 안팎에서 벌레 취급받게 될 것을. 여러분이 저택 밖으로 나가면, 픽셔에 동조된 사람들이 여러분을 바퀴벌레 취급할 수도 있다는 걸요."

어느새 사람들은 입을 다물었다.

뉴윈이 그런 좌중을 둘러보았다. "아마 오래 전, 미디어계에서 일어난 변화를 알고 계신 분도 있을 겁니다. 기사들이 픽셔로 이름을 바꾸고, 섹션 또한 정치, 경제, 문화가 아니라, 감정을 나타내는 파트로 바뀌었죠. 전, 그 사건이 언론사들의 양심에서 발로된 결과라고 생각했습니다. 자신들이 전하는 사건, 사고, 논평에 관한 글들이 픽션에 가까우며 결국 독자들의 감정을 자극할 목적으로 쓰여진다는 것을 스스로 인정했구나, 생각했죠... 드디어 미디어들이 팩트라는 거짓을 벗어던지고, 독자들의 감정만 자극한다는 걸 솔직히 시인했구나, 싶었는데... 뒤이어 나타난 결과는 충격적이었습니다. 저의 판단이 얼마나 안이한 것이었는지... 그들이 기존 섹션 대신, 오노애락희욕애로, 기사 대신 당당히 픽셔라고 이름을 바꾼 이유는, 결과로 알 수 있었습니다. 즉, 감정 섹션으로 나누는 것이, 조회 수를 더욱 증가시킬 수 있었기 때문이죠. 그와 더불어 몇몇 섹션은 폭발적으로 조회 수가 치솟았는데, 바로 기쁨이나 즐거움이 아니라, 분노와 혐오 섹션이었고요."

뉴윈의 목소리가 잦아드는 듯했다. "저는 과거 역사를 공부하며 무서운 사실을 깨달았습니다... 결국, 사람들은 논리적이고 이성적인 사실보다는 감정을 자극받고 싶어할 뿐이며, 누군가를 혐오하고 미워하며 뭔가에 분노하고 싶어한다는 것을. 자신이 행복하다고 생각하는 사람보다 불행하다 믿는 사람이 더 많으며, 그 원인을 찾아 미움과 분노를 폭발시키고 싶어하는 사람이 많다는 것을 말입니다. 그들은 항상 찾아다니고 있습니다. 미워할 사람을, 분노할 상대를, 혐오하고 조롱할 존재를... 찾아 헤매고 있죠."

어느새 좌중은 압도당했다. 미워할 대상을 찾아다니는 사람들의 모습이, 마치 영화 속 좀비처럼 무섭게 떠올랐다.

청년은 다시 한 번 사람들을 돌아보고, 말을 이어 나갔다. "그리고 픽셔가 무서운 것은, 특정할 수 없는 다수 대중에게 읽히기 때문입니다. 그중 분노를 참지 못하는 사람이 있을 수도 있고, 폭력 성향이 강한 사람이 있을 수도 있습니다. 희생자를 찾아 헤매던 어느 사이코패스가 그 글을 읽을 수도 있고요. 무특정 다수 대중이 읽는 픽셔들이, 당신들을 혐오의 대상으로 취급하면 어떤 일이 일어날까요... 독자들은 여러분의 사정을 자세히 모릅니다. 단지 픽션을 읽고 오로지 혐오라는 감정만 가지게 될 뿐. 게다가 바로 얼마 전까지 여러분은 동경과 선망의 대상이었으니. 갭이 큰 만큼 사람들은 더욱 큰 배신감을 느끼며 혐오를 폭발시킬지 모릅니다."

"그, 그건 너무 끔찍하고 부정적이기만 한 상상 아닌가요?"

데이지의 목소리가 사뭇 떨렸다.

그녀를 바라보던 뉴윈이, 천천히 손으로 가슴을 짚었다. 아픈 기색을 감춘 채 느릿느릿 말을 이었다. "여러분은 혐오에 대해 잘 모르시는군요... 전, 잘 알고 있습니다. 그렇기 때문에, 누구보다 잘 알고 있기 때문에 이렇게 말씀드리는 겁니다... 보다시피 전... 회색의 인간이니까요... 혐오 섹션의 컬러인... 회색의 아이로 태어나, 회색의 인간으로 자랐습니다... 제가 선택한 것도 아닌 걸로... 태어나면서부터 혐오의 대상이었기에, 감히, 말씀드릴 수 있는 겁니다."

켜켜이 쌓이던 그의 목소리가 사라졌다. 그리고 침묵이 공간을 메워 나갔다. 몇몇 사람은 소름이 가라앉지 않는 듯, 팔을 문지르고 있었다. 그와 더불어 늪에 잠긴 듯, 몸이 무거워짐을 느꼈다.

그의 소년 같은 목소리를 들으며 아일랜은 가슴이 옥죄는 듯했다. 타들어 가는 듯 극심한 고통도 느껴졌다. 태어나면서부터 혐오의 대상이었다니... 그에게 어떤 끔찍한 사건이... 아일랜 또한 실제 통증이 느껴지는 것 같아, 손으로 가슴을 지그시 눌러 가라앉혀야 했다.

잠시 후, 뉴원이 다시 침묵을 깼다. "아직 믿지 못하는 분들에게, 오늘 새벽 조회 수 300만이 넘은 픽셔의 제목을 알려 드리겠습니다. 분노 섹션에서 나온 것이고 헤드라인이 이렇더군요. '어릿광대 저택의 패밀리들- 쿠어 회장에게 기생해 살아온 버러지, 같은 그들을 낱낱이 파헤치다' 라고요."

패밀리들은 충격을 받은 듯, 입이 벌어졌다. 청년의 마지막 당부가 이어졌다. "픽셔들이 혐오로 방향을 잡지 못하게 할 방법은 단 하나입니다. 진실을 밝히는 거죠. 아일랜 씨의 첫 픽셔에 수집된 증거물, 진술 내용과 더불어, 희미하게나마 사건의 진상과 범인이 밝혀지면, 일단은 팩트에 기반한 픽셔들이 나올 겁니다. 캐스터들이 멋대로 추측해서 쓸 수 있는 내용의 범위가 확 줄어들게 되죠. 무고한 사람을 공격하는 횟수도 줄 테고요. 그러니 우리는 오늘 어떻게 해서든 사건의 진상과 범인의 윤곽을 잡아야 합니다." 그 진정성 어린 목소리가 사람들의 마음을 움직이는 듯했다.

이어, 윌킨스가 뉴원을 도와 한마디 거들었다. "수색 대원들이 그러는데, 내일부터 열차가 다시 운행된다고 하네요. 그럼 캐스터들이 몰려들 테고, 거액의 제보료를 미끼로 별별 이야기를 다 받아 낼 거예요. 당연히 여러분들에게도 접근할 거구요. 그러니 미리 예습하는 셈 치는 것도 괜찮지 않나요? 누가, 누구를, 어떤 이유에서 의심하는지 알고 있으면 나중에 대응하기 수월하겠죠."

이제 그들은 3차 진술을 거부할 수 없었다. 이미 모두가 싸잡아 비난을 받고 있는 판이라니.

다들 신경이 날카로워져 있었다. 결국 식탁을 감싸며 내려앉은 침묵이, 모두 그 제안을 받아들였음을 대변하는 듯했다.

조안은 한 시간 후에 여러분들을 찾아가겠다고 정중히 이야기를 하고, 사람들을 돌려보냈다.

조안은 뉴원에게 도와줘서 감사하다고 짧게 인사를 전했다. 그 외의 말은 하나도 하지 않고, 바쁘게 대원들을 이끌고 1층 회의실로 향했다.

다이닝 룸에 우두커니 남게 된 뉴원은 오히려 고마움을 느꼈다. 위로나 놀라움, 호기심 어린 인사를 건네지 않는 것이 참으로 다행이었다.

슬쩍 돌아보니 함께 남아 있던 아일랜 또한 애써 무덤덤한 표정을 짓는 것이다. "우, 우리도 빨리 회의실로 가요." 그 말을 겨우 건네고는 허위허위 회장실 밖으로 나간다.

두 사람이 회의실에 도착하니, 처음으로 조수대 대원 전원이 모여 있었다.

조안은 캐스터들이 도착한 것을 보고, 짧게 격려 인사를 전했다. "자, 드디어 오늘이 마지막이야. 처음 맡은 중대 범죄 사건이지만 모두 잘 해냈어."

윌킨스가 안타까운 듯 말했다. "하지만, 아직도 범인이 누구인지 확신이 서지 않는데요. 진짜 진술을 들을수록 혼란하기만 하고. 아까도 3차 진술을 반대하는 칼 씨의 태도가 너무 당당한 것처럼 보이는 거예요. 한편으로 의심을 피하려고 일부러 연기하는 것 같기도 하고 말이죠."

조안이 달래듯 말했다. "또. 또. 심증은 넣어둬. 현행범도 아니고 확실한 증거가 없잖아. 아일랜 씨를 응원할 수밖에."

"지금은 아일랜 씨를 돕기 위해 추리해 보는 건데요." 윌킨스가 슬쩍 대꾸했다.

하지만 조안은 못 들은 척, 서둘러 조사대에게 마지막 일정을 지시했다. "그럼 오늘 오후 5시 17분까지, 조사 대원들은 보충 진술은 없는지 한 번 더 직원들에게 확인하고. 아직 새 유언장과 흉기가 나오지 않았으니, 확인이 끝나는 대로 전부 수색에 참여하도록. 오늘 밤, 여기 회의실에 모여 정리를 해야 하는데... 참, 내일 오전에는 캐스터 분들이 픽션에 대해 참고인들에게 설명할 거야. 그 이후 해산식과 철수는 해이드 팀장이 맡을 테니 잘 따르도록. 난 내일 아침 일찍 본부로 돌아가 10시에 방송되는 조사 결과 브리핑을 준비해야 해. 그럼, 이만."

시간이 얼마 남지 않았다는 말에 대원들이 파이팅을 외치고, 우르르 밖으로 나갔다.

그런데 그들과 엇갈려, 칼이 회의실로 들어왔다. 그리고 뜻밖의 부탁을 하는 것이다. "오전에 간단한 봉합 수술이 하나 잡혀 있는데... 신경이 예민해져 방해가 될 것 같으니 먼저 진술을 끝내고 싶은데요. 진료실로 와 주시죠."

조안은 곧바로 뒤따라 가겠다고 말하며 그를 돌려보냈다. 그리고 아일랜과 뉴윈을 돌아보았다.

"보다시피 오늘 순서는 정해졌네요. 칼 씨가 먼저 진술하겠다니. 그가 의심하는 대로 따라가 보죠."

2장 DAY-3 오전 10:10

칼은 진료실 책상에 앉아 있었다. 등 뒤 창으로 열기를 발산하는 해가 비치고 있다. 날은 하루가 다르게 더워졌지만 그가 땀을 흘리는 이유는 틀림없이 진료실로 들어서는 네 사람 때문이었다. 그들은 의사의 맞은편에 자리를 잡았다.

먼저 조안이 1,2차 진술 내용이 틀림없는지 확인했다. 가만히 이야기를 듣던 칼은, 동의한다는 뜻으로 머리를 끄덕였다. 그리고 그녀가 조심스레 3차 진술을 요구했다. "그럼, 이제 칼 씨는 사건이 어떻게 일어났는지, 생각한 대로 말씀해 주시죠. 물론 의심하는 사람도 알려 주시길 바랍니다."

침을 삼키는 소리가 또렷이 들릴 정도로 의사는 긴장했다. 그리고 잠시 후, 입을 열었다.

"저는... 미리 말씀드리지만, 결코 그에게 사적인 감정은 없습니다. 단지 여러분의 권고에 따라 가장 수상한 사람을 이야기하는 것뿐이죠. 제가 생각한 범인은, 돈에 눈이 멀고 형편이 쪼들린 사람입니다. 평소 씀씀이가 컸거든요. 그의 취미는 각종 사냥 도구를 수집하는 것인데, 그게 아주 비싼 것들이었어요. 자랑하는 말을 들어 보면 멧돼지 사냥용 칼만 하더라도 백만 골드 머니가 훌쩍 넘었으니까요. 그런데 콜렉터라면 더욱 희귀하고 비싼 아이템에 집착하게 되지 않습니까. 그러니까 쓸데없는 지출이 갈수록 늘어나... 회장님께 혼이 나곤 했습니다. 경비가 허술하다 혼나는 데다, 마크 씨가 저희들의 지출 장부를 제출하는 주말이 되면, 만찬에서 크게 혼이 났죠... 그래서 회장님에 대한 증오가 쌓였을 거라 생각합니다. 회장님이 빨리 죽기만을 바란다고, 공공연히 떠들고 다닐 정도로 그도 화가 났습니다. 또한 아무리 혼이 나도, 회장님이 돌아가시면 막대한 유산을 받을 거라, 믿었는데... 그런데 새해 첫날 유언장이 발표되지 않아 그는 몹시 당황했습니다. 작년처럼 골고루 유산을 나눠 줄 줄 알았는데, 뭔가 예상과 다르게 흘러간다는 것을 눈치챈 듯 말이죠. 그래서 유산이 엉뚱하게 날아가기 전에, 부랴부랴 범행을 저지른 게 아닐까요... 제가 그를 의심하는 결정적인 이유는... 이런 말은 하지 않으려고 했는데... 그가 며칠 전, 웨일리 주점에서 보우 건을 보여 주며 회장을 죽이겠다고 말을 했기 때문입니다. 취중에 한 말을 믿는다는 게 아니라, 그 흉기 때문이죠. 회장님의 머리에 박힌 화살을 보는 순간, 전 그에 의해... 바로 그 무기 때문에 회장님이 돌아가셨다는 걸 알았습니다. 무엇보다 그걸 잃어버렸다는 얼토당토않은 변명을 하는 것만 봐도 의심스럽죠."

의사답게 칼은 논리적이고 차분하게 자신의 이야기를 펼쳐 나갔다. 그리고 직접적으로 이름을 말하지 않았지만 누구를 범인으로 지목했는지 알 수 있었다.

아일랜은 되묻지 않을 수 없었다. "그런데 범인치고는 지나치게 적극적으로 나서는 거 아닌가요?"

그는 더욱 뜻밖의 답을 했다. "사실, 그가 큰소리치는 게 더 수상했습니다. 여러분들은 모르시겠지만 다른 패밀리들은 알 겁니다. 그는 결코 오버하는 타입이 아니라는 걸요. 특히 방금 전, 3차 진술에 대한 이야기를 듣자마자, 하겠다고 나서서 깜짝 놀랐습니다. 그는 목소리만 크지, 태도는 상당히 방어적이거든요. 그러니까 방어를 하기 위해 소리를 지를 뿐이죠. 그런데 오늘 오전엔 적극적으로 의견을 개진하며 곧바로 행동에 돌입할 듯한 태도가 무척 이상했습니다... 만약 그가 범행을 저질렀다면, 꼭 그렇게 행동할 것 같았거든요... 그리고 그 태도는, 회장님께 혼이 난 후와 비슷했습니다. 큰소리치고, 거칠게 행동하는 게... 자신이 기가 죽은 채로 있으면 더 수상하게 보일 거라 생각하는 사람이라... 그래서 그가 큰소리치는 게, 오히려 수상해 보였습니다."

의사가 정리한 사건의 구성은 다음과 같았다. 회장을 증오하던 헉스가, 사건 당일 언덕에서 사람들을 감시하며 빈틈을 노렸고, 기회를 포착해 저택으로 들어간다. 회장에게 파티 때, 홀을 경비하는 일에 대해 보고를 하겠다고, 난간 앞에서 이것저것 설명하는 척하다 회장을 밀어 떨어뜨린다. 그리고 무기를 사용해 확인 사살까지 한 것 같다.

일부러 시치미를 떼며 큰소리치고 있는 것도 수상하지만. 의사가 덧붙인 또 하나의 수상한 점은, 그가 사건을 알린다며 곧바로 홀 밖으로 나갔다는 점이었다.

"사람들을 홀과 직원 휴게실에 모아 놓은 다음, 뭔가 딴짓을 한 게 아닐까 싶은데요. 아마 그때가 흉기를 감출 수 있는 절호의 기회가 아닌가 싶습니다."

3장 　 DAY-3 오전 10:45

칼이 지목한 대로 네 사람은 헉스를 찾아가기로 했다. 대분수를 돌아 주입로를 따라 언덕으로 올라가는데. 위에서 내려다보고 있던 헉스가 한달음에 달려왔다. 그 바람에 그들은 트로피컬 가든 중간에서 대치하는 꼴이 되고 말았다.

헉스는 붉어진 얼굴에 끓는 주전자처럼 거친 숨을 내뿜었다. 치밀어 오르는 화를 참지 못하고, 조안을 향해 소리를 질렀다. "위에서 다 봤어. 당신들이 진료소에서 나오는 걸. 그 작자가 누굴 지목하나 했더니 나야? 날 지목했으니까 주차장으로 올라오는 거 아니야. 아까 내 말에 딴지를 걸 때부터 알아봤다니까. 내가 만만하다 이거지? 이거 다 기록해, 응!"

그 말에 아일랜이 황급히 카메라를 착용했다. 헉스는 아일랜을 보며 소리를 버럭버럭 질렀다. "교활하고 머리 좋고, 피나 시체를 봐도 눈 하나 깜짝 않을 사람이 의사 말고 누가 있어. 게다가 회장의 건강상 약점도 다 알고 있고. 회장이 누가 떠민다고 얌전히 떨어질 리 없잖아. 의사 놈이 힘이 빠지도록 약을 먹인 거지. 평소에도 얼마나 많은 약을 먹였는데. 이 모든 게 그 작자가 회장에게 죽을 거라고 경고했기 때문에 일어난 일인 걸. 다들 알고 있어, 회장이 그 놈 한마디에 죽는다 어쩐다 난리법석을 떤 거라고. 그 놈이야. 칼 의사."

조안이 진정하라고 달래듯 말했다. 그러나 그는 화를 누그러뜨리지 못했다. "제 놈이 찔리니까 고백한 거 아냐. 난 직원들이라고 생각했는데. 자기가 제보했으니 패밀리 중에 제보자가 있다고 말한 거지. 나를 끔찍한 버러지라고 한 놈이 그 놈이었다니. 두고 봐. 가만두지 않을 거야. 우리는 회장이 몰아치는 바람에 휩쓸려서 정신이 없었어. 애초, 계획을 세울 수 있는 놈은 그 의사뿐이야."
  "정말 처음부터 칼 씨를 의심하고 생각했나요?"
  그는 멈칫하더니, 뜻밖의 말을 했다. "…… . 사실 마크도 의심하고 있었어."
  "저기, 이제는 솔직히 말씀하시죠. 보우 건을 가지고 있었죠? 그건 어디 있습니까?"
  "그러니까… 아무리 생각해도 기억이 안 나. 며칠 전, 롭의 주점에서 밤새 술을 마셨는데, 그날 허리에 차고 갔거든. 그런데 사건이 일어나고 찾아보니, 없어진 거야. 틀림없이 레오가, 아니면 마크가 부인을 시켜 훔쳐 간 거라 생각하고 있었어. 미리 회장을 죽일 계획을 세우고, 나한테 뒤집어씌우려고 작정한 거라고."
  "마크 씨가 부인을 시켰다고요?"
  "그날 술자리에 셋이 함께 있었으니까. 그리고 사건이 일어난 날, 메리 부인이 내 방에서 나오는 걸 봤거든. 뚱뚱한 주제에 어찌나 민첩한지. 방에서 나오는 걸 들키자마자 몸을 휙 돌리는데. 만약 내가 1분만 늦게 회장실에서 나왔다면, 옆방이 자기 방이니 감쪽같이 숨었을 거야. 그런데 숨지를 못하니까, 나를 돌아보며 한다는 말이, 애나를 찾았다는데… 패밀리들은 내가 방문 잠그는 걸 잘 잊는다고 알고 있거든. 그 맹랑한 레오만 조심하면 되는데 녀석이 학교에 가는 날이니 문을 잠그든 말든 상관없고… 그때 수상한 걸 따졌어야 하는데 그냥 넘어갔어. 회장님 말씀을 생각하느라 정신이 없어서. 그런데 회장님이 죽고, 수색대가 방을 다 뒤져도 데스블이 나오지 않잖아. 이미 없어진 뒤라… 제길, 살금살금 방에서 나오는 꼴을 보자마자 잡아 족쳤어야 했는데."

윌킨스가 보우 건에 이어 다시 질문을 던졌다. "좀 더 정리를 해 주세요. 마크 씨는 동기가 뭐죠?"

"그걸 아직도 모르고 있어? 허, 참. 마크가 장부에 손을 대는 걸 다들 알고 있는데. 그게 몇 번이나 돼. 지출 명세서와 영수증이 다르다고, 회장님께 혼이 난 거 말이야… 저녁 만찬에 모두가 모인 자리에서. 불쌍하게도 얼마나 혼이 나던지. 아무리 더듬더듬 변명을 해도, 10년이나 같은 일을 하면서 계산이 틀릴 수가 있나. 그건 실수가 아닌 거야. 딴 주머니를 채우고 있었던 게 분명해."

"그럼, 사건은 어떻게 일어났을까요?"

"마크의 사무실은 오른쪽 통로 안쪽에 있잖아. 오전에 미리 안쪽 보르죠 문을 열어 놓은 거야. 그럼 정원을 지날 필요가 없으니. 누구의 눈에도 띄지 않고, 회장님을 만날 수 있어. 회장은 파티 홀을 자주 점검했으니, 2층 난간에 나와 있을 수도 있고. 아니면, 홀에서 예상 외로 돈이 들어간 부분이 있어 확인해 달라고 했을 수도 있고... 어쨌든 회장을 난간으로 데려와 떠민 다음, 부인이 훔쳐 낸 보우 건으로 쏜 거지. 그리고 다시, 통로를 이용해 사무실로 돌아간 다음... 나중에 양날의 문으로 들어가, 안쪽 보르죠 문을 슬쩍 잠그고 나온 거야. 문을 잠그는 건 1,2분이면 되니까 눈에 띌 확률도 적고. 혹, 내가 봤다 하더라도 지나치게 짧은 시간이라, 전혀 수상해 보이지 않았을 테니. 내 총이 없어진 것만 봐도 계획 살인인데, 이런 건 마크나 칼이 제격이지."

그쯤해서는 조금 분노가 가라앉은 듯했다.

곧이어 조안은 1,2차 진술을 알려 주고, 내용을 확인했다. "당신은 사건 당시 행적을 이렇게 진술한 게 맞나요?"

가만히 이야기를 듣던 그는 고개를 끄덕였다. 그리고 "화가 난 바람에 준비한 이야기가 뒤죽박죽 섞였지만. 어쨌든 난, 두 명이나 지적했어. 3차 진술은 잘 끝낸 거 맞지?"라며 몹시 만족한 얼굴이 되었다.

4장   DAY-3 오전 11:18

헉스가 지목한 대로 이번엔 마크를 찾아갔다. 그는 몹시 피곤해 보였다. 면도도 깔끔하지 못했고, 이마에 주름이 깊었다. 책상이 깨끗한 것으로 보아 서류를 보고 있었던 것은 아닌 듯. 그는 사람들을 보자 지친다는 듯 머리를 내저었다.
"잘 왔습니다. 빨리 해치우고 싶군요. 머리가 복잡해서 일이 손에 잡히지 않습니다."
그 말에 조안이 먼저 1,2차 진술을 확인하고, 보충할 게 없냐고 물었다. 그는 고개를 저었다.
다시 3차 진술을 해 달라고 하자, 서둘렀던 모습과 달리, 천천히 또박또박 이야기를 해 나갔다. 대신 지목한 대상이 예상 밖의 인물이었다.
"솔직히 터무니없는 이야기이기는 한데... 전 애나와 데이지가 수상합니다. 그러니까 애나 같은 경우에 말이죠... 오빠에게 억눌려 살던 감정이 폭발했다고 해야 하나... 대개 저녁 만찬은 두세 시간씩 이어지고, 우리들은 정장을 차려입고 참석해야 했거든요. 그런데 그녀만 계속 낡은 드레스를 입고 나타났습니다. 아내가 그 점을 지적하곤 했고요. 오늘도 애나는 숄만 바꿨다는 둥, 한 달 내내 입은 드레스에 레이스만 달았다는 둥, 어쩌고 저쩌고... 들을 때는 그냥 넘겼는데, 이제 와서는 그게 동기가 되지 않았을까 싶은 겁니다... 생활비는 헉스가 거의 다 써 버리니... 게다가 화살이 흉기라고 하고... 헉스의 보우 건은 애나가 가장 쉽게 손에 넣을 수 있으니까요."

"그런데 데이지는 왜?" 아일랜이 묻자, 그는 고개를 들고 더욱 신중한 태도로 말을 해 나갔다. "사건이 일어났을 때, 두 사람이 손을 잡고 함께 나타난 모습이 조금 이상했어요. 잘 모르겠지만, 마음에 걸린다고 할까. 그리고 데이지도 헉스에게 욕을 많이 들었거든요. 그렇게 못생긴 얼굴로 마담 옆에 주제도 모르고 붙어 있다거나, 행실이 단정치 못하다고 욕을 먹었죠. 바자르 때문에 경비를 잘못 선다고 혼이 나니 헉스가 이를 갈고 있었어요. 그래서 두 사람이 함께 헉스를 곤란에 빠뜨리고 싶은 건 아니었을까요."

"하지만 그렇다고 회장을 살해하는 건, 지나치지 않나요?" 조안이 물었다.

"아, 그러니까 제 말이 그겁니다. 제 생각엔, 회장님은 실수로 2층에서 떨어져 돌아가신 것 같습니다. 그 모습을 우연히 데이지가 발견하고, 애나에게 전한 거죠... 애나는 오빠에게 뒤집어씌우기 위해, 보우 건을 사용했고요... 둘 다 저택을 벗어나고 싶어 했거든요. 저녁 만찬 자리에서 나란히 앉아, 둘만 떠드는 경우가 많았는데. 대도시에서 의상실과 플라워 숍을 하자고 속삭이는 소리를 들었습니다."

실로 뜻밖의 이야기였으나, 마크는 이미 결론을 내린 듯했다. "애나가 항상 오빠를 두둔하고, 변명해 주는데. 그것도 오히려 거슬리는 것 같고요... 어쨌든 그녀를 보면 터지기 직전의 잔뜩 눌린 풍선 같아... 느낌이 안 좋았죠."

그리고 그는 진술을 마무리했다. "그래서 곰곰 생각해 봤는데, 오빠에게 복수를 한 게 아닐까 싶습니다. 오빠의 무기를 사용했지만 직접 죽인 건 아니니까요. 자살로 꾸미거나 지문을 조작할 지식이 없어서 아예 숨긴 건 아닌가 해요. 애나가 오빠에게 벗어날 수 있는 방법으로요. 오빠가 주요 피의자가 되면 곁을 떠나기도 쉽고. 이게 제가 상상할 수 있는 전부인 것 같습니다. 회장님은 실수로 추락을 했으며, 후에 애나가 보우 건으로 쏜 게 아닐까... 친한 친구 둘이, 사고사를 타살로 위장한 게 아닐까, 생각했습니다."

"그럼, 헉스 씨의 눈은 어떻게 피했을까요?"

"엄밀히 말하자면 헉스는 저택이 아니라 저택 주변의 경비를 보는 겁니다. 그러니까 저택 외부를 감시할 뿐이죠. 정원과 숲, 직원들 작업 공간이 그가 감시하는 주 대상입니다. 그리고 그는 곧잘 자리를 비우거든요... 혹, 양날의 문을 들락거리는 데이지와 애나를 봤다 해도, 그는 조금도 신경 쓰지 않았을 겁니다."

네 사람은 잘 들었다, 인사를 전하고 사무실 밖으로 나왔다.

재봉실로 향하며 아일랜이 고개를 크게 끄덕였다. "방금 마크 씨의 이야기는 정말, 3차 진술이 아니면 들을 수 없는 이야기인데요. 참고인들이 전하는 사건의 재구성이라니. 정말 놀라워요."

5장　DAY-3 오후 11:55

애나는 재봉실에 있었다. 그녀도 생각에 지친 듯, 얼굴이 창백했다. 일을 할 여유조차 없었는지. 재봉틀 옆에 틀림없이 어제 본 작업복들이 그대로 쌓여 있었다.

그 앞에 우두커니 앉아 있던 여인은 재봉실로 들어서는 사람들을 멍하니 쳐다보다 자리를 권했다. 얼굴은 더욱 까만 듯했고, 주근깨도 도드라졌다.

1,2차 진술을 듣더니 "네, 제가 말한 내용이 맞아요." 라며 확인을 끝냈다. 그러더니 불안한 눈빛으로 조안을 쳐다보며 입을 열었다. "누구누구를 만나 봤나요? 아마 다들 오빠를 의심하고 있을 텐데... 그렇죠? 그래서 반대했는데. 오빠는 아무것도 모르고." 그러나 섭섭하다는 투가 아니라 애가 타는 듯한 어조였다. 그리고 곧바로 "오빠는 아니예요. 오빠일 수 없어

요." 라며 고개를 저었다.

"무슨 말이죠?" 조안이 고개를 갸웃하며 물었다. 마크의 말을 듣고 난 후라, 그 말이 묘하게 귀에 걸렸다. 그러고 보니 항상 그녀는 오빠의 말을 전했으며, 그녀가 말을 할수록 헉스에게 시선이 가는 묘한 상황이라는 것을 인정할 수밖에 없었다.

"아, 보우 건을 잃어버렸으니까요. 흉기가 없잖아요." 그러나 그 목소리는 왠지 공허하게 들렸다.

"그걸 헉스 씨가 숨겨 놨을 수도 있지 않나요. 경비를 서는 분이라 숨길 만한 곳을 잘 알고 있을 듯한데요." 뉴윈이 대꾸했다.

그 질문에도 애나는 손을 꽉 맞잡으며 모기만 한 소리로 외쳤다. "오, 오빠는 그럴 사람이 아니예요. 그리고 저택과 정원은 수색원이 전부 수색하지 않았나요. 지금도 수색 중이구요."

맞는 말이라며, 조안이 맞장구를 쳤다. 그리고 자연스럽게 3차 진술로 이끌었다. "그럼 수상한 사람은 누구인가요?"

"모르겠어요. 메리 부인이나 컬린 부인도, 다 수상해요. 메리 부인은 늘 회장님 눈치를 봤거든요. 다른 사람은 그렇게 무시하면서, 회장님 앞에서는 꼼짝 못했어요. 그런데 연기가 서툴러서, 회장님을 무척 싫어한다는 게 느껴졌어요. 그건 컬린 부인도 마찬가지고요. 회장님 때문에 냄새나는 동물 우리에 갇혀 살아야 한다고 불만이 많았죠. 게다가 의사 부부는 사이가 틀어졌는데, 칼 선생이 한눈을 파는 것 같았어요... 그래서 남편이 보기 싫은데, 유산 때문에 저택을 떠날 수는 없고. 사실 유산에 붙잡혀 있는 건 우리 모두 비슷한 처지예요... 그러고 보니, 칼 씨도 새 출발을 하고 싶었을 텐데... 회장님께 행실을 똑바로 하라고 혼이 나고 말았죠. 그래, 더 이상 참지 못하고, 하루 빨리 저택을 벗어나기 위해, 둘 중 누가 결단을 내린 게 아닐까요. 거기다 사실 새 유언장이 어떤 내용일지... 다들 불안해했거든요." 모르겠다던, 말과 달리 진술이 차분하게 이어졌다. 자주 혼나던 남편을 위해 메리 부인이, 혹은 의사 부부 중 누군가, 회장에게 접근해 그를 난간에서 밀어 떨어뜨리고 흉기를 사용했다는 것이다.

그리고 잠시 입을 다물자, 조안이 방금 나온 진술의 허점을 지적했다. "그 말대로면 흉기에 관한 문제가 남는데요. 그들이 어떻게 오빠의 흉기를 손에 넣을 수 있었을까요?"

"흉기는......, 방에 들어와서 몰래 가져갔을 거예요." 그러나 그녀의 목소리는 심하게 떨렸다.

할 수 없이 조안이 한 번 더 질문을 해야 했다. "저기 어젯밤, 여기서 화살이 담긴 화살집을 발견한 건 알고 있죠? 해이드 팀장이 확인할 때, 모른다고만 했다던데. 이젠 그에 대해 말씀해 주시죠."

"원단 안에서 발견됐으니... 애나 양이 숨겼을 듯한데요."

뉴윈도 차분히 되물었다.

순간 눈이 확 커지더니, 그녀는 얼마 후 천천히 고개를 끄덕였다. "네. 제가... 감춰 둔 거예요... 레오가 그 무기를 훔쳐 가기도 했고. 위험하다 싶어서요. 화살만이라도 두꺼운 원단 속에 감춰 놓기로... 가장 안쪽에 단단히 꿰매 놓아서 롤을 끝까지 펼치지 않는 한 발견되지 않을 거라 생각했는데... 찾아냈다는 말을 듣고는 정말 놀랐어요."

"하지만 단지 레오만 걱정했다면 그렇게까지 감춰 놓지 않았을 겁니다. 더욱이 감춘 이유를 말하지 않은 것도, 이해되지 않고요. 다른 누군가가 걱정스러웠던 거죠?" 뉴윈이 다시 대꾸했다. "그 사람은 바로 오빠 헉스 씨고요." 라고 자신의 생각을 마저 전했다.

아, 애나의 어깨가 움찔 떨렸다. 그녀는 소리를 지를 듯 입을 열었으나, 곧 다물어 버렸다.

그러자 뉴윈이 낮은 어조로 말을 이었다. "게다가 보우 건은 아직 발견되지 않았습니다. 그것도 애나 양이 감춘 거죠? 물론 제 짐작일 뿐입니다만."

그 말에 애나의 어깨가 아래로 처졌다. 힘이 빠진 듯 바들바들 떨던 그녀는 결국 입을 열었다. "....... . 네, 그것도 제가 감췄어요." 완전히 체념한 듯한 어조였다.

그 말을 들은 뉴윈이 "여기가 아니라, 다른 곳일 테고... 종묘장의 구덩이인가요?"라고 물었다.

그녀는 고개를 끄덕이며 "네. 두 개를 따로따로 감춰 놔야 할 것 같아서요."라고 답했다.

그 말을 들은 뉴윈이 위로하듯 말했다. "1차 진술을 할 때 드레스에 묻은 흙을 털었죠? 아일랜 씨의 영상에도 남아 있었습니다. 그런데 흙이 묻은 위치가 이상하더군요. 드레스를 들고 다녔으니 치맛자락이나 소매 끝 같은 곳에 흙이 묻는 건 당연한데… 상체, 즉 가슴 부분에도 흙이 묻어 있더군요. 그건 드레스를 바닥에 내려놓았다는 거고. 아무래도 드레스를 내려놓을 만한 때는, 친구를 찾으러 종묘장에 갔을 때라 생각했습니다. 그럼, 그 다급한 상황에서 왜 드레스를 흙바닥에 내려놓아야 했나, 혹, 거기서 어떤 행동을 하려 한 건 아닐까, 드레스를 내려놓아야 했다면 양손을 쓰는 일일 테니, 그건 구덩이를 파헤치거나 하는 행동이 아닐까 생각했습니다."

뉴윈은 실로 차분하게 이야기를 이어 갔다. 오히려 그의 말을 듣고 있던 사람들의 눈만 점점 커질 뿐이었다. 다시 그는 애나를 보며 고개를 끄덕였다.

"……. 정말, 오빠를 걱정하고 있군요. 단지, 레오 군을 피해서라면 화살과 보우 건을 따로따로 숨길 필요가 없죠. 알아보니 그 무기는 보조 장치가 붙어, 발사하는 순서가 좀 까다롭던데. 그걸 사용할 수 있는 사람은 오빠뿐이라 생각한 건가요?"

네. 그녀는 작은 목소리로 답했다. "오빠가 요즘, 회장님께 너무 혼이 많이 나서... 무서웠어요. 술에 취해 돌아와서는, 회장님을 죽여 버릴 거라고 막 소리치기에... 그 다음 날 오전에 바로 화살 주머니를 숨겼죠. 그리고 보우 건은 오후에 종묘장 구덩이에 숨겼고요... 그걸 누가 본 거예요... 사건이 일어난 날, 회장님이 돌아가셨다는 말을 듣고... 뭔가 께름칙해 곧바로 종묘장으로 달려갔는데... 구덩이를 파기도 전에 데이지가 나타나는 바람에... 그 후로도 몇 번이나 확인해 보고 싶었지만 수색 대원들이 한밤에도 돌아다니고 있어 포기해야 했어요... 이젠, 숨겨 놓은 위치를 알려 드릴게요."

결국 모두가 궁금한 사실까지 털어놓았지만, 여동생은 아직 모르는 듯했다. 오빠가 술집에서 이미 그 흉기를 꺼내 작동법을 보여준 것을. 또한 정원에서 움직이는 모습은 눈에 띄기 쉬우며, 누구보다 그 모습을 보기 좋은 위치에 있는 사람은 주차장 언덕에 있는 헉스라는 것을... 그것들을 떠올리며, 뉴윈은 조용히 생각에 잠겼다.

6장　DAY-3 오후 12:40

연락을 받은 수색원 열 명이 종묘장에 도착해 구덩이를 수색하기 시작했다.

네 사람이 데이지를 찾아갔더니 그녀는 종묘 상자를 든 채, 놀란 얼굴로 수색원들을 지켜보고 있었다.

"오늘도 혼자 일을 하나요?" 역시 아일랜이 먼저 다가가 친근하게 물었다.

그녀도 아일랜을 보며, "네. 모두들 장례식 준비를 위해 성당으로 갔어요. 저도 이것만 나르고 주방 일손을 도우러 가야 하구요." 라고 답했다. 그러나 수색원들의 분주한 움직임에 대해서는 따로 질문하지 않았다.

덕분에 조안은 1,2차 진술을 확인하겠다며 차분히 용건을 전할 수 있었다.

데이지는 고개를 끄덕이며, 들고 있던 상자를 내려놓았다. 그리고 곧 조안의 말에 귀를 기울였다. 새삼 기억을 더듬는 듯, 신중하게 이야기를 듣던 그녀는 자신이 진술한 내용과 다름없다는 데 동의했다.

"그럼, 이제 힘들더라도 사건에 대해 말씀해 줬으면 해요." 조안이 부탁하듯 말했다.

얼굴이 굳어진 그녀는 턱에 힘이 들어갔다. "말씀은 알겠는데, 전, 정말 짐작이 가지 않아요. 그냥 화살이 머리에 박혔다고 하길래... 보우 건과 헉스 씨가 떠올랐어요... 그가 평소에 그걸 들고 이리저리 폼을 재곤 했거든요... 그래서 그걸 들고 있거나, 그걸로 사람을 겨누는 모습은 헉스 씨 말고 떠오르지 않아요... 그를 의심하는 게 아니라... 단지 보우 건을 들고 있는 모습이 떠오른다는 것뿐이니까요."

"그렇다면 다른 사람이 그걸 든 모습은, 전혀 본 적 없나요?" 윌킨스의 질문에 데이지는 잠시 생각에 잠겼다가 답했다. "애나가 들고 있는 걸 본 적 있어요. 레오가 그걸 훔쳐서 나오다가 아버지에게 들켰거든요. 놀란 아버지는 레오를 붙잡아, 애나를 찾아다니다 여기로 왔죠. 헉스 씨가 알면 더욱 큰 일날 테니. 그랬더니 애나가 크게 화를 내며... 보우 건을 빼앗아 시위를 당기고 방아쇠에 손가락을 걸고, 아이의 머리를 향해 겨누며 말했어요. 이건 아주 위험한 물건이라, 함부로 장난을 치면 안 된다고 따끔하게 경고하는데. 독이 발린 화살이라 닿기만 해도 위험하다고 하면서도... 머리 가까이 대고 겨누는 바람에, 레오도 얼굴이 파랗게 질렸고, 저도 심장이 멈추는 줄 알았죠... 하지만 애나일 리가 없잖아요. 절대로 그럴 리 없어요... 안 그런가요?" 그녀는 눈살을 잔뜩 찌푸렸다.

조안과 윌킨스는 서로 얼굴을 쳐다보았다. 뉴원과 아일랜은 데이지만 보고 있었다.

"그럼 사건은 어떻게 일어났을까요?"

"팀장님, 저도 돕고 싶지만... 솔직히 모르겠어요. 회장님은 난간에서 홀을 자주 점검하셨으니, 실수로 떨어지신 게 아닌가 싶은데요... 그리고 돌아가신 회장님을 발견한 누군가가, 가지고 있던 보우 건을 쓴 게 아닐까요."

그녀 또한 헉스를 의심하는 듯했다.

"왜, 사고를 타살로 꾸며야 하죠?" 조안이 되물었다.

"모르겠어요... 한 사람이라도 범인으로 지목돼 없어지면 그만큼, 유산을 받을 수 있다고 생각했는지도... 다들 욕심이 많았거든요."

그리고 데이지는 조안을 가만히 바라보며 말을 이었다. "마담이, 매릴린 선생님이 불쌍해요. 사람들은 아무것도 모르지만. 아니, 뭔가 알고 질투한 건지도 모르겠네요... 회장님은 선생님을 무척...... 신임하셨거든요. 두 분이 함께 있을 때면 회장님은 언제나 당황하기도 하고, 부끄러워하기도 하고, 제 눈엔 그렇게 보였어요. 선생님도 온실을 맡게 되었을 때, 얼마나 좋아하고 행복해 하셨는데. 이제 회장님이 안 계시니까, 선생님은 쫓겨날지 몰라요."

네 사람은 기록을 마치고, 데이지에게 인사를 전한 후, 수색원들에게 다가갔다. 그러나 그들은 애나가 알려 준 구덩이에서 아무것도 발견하지 못했다고 했다.

조안이 당황한 얼굴로 세 사람을 돌아봤다. 그리고 다시, 대원들에게 모든 구덩이를 샅샅이 살펴보라고 지시했다.

그사이 오직 뉴원만 고개를 끄덕이고 있었다.

7장　DAY-3 오후 1:25

메리는 닭장에서 달걀을 거두고 있었다. 닭장 안은 매우 시끄러웠으나 조안의 부름에 그녀는 얼른 뒤를 돌아보더니, 밖으로 나왔다. 다섯 사람은 분수대까지 걸어가, 벤치에 앉아 이야기를 했다.

역시 그녀는 할 이야기가 많은 듯했다. "사실, 남편이랑 이야기를 많이 나눴거든요. 그런데 그이는 자꾸 애나와 데이지가 수상하다고 하는 거예요. 정말 엉뚱한 이야기지 뭐겠어요. 저에게 이상한 사람을 꼽으라면, 마담이죠. 사실, 우리들은 회장님을 만나는 시간이 거의 정해져 있거든요. 식사 때나 티 타임에 억지로 참석하는 형편이구요. 회장을 만나 사적인 이야기를 할 게 뭐 있어요. 전, 상상도 안 돼요. 그런데 그 여자는 뻔질나게 회장실을 드나들었어요. 꽃을 장식한다는 말도 안 되는 핑계를 대며, 여우처럼 꼬리를 쳤죠. 헉스 말마따나 퇴물이 되었으니 스캔들 같은 건 신경 쓰지 않아도 될 테고. 얼굴이 얼마나 두꺼운지."

그녀는 혀를 찼다. 그리고 누구도 자신의 수다를 막을 수 없다는 듯, 다시 이야기를 했다. "하나밖에 없는 아들도 장래를 기대할 수 없고. 그 아이는 정말 말썽꾸러기였거든요. 항상 여기저기 돌아다니며 모두의 심기를 건드렸어요. 그 아이는 헉스와 제가 엄마를 욕한다고 복수라도 할 셈이었는지 모르지만... 우리를 미워하기보다는 제가 제대로 공부를 하면 되잖아요. 정작 자기 때문에 엄마가 곤란에 처한다는 것도 모르고. 아직 애라 뭘 알지도 못하면서 성질만 부렸죠. 아마 걘 자라면 헉스보다 더한 인간이 될 거예요. 뭐, 지독하게 운이 좋아, 이제 막대한 유산을 받을 테지만 말이에요."

그 말은 회장의 죽음을 행운이라 하는 것 같아, 뉴윈은 눈가를 찌푸렸다.

그녀는 아직 새 유언장을 찾지 못했다는 사실을 모르고 있었다. 물론 저택의 다른 패밀리들도 모르고 있을 터였다. 아직 새 유언장을 찾아내지 못했다는 사실을... 조안은 그 일에 일체 함구한 채 다른 질문을 던졌다. 그럼, 마담이 범인 같으냐고 물은 것이다.

메리 부인은 곧장 머리를 저었다. "그건 아니예요. 이상하다는 것과 범인으로 지목하는 것은 차원이 다른 문제니까요. 전, 처음부터 지금까지 생각이 바뀐 적이 없어요. 의사 부부가 의심스럽다고 생각하고 있어요. 정확히는 칼 의사, 혼자 한 일이라 생각해요. 머리도 좋으니 헉스에게 뒤집어씌울 생각으로.

레오는 무기들을 훔쳐서 보란 듯이 분수대 위에 올려놓곤 했거든요. 그걸 발견해서 미리 감춰 둔 건 아닐까요. 아니면 보우건을 발견한 바람에 회장을 죽일 생각을 했는지도 모르고요."

"동기는 무엇이죠?" 뉴윈이 물었다.

"돈 아니면 여자죠. 죽는다고 경고하면 이것저것 돈보따리를 쥐어 주며 매달릴 줄 알았는데, 회장이 오히려 재산을 나눠 줘 버리겠다고 해서 계획이 틀어졌을 수도 있고. 아니면 회장에게 처신을 똑바로 하라고 꾸중을 들어서 그런 것일 수도 있고요. 그 말을 할 때 쿠어 회장은 '눈 밖에 나면 한 푼도 없을 줄 알라'고 경고하듯 말했거든요. 자꾸 주방에 얼쩡거리더라니. 남자건 여자건 인물값을 하게 마련인가 봐요."

"저기, 사건이 일어나던 날, 헉스 씨가 자기 방에서 나오는 부인을 봤다고 하던데. 그건 어떻게 된 일이죠?" 윌킨스가 따져 물었다.

"……. 별일 아니예요. 애나를 찾으러 간 것뿐이니까. 파티에 입을 드레스를 샀는데, 며칠 사이 허리가 조금 끼지 뭐예요. 수선을 부탁하려고 했죠."

"하지만 애나 양은 재봉실에 있잖아요."

"아. 그 애도 참, 여우 같아서. 점심을 먹고 나면 바로 재봉실로 내려가지 않아요. 방에서 스케치를 한답시고 빈둥거릴 때가 있거든요. 재봉실에서는 누가 볼지 모르니까, 방에서 몰래 드레스를 스케치하곤 했는데. 그래 봤자 새 드레스도 아니고, 겨우 수선하는 걸로 마치 디자이너 드레스에 견줄 양 으스댔다니까요. 그래서 방에 가 보고 없으면, 재봉실로 내려갈 생각이었어요." 그리고 코웃음을 쳤다. "왜요? 헉스가 그 일로 절 의심하던가요? 바보 같이. 자기 방에서 나왔다고? 그가 무슨 소릴 할지 몰라, 당황하긴 했어요. 누구든 남의 방에 들어갔다 나왔는데, 주인이 서 있으면 놀라지 않겠어요? 아니, 방금까지 복도에 아무도 없었는데, 나와 보니 누가 있으면 놀랄 만도 하죠. 헉스야말로 왜 회장님을 따로 만났다고 하던가요? 그전까지 그런 일이 일절 없었는데. 전 그게 더 의심스러워요."

그녀의 대답은 물 흐르듯 막힘이 없었다. 지금까지 들었던 어떤 진술보다, 완벽한 답이었다.

"그럼... 아, 부인을 만난 김에 물어볼 게 있어요. 닭장에서 황금 커트러리가 발견됐다는데. 혹, 아는 게 있으면 얘기해 주시죠." 조안이 갑자기 생각났다는 듯 이야기를 꺼냈다. 그것은 미리 해이드가 조안에게 부탁한 것이었다. 그는 커트러리에 대해 메이드와 직원들에게만 확인했는데. 그들은 파티를 준비하며 귀한 식기들이 나온 것은 알았으나, 그중 한 벌이 사라졌다는 것은 알지 못한다고 답했다. 그리고 이구동성으로 메리 부인에게 물어보라고 했다는 것이다. 그러나 누구나 드나들 수 있는 닭장에서 발견된 것이고 보니. 첫날부터 실랑이를 벌이며 그녀의 성격을 익히 알고 있던 해이드는 틀림없이 고소를 당할 거라며, 조안에게 대신 부탁을 해 왔다.

그러자 처음으로 이 여인이 당황하는 모습을 본 듯했다. 그녀는 허리를 풀쩍 세우더니 놀란 얼굴로, 말조차 더듬었다. "그... 그게... 그런 게 있었나요... 모르는 일이에요." 그리고 입을 다물었다.

"하지만 닭이나 오리도 직접 잡는다고 했으니. 닭장은 거의 부인이 책임지고 있는 것 아닌가요?" 뉴원이 공손하고 차분하게 되물었다.

"무... 물론, 이에요. 하지만 냄새도 나고 시끄러워서, 직원들은 근처에도 오지 않는 걸요. 그러니 내가 돕는 거죠." 그녀는 점차 언성을 높이기 시작했다.

그러자 뉴원이 그녀를 자극하지 않기 위해, 더욱 천천히 이야기를 했다. "저기 방금 전 조안 팀장님이 밖에서 부를 때, 곧바로 듣고 나오셨죠?"

"그, 그게 뭐 어때서요?" 여전히 당황한 듯한 어조로 메리 부인이 되물었다. 사건이 일어난 때, 헉스가 부르는 소리를 못 들었다고 한 이야기는 까맣게 잊은 듯했다.

여러 번 함께 진술을 확인했던 조안은 질문의 의도를 알아차렸다. 곧바로 1,2차 진술을 확인해 주고, 그 점을 지적했다.

그러자 그녀도 자신의 말이 모순됨을 깨닫고, "아, 그때 헉스가 닭장 밖에서 부르는 소리를 들은 것도 같군요... 하지만 말씀드렸다시피... 귀찮은 일이 생긴 것뿐이라 생각해서, 무시한 것 같아요." 라고 답했다. 그러나 더욱 궁지에 몰린 듯, 낯빛이 변했다.

그녀가 한층 더 당황하는 기색을 보이자 뉴원이 다시 원래의 화제로 질문을 돌렸다. "주방 옆에 식기와 커트러리를 보관하는 팬트리도 있던데. 찾아가 봤거든요. 거기에 비싸고 귀한 것들이 아주 많다는 이야기를 들었습니다... 사건이 일어나던 날, 부인은 닭장과 팬트리를 오갔다고 말씀하셨죠? 두 군데 다 부인 소관이고요, 물론 비공식적으로 말입니다."

그녀의 얼굴이 새빨갛게 변했다. "흥. 어디 얼마든지 무례한 질문을 해 보세요. 내가 가만있나... 혹 그걸 내가 감췄다 하더라도, 그게 무슨 죄가 되죠? 없어진 것도 아니고 팔아 넘긴 것도 아니고... 훔친 게 아니라, 단지 묻어 놨을 뿐이잖아요!"

이를 악물고 답하던 여인은 갑자기 눈을 동그랗게 뜨며 턱을 쳐들었다. "맞아! 메이드들 중에 손버릇이 나쁜 애들이 있거든요. 그, 그래서 거기 감춰 둔 거예요. 잃어버릴까 봐 소중하게 보관 중이었답니다."

게임은 끝난 듯했다. 그녀의 입가에 승리의 미소가 떠올랐다. 그녀는 위풍당당하게 자리에서 일어났다.

네 사람은, 인사를 받지도 않고 주방으로 돌아가는 그녀의 등을 멀거니 보고만 있어야 했다.

8장   DAY-3 오후 2:18

예상보다 빨리 메리 부인의 진술 기록이 끝났으므로, 그들은 닥터 컬린과 마담 중 누구에게 먼저 갈 지 의논했다. 그리고 온실로 향했다.

매릴린은 온실 안에서 시들기 시작한 꽃의 가지 끝을 잘라주고 있었다. 오늘은 온실 주변이 안팎으로 정돈되어 있어 라탄 테이블에 둘러앉을 수 있었다.

자리에 앉자, 그녀가 먼저 입을 열었다. "누가 어떤 말을 했는지 알 만해요. 모두 저를 미워하고 있으니까. 하지만 그들의 말은 사실과 달라요. 제가 회장님께 접근했다고 하는데. 회장님은 언제든 볼일이 있으면 찾아오라고 하셨어요. 그저 돈, 돈, 돈에만 관심이 있어, 만찬에도 억지로 참석하는 티를 낸 건 그들이었죠. 생활비를 타 낼 때나, 맡은 일을 보고할 때를 제외하고, 회장님을 만날 생각을 하지 않은 건 그들이라고요."

"레오 군이 모두의 심기를 건드렸다는데... 회장님은 레오 군을 좋아했습니까?"

뉴원이 차분히 아들 이야기를 꺼내자 매릴린의 얼굴은 붉어졌다. "가끔, 회장님께 꾸중을 듣곤 했어요. 하지만 지금은 사랑받을 행동을 하기보다 미움받을 짓을 할 때잖아요. 그 아이는 철이 없고 공부를 싫어할 뿐이에요. 거짓말을 하고 빈둥거린다는 말도 다른 패밀리들이 저희 모자를 싫어해서 하는 말일 뿐이고... 하지만 회장님이 시키는 일은 다 해냈어요. 나무를 심고, 자갈을 나르고, 닭장을 치워 비료를 만들기도 한 걸요. 무한한 가능성이 있는 아이라고요. 회장님이 칭찬하신, 무한한 가능성을 품고 있죠."

뉴원이 고개를 끄덕이자, 그를 한 번 쳐다본 다음, 조안이 물었다. "그럼 이제 의심하는 사람을 말씀해 주시죠."

그 물음에 그녀는 준비한 듯 간단히 답했다. "잘은 모르겠지만. 난폭한 사람은 한 명밖에 떠오르지 않네요. 흉기를 사들인 주인. 그러니까 그가 그걸 쏜 게 당연하지 않을까요. 그가 2층 난간에서 회장님을 밀어 떨어뜨린 다음, 보우 건을 쏜 거라 생각해요. 그것 말고는 생각할 수 없네요. 그게 다예요... 그는 경비를 선다는 핑계로 정원과 저택을 얼마든지 돌아다닐 수 있잖아요. 저희들처럼 일하는 장소에 묶여 있는 게 아니니까... 헉스 씨, 말이에요."

그리고 1,2차 진술 확인이 이어졌다.

확인이 끝나자 네 사람은 인사를 하고 온실 밖으로 나왔다.

9장   DAY-3 오후 2:55

다음으로 네 사람은 컬린을 찾아갔다.

그녀는 오늘도 사육실에서 새끼 돼지와 씨름하고 있었다. 오늘은 한쪽 우리에 새끼들이 격리되어 있었으며. 그녀는 나머지 우리를 소독하는 중이었다. 조안이 부르자 사람들을 확인하고 서둘러 밖으로 나왔다. "새끼는 예민하니까 조심해야 해요." 입구를 막아선 채 사람들에게 주의를 주기까지 했다.

"맞아요. 새끼 돼지는 면역력이 약해서 의외로 빨리 죽죠. 사람들은 돼지가 키우기 쉽다고 생각하는데, 절대 아니예요. 생명을 키우는 일에 쉬운 일이 어디 있겠어요." 아일랜은 웃으며 맞장구를 쳤다. "한때 새끼 돼지라 불렸던 사람이라, 잘 알고 있답니다."

"그래요? 아일랜 씨는 어렸을 땐, 귀여웠나 보군요?" 의사의 눈썹이 올라가고 어조가 높아지는 것으로 보아, 많은 의미가 담긴 말이었지만 사람들은 모른 척했다.

사육실 밖에서 컬린은 1,2차 진술을 확인했다. 그다음 서둘러 3차 진술을 마쳤다. "아무래도 헉스가 수상해요. 보우 건으로 사람을 죽이는 게 아무나 할 수 있는 일은 아니잖아요. 불같은 성격도 그렇고. 무기를 산 장본인에다 회장님께 혼이 많이 났으니까... 새 유언장에는 그의 몫이 없을 수도 있다던 픽셔들이 생각나는군요."

"동기는 무엇일까요?" 조안이 물었다.

"그야 돈이죠. 사실 경비가 제일 쓸모없는 일이거든요. 그는 대부분 주차장에서 빈둥거리다가, 가끔 차를 몰고 시내로 나가기까지 했어요. 회장님도 그걸 알고 있었죠. 얼마나 바보 같은 사람인지. 주차장 언덕에서 정원을 내려다보며 망을 보는 것만으로 충분하다고 본인이, 떠들고 다녔잖아요. 그 말을 뒤집어 보면, 주차장 언덕에 있는 사람 또한, 이편에서 훤히 보인다는 말이죠. 그렇게 머리가 안 돌아가는 남자라 회장님께 혼이 날 수밖에요. 회장님은 2층 발코니에서 정원을 감시하고 있었어요. 심하게 말하면, 경비는 회장님이 섰다고 말해도 될 정도로. 어디서 어떻게 숨어든다고 해도, 정원에 발을 디디는 순간, 회장님 눈에 띄고 말죠. 때문에 바자르 선생이나 레오가 몰래 숨어든 날이면 정말, 헉스는 크게 혼이 났어요. 그래도 놀러 가는 버릇을 못 버리고, 겨우 생각해 낸 게 직원들을 감시한다는 핑계를 댄 거예요. 그러니까 자리를 비우고는 직원들을 감시하러 쫓아다녔다, 말하기 시작했어요. 하지만 회장님을 속일 수야 있나요? 어림없죠. 그분은 곧바로 '어느 직원을 감시했냐, 그래서 그 시간에 그 직원은 어디 있었냐' 묻고는 그 직원을 불러와 철저히 확인하셨어요. 그렇게 거짓말이 들통나도 정신을 못 차리고... 나중엔 핑계를 댈 직원을 골라 말을 맞췄는데. 하지만 회장님은 정말 무서운 분이었죠. 입을 맞춘 직원이 불려 와 헉스에게 주의를 들었노라 얘기했지만, 회장님은 그럼 주변에 어떤 직원이 있었냐 묻고, 이번엔 그들을 몽땅 불러들였어요. 직원들은 대부분 프롤리 문 근처에서 일을 하고 있는데. 한둘은 말을 맞출 수 있더라도, 여러 명을 꼬드기기는 쉽지 않을 거 아니예요. 헉스가 그 정도 인격을 갖춘 것도 아니고. 그에게 반발심을 가진 직원들은, 옳다구나, 거짓말을 폭로했죠. 회장님은 점점 화가 났어요. 헉스가 시내에 다녀온 날은 저녁 만찬에서, 정말 무참히 깨졌답니다. 한번은 재산 분배에 대해 조정이 필요하다는 말씀까지 하셨으니까요."

10장 DAY-3 오후 3:30

패밀리들의 진술을 쭉 이어 받느라 시간이 제법 흘렀다. 네 사람은 회의실로 돌아가 늦은 점심 식사를 하기로 했다.

조안은 식사 전에 통신기로 꼼꼼하게 지시를 내렸다. 먼저 대원들에게 식사를 했냐 묻고, 패밀리 룸과 정원을 마지막까지 샅샅이 수색해 줄 것을 당부했다. 새 유언장과 흉기를 꼭 찾아야 한다고 더욱 강조했다.

그리고 식사를 하는 도중에 윌킨스에게 지시를 내렸다.

"점심을 먹은 다음 우리는 포더 집사와 레오를 만날 거야. 윌은, 식사를 마치고 바자르 선생을 데려와. 사건 당일, 저택에 들어온 외부인은 그 선생뿐이니까. 물론 사건이 일어난 후고, 스콜 대원이 몸수색을 마쳤다고 하지만. 일단 진술을 기록해 놓아야 할 것 같아."

팀장의 당부에 윌킨스는 서둘러 식사를 마쳤다. 아직 접시를 비우지 못한 세 사람을 놔두고 '다녀오겠다' 인사를 하며 회의실을 나갔다. 오랜만에 트럭을 몰고 밖으로 나갈 수 있어, 몹시 신나는 눈치였다.

11장 DAY-3 오후 3:55

세 사람은 먼저 포더 집사를 찾아갔다. 홀을 가로질러 가며 아일랜이 뉴윈에게 슬쩍 물었다.

"추리 소설을 좋아한다고 했죠? 어때요? 지금까지 진술을 들어보고, 의심 가는 사람이 있나요? 들은 바로는 가장 혐의가 없어 보이는 사람이 범인이라던데. 그럼 모두에게 의심을 받고 있는 헉스 씨는 결백한 거 아닐까요?"

그러자 그 말을 들었는지, 조안이 미소를 띠며 돌아봤다. "저도 한때 추리 소설 마니아였거든요. 그래서 오히려 가장 놀랄 만한 범인은 헉스 씨가 아닌가 생각해요. 함부로 범인을 예단하는 것은 금물이지만, 그동안 사건과 범인을 생각해 봤는데, 헉스 씨만 떠올리면 마음속에서 저항감이 이는 거예요. 모두가 그가 수상하다고 하니 아일랜 씨 말처럼 범인이 아닐 것 같다는 생각만 들고... 그런데 반전의 반전이라면... 헉스 씨가 범인이면 정말 놀랍지 않겠어요? 그리고 만에 하나, 그가 범인이라면, 전 지독한 자괴감에 빠질 것 같아요. 이렇게 대놓고 알려 줬는데도 못 찾은 거야? 충격이 이만저만 아닐 것 같다니까요."

그러자 뉴원이 조용히 대꾸했다. "....... 누구든 모두 의심스럽죠. 공평하게 헉스 씨도요. 왜냐하면 이 사건은 어릿광대 저택의 살인 사건이니까요."

아일랜은 그 말의 의미를 알아차렸다. 이곳은 어릿광대 저택... 진실을 가리고 있는 어릿광대들...

그러나 조안은 어리둥절한 듯했다. 대신 고개를 끄덕이며 "제목이 그럴듯하긴 해요. 어릿광대 저택의 살인 사건. 진짜 미스터리 소설의 제목 같죠?" 그러면서 아일랜을 쳐다보았다. "이미 여러 픽셔들이 헤드라인으로 써 버렸지만... 살짝 손을 본 다음, 아일랜 씨 주 종목인 범죄 소설 제목으로 써도 좋지 않을까요? 어릿광대 저택의 참극, 뭐, 이렇게요." 그러면서 고개를 끄덕거렸다.

주 종목인 범죄 소설... 아일랜은 눈만 끔뻑거리다, 어색하게 미소를 지어 주었다.

세 사람은 곧 집사의 집무실 앞에 도착했다.
노크를 하고 안으로 들어가니, 집사는 자리에서 일어나 세 사람을 공손히 맞았다.
인사를 마치고, 조안이 1,2차 기록을 확인했다. 신중한 태도로 이야기를 듣던 그는 고개를 끄덕였다. 그러나 정작 의심스러운 사람을 지목해 달라고 하자, 고개를 저었다. "그런 건 생각해 본 적 없습니다. 패밀리 분들을 의심하다니, 할 수 없는 일입니다."
"하지만 집사님이야말로, 아주 객관적으로 패밀리들을 살펴보고 관찰할 수 있잖아요. 어쩌면 당신의 진술이 가장 중요할 수도 있으니 말씀해 주시죠."
조안이 부탁한다고 고개를 숙였다.
아일랜도 "억울하게 의심받을 분들을 위해서라도, 한 사람 정도는 지목해 주시죠." 라고 부탁했다.
그러자 그는 고개를 숙인 채, 잠시 침묵을 지켰다. 그리고 겨우 입을 열었으나 결심은 바뀌지 않은 듯했다. "회장님 곁에서 오랜 시간 일을 했습니다. 제가 그분께 배운 것이 있다면, 입조심, 말 조심이었죠. 그분은 항상 말씀하셨어요. 입으로 재앙

이 들어오고, 말로 화가 일어난다. 가장 중요한 것은 입 조심, 말 조심이라고 말이죠... 그리고 또 비밀이 비밀인 데는 이유가 있으니 꼭 지켜야 한다고도 당부하셨습니다. 여기는 어릿광대 저택이니까요." 그리고 말끝에 모든 사람이 의심스럽다며 고개를 저었다. 말을 하지 않겠다는 완곡한 표현인 듯했다.

그 말에 방금 홀에서의 대화가 떠오른 아일랜이 궁금한 것을 물어보았다. "그런데 이곳을 어릿광대 저택이라고 부른 사람을 알고 계신가요? 맨 처음 그렇게 부른 사람 말이에요. 궁금해서요."

뜻밖에 포더 집사는 그걸 모르냐며 놀란 눈치였다. "당연히 회장님이시죠. 이 저택을 그렇게 부를 수 있는 분이, 회장님 말고 누가 있겠습니까."

그 말을 들은 뉴원은 저도 모르게 큰 소리로 되물었다. "네? 쿠어 회장이요?"

"그럼요. 패밀리분들도 다 알 걸요. 그분들이 오면 늘 이곳을 이렇게 소개하셨으니까요. '내가 만든 어릿광대 저택에 잘 왔노라'고 말입니다."

조안은 또다시 어리둥절한 표정을 지었다. 사건과 무관한 듯한 질문인데, 두 사람이 무척 놀랐기 때문이다. 아일랜이 그녀의 표정을 알아차리고, "아, 대저택의 이름치곤 특이하다 생각했거든요. 전 궁금한 건 못 참는데, 누가 지었나 했더니, 쿠어 회장이었군요." 라고 일러주었다. 조안은 겨우 납득한 듯했다.

　그렇게 별 소득 없이 집사의 진술은 끝이 났다.
　조안은 집사에게, 회장이 신임한 이유를 알 것 같다며 칭찬의 말을 전했다. 또한, 그가 비밀이 될 만한 일을 알고 있는 것 같은데 오늘이 아니더라도 법가원들 앞에서는 진술을 해야 할 것이라고, 경고도 해 주었다.
　그리고 모두 인사를 전하고 집무실을 나왔다.

　　11장　DAY-3 오후 4:20

　프롤리 문을 통해 홀로 돌아오니. 아일랜의 귀에 익숙한 목소리가 들려왔다. 통이 크고 우람한 목소리는 데이지에게 구애하던 청년의 것이었다. 청년은 세 사람을 보자마자 달려와 "데이지에게 가 봐야 하니, 빨리 진술을 기록하죠." 라고 다그치기까지 했다. "저택으로 가자니까 당장 앞장서는 거예요. 그동안 여기 오지 못해 안달이 났던데요." 뒤에 선 윌킨스는 어이없다는 표정이었다.
　조안은 청년을 진정시켰다. "이건 매우 중요한 진술이에요. 그러니까 충분히 생각하고 답하도록 해요. 수색 대원들의 보고에 따르면, 사건 후 여기 있었다면서요?"

"네. 소식을 듣고 동료들에게 캠프장 정리를 부탁한 후, 달려왔습니다."

"사건이 일어난 건 어떻게 알았죠?"

"픽셔가 쏟아져 나왔잖아요. 마침 쉬는 시간이라, 모두 픽셔를 읽다가 깜짝 놀랐죠. 캠프장에서도 난리가 나고. 전 어떡할지 몰라 망설이고 있는데, 할머니께서 픽셔를 읽고 캠프장으로 달려오셨더군요. 당장 저택으로 가서 데이지를 위로해 주라고 하시길래 여기로 온 겁니다."

"어떻게 왔죠?"

"차를 타면 오히려 멀리 돌아오게 돼서 달려오는 게 낫습니다. 캠프장에서 동쪽 언덕으로 오는 길을 이용했죠. 언덕에서 수색 대원을 만나 몸수색을 마치고 데이지를 만났습니다. 사실은 그때 데이지의 약혼자라고 말하고 들어왔는데... 전부 거짓말은 아닙니다. 어차피 우린 결혼할 사이니까요."

그 역시 레오와 같은 경로로 움직인 것을 확인할 수 있었다. "혹시 레오는 어디 있었는지 기억하나요?" 조안이 물었다.

"네. 픽셔를 읽자마자 저희들이 레오부터 찾았거든요. 아이들은 무슨 일이 일어났는지 몰랐지만. 저희들이 다급하게 레오를 찾자 저택에 갔다고 알려 주더군요. 그리고 얼마 후, 다행스럽게도 레오가 호두나무 숲에서 나타났죠"

그 말은 중요한 진술이었다. 레오는 정말 사건이 일어나던 시간에 저택과 정원을 돌아다니고 있었던 것이다.

조안이 얼른 시간을 기억하느냐고 물었다.

"바로 시간을 확인한 게 아니라서... 아마 5시 10분 정도였을 겁니다. 픽셔를 읽고 3,40분은 된 것 같거든요."

마지막은 의례적인 질문이었다. "혹시, 저택에서 밖으로 가져간 물건은 없습니까? 아니면 그 반대라도 좋고요. 어떤 것이라도 있다면 말씀해 주시죠."

"없습니다. 그냥, 데이지만 만나고 돌아갔어요. 캠프장으로 갈 때도 스콜이라는 대원을 또 만났습니다. 그가, 제가 사라질 때까지 계속 지켜보고 있었을 겁니다."

그의 상심한 얼굴과 처진 어깨를 아일랜은 떠올렸다. 그러나 지금 눈앞의 청년은 기록이 끝났다는 얘기를 듣자 정반대로 기쁨을 감추지 못하는 얼굴이었다. 환한 얼굴의 그는 순수한 매력이 돋보이는 듯했다. 그리고 그는 데이지를 찾아 프롤리 문으로 달려가 버렸다.

12장 DAY-3 오후 4:42

레오가 마지막이었다. 마담의 방에서 만난 소년은 볼이 잔뜩 부은 채 의자에 앉아 있었다. 무엇보다 마담이 함께 기다리고 있는 것을 보고 네 사람은 서로 눈짓을 했다. 레오가 화난 얼굴을 한 이유를 알 것 같았다. 오전의 태도로 보면 진술을 쏟아낼 것 같았지만, 어머니에게 꾸중을 들은 모양이었다.

"전 어제 아무 말도 안 할 거라고 약속했어요. 그래서 오늘도 아무 말 안 할 거예요. 하지만 아까 보셨죠? 우릴 공격하는 사람들을."

저 나이 때는 모 아니면 도, 극단적으로 대응할 때가 많다. 적당히 하라고 주의를 주면 화가 나서 아무것도 안 할 거라고 반항하지만 그건 얼마 가지 못한다. 그것을 알고 있는 뉴윈은 차분히 입을 열었다. "괜찮아요. 잠깐 확인만 할 테니. 아주 뜻밖의 사실을 알아냈거든요." 나머지 세 사람은 레오의 진술은 뉴윈에게 맡기기로 합의한 상태였다.

뜻밖의 사실... 아니나 다를까 아이는 눈을 빛내며 뉴윈을 바라보았다. 호기심이 차오른 듯했다.

"저기, 금요일 4시 무렵에 여기 정원에 있었던 게 맞나요? 어떻게 시간을 알았죠?"

"응. 캠프에서 2시까지 점심을 먹고, 3시 10분까지 산의 높이를 알 수 있는 고산 식물에 대해 공부했거든. 그리고 자유 시간이라 해산하자마자 여기로 돌아왔어. 다른 애들은 저녁 준비를 한다고 했고. 여기까지 오는 데 30분이 채 걸리기 않기 때문에 맞을 거야."

"여기로 와서 곧장 양날의 문 근처에 숨었나요? 항상 그렇게 하는지 궁금하네요."

"아니. 원래 어른들은 프롤리 문이나 보르죠 문으로 다니거든. 양날의 문은 잘 안 써. 그래서 숨어들기 좋은데. 파티 때문에 양쪽 문이 잠겼잖아. 그래서 전부 그 문으로 다니니까, 일단 숨어서 지켜보기로 한 거야. 사람들이 없을 때 들어가려고."

"오. 영리한데요. 자, 그럼, 누가 그 문으로 들어가고 나왔죠? 정확한 시간은 몰라도 되니 직원들은 빼고. 오늘 만찬장에 있었던 주요 참고인들이 들어가고 나간 순서를 얘기해 주세요. 그것만 확인하면 끝입니다." 이것이 가장 중요한 질문이었다. 아일랜은 카메라를 낀 채, 소년을 똑바로 응시했다.

레오는 엄마를 한 번 쳐다보고 이야기했다. "음. 아직 제대로 숨기 전이었는데, 컬린 아줌마가 갑자기 문 밖으로 나왔어. 피 묻은 앞치마를 입고 있어서 좀 놀랐거든. 놀라서 얼른 사자상 뒤에 숨었지. 그다음에 메리 아줌마가 나타나서 홀로 들어가고 집사 아저씨도 양날의 문으로 들어가는 거야. 그리고 헉스도 나타나 홀로 들어갔어... 나온 순서는 좀 달랐는데. 집사 아저씨가 맨 먼저 나오고, 그다음 메리 아줌마가 화를 내며 나왔어. 조금 있다 헉스가 멍청한 얼굴로 문 밖으로 나오고. 그래서 이제 들어가 볼까 했는데, 갑자기 엄마가 꽃 상자를 나르는 거야. 그리고 또다시 컬린 아줌마가 나타나서 홀로 들어가고. 그때 벌써, 오늘은 사람이 너무 많은 것 같아, 숨어드는 걸 포기할까 생각했어. 그리고 컬린 아줌마가 나온 후에도 엄마가 꽃을 나르다, 데이지 누나를 불러와 또 상자를 나르는 거야. 세 번인가 네 번인가 나르더니, 둘이 함께 마지막으로 꽃 상자를 하나씩 들고 온실로 가 버렸어. 그때는 숨어드는 게 시시해지기도 하고, 파티가 내일이라 또 누가 나타날지 모르니까 그냥 다른 곳을 탐험하기로 했지."

"그들이 어떤 모습이었는지, 특이한 점은 없었는지, 기억할 수 있나요?"

뉴윈은 아이 쪽으로 상체를 확 숙인 다음, 속삭이듯 말했다. 몹시 중요한 진술이라는 듯. 레오도 거기 이끌린 듯 고개를 끄덕였다. 가끔 눈을 들어 위쪽을 쳐다보며 기억을 더듬는 듯했으나 결국 고개를 저었다. "그냥. 똑같았는 걸. 두 번째로 나타난 컬린 아줌마는 앞치마가 깨끗했고."

"그럼 정원을 돌아다니며 본 사람들에 대해 말씀해 주세요."

"데이지 누나는 엄마를 돕고 있으니까 종묘장에 아무도 없을 것 같아서 그쪽으로 갔어. 나무칼을 만들 묘목을 뽑으려고. 그런데 포더 아저씨가 데이지 누나를 찾고 있는 거야. 그래서 누나는 온실에 있다고 알려 주고. 묘목을 고르다 적당한 게 없어서 바로 옆에 있는 닭장으로 들어가 병아리를 구경했어. 그런데 갑자기 칼 아저씨가 나타나더니 엄청 빠르게 닭장 앞을 지나가는 거야. 거의 뛰는 것처럼. 진료실은 반대쪽에 있는데 여기까지 온 게 수상해서 미행해 보기로 했어. 평소에 연습을 많이 했으니까 들키지 않을 자신이 있었거든."

그 말을 들은 마담이 한숨을 내쉬었다. 아이는 엄마를 보고 입술을 삐쭉 내밀더니 잠시 후, 다시 말을 이었다. "미행을 하느라 덤불 사이에 쭈그리고 앉아 있는데, 뒤쪽에서 무슨 소리가 들리는 거야. 목을 빼고 보니, 메리 아줌마가 앞치마 밑에 손을 감추고 나타나 닭장으로 후다닥 뛰어들어 갔어. 하지만 난 칼 아저씨만 쫓아야 하니까, 아저씨를 쫓아 대분수까지 몰래 따라갔지. 그때, 주차장 언덕을 보니까 헉스가 없는 거야. 홀에서 나왔으면, 주차장 언덕을 지키고 있어야 하잖아. 그런데 없었다니까... 그사이 칼 아저씨는 진료실로 돌아갔고. 난 시간이 너무 지난 것 같아 캠프장으로 가야 했어. 그러니까 헉스가 제일 수상해. 헉스는 그 시간에 주차장에 없었으니까." 그리고 소년은 앞서 한 말을 잊은 듯, 3차 진술을 하겠다고 나섰다.

그러나 뉴원이 "미안하지만 레오 군은 3차 진술권이 없습니다. 그리고 헉스 씨는 그때 생각할 게 있어, 세일렌 숲을 돌아다녔다고 했어요. 그래서 자리에 없었을 겁니다." 라고 친절하게 사실을 알려 주었다. 그리고 "그렇다면 혹시 사건이 일어난 건 언제 알았나요?"라며 재빨리 다른 질문을 던짐으로써 소년의 주의를 돌렸다.

레오는 불만스러운 표정이었으나 곧 열심히 답해 주었다. "캠프장으로 돌아갔더니 모두 나를 찾고 있었어. 그런데 날 보고는 왜 찾았는지 이야기를 안 해 주는 거야. 그러더니 갑자기 선생님들이 모여 뭔가를 의논하고. 그리고 한참 후에 하치 선생님이 오늘은 이만 캠핑을 마친다고, 모두 짐을 챙겨 스쿨버스에 오르라고 하는 거야. 그다음 제일 먼저 저택으로 와 나를 내려 주었는데. 평소라면 내가 맨 마지막이거든. 그런데 그날은 맨 처음 대문 앞에 내려 주고, 큰일이 났으니 곧장 저택으로 돌아가라고 했어. 저택으로 오다가 정원에서 수색 대원을 만났고, 그 사람이 양날의 문까지 데려다 주면서 회장님이 돌아가셨다고 이야기를 해 줬어."

뉴윈이, 아주 차분히 이야기를 잘 해 주었다고 칭찬했다. 조안과 나머지 사람들도 잘 했다고, 입을 모았다. 소년은 어깨를 으쓱하며 엄마를 쳐다보았다.

네 사람은 모자에게 인사를 전하고, 밖으로 나왔다.
이것으로 3차 진술도 끝이었다.

13장   DAY-3 오후 5:14

　회의실에 다시 정식 대원들과 아일랜, 뉴윈이 모였다.
　"조금 늦게 시작하긴 했지만. 초동 조사 기간이 끝났네요. 3차 진술까지 참고인 진술도 모두 확보했고. 다들 수고 많았어요." 조안이 격려하듯 모두에게 인사를 전했다.
　잠시 후, 아일랜이 끼고 있던 카메라의 숫자가 48/48을 가리키더니 검은 초점이 사라졌다. 이제 카메라는 기록 대신 재생만 가능할 뿐. 보충할 내용이 있으며, 대원들의 카메라를 이용해야 했다. 수색은 해이드의 결정에 따라 오후 9시까지 좀 더 이어질 예정이었다.

　그들은 어제와 같이 3차 진술을 함께 시청했다. 그러다 보니 자리에 앉은 여섯 명은 1,2차 진술을 세 번이나 듣게 되었다. 확실히 같은 말을 연속으로 세 번이나 듣게 되면 머릿속에 잔상이 남는 듯. 달라진 게 있으면 체크하기도 쉬울 듯했으나, 참고인들의 진술은 변함없어 보였다.
　때문에 보고서를 작성하는 것은 쉽게 끝날 듯했다. 원래 보고서는 1,2차 진술에서 달라진 내용을 찾아내 비교하는 내용을 꼼꼼히 기록해야 한다. 때문에 조사대는 귀가 예민한 대원이, 수색대는 눈이 밝은 대원이 맡게 돼 있다.

그러나 이 사건은 1차 진술만 자세히 작성하고, 나머지는 '상기 동일', '참고인 확인'을 기입하면 끝이었다. 때문에 보고서가 스무 장을 넘지 않을 듯했다.

물론 3차 진술 정리도 깔끔하게 끝날 것이었다. 참고인들의 말이 놀랍기는 했지만, 메리 부인을 제외하면 특별히 어긋나거나 억지스러운 부분이 없기 때문이다.

조안이 "다들 이야기를 잘 해서. 정말 법가원들도 판단하기 어렵겠어요." 라며 곤란한 표정을 지었다.

모두 그녀와 같이 고개를 끄덕였다.

14장   DAY-3 오후 8:50

3차 진술 확인이 끝남과 동시에, 응접실에서 기다리던 사람이 회의실로 들어왔다. 쿠어 회장의 유산에 관한 내용을 전하러 온 사람이라고 했다.

루이스의 안내에 따라 회의실로 들어온 그는 먼저 깍듯이 인사를 했다. 팀장을 비롯, 참석자들에게 차례로 허리를 굽혀 인사를 하고, 조안이 가리키는 맞은편에 앉았다. 말끔하게 차려입은 슈트의 품이 남아돌 정도로 깡마른 남자는 연신 마른 침을 삼키더니. 잠시 후, 긴장이 가라앉은 듯하자 입을 열었다.

"전, 쿠어 회장님의 법률 자문을 맡고 있는 '재드 앤 차나' 사무소, 빅 올더 지점에서 근무하고 있는 직원 체인 홀이라고 합니다." 소개를 마치고 한 번 더 침을 삼키더니 다시 입을 열었다. "재드 대표님의 말씀을 전해 드리러 왔습니다. 그동안 이곳에서 일어나는 갖가지 분쟁과 법률적 다툼은 모두 저희 대표님이 직접 방문해 해결하셨는데. 한시가 급한 형편임에도 불구하고 커네리크호가 재개되지 않아 저에게 이 중요한 일을 일임하신다고, 하셨습니다. 초동 조사 기간이 끝나자마자 전해야 할 내용이라는데, 바로 새 유언장에 관한 이야기입니다."

새 유언장, 이란 말에 모두 고개를 내저었다.

직원은 그 모습을 보고 고개를 끄덕이며 말을 이었다. "네. 알고 있습니다. 정원에서 수색 대원을 만났는데, 아직 새 유언장이 발견되지 않았다고 하더군요... 만약 새로운 유언장이 있다면, 제가 그 내용을 대표님께 전하기로 돼 있습니다. 그럼, 대표님 팀이 오늘 밤을 새서라도 법률적 검토를 마치고 내일 장례식에서 발표할 수 있도록, 그렇게 준비를 마쳐 놓은 상태입니다. 그런데 새 유언장이 나타나지 않았으므로, 이 경우, 작년 1월에 발표된 아홉 번째 유언장이 효력을 가지게 됩니다. 그러니까 쿠어 회장님의 모든 재산은 아홉 번째 유언장대로 분배, 집행될 거라 전해 달라고... 대표님이 말씀하셨습니다."

아홉 번째 유언장의 내용을 알려 달라고 조안이 부탁했다.

직원은 고개를 끄덕였다. "네. 안 그래도 사본을 가져왔습니다... 알고들 계시겠지만, 쿠어 회장님은 해마다 새로운 유언장을 작성하셨습니다. 그리고 매년 새해 첫날 만찬에서 그것을 발표하셨죠. 그렇게 내용을 공표함과 동시에 패밀리들이 증인으로 서명하게 됩니다... 쿠어 회장님은 아주 치밀한 분이라, 매년 새로운 유언장을 작성함으로써 패밀리들을 옴짝달싹 못하게 했다는데. 실제로 해마다 유언장의 내용이 달라졌다고 하니까요. 지난 1년간 자신의 일을 충실히 한 패밀리에게는 많은 지분이 돌아갔으며, 일을 제대로 하지 못한 패밀리는 가차 없이 유산이 삭감되었다고 합니다. 그렇게 5,6년이 지나자, 패밀리들은 회장의 지시를 따르게 될 수밖에 없었다고 하는데." 그는 "이것도 말씀드려야 한다고 대표님이 말씀하셔서." 라며 다시 말을 이었다. "그런데 최근에는 모두가 공평하게 유산을 나누어 받는 모양이었습니다. 어쨌든 오랜 시간 함께 생활하며, 패밀리들도 선을 지킨 듯... 아홉 번째 유언장의 경우, 액수가 이전에 비해 대폭 늘었으며, 모두에게 고루 분배가 된다고 합니다. 현금과 만기 채권 외의 유가 증권 등, 곧바로 현금화할 수 있는 유산을 따져보면 패밀리들은 한 분당 대략 800억 골드 머니씩을 받게 됩니다."

그는 자기가 말한 액수에 새삼 놀란 듯 헛기침을 하고, 전언을 이어 갔다.

그런데, 대표의 말에 의하면 올해는 유언장 작성을 미뤘다는 연락을 받았다고 한다. 새로운 패밀리들이 들어왔으므로 신중하게 결정하고 싶다며. 새해 첫날, 패밀리들이 보는 데서 회장이 재드 대표에게 직접 전화를 했다는 것이다. 그리고 추후, 새 유언장에 관한 이야기를 전하겠노라며 통화가 끝났다는데. 때문에 대표는 곧 다시 연락이 올 줄 알고 기다렸으나, 아무 연락 없이 4개월이 흘러갔다. 그리고 갑자기 올 4월에 다시 전화가 온 것이다. 거기서 회장은 파티를 열 생각이며 새로운 소식을 전할 거라고 말했다는 것이었다.

"이게, 아주 중대한 문제입니다. 왜냐하면 새로운 소식이라고 했으니, 새 유언장은 이전과 내용이 다르다는 의미 아닙니까. 픽셔들도 파티에서 새 유언장이 나온다고 난리였죠. 그래서 재드 대표님은 새 유언장이 있다고 생각하셨습니다. 이미 작성되어 있다고 믿고 계셨죠. 그런데 오늘까지 그것이 나오지 않았으므로. 결국 이전의 유언장을 공표하고 그대로 유산 분배를 집행할 수밖에 없게 됐습니다."

그 말의 의미를 아일랜이 곧바로 알아차렸다. "그럼 새로운 패밀리들, 마담과 데이지 양의 몫은 없다는 말이군요."

"네." 체인이 고개를 끄덕였다. "만약 늦게라도 새 유언장을 찾는다면... 그 유언장이 유리한 분은 소송을 걸면 됩니다. 그럼 어느 정도 구제가 될 겁니다. 물론 시간이 걸릴 테지만요."

두꺼운 렌즈 너머로 눈살이 찌푸려지는 게 훤히 보였다. 그렇게 말을 마친 그는 자리에서 일어났다. "그럼, 전 이제 돌아가서 대표님께 연락을 드려야 합니다. 참, 아홉 번째 유언장은 효력을 가진 형식으로 이미 1년 전 작성이 끝난 상태입니다. 따라서 대표님이 파일로 정리해 법가원에 제출하실 겁니다."

조안이 체인을 보며 이야기했다. "아주 중요한 내용이네요. 직접 방문해 알려 주셔서 감사해요."

"뭘요. 쿠어 회장님은 매우 중요한 고객이셨는 걸요. 그분의 뜻이 왜곡되지 않도록 유언장을 집행하는 게 중요하죠. 물론 새 유언장과 이전의 유언장은 내용이 꽤 다를 거라 생각하지만... 법이라는 게 어쩔 수 없죠." 그리고 그는 준비해 온 아홉 번째 유언장의 사본을 내밀었다.

조안이 먼저 확인하고, 나머지 사람들이 돌려 보았다.

모두가 볼 때까지 기다려준 직원은, 몇 가지 질문을 더 받고, 돌아갔다.

15장   DAY-3 오후 10:30

아주 늦은 저녁 식사였다. 처음으로 조수대 대원 전원이 회의실에 모여 식사를 했다. 메뉴는 따뜻한 콩소메와 호밀빵, 오븐에 구운 닭고기 요리뿐이었으나, 모두 맛있게 먹었다.

조안이 먼저 다 비운 접시를 포개며 말했다. "이런 대저택에서 조사라 잠자리도 식사도 꽤 좋은 편이었어... 다시 이런 사건을 조사하고 싶지는 않지만 말이야."

마지막 빵조각을 스프에 적시며 캐롤이 대꾸했다. "그런데 전, 픽션으로 읽었던 사건들에 비해 실제 조사와 수색이 훨씬 어려운 것 같았어요. 현장이 너무 넓고 커서 그런가... 마치 모래밭에서 바늘을 찾는 기분이었다니까요."

그러자 윌킨스가 맞은편의 아일랜을 쳐다보았다." 아일랜 씨는 첫 입회라 느낌이 남다를 것 같은데요. 하지만, 역시 범인을 찾기는 어렵죠? 소설과 현실은 엄연히 다른 데다, 맘대로 이야기를 지어낼 수도 없으니... 전, 솔직히 사람들의 이야기를 들을수록 머리만 아프던 걸요. 의심 가는 사람이 있지만 확신할 수도 없고." 그러면서 머리를 갸우뚱했다.

해이드도 냅킨으로 입을 닦으며 말했다. "맞는 말이야. 나도 하드보일드 타입의 사건이 좋은데. 이미 조사수색은 끝나고, 도망친 범인을 쫓는 거지. 쫓고 쫓기고. 암초가 무성한 바닷가나 선착장에서 활극이 벌어지고. 높고 험한 계곡이나 골짜기에서 굴러 떨어지는, 손에 땀을 쥐게 하는 추격전이 재밌어. 물론, 실제 경험해 볼 일은 없겠지만 말이야. 이번 사건은 머리만 아파. 보람은 적은 것 같고."

그러자 조안이 대원들을 둘러보았다.

"어쨌든 내일 오전 참고인들에게 픽셔에 대해 알려 주면 곧바로 철수야. 보충 조사 권고가 떨어지기 전까지 한숨 돌릴 수 있어. 모두들 수고했어."

그리고 슬쩍 눈치를 보듯 아일랜에게 질문을 던졌다. "그런데 아일랜 씨는 괜찮겠어요? 패밀리들 모두 3차 진술에 협조했으니 픽셔에 대해 잔뜩 기대하고 있을 텐데... 괜히 그렇게 설득했나 싶어요. 협조를 못하겠다고 할 때 놔뒀으면 넘어가기 좋았을 텐데... 아직, 사건의 윤곽을 잡지 못했죠?"

그 말을 듣고 아일랜은 대번에 눈이 휘둥그레졌다.

그러자 그녀도 당황한 듯, 곧바로 말을 이었다. "내일 아침, 패밀리들에게 범인과 사건의 진상을 대충이나마 알려 주어야 하잖아요... 정, 그게 어렵다면 픽셔의 섹션과 헤드라인만이라도 알려 주도록 하세요. 입회 캐스터로서 말이에요."

아일랜은 여전히 놀란 표정으로 조안을 쳐다보았다. 그제야 3차 진술에 협조를 구하며, 픽셔에 범인과 진상을 밝히겠다고 떠들어 댔던 것이 뒤늦게 떠올랐다.

입을 다문 채 대꾸하지 못하는 아일랜을 보며, 조안이 재차 사과하듯 말했다. "아, 미안해요. 우리 일은 일정 정도 끝이 났는데 아일랜 씨는 이제 시작이라. 하지만 결코 재촉하려던 건 아니었어요. 단지 내일 아침 참고인들에게 픽셔에 대해 설명을 해야 한다는 걸 말씀드리고 싶었어요. 아일랜 씨가 직접."

사태의 심각함을 깨달은 아일랜의 얼굴은 핏기마저 가신 듯했다. '맞아, 그러고 보니 범죄 픽셔를 완성해야 해. 그것도 중범죄, 살인 사건 픽셔를... 아니, 그게 문제가 아니야. 난 아직 사건에 대해 아무것도 모르겠는 걸.'

그의 안색이 변하는 것을 보며 조안이 조심스레 말을 이었다. "게다가 단독으로 쓰는 픽셔라니. 중압감이 장난이 아닐 거예요."

그러더니 잠시 후, 이 얘기가 도움이 될 지 모르겠다며 다시 운을 뗐다. "제가 어렸을 땐, 모두 일기 예보를 들었거든요. 지금은 환경 오염으로 기상 악화가 심해져 예측이 불가능하잖아요. 모두 실시간 예보를 볼 뿐이고. 그런데 예전에는 일주일이나, 한 달, 다음 계절 예보도 미리 발표하곤 했어요. 한번은, 제가 대학에 들어간 해였는데, 폭염이 온다고 봄부터 난리법석인 거예요. 열대 고기압, 계절풍, 열돔 현상, 온갖 용어가 튀어나오며 다가오는 여름이 무척 무더울 거라는 예보가 쏟아졌죠. 그런데 막상 여름이 되자, 여느 때와 비슷했을 뿐이에요. 심지어 여름 내내 무더웠던 것도 아니고, 보름만에 폭염이 끝나고 갑자기 날씨가 선선해졌는데. 더 중요한 건, 폭염이 극심한 지역과 심하지 않은 지역이 있었다는 거예요. 제가 살던 부요크는 예전에 비해 선선한 편이었거든요. 그런데도 날씨 예보는 가장 폭염이 심한 지역만 보여 주며, 오늘도 덥다, 내일도 덥다, 같은 말만 반복하고. 예년과 비교하는 내용이나, 선선한 지역의 기사는 나오지도 않는 거예요. 그런데 놀랍게도 동네 어른들은 예보만 믿고는 너무 덥다며 힘들어하시는데... 전 겨우 학생이었지만 그 상황이 너무나 이상했어요. 결국 기상관제청과 언론의 예보가 실패로 돌아갔는데, 대대적으로 설레발을 떨었으니... 기사들이 나중에 수작을 부린 거란 생각을 지울 수 없었죠. 어쨌든 무더운 지역이 실제 몇 군데 있으니, 거기만 보여 주는 걸로 말이에요. 차라리 여름이라 무더위에 충분히 대비하고, 각 지역 차가 있으니 고려하라고 솔직하게 알려 주는 게 좋지 않았을까. 여름 방학 내내 그런 생각을 했어요."

역시 조수대 팀장까지 맡은 사람은 다르구나. 학생 때부터 기사의 내용과 주변 사실을 실제 비교해 보려 하다니. 뉴원은 감탄함과 동시에 그녀의 말에 전적으로 공감했다.

"그러니까 아일랜 씨도 부담감이나 중압감에 떠밀려, 어설프게 진상을 밝히는 것보다... 조사 내용만 충실히 발표하는 것도 나쁘지 않을 것 같다는 말이에요." 그렇게 마무리한 조안의 말에서 캐스터의 부담감을 덜어 주려는 배려심이 느껴졌다.

그러나 팀장의 말을 들은 대원들은 이제 일제히 아일랜을 주시하고 있었다. 그가 마지막 키잡이라는 것을 알아차린 듯.

아일랜은 창백한 미소만 띨 뿐. 속으로 큰일 났다며 발을 동동 굴렀다. 목이 메일 것 같아 잡아 뜯은 호밀빵을 입에 넣지도 못하고 들고만 있었다. 그러다 슬쩍 옆자리의 동료를 보는 척, 사람들의 시선을 피했다.

뉴윈은 이미 식사를 마친 후였다. 그는 빈 접시에 빈 스프 그릇을 깔끔하게 포개 놓고 마지막으로 입을 닦은 냅킨을 접기 시작했다. 그렇게 반듯하게 접은 냅킨을 테이블에 올려 두며, 뜻밖의 말을 꺼냈다.

"…… . 하지만, 사건의 진상은 드러난 걸로 아는데요. 아일랜 씨가 범인과 사건의 진상을 알아낸 것 같다고 했으니까요."

그것은 완벽한 폭탄 선언이었다. 모두 청년을 쳐다보고, 아일랜을 번갈아 쳐다보았다. 그러나 작가야말로 입을 떡 벌린 채, 누구보다 놀란 표정으로 뉴윈을 쳐다보고 있는 것이다.

조안이 테이블을 짚으며 벌떡 일어났다. "그럼, 진상에 대해 알려 주지 않겠어요?"

그러나 뉴윈은 차분히 거절했다. "안 됩니다. 아직 픽셔를 쓰기 전이니까요. 함부로 언급할 수 없습니다. 아, 아일랜 씨, 비밀을 밝혀 죄송해요. 오늘 밤 픽셔의 초안을 잡고, 내일 아침 패밀리들에게 설명하신다고 했는데… 이 분들이 너무 걱정해 주시는 것 같아서… 또, 주제넘은 말을 꺼내고 말았네요."

사람들은 그제야 아일랜이 그렇게 귀신이라도 본 듯한 표정을 지은 것이 이해되는 듯했다. 비밀을 지키기로 약속한 상대가 갑자기 그것을 폭로하면 얼마나 당황하고 놀랄 것인가.

결국 조안은 기운이 빠진 듯 의자에 털썩 주저앉았다. 그리고 아일랜을 향해 한마디 했다. "정말, 대단하네요, 아일랜 씨. 그렇게 감쪽같이 우릴 속이다니. 전, 아일랜 씨도 사건에 대해 정리를 못 한 줄 알았어요. 그런데 괜한 걱정이었군요."

그러자 뉴원이 자리에서 일어서며 아일랜을 바라보았다. "그럼, 빨리 올라가죠. 모두에게 전달할 만큼 정리해야 하니. 밤을 새야 할 지 모른다고 걱정했잖아요. 한시라도 빨리 픽셔의 틀을 잡아야죠."

아일랜은 빵조각을 든 채로 홀린 듯 자리에서 일어나 뉴원의 뒤를 따라나섰다.

그렇게 대원들을 남겨 두고 두 사람은 회의실 밖으로 나갔다. 안에서 웅성대는 소리가 폭풍처럼 그들의 뒤를 쫓았다.

아일랜은 그저 멍하니 뉴원에게 이끌려 2층에 도착했을 뿐이었다. 그리고 파란 출입문을 보자 겨우 정신이 돌아오는 듯했다. "무, 무슨 말이죠? 어떻게 된 거예요?"

그러나 그 물음에 뉴원은 잠시 시간을 달라고 했다. 혼자 정리할 시간이 필요하다며, 정리가 끝난 후 사건에 대해 알려 주겠다는 것이다.

대신, 정리가 언제 끝날지 모르니 잠깐이라도 눈을 붙이고 있으라 말했다.

그리고 그는 자신의 방으로 들어가 버렸다.

5부   진상

1장   대화

이미 아일랜의 상태는 기절한 듯 잠에 곯아떨어지고도 남을 정도였다. 난생 처음, 살인 사건에 입회한 터라, 이틀 동안 거의 잠을 자지 못했기 때문이다. 진정제 약통은 한 달용이었으나 사흘만에 바닥을 보였으며, 약 기운에 취한 건지, 밤에는 고작 서너 시간 눈을 붙일 뿐. 침대에 누워 있는 대부분은 비몽사몽간, 흐릿한 무언가가 머릿속을 유영하는 시간이었다.

그것은 매우 기이한 체험이었다. 이제까지는 잠자리가 바뀌어도, 매트에 눕는 순간 몸이 가라앉음과 동시에 깊은 잠 속으로 빠져들었다. 불면증이란, 낙천적인 그에게는 낯설기만 했다. 그런데 이 저택에서는 밤에 홀로 누워 있노라면, 낮에 만난 사람들이 다시금 떠오르는 것이다.
 의심이란 것은 늪이나, 볼록 렌즈 같다. 한 번 빠져들면 헤어 나올 수 없고, 모든 것이 수상쩍게 과장돼 보인다. 더욱이 그는 아직도 범인의 윤곽을 잡지 못했으며, 저택에 살고 있는 모두를 의심하는 처지였다. 그러니 밤마다 그들의 표정과 말투, 행동 하나하나가 되살아나는 것은 당연한 일이었다.

 그리고 그 절정은 이 밤인 듯했다. 진상을 알겠다는 뉴원의 말이 머릿속을 빈틈없이 채워 버렸다. 뾰족한 장침이 무수히 돋아 뒷목의 신경을 찌르는 것 같아, 도저히 눈을 붙일 수 없다. 연신 몸을 뒤척여 대니, 그때마다 톱시트가 부스럭거리는 소리가 귀에 거슬린다.
 결국 아일랜은 침대를 빠져나와 발코니로 나갔다.
 눈앞에 펼쳐진 정원을 보자, 마음이 점차 가라앉았다.
 '이 풍경을 보는 것도 마지막이구나.' 감회가 새로웠다. 내일 아침 모두에게 픽셔에 대해 알려 주고, 그다음 철수하는 조수대와 더불어 자신도 시내로 돌아가야 한다. 거기서 적당한 숙소를 찾아 픽셔를 마무리해, 더블픽셔사에 넘기는 게 급선무다. 그 숙소를 떠날 때까지 시간이 얼마나 걸릴지, 며칠이 걸릴지, 가늠되지 않는다.
 과연 이 사건의 픽셔를 완성할 수 있을까... 뉴원이 정말 그 모든 것을 알려 줄 수 있을까...... .

  정원의 밤 풍경은 또 다른 매력을 풍기고 있다. 모든 컬러가 엷어지며 오히려 더 잘 어울리는 듯. 사람들이 모여 이룬 사회란 것도 이 정원과 같을지 모른다. 각각의 개성은 확실하게 살아 있어야 하며. 지구 혹은 국가라는 정원의 한 부분으로 어울리는 것도 중요하다.
  물욕이 전혀 없던 자신에게, 황금의 위력과 매력을 알려 준 곳이 끔찍하기만 한 살인 사건 현장이라니. 실로 아이러니한 일이 아닐 수 없다.
  고요한 풍경 덕분에 한결 진정이 된 그는 침대로 돌아가려고 몸을 돌리다 뜻밖의 그림자를 발견했다. 바로 옆 발코니에 서 있는 뉴윈이었다. 그는 발코니 안쪽에서 달을 올려다보고 있었다. 바닥까지 닿은 프랑스식 창문을 여는 소리가 들리지 않았으니, 그가 먼저 나와 있었던 것이다.
  자신이 지켜보는 줄도 모르고 뉴윈은 창문 틀에 기댄 채 조용히 서 있었다.
  그리고 잠시 시간이 흘렀다. 아일랜은 그 모습에서 점차 으스스한 느낌을 받았다. 새하얀 달빛이 쏟아지는 가운데 서 있는 실루엣은, 마치 그림자나 유령처럼 보였다. 고유한 잿빛이 사라지고 푸른 실크 잠옷만 공중에 둥둥 떠 있는 듯.

그러나 다시 찬찬히 보니 이 유령은 기괴하다기보다는 처연한 것 같다. 그것은 괴성을 지르며 달려드는 유령이 아니라 코트랜드 성의 흐느껴 우는 유령 같다는 생각이 들었다.

서늘한 그 모습에 아일랜은 저도 모르게 눈을 질끈 감고 말았다. 그리고 잠시 후, 눈을 뜨니 푸른색이 사라지고 없다. 대신 등 뒤에서 노크 소리가 들렸다. 중문을 열어 보니 아니나 다를까 뉴윈이 서 있었다.

그는 해가 뜨기 전에, 이곳을 떠날 거라고 했다. 이미 윌킨스에게 트럭을 빌려 놓았고, 아일랜에게 사건의 전모를 알려 주면 더 이상 할 일은 없다는 것이다.

사건의 전모를 알려 준다... 아일랜은 서둘러 그를 벽난로 앞의 테이블로 안내했다.

테두리가 없는 둥근 탁자에 마주 앉아, 뉴윈은 아일랜을 잠시 바라보았다. 만약 이 사건에 미스터리한 부분이 있다면 그것은 바로 이 작가일 터다. 그가 여기 있다는 것, 아일랜이 쿠어 저택에 왔다는 것이 그로서는 이해할 수 없는 매우 신비로운 부분이었다... 왜냐하면 이 작가야말로 사건을 풀어 나가는 최초의 실마리였으며, 가장 중요한 매듭이었기 때문이다.

그는 여느 때와 같이 신중한 태도로 입을 열었다.

"....... . 제 생각입니다만, 지금부터 하는 이야기가 사건의 진상이 아닐 확률은 극히 적을 겁니다. 지금까지 알아낸 걸 수십 번이나 이어 봤는데, 다른 스토리는 만들어지지 않더군요. 그만큼 이 사건은 단순 명료하며, 트릭 같은 것도 일절 쓰이지 않은 사건이라 보면 됩니다. 다른 캐스터들은 이미 미스터리한 사건으로 뼈대를 잡고 글을 쓰고 있을 텐데. 아마 당신의 픽셔를 보면 그것을 폐기해야 할 거예요."

아일랜은 놀라는 한편, 가슴이 크게 두근거렸다. 빨리 이야기를 듣고 싶어 질문조차 삼갔다.

뉴윈은 말을 이어 갔다. "그저 눈을 크게 뜨고, 직접 본 것과 들은 것들을 이어 가면 사건의 진상을 알 수 있습니다. 아는 것을 잇다 보면, 그사이 빈 공간이 자연스럽게 메워지거든요. 이것을 자동 합성 능력이라고 하던데... 제 생각에는 추리력이라 불러도 무방하지 않을까 싶습니다만."

다른 사람이 이런 말을 했다면 무시당하는 기분이 들 것이다. 그러나 뉴윈은 덤덤히 말할 뿐이라 아일랜은 부끄러움도 느끼지 못했다. 아니, 부끄러움보다는 호기심이 더욱 강렬했다. "단순하다구요? 하지만 저는 범인은커녕, 진상을 하나도, 모르겠어요." 라고 재촉했다.

그러자 뉴윈이 살짝 미소를 띠었다. "....... . 제 생각입니다만, 그건 아일랜 씨가 미스터리 소설을 읽지 않아서일 겁니다. 한 번도 읽지 않은 장르라고 했죠... 하지만 미스터리는 아주 재미

있어요. 거기에는 놀라운 대결이 숨어 있고, 마치 게임인 양 승패도 나거든요. 작품 속에서는 범인과 탐정이, 작품 밖에서는 작가와 독자의 두뇌 대결이 펼쳐지고. 승패나 성패라 해도 좋을 결판이, 확실히 나죠."

"그 정도는 알고 있어요. 그래서 미스터리가 싫은 걸요. 독자가 예상한 결말로 스토리를 끝내거나, 독자가 범인을 알아차리기라도 한다면, 작가가 그들에게 진 셈이 되잖아요. 제 소설이 그렇다면, 전 패배의 슬픔에 빠질 거라구요. 승리한 독자는 기쁨의 환호성을 지르겠죠. 스토리로 대결을 하다니, 어이없는 일이에요."

뉴윈은 여전히 미소를 지은 채, 고개를 천천히 저었다.

"……. 아닐 겁니다. 정말 아일랜 씨는 미스터리를 읽은 적이 없군요. 진범을 알아내고, 결말을 제대로 예측한 독자가 있다면, 그는 작가를 이겼다는 만족감보다는 실망감을 느낄 걸요. 독자들은 깜짝 놀라고 싶어 하거든요. 자신의 예상을 뛰어넘는 진실이 숨어 있으며, 놀라운 반전을 기대하죠."

"그럴 수도 있겠네요. 하지만 그건 지나치게 가혹한 요구예요. 대부분의 독자는 한 사람, 한 사람이 작가만큼 뛰어난 상상력과 지식을 가지고 있으니까요. 게다가 그 수가 얼마가 될지 가늠할 수도 없고. 작가는 홀로 수많은 독자와 대결해야 하죠. 중요한 정보를 숨기거나 감추는 것도 안 되고. 공정한 게임을 위해 반드시 힌트와 실마리를 꺼내 놓아야 하고. 아무리 생각해도 미스터리 소설에서 작가가 독자를 이긴다는 건, 난제 중에 난제예요."

아일랜의 투덜거림에 뉴원의 눈꼬리가 좀 더 내려갔다. "말씀하신 대로면 대부분의 미스터리 소설이 실패할 것 같은데... 여전히 기막힌 반전이 있는 성공한 작품들이 나오고 있지 않나요? 사실... 아일랜 씨는 모르겠지만, 미스터리 작가는 그만이 가질 수 있는 히든 카드가 있어요. 그 카드 하나로, 독자를 이길 수 있죠... 한때 미스터리 소설을 탐독했던 전 그것을 알고 있답니다. 그 히든 카드를 눈치챈 순간부터 추리, 라는 것도 제대로 해 보게 됐고요."

"히든 카드요?"

"네. 히든 카드, 숨겨 놓은 무기라고 할까요? 수많은 독자와의 두뇌 싸움에서 이길 수 있는 필살기라고 할까요."

"재미있네요. 미스터리 작가의 필살기, 그런 게, 있다구요?"

잠시 입을 다문 뉴원의 회색 눈동자가 짙어진 듯했다. 기차에서 이런 눈을 본 것이 기억났다. 그것은 아주 중요한 이야기를 꺼낸다는 신호였다. 아일랜은 그때처럼 숨이 멎는 듯했다.

뉴원은 아일랜을 똑바로 쳐다보며 말했다.

"그게 바로 '어릿광대'를 쓰는 겁니다. 그것도 무제한으로 말이죠. 사건의 진상을 가리고, 진실을 감추기 위해, 작가는 어릿광대들을 늘어놓을 수 있어요. 수상한 행동을 하는 인물, 수상한 대사를 지껄이는 인물들을 끊임없이 늘어놓으며, 독자의 눈과 귀를 가리죠. 그것으로 독자를 속이는 겁니다."

어, 릿, 광, 대. 아일랜의 목덜미에 소름이 쫙 돋았다. 언제부터인가 어릿광대에서 벗어나지 못하는 것 같다는 생각이 들었다. 언제나 어릿광대를 보고 있는 기분이랄까. 어릿광대가 이쪽을 지켜보고 있는 느낌이랄까.

그리고 다음 순간 아일랜은 기시감을 느꼈다. '언젠가 이런 이야기를 나누지 않았나... 그러니까... 기차에서 말고, 그보다 훨씬 더 오래 전에... 누군가와... 설마.......' 데자뷰와 같은 느낌을 받은 그는 무척 놀라고 말았다.

뉴윈은 아일랜의 푸른 눈이 동그랗게 커지는 것을 봤으나 개의치 않고 말을 이었다.

"때문에, 한마디로 모든 미스터리 소설은 시공간 배경만 달라질 뿐, '어릿광대 사건'일 뿐입니다. 어릿광대 가족의 살인, 어릿광대 도시의 살인, 어릿광대 열차의 살인. 어디서 어떤 사건이 일어나도 독자는 작가가 만든 어릿광대와 싸워야 하죠. 더 중요한 것은... 미스터리 소설에 등장하는 모든 인물이 어릿광대라는 겁니다. 범인은 자신의 범죄를 감추기 위해 어릿광대가 되고, 탐정이나 수사관, 참고인, 목격자들도 모두 독자의 추리를 방해하는 어릿광대일 뿐이니까요."

그는 말을 이었다. "제가 이 사건의 진상을 알게 된 것도, 추리 소설을 탐독한 덕분입니다. 더욱이 이 사건은 어릿광대 저택에서 일어난 사건이니....... 우연 치고는 기가 막히죠."

"그럼, 전, 어릿광대에 속고 있다는 거군요." 아일랜은 고개를 격하게 끄덕였다.

"많은 미스터리를 읽다 보니, 제가 무엇에 속지 않아야 하는지가 보이더군요. 한마디로 추리라는 것은 어릿광대와 싸우는 일이라는 사실도 깨달았습니다. 추리라는 것은, 밀실 살인이나 흉기, 시간표, 알리바이 트릭 등을 깨는 것도 중요하지만, 그보다 맥거핀으로 쓰인 어릿광대를 알아차리고, 그것에 속지 않는 게 핵심이었습니다. 그렇게 해야 사건의 진상과 범인을 어렴풋이나마 밝혀낼 수 있죠. 그리고 전, 점차 그 방법으로 세상을 둘러보게 되었습니다... 그런데 우리가 살고 있는 세상이라는 건, 참으로 놀랍더군요. 소설은 감히 흉내도 못 낼 만큼, 현실은 미스터리 그 자체였으니까요."

그러나 놀랍다는 말과 달리 뉴윈의 회색 눈썹은 움직이지 않았다.

"우리 주위에는 매일같이 끔찍한 사건이 일어나고 참혹한 사고가 발생합니다. 그런데 그 진실을 알기가 어렵더군요. 현실에서는 더 막강한 어릿광대들이 더 섬뜩한 목적을 가지고, 우리의 눈과 귀를 장악하고 있기 때문에요."

"현실의... 어릿광대... 요?"

"네. 그게, 바로 픽셔들입니다." 뉴윈은 고개를 끄덕였다. 픽셔. 그것은 실로 무서운 어릿광대였다.

아일랜은 반박하지 않을 수 없었다. "물론 저도 픽셔들이 너무 자극적이라고 생각해요. 하지만 섬뜩한 목적이라니. 저도 픽셔를 쓰지만, 그런 것은 없어요."

"물론 캐스터들 개개인의 목적은 다양합니다. 디테일한 의도도 다르겠죠. 단순한 재미, 혹은 자신이 믿는 진실을 위해, 아니면 아일랜 씨처럼, 사랑을 전하기 위해 픽셔를 쓸 수도 있어요... 그러나 대다수의 캐스터는 돈과 권력을 위해 픽셔를 씁니다. 그리고 그 목적은 그들이 속한 단체의 방향성과도 일치하죠. 픽셔의 내용을 진두지휘하는 미디어사의 사장과 편집장들 말이에요. 그들 또한 목적은 황금과 권력일 뿐입니다. 그것을 위해 픽셔를 팔죠. 사실을 전달하지도 않고, 진실을 파헤치지도 않으면서, 매시간마다 쏟아져 나오는 수많은 픽셔들. 팩트의 전달이 아니라 감정을 자극할 목적으로 쓰여지는 픽셔의 궁극적인 목적은, 클릭으로 벌어들이는 돈과 다수 대중을 움직일 수 있는 막강한 권력 아닐까요."

아일랜은 가슴이 뜨끔한 듯했다.

뉴윈은 담담히 말을 이었다.

"이 사건에서도 마찬가지였습니다. 사실, 이 사건의 가장 큰 트릭, 눈 가리개는 바로 픽셔가 제공했으니까요. 이 사건의 가장 큰 함정은, 한 달 전부터 온 나라를 떠들썩하게 만든 픽셔들이었습니다. 그것들은 모두 이구동성으로 입을 모아 얘기했죠. 이번에 쿠어 저택에서 유산 상속 파티가 열린다고, 1조 6천억 골드 머니의 분배, 혹은 유산의 배분이라고 말입니다. 사람들의 머리를 장악해 버린 것은 천문학적 숫자와 자극적인 헤드라인으로 점철된 픽셔들이었습니다. 아일랜 씨는 그 점에서 아주 유리했습니다. 대충 제목만 알 뿐이었으니. 하지만 이어지는 수많은 후속 픽셔들을 읽은 사람들은 점점 더 그 이야기에 빠져들었을 겁니다. 세뇌의 기본은 지속성이니까요. 사람들의 착각은 더욱 공고해졌겠죠. 그 대전제, 출발점부터 어긋났기에, 사건이 미궁에 빠진 겁니다."

청년의 목소리에 힘이 들어갔다. 그는 아일랜을 똑바로 쳐다보았다. "자, 그럼, 그 픽셔들부터 다시 점검해 볼까요? 과연 쿠어 회장이 열고자 했던 파티는, 유산 상속 파티였을까요? 엄청난 유산을 나눠 주는? 당신이 본 것에만 집중해 보세요... 아일랜 씨... 당신은 여기 도착해서 무엇을 보았습니까? 파티 홀에서 가장 인상이 남는 것은 무엇이었죠?"

그 말에 아일랜의 가슴이 출렁이는 듯했다. 뭔가 손에 잡힐 듯... 그 벅찬 희열감, 아름다움...

"그 누구도 아닌 아일랜 씨라면 알 텐데요. 그 홀이 의미하는 바를." 뉴윈의 목소리가 다시 몰아치는 바람처럼 귓가에 불어왔다. 그리고 그것은 자신의 눈앞을 가린 안개를 걷어 내 주었다.

너무나 아름다웠던 메인 홀의 모습이 피어오르더니, 선명하고 또렷하게 눈앞에 드러났다. 그것을 가만히 바라보던 아일랜은, 그만 붉은 손으로 입을 가리고 말았다. 그것은 너무나 충격적인 사실이었다.

2장 진실

입을 가렸던 손을 내리고, 아일랜은 사람들을 둘러보았다.

쿠어 회장의 리셉션 룸은 충분히 넓었다. 중앙에 놓인 거대한 회의용 탁자에서 의자를 빼 출구 쪽에 자리를 마련했는데. 여전히 공간이 남아 있었다. 그는 출입문을 등진 채로, 맞은편에 앉은 사람들과 일일이 눈을 맞추었다. 왼쪽부터 차례대로 포더 집사와 데이지, 마담 매릴린, 헉스와 애나 남매, 마크와 메리 부부, 칼과 컬린 부부가 있다. 모두 잠을 설친 듯, 초췌하고 푸석푸석한 얼굴들이었다.

그러나 그들보다 한층 더 흰자위가 충혈되어 있는 사람은 1층에서 만난 윌킨스와 캐롤이었다. 조수대 대원들 또한 조사를 정리하며 밤새 회의를 했다고 한다. 두 사람은 지금 아일랜의 설명이 잘 진행되도록 홀을 지키고 있었다. 조안 팀장은 초동 조사 결과를 발표하기 위해 일찍 본부로 떠났다. 그녀에게는 뉴원이 직접 이야기를 전하기로 했다. 자신이 보조 캐스터가 아님을 밝히며 사건의 진상도 전하겠다는 것이다.

 아일랜은 다시 참고인들을 찬찬히 둘러보며 말을 이어 나갔다. "그러니까 우리는 출발 지점에서부터 속은 거예요. 여러분은 그 파티 홀에서 이상한 점을 느끼지 못했나요? 의심스러운 분은 지금이라도 제 영상을 보셔도 좋구요. 제가 이곳에서 가장 깊은 인상을 받았던 파티 홀. 아마 제 아파트로 돌아가 수십 년이 흘러도 언제든 떠올릴 수 있을 만큼 강렬한 인상을 받은, 그 아름다웠던 니케의 영광을 제대로, 똑똑히, 다시 떠올려 보시라구요."
 "장식들이 사건과 무슨 관계가 있다고 그래. 돈을 잔뜩 처발랐으니, 그만큼 화려한 건 당연하잖아." 헉스가 투덜거렸다.
 "아직 제 말을 이해하지 못하셨군요. 비용을 말하는 게 아니예요. 그럼, 제가 말로 전할 테니, 어떤 장면이 머릿속에 떠오르는지 상상해 보세요. 자, 온갖 꽃들과 리본과 화환으로 꾸며 놓은 곳, 천장에 대형 샹들리에가 달렸고, 레드 카펫이 깔린 곳. 이런 곳을 본 적 없나요? 컬린 부인, 당신이 아마 이런 곳에 가장 최근에 입장을 했을 것 같은데요. 파티는 좋아하지 않는다고 했죠? 그럼 파티가 아니라고 생각하고, 이와 비슷한 곳에 참석한 적 없나요? 틀림없이 당신은 잘 알 텐데요."

그는 뉴원이 말한 대로 컬린을 지목했다.

컬린은 머리를 갸웃거리며 도리질을 했다. 그러나 아일랜이 파란 눈동자로 똑바로 쳐다보자, 억지로 생각에 잠기는 척했다. 그리고 잠시 후, 그녀는 턱을 쳐들었다. 마치 싸움을 하러 덤비는 사람처럼, 눈동자가 두 배는 커지고 숨이 거칠어졌다. 그리고 이를 악무는 듯하다가, 결국 답을 토해 냈다.

"하지만, 하지만... 그건 아닐 거예요....... . 그곳은 성당의... 예식장이었으니까요."

정적이 흘렀다. 사람들은 놀라지도 않았다. 아니, 놀랄 수가 없었다. 머릿속이 버퍼링이 걸린 듯.

아일랜의 질문과 컬린의 답이 번갈아 떠올랐으나 선뜻 연결되지 않았다. 예식장이라니.

아일랜은 저도 모르게 뉴원처럼 눈을 게슴츠레 떴다.

"빙고. 정답이에요. 저도 자주 초대받던 곳이라, 알 수 있었죠. 저보다는 여러분들이 먼저 눈치를 챘어야 하는 게 아닌가요? 원래 정원과 저택이 어떤 모습이었는지, 그리고 대략 한 달 전부터 어떤 모습으로 바뀌었는지 쭉 지켜봤으니까요. 그러니까 파티의 콘셉트를 여러분은 알 수 있었을 거예요. 선입견만 없었다면 말이죠. 자, 저 장식의 콘셉트는 과연 유산 상속인가요? 재산의 분배, 유산의 사회 헌납에 어울리는 장미 다발과 리본 장식인가요?"

"그럼, 식장이었다고? 세상에." 마크가 상체를 거칠게 뒤로 젖혔다. 그 바람에 의자 등받이가 뒤로 벌렁 넘어갔다.

"정확히 말씀드리자면, 프러포즈를 위한 이벤트 장소라고 하는 게 맞겠군요. 쿠어 회장은 흥분한 상태라고 했죠. 기력이 넘치고, 정력적이었다고도 하고. 우리의 눈을 가린 것은, 어릿광대죠. 애초에 우리는 선입견에 사로잡혀 있었던 거예요. 그것이 유언장을 낭독하거나, 유산 상속, 혹은 후계자를 발표하는 자리라고 말이죠. 픽셔들 때문에요. 픽셔는 주민들에게 제보를 받아 쓰여졌죠. 알다시피 어느 캐스터도 빅 올더에 내려오지 않았어요. 그러니까 픽셔부터 의심하는 게 마땅한 일이죠. 아마 제보자의 생각은 단순하게 이어졌을 거예요. 쿠어 회장은 나이가 많다 - 죽음을 앞두었으니 유산을 잘 처리해야 한다 - 올해 유언장도 발표하지 않았다 – 그런데 한 번도 열린 적 없는 파티가 열린다 – 사람들을 불러 모아 발표하는 것은, 당연히 유산 분배에 관한 것이다. 쿠어 회장을 직접 겪어 보지 못한 사람들은 평범하고 일상적인 생각의 흐름을 따라갔을 뿐, 이 저택의 장식을 눈으로 직접 확인했다면 다른 생각을 할 수도 있었을 텐데 말이죠. 하긴, 여기 있는 여러분들 또한 알아차리지 못했다는 게 놀라울 따름이네요. 눈앞의 사실조차, 저택에서 일어나는 일조차, 픽셔를 통해 알 뿐이라니."

그것 역시 뉴원의 예상대로였다. 거기서 아일랜은 잠시 입을 다물었다. 이 다음 뉴원은 아주 중요한 이야기를 했다. 그러나 사건과 직접적인 관계가 없기에 빼는 게 좋을 것 같았기 때문이다.

-우리는 거대한 어릿광대 앞에 놓여 있습니다. 세상의 모든 소식을, 눈앞의 사건을, 어릿광대를 통해 듣는 거죠. 조안 팀장의 말처럼, 올 여름이 더운지, 서늘한지. 내가 행복한지, 불행한지. 내가 사는 곳이 천국인지, 지옥인지. 모두 픽셔를 통해 판단합니다. 수많은 사람에게 일방적인 생각과 주장을 퍼뜨릴 수 있다니. 얼마나 막강한 권력이며, 얼마나 막대한 황금과 결탁해 있을까요. 픽셔의 위험성을 아주 상징적으로 표현한 이야기가 하나 있어요. '양치기 소년'이란 우화 말이에요. 그것이 우화였기에 세 번 연속으로 거짓말을 하고, 진실이 들통나 버리지만. 그것이 돈이나 권력을 위해 끊임없이 진실과 거짓을 섞어서 늘어놓는 픽셔였다면, 우리는 진실을 구분하기 힘들 겁니다. 양치기 소년의 거짓말 중, 단 한 번이라도 늑대가 왔다면, 마을 사람들은 계속 그 말에 속지 않았을까요? 위험은 미리 준비하는 게 맞으니까요... 미디어 기업들은, 재미를

위해, 픽셔를 내는 게 아닙니다. 돈과 권력을 위해 픽셔를 생산하죠. 진실을 위해, 대의를 위해, 픽셔를 낼지도 모르겠습니다만. 그 진실과 대의라는 것도 결국 자신들의 이익에 도움이 되는 진실과 대의일 겁니다. 때문에 거짓말만 연속으로 늘어놓는 어리석은 짓은 결코 하지 않습니다... 진실과 거짓을 적당히 섞고. 이편과 저편의 이야기를 교묘히 섞어 놓죠.

본론으로 들어가기 위해, 아일랜은 더욱 목소리를 높였다.
"당신들은 불만을 터뜨리지 않았나요. 쿠어 회장이 돈을 내놓지 않는다고, 끝까지 돈주머니를 틀어쥐었다고, 수전노라고 한 분도 있죠. 그런데 그가 파티에 돈을 씁니다. 어마어마한 돈을. 막대한 돈을. 과연 다른 사람을, 후계자를 위한 것일까요? 그렇다면 그 후계자를 사랑하는 게 아닐까요? 그와 동시에 쿠어 회장 자신을 위해 쓴 것은 아닐까요? 이 파티는 누구도 아닌, 자신을 위한 파티는 아니었을까요?"
그리고 아일랜은 자리에서 일어나 두 손을 배에 모으고 허리를 꼿꼿이 세웠다.
"드디어 저를 제대로 소개할 시간이 왔네요. 이제야 밝히지만, 전 더블픽셔사의 제 7섹션 '사랑' 파트에 소속되어 있으며 로맨스 소설을 쓰는 '아일랜 러비'라고 해요. 제가 좋아하는 것은 사랑에 관한 이야기들이죠. 아! 문득, 여기 오기 전, 호버 편집장에게 한 말이 떠오르네요. 세상을 바꾸는 것은 사랑, 세상에서 가장 위대한 것은 사랑이라고 했죠. 국가도 종교도 나이도 심지어 죽음도 초월하는 것은 사랑이라고. 그 말을 한 직후 이런 사건을 만나다니, 우연 치고는 기막힌 우연인 것 같네요... 이 사건에는, 사랑 말고, 그 어떤 것도 없으니까요!"

사람들은 여전히 충격에서 벗어나지 못한 듯했다. 아일랜은 그럴 줄 알았다며 고개를 끄덕였다. "아직도 믿어지지 않는다는 표정들이군요. 그럼, 다른 질문을 해 볼까요? 아마, 이것이 결정적인 증거가 되지 않을까 싶은데... 방금 제 소개를 할 때 짐작은 했지만, 여기 계신 분들 중에 혹시 제 소설을 읽어 본 분이 있던가요?"

사람들은 서로를 멀뚱히 쳐다보았다. 모두 고개를 갸웃거리거나 가로저었다.

"역시. 그렇군요... 사실 저는 이번 파티에 초대를 받았답니다. 그래서 이것을 가지고 있죠."

그가 플더 백에서 초대장을 꺼냈다. 빳빳하고 커다란 검은 종이를 보자, 집사는 그것이 무엇인지 아는 눈치였다.

"어떤 팬이 저를 파티에 초대했어요. 그런데 뜻밖에 살인 사건이 일어나는 바람에 까맣게 잊고 말았죠. 난생 처음 살인 사건에 캐스터로 입회해야 한다는 사실에 충격을 받아, 놀라고 당황한 나머지... 어젯밤에야 그 사실을 떠올렸어요. 그것만 일찍 알아차렸더라도 3차 진술까진 가지 않았을 텐데 말이죠... 그럼, 포더 집사님께 묻겠어요. 이 초대장은 누구의 지시로 발송했죠?"

"무, 물론, 회장님입니다. 초대할 사람을 정할 수 있는 분은 회장님뿐이죠."

"첫날, 여러분을 만나고 난 후, 저는 뭔가 이상한 느낌을 받았답니다. 모두들 저를 경계할 뿐이잖아요. 물론 저도 안정제를 복용한 터라 정신이 없었구요. 사실 제가 느낀 기묘한 괴리감은, 저를 알아보는 사람이 없었기 때문이었어요... 저를 초대한 팬이 여러분 중에 없다는 의미였으니까. 그렇다면 제 팬은 누구였을까요? 저에게 초대장을 보낸 사람은... 쿠어 회장이라는 말이 되죠. 저를 파티에 초대한 팬이자, 로맨스 스토리가 필요한 사람은 바로 회장이었다는 겁니다."

-세상에, 그걸 까맣게 잊고 있었네. 초대장! 그걸 받았지.
아일랜은 얼굴이 사색이 되었다. 그러자 뉴원이 말했다.
-그것 때문에 맨 처음 할 일을 결정할 수 있었습니다. 첫날 기록에서 아무도 당신을 알아보지 못했기에. 당신이 조수대 입회 캐스터라, 팬임을 밝힐 상황이 아닐 수도 있을 테니. 정말 당신을 모르는지 비밀리에 알아보기로 했습니다. 말씀드렸죠. 추리라는 것은, 과거에서 시작해 빈 부분을 메워 나가는 과정

이라고. 그 시작이 되는 출발선을 아일랜 씨 덕분에 정할 수 있었습니다. 첫날 진술에서 당신을 처음 본다거나, 이름을 몰랐던 사람들을 빼고, 두 사람이 남았습니다. 마크 씨와 컬린 부인이었죠. 그래서 이튿날 그 두 사람을 따로 만나 확인했습니다. 입회 캐스터 아일랜 러비에 대해 알고 있는 건 아닌지. 로맨스 소설가인 아일랜 러비의 팬은 아닌지 에둘러 질문했죠. 애나 양은 드레스 리폼 장식이 올 화이트라 다시 찾아가 살폈고요.

-그래서 저는 함께하면 안 된다고 했군요. 저에 대해 물어봐야 했기에. 이제야 섭섭함이, 아니, 궁금증이 풀리네요.

뉴윈은 조사 결과, 참고인들은 초대장과 관계가 없다는 것, 초대장을 보낸 주인공은 회장이라는 것을 알아냈다. 그렇다면 파티도 다른 관점으로 볼 수 있지 않을까. 장미꽃을 비롯, 온갖 아름다운 꽃으로 꾸며진 아름다운 파티 홀을 보며, 그는 이미 파티의 목적이 다른 것일 수도 있다고 생각하고 있었다. 눈앞에 드러난 파티 홀은 아무리 봐도 로맨틱한 이벤트 장소처럼 보였기 때문이다.

-아니나 다를까 조사해 보니 홀에 놓인 꽃들은 전부 사랑의 서약, 부케로 쓰이는 꽃들이었어요. 첫날 아일랜 씨가 이름을 다 불러 주기에, 그럴 거라 예상했지만요.

아일랜은 머리가 어질어질했다. 자신의 눈앞에 모든 게 펼쳐져 있었다. 그러나 선입견에 사로잡혀 하나도 보이지 않았다.

픽션를 읽지도 않았건만. 빵집 아저씨와 편집장에게 들은 이야기로 벌써 눈이 가려져 있었다.

뉴윈은 말을 이어 갔다.

-만약 내 생각이 옳다면, 그 상대가 있겠죠. 그를 찾기로 했습니다. 그것이 두 번째 조사였죠. 그런데 알아볼수록, 패밀리와 직원들은 파티의 진짜 목적을 모르는 듯했습니다. 그렇다면 이유는 두 가지겠죠. 내 생각이 틀렸거나, 회장이 파티의 목적을 철저히 감추고 있었거나. 앞의 경우라면, 사건을 다시 원점으로 돌려 개인적인 원한, 재산 때문에 벌어진 참극으로 포커스를 맞춰야 하고... 뒤의 경우라면, 무소불위의 권력을 가지고 있던 회장이 함구했던 비밀을 찾아야 했죠. 그리고 마침내 수상한 사람을 찾아냈죠. 파티의 목적을 알고 있는 듯한... 그럼에도 모르는 척, 시치미를 떼고 있던 그 사람... 그 사람이 침묵하는 이유를 알아내는 데도, 당신의 말이 결정적인 도움을 주었습니다. 당신이 이야기하지 않았나요. 사랑은......,

"사랑은 모든 것을 뛰어넘죠." 아일랜은 과장스럽게 두 손을 하늘로 향했다.

칼이 고개를 흔들었다. "도대체 무슨 말을 하는 건지 모르겠습니다. 그럼, 회장이 사랑에 빠져 프러포즈라도 할 생각이었단 말입니까? 저 여자에게?"

마크도 되물었다. "아니... 마담 매릴린에게 청혼할 생각이었다고요?"

헉스는 분한 듯 고개를 연신 끄덕였다. "제기랄. 불안하더라니. 내가 계속 이야기하지 않았어. 저 여자가 오고 나서 회장이 달라졌다고. 둔감한 나도 느낄 정도였다니까."

"아니, 그럼, 저 여우 같은 여자가 유산을 몽땅 독차지할 뻔했단 말이에요? 세상에! 회장이 파티 전에 죽었으니 천만다행이네요. 유산 상속에는 별 문제가 없겠죠?" 메리는 놀라움과 배신감으로 자제력을 잃은 듯했다. 마담을 노려보다가 아일랜에게 따져 물었다.

애나 또한 깜짝 놀라 가슴에 손을 대고 숨을 내쉬었다. "세상에... 하루만 시간이 더 있었으면....... ."

그러나 매릴린에게 위로의 말을 전하는 것으로 보아 그녀는 메리 부인보다는 이성을 찾은 듯했다. "회장님이 돌아가셔서 안 됐어요."

위로의 말을 들은 매릴린은 숨을 잔뜩 들이마셨다. 잠시 후, 어깨가 조금씩 흔들리는가 싶더니. 두 손으로 꼭 쥐고 있던 레이스 손수건을 들어, 눈 아래를 꾹꾹 누르기 시작했다.

그러자 아일랜이 그녀를 소개하듯 팔을 쭉 뻗었다. "드디어 그녀의 이야기를 들어야 할 때가 왔군요. 여기서부터는 마담이 이야기를 하는 게 좋을 것 같은데요. 매릴린 드 빌 채프먼

양, 당신의 이야기가 무척 궁금하군요... 쿠어 회장의 사랑을 알게 되고, 그를 죽일 때, 어떤 심정이었는지... 이제, 말씀해 주시죠."

그 요청의 말이 리셉션 룸 전체를 뒤흔든 듯했다. 경악의 파도가 사람들을 휩쓸고 지나간 듯. 모두들 얼마나 놀랐는지, 자리에서 엉거주춤 일어나 있었다. 그리고 입만 벌린 채로 아일랜과 매릴린을 번갈아 쳐다보았다.

아일랜은 슬픈 목소리로 말했다. "제가 말씀드리지 않았나요. 이 사건에는 사랑 말고는 아무것도 없노라고. 사랑은 아름답고 따스하고 숭고하기만 한 게 아니죠. 그것은 마치 알패스 산맥처럼 거대하고, 블리우 폭포처럼 소용돌이가 일며, 펜타치오 화산처럼 뜨거운 감정이 치솟고 있죠. 그리고 피와 죽음을 부르는, 세상의 파멸을 가져올 만큼 열렬한 질투라는 감정도 담겨 있어요."

멍한 얼굴로 마크가 되물었다. "하지만, 자신이 청혼을 받는 마당에 누구를 질투했다는 겁니까?"

"그녀가 아닙니다."

아일랜의 단호한 말에 다시 한 번 사람들은 침을 삼켰다. 그는 주어진 역할에 더욱 몰입했다. 만약 자신에게 자유롭게 설명을 맡겼으면 흥분해서 떠들어 댔을 것이다. 그러나 뉴원은 몇 번이나 '자신의 말을 잘 전해 달라'고 당부했다. 그 말이 마치 보이지 않는 끈처럼 아일랜을 칭칭 감고 있었다. 덕분에 한결 진정할 수 있었다. 그는 어젯밤 자신의 침실로 돌아간 듯했다. 발코니에서 달빛이 부서지고, 유령처럼 앉아 있던 뉴윈. 그가 된 듯, 이번에는 딱딱한 어조로 이야기를 했다.

"우리 속에도 이미 어릿광대가 살고 있습니다. 그것이 눈을 가리고, 진실을 덮어 버리죠. 바로 선입견입니다. 누구에게 어떤 경로로 주입되었는지 모르지만, 머릿속에 이미 강력한 이미지가 자리 잡고 있죠. 아름다운 여인과 못생긴 여인이 있으면 아름다운 여인을 사랑하게 된다, 80대 노인이라면 당연히 40대가 어울린다. 벌써 세 번째 말하는 건가요... 사랑은 모든 것을 뛰어넘는다고. 국경도 신분도 나이도 심지어 성별도. 사랑은 그 모든 것을 뛰어넘습니다. 물론 사랑에 빠지는 많은 경우가 아름다운 외모 때문이겠지만, 그것만큼 지독한 선입견도 없습니다. 사람의 매력은 무궁무진하고, 사랑에 빠지는 이유도 그만큼 무궁무진하다는 게 진실에 가깝지 않을까요? 소수의 아름다운 사람만 사랑을 쟁취할 수 있다면, 인류는 소멸했을지도 모르죠...... . 쿠어 회장이 사랑에 빠졌다면, 이번 파티가 그녀와의 미래를 꿈꾸는 것이었다면, 비슷한 조건을 가진 사람이 한 명 더 있습니다."

아일랜은 목이 타는 듯했다. "그녀는 마담과 함께 서던에서 내려왔으며, 마담과 함께 회장을 만나곤 했죠... 그리고 정원을 꾸미는 일에 대해 매일 회장에게 보고했습니다. 저 정원을 보셨나요? 자유로움이 느껴지는 독특한 정원을? 제가 사랑에 빠진 건, 바로 정원이었어요. 전, 주차장에서 정원을 내려다보자마자 가슴이 벅차올랐죠. 그렇게 독특하고 유니크한 정원은 난생 처음이었으니까요. 파티 홀은 아름다웠지만, 압도당할 뿐이었죠. 지금이라도 생각해 보세요. 만약 파티가 프러포즈를 위한 이벤트라면, 당사자가 그 장소를 직접 꾸미는 것은 말이 안 되죠. 마담은 가시에 찔려 가며 장미꽃을 날라 장식을 하느라고 손이 상처투성이였지 않습니까. 파티의 진짜 목적을 알게 된 시점에서, 메인 홀을 꾸미는 마담은 회장의 상대가 아닌 것으로 제외해야 하죠."

"그럼, 데이지를! 세상에. 그녀는 겨우 스물여섯이에요." 얌전한 애나가 경악하듯 외쳤다.

"그러니까, 회장이 절 초대한 겁니다. 자신의 구애를, 아름답고 숭고한 사랑으로 꾸며 쓸 소설가가 필요해서요! 오, 그러고 보니 애나 양, 당신의 증언도 도움이 됐습니다. 파티 드레스에 관해서요. 데이지 양은 서던에서 새 드레스를 받았으나, 마담은 레드 카펫용이라고 했죠. 즉, 이전에 입던 드레스를 입는다는 말인데, 자신이 프러포즈를 받는 주인공이라면 입던 드레스는 말이 안 되죠."

"매릴린이 데이지를 질투해서 회장을 무기로 쐈다는 건가요?" 마크가 어이없다는 듯 되물었다.

"반은 맞고, 반은 틀렸습니다. 일단 마담은 눈치를 채긴 했습니다. 감기와 사랑은 감출 수 없다는 속담처럼. 회장과 자주 접촉했던 마담은 회장의 감정을 알아차렸습니다. 데이지에게 말을 건네는 회장의 따뜻한 눈빛을 봤을 수도 있고, 혹은 회장이 데이지에 대해 여러 가지를 물었을 수도 있고요. 회장과 따로 만나고 대화하는 시간도 많았다고 하니. 그래서 그녀가 충동질했을 겁니다. 시한부 선고를 받은 그에게 파티를 열자고 말입니다. 데이지는 파티를 좋아한다고. 생명이 얼마 남지 않았다면, 남은 시간, 사랑받고 사랑을 주며 행복하게 마무리하는 게 좋지 않느냐고... 실제 어떤 말을 했는지 모르지만, 대략 이런 의도로 이야기를 전하지 않았을까 싶은데요. 그녀가 범인이라는 것은, 메인 홀과 파티를 생각하면 알 수 있습니다. 이 사건은 그 두 가지 조건이 맞춰져야 일어날 수 있으니까요. 파티 때문에 홀의 출입문은 하나만 남겨 두고 잠겼습니다. 사람들이 갑자기 나타날 수 있는 기회가 확 줄어들었죠. 반면 마담은 홀을 꾸며야 했으므로 거의 홀에 상주하고 있었습니다. 살인의 기회를 언제든 노릴 수 있게 됐죠. 즉, 파티를 계획할 때부터 살인 계획도 함께 세워졌다고 보는 게 맞을 겁니다."

미리 약을 먹어 둔 덕분에 아일랜은 거침없이 말을 이었다.

"계획적인 살인은, 대체로 '동기와 기회' 두 가지 조건이 필수입니다. 그리고 기회만 따져 보면, 마담이 범인일 확률이 가장 높죠. 홀에 상주할 뿐만 아니라 필요한 도구도 가지고 있으니까요. 저희 보조 캐스터의 사진에 잘 찍혀 있더군요. 작고 왜소한 회장의 사체와 커다란 리본 패널이, 크기도 비교하기 좋게 말이에요. 그런데 픽셔들이 '동기'를 없애 버린 겁니다. 새 유언장이 발표되기 전이라, 회장이 죽음으로써 가장 피해를 보는 사람은 마담이며, 마담은 회장을 죽일 동기가 없다고 저희들의 머리를 굳게 만들었죠."

아일랜은 고개를 끄덕였다. "저택의 주인이자, 파티의 주최자인 쿠어 회장이 시치미를 떼며 함구하고 있었다는 사실에 주목해 보세요. 유언장 발표라는 픽셔들의 오류를 정정하려 들지도 않았구요. 그건, 상대가 데이지였기 때문입니다. 만약 마담이 상대였다면, 파티의 목적을 감출 이유가 없습니다. 마담은 남편과 사별했으니까요. 이 저택에 와서 행복해했으며, 회장에게 호의적이었습니다. 아들인 레오도 회장님이 있는 게 좋다고 말했죠. 그녀가 사랑을 거절할 이유는 없습니다... 그러나 데이지였기에, 마담도 회장도 입을 다물어야 했죠. 제 생각으로는, 마담이 충고를 하지 않았나 싶지만요."

데이지는 얼굴이 새파랗게 질려 있었다. 숨을 쉬는 게 맞을까 싶을 정도로 굳은 채였다. 반면, 마담은 고개를 뻣뻣하게 든 채였다.

이제 아일랜은 입을 다물었고, 모든 사람이 매릴린을 주시하고 있었다. 그녀는 자리에서 일어나더니, 양옆의 패밀리를 훑어보며 입을 열었다.

"당신들의 모욕 같은 건 아무것도 아니었죠... 회장이 나에게 한 말에 비하면... 나에게, 감히 나에게 데이지를 사랑한다 하고는... 그리고 새 유언장의 내용은 이미 결정됐다고 했죠. 데이지에게 모든 것을 넘겨줄 거라고 말이죠."

유산이 날아갈 뻔했다는 말에 패밀리의 낯빛이 완전히 새파랗게 변했다.

"의사에게 시한부 선고를 받은, 이튿날, 내게 고백하더군요. 하지만 내가 말렸어요. 데이지의 마음을 확인한 후에 해도 늦지 않다고. 그랬더니 쿠어 회장은 자신이 거절당할 것을, 상상하지 못하는 거예요. 확인 같은 건 필요 없다기에, 한 번 더 완곡하게 말을 바꿨죠. 데이지가 망설일 것도 염두에 두어야 하지 않냐, 젊은 아이가 하고 싶은 일이 얼마나 많겠냐고 말이죠. 그랬더니 그가 곧바로 청하는 거예요. 혹, 그렇다면 제발 데이지를 설득해 달라고. 그리고 사흘이라는 시간을 주었죠. 명령하듯 말이에요." 그녀는 숨을 크게 들이마셨다.

"네. 맞아요. 그 사흘 동안, 전 모든 것을 계획했어요. 그리고 회장을 만나 프러포즈 이벤트를 성대하게 치르자고 얘기했죠. 데이지를 위한 파티를 열고, 거기서 수많은 주민들이 지켜보는 가운데 고백을 하자고. 데이지는 돈이 궁한 처지라 거절하기 힘들뿐더러. 황홀하고 성대한 파티에서 수백 명이 지켜보는 가운데, 회장님의 고백을 받는다면 어느 누가 거절할 수 있겠냐고, 꼬드겼죠. 사랑에 빠지면 바보가 된다더니. 그 대단한 쿠어 회장이, 알겠다고 내 말만 믿고 따르겠다고 하더군요. 그리고 제가 얘기했죠. 사랑의 서약에 맹세를 하면 수백 명이 지켜보는 가운데 데이지가 저절로 제 1상속자가 되니, 새 유언장은 천천히 써도 된다고 말이에요. 저택에는 방해할 인간들이 많아, 함구해야 한다는 것에는 우리 의견이 일치했고요."

후우... 깊은 한숨을 내쉬며 그녀는 잠깐 입을 다물었다. 그리고 아일랜을 쳐다보았다.

아일랜은 한 걸음 뒤로 물러나며 말했다. "마담, 마저 이야기를 하시겠습니까? 여기 캐스터는 없습니다. 제 명예를 걸고, 여기서 한 말은 밖으로 전하지 않겠습니다."

그녀는 고개를 저었다. "괜찮아요. 한때는 가십의 주인공이 되는 것이 일상이었으니까. 픽셔들이 돈을 벌기 위해, 내 이야기를 얼마나 써 댔는데요. 게다가 악의적인 왜곡이 아니면 나도 입을 다물고 있었죠. 악어와 악어새처럼 공생 관계라고나 할까. 젊을 땐 대중에게 잊혀지는 게 무서웠으니까요. 그런데 이제야말로 온 나라를 떠들썩하게 만든 주인공이 돼 보는군요. 지금까지 당신이 한 말 중에, 별로 정정하고 싶은 것은 없어요....... . 단지 회장의 고백을 들을 후, 내가 느낀, 엄청난 실망과 미칠 듯한 분노를 표현할 길이 없네요."

그녀는 마치 축복을 내리는 신부처럼 오른손을 가볍게 들었다. "당신을 용서하겠어요. 당신의 말이 아주 마음에 들거든요. 세상에서 가장 위대한 것은 사랑이다, 그리고 우리 모두 선입견이라는 어릿광대를 가지고 있다. 아마 그것에 가장 크게 사로잡혀 있던 사람은 바로, 나였을 거예요. 당연히 회장은 나를 사랑하게 될 거라고 믿었죠. 아름다운 나를. 그런데 데이지라니. 겨우 그깟 애를! 아침마다 식탁에 장식할 꽃을 들고 여기로 들어오면, 그는 발코니에서 정원을 내려다보고 있었어요. 항상 정원을. 한 번은 그 시선을 따라가 봤더니, 나무를 다듬고 있는 데이지에게 머물러 있더군요. 그 순간 정말, 아무, 생각 없이 물어봤어요....... . 데이지를 보는 거냐고....... . 그는 그렇다고 하더군요....... . 발코니에서 그녀를 보는 게 낙이라고. 그래서 시크릿 가든도, 시야를 가릴 큰 나무를 심는 일도 반대했노라고 말이죠... 그리고... 그녀가, 눈부신 미래가 있는, 젊은 그녀가 부럽고 좋다는 말을 했어요. 순간... 눈물이 왈칵 쏟아질 뻔했는데... 뭐랄까... 저 사람들이 내뱉던 그 징글징글한 퇴물이 된 느낌이랄까. 사랑을 받는 삶에서 완전히 물러나야 한다는 패배감이랄까, 그런 게 치솟았어요. 저런 평범한 시골뜨기 아이에게도 사랑을 빼앗기다니... 치욕스럽고, 화가 났어요. 그리고 그다음, 머릿속에 무언가가 쾅, 터지는 느낌이 드는 거예요. 거기서 더러운 붉은 불꽃이 이글거리며 타오르기 시작했죠. 내가 있는데, 데이지를? 왜 하필 데이지를! 생기가 넘친다고? 창창한 미래, 젊음을 가지고 있다고? 그 말들이 절 더욱 분노하게 만들었죠."

그녀의 몸이 분노로 떨렸다. 8000석 트리스탄 홀의 구석구석까지 전해지던 맑은 목소리가 또렷하게 사방으로 번져 나갔다. 그녀의 호소력은 대단했다.

그녀의 말을 듣고 있으니, 아일랜도 가슴이 저리는 듯했다. 패밀리들은 그녀에게 거의 완벽하게 감정 이입을 하고 있었다. 우리도 있는데, 데이지를? 왜 하필 그녀를! 모두 마담과 비슷하게 눈을 부릅뜨고 있었다. 아일랜은 그녀에게 감탄하고 말았다.

"미스터리 같은 게 아니예요. 당신들도 알고 있잖아요. 어떤 곳이든, 규모가 크고 사람이 많을수록 생활은 규칙적이 되죠. 혼자 사는 아파트에서나 자유롭지, 농장이 있는 큰집에 친척들만 모여도 식사 시간, 작업 시간 등은 정해지잖아요. 이곳처럼 대저택의 일상은 바쁜 것 같으면서도 일정하게 돌아가고 있죠. 놀고먹는 사람이 있었으면 위험했겠지만, 모두 쿠어 회장의 규칙에 따라 쳇바퀴 같은 생활을 하고 있었어요. 유일하게 제멋대로 나타나고, 어디든 갈 수 있는 자유로운 인물, 뜻밖의 목격자가 될 위험한 인물은 회장뿐이었지만, 그가 타깃이었으니 일은 쉬웠죠. 사흘 동안 회장을 죽일 계획을 하며, 파티를 떠올린 이유는 두 가지였어요. 먼저, 메인 홀의 장식을 제가 맡을 테니, 아일랜 씨 말씀처럼 드나드는 사람을 피해 기회를 노리기 쉽죠. 언제든 회장에게 접근할 수 있어요. 또 다른 이유는 포더 집사를 떼 놓을 수 있기 때문이었어요. 파티를 연다고 하면 그가 가장 바쁜 사람이 될 테니까요. 실행 날짜도 그렇게 정해졌죠. 집사가 가장 바쁜 날, 홀에 사람들이 드나들지 못할 때, 바로 파티 전날이죠. 수첩을 보고 집사의 일정을 알아낸 다음, 3시경부터 홀을 지키고 있었어요. 정전 때문에 3시가 아니라 4시로 미뤄지긴 했지만... 오후가 되자, 모두가 파티 준비로 더욱 바빠지고, 드디어 회장도 혼자 남게 됐죠. 전, 회장의 방으로 들어갔어요. 커플을 위한 장미 아치를 완성했는데 어디에 놓으면 좋겠냐고 묻고는. 그와 함께 난간으로 나와 여기저기 살펴본 다음, 회장에게 바로 이 아래를 장식하는 건 어떠냐고 물었죠. 그가 일어서서 난간에 의지해 아래를 내려다보더군요. 그다음은, 간단히, 힘이 많이 들지도 않고... 그대로 등을 떠밀었는데, 난간이 받침대 역할을 해 줘서 쉽게 떨어지더군요. 순식간에 끝났어요. 허무할 정도로. 그다음 1층으로 내려가 회장을 살핀 후, 그가 보이지 않도록 커다란 리본 패널로 가려 놓고... 데이지를 불러와 온실에 미리 쌓아 놓은 꽃 상자를 날랐죠. 시든 꽃 상자도 다 나르지 않고 홀 입구에 놔둬서 오갈 때 전부 상자를 들고 움직이도록, 시선을 못 돌리도록 만들었어요. 물론 홀은 넓고 화려해서 안쪽은 크게 눈에 띄지 않았지만 조심했죠. 그리고 데이지가 마지막 상자를 나를 때 얼른 패널을 치우고, 따라 나갔어요. 회장을 가린 패널 근처에 있다가 바로 치우고 달려간 데다, 양날의 문은 이중문이라, 레오가 보기엔 둘이 함께 나오는 것처럼 보였을 거예요. 아, 레오... 그 애가 학교에 가고 없는 게 얼마나 다행인지.”

그녀는 흠칫, 몸을 떨었다. 그리고 마치 잠에서 깬 사람처럼 주위를 둘러보았다. 지금에서야 자신이 한 일이 어떤 짓인가 깨달은 사람 같았다. “레오는, 학교에 있겠죠? 설마, 지금 여기, 몰래 돌아와 있지는 않겠죠? ... 하지만, 전, 보우 건은 쏘지 않았어요.” 허망하게 묻고는, 무너지듯 자리에 주저앉았.

아일랜은 사건의 진상을 마저 밝히기로 했다. “이미 둘 중 직접적인 사인을 밝히기 어렵다고 검시 소견서가 나왔습니다만... 보우 건을 쏜 사람은 따로 있습니다. 이 파티의 정체를 알아차린 사람이 한 명 더 있었죠. 다들 눈치채셨겠지만, 바로, 포더 집사입니다.”

데이지가 아버지를 바라보았다. 그녀는 눈물을 흘리며 고개를 가로저었다. “아... 니... 예요. 그럴 리가... 제발, 아니라고 말해줘요, 아버지.”

흠. 아일랜은 재빨리 헛기침으로 사람들의 입을 막았다. 그리고 말을 이었다. "36년간 회장의 수족이 되어 움직였던 집사는, 회장의 감정을 모를 수가 없습니다. 바자르를 막지 못한다고 헉스 씨에게 화를 내고, 데이지 양을 따끔하게 혼낸 메리 부인에게 호통을 치고. 회장은 자신의 감정을 고스란히 드러냈으니까요. 그리고 메리 부인이 마담이 최근에 기가 죽은 듯 얌전해졌다는 말도, 그녀가 회장의 상대가 아님을 보여 주는 것이죠. 만약 마담이 고백을 받았다면, 온실을 맡아 달라고 했을 때보다 더 위풍당당했을 테니까요... 그리고 보면, 레오에게 시킨 일도 전부 정원을 꾸미는 일을 돕는 것이었으며, 마담에게 온실을 맡길 때도 정원에 심을 꽃이 필요하다고 하지 않았나요... 우리에게 선입견만 없었다면, 회장이 했던 모든 말과 모든 행동을 보이는 그대로 해석했다면, 그의 감정이 한 사람에게로 향한 걸 알 수 있습니다. 늘 바라보던 정원, 그것을 가꾸는 데이지에게로 말이죠. 회장은 저택과 정원을 감시하는 게 아니라, 초록 잔디를 배경으로 움직이는 그녀를 바라보고 있었습니다."

아일랜은 고개를 끄덕였다. 그리고 말을 이어 갔다. "혹은, 집사가 눈치채기 전 회장이 말을 했을 수도 있구요. 생각해 보세요. 자신이 30년 넘게 부리던 사람의 딸입니다. 그 딸도 아랫사람일 뿐이죠. 집사에게는 더욱 거칠 것 없는 회장이었으니. 마담보다는 포더 씨에게 알리는 게 더 쉽지 않았을까요. 무엇보다, 파티를 열기 전에는 그 아버지에게 통보를 하든 이해를 구하든, 해야 하죠. 당신의 딸에게 프러포즈를 할 생각이라고 말이에요."

그리고 아일랜은 집사를 이해한다는 표정으로 바라보았다. "사랑 중에는... 우리가 감히 짐작할 수 없을 만큼, 넓고, 크고, 강한 사랑이 있습니다. 바로 부모의 사랑이죠. 그는 딸을 너무도 사랑했습니다. 그의 전부였겠죠. 그래서 딸을 지키기 위해, 회장을 죽일 수밖에 없었습니다."

그러자 사람들은 더욱 흥분한 듯했다. 패밀리들은 아무도 이해할 수 없다는 눈치였다.

"아니, 왜요." 메리 부인이 흥분해서 떠들었다. "그 많은 재산을 독차지할 수 있게 됐는데. 어처구니없이."

"가만히 있어도, 몇 천억 골드라고.", "딸을 위한다면, 오히려 기뻐할 일이지." 여러 말들이 쏟아져 나왔다.

"포더 씨. 저는 이유를 짐작하고 있습니다만, 이 분들을 위해 말씀해 주시죠. 그게 얼마나 끔찍한 일이었는지." 아일랜은 집사를 보며, 고개를 끄덕였다.

그 말에 꼿꼿이 앉아 있던 집사의 어깨가 무너진 듯했다. 그는 어깨를 앞으로 모아 두 손으로 얼굴을 가리고 말았다. 데이지가 아버지의 등을 감싸듯 끌어안고 울음을 삼키고 있었다.

"이해 따위를 구하는 게 아니었습니다. 당연히 회장님은, 통보하는 식이었죠. 파티를 준비하라고 말씀하시며, 데이지에게 청혼하는, 약혼 파티라고 하시더군요. 그렇게 알고 있으라고 하시고... 끝이었습니다... 회장님의 이야기를 듣자마자, 전 눈앞이 캄캄했습니다. 무슨 일이 일어난 건지 몰라... 불안하고 무서웠습니다. 제, 자신을 원망했죠. 딸에게 여기 내려오라고 말한 제가 너무나 원망스러웠습니다."

고개를 든 그의 눈에 눈물이 고여 있었다. "데이지의 행복이 저의 행복이었는데. 어느 날 저녁, 딸에게 넌지시 물어보기는 했습니다. 바자르가 청혼했던 이야기를 꺼내며, 여전히 결혼 생각은 없냐, 앞으로 어떻게 살고 싶으냐, 물었죠. 그랬더니 딸은 도리질을 쳤습니다. 그런 얘기는 당치도 않다고, 정원을 가꾸는 것이 좋으며 쇼가든 대회에 나갈 거라고 했죠... 이렇게 넓고 좋은 정원이 있는데, 여기서 평생 일할 수 있는데, 무슨 말이냐 되물었더니... 이 아이는 더 큰 세상을 볼 거라는 겁니다. 그리고 회장님이 돌아가시고 나면 실업자가 될 저를 위해 사무실을 차려서는... 화훼 농장을 다닐 때 운전수로 써 주겠다고... 최저 주급은 쳐 주겠노라며, 제 엄마를 꼭 닮은 얼굴로 웃는데... 정말 행복해 보였습니다. 데이지는 자유롭게 살고 싶어 했으며, 자신의 꿈을 소중히 여기는 아이였습니다. 이런 곳에 결코 가둬 둘 수 없는... 그래서 쿠어 회장님께 그 이야기를 전했습니다. 그런데 말도 안 된다고 하시며 화를 내시는 겁니다. 감히 말을 듣지 않겠다는 거냐며."

아일랜은 고개를 끄덕였다. 아마 그때가 한나가 얘기한 때였을 것이다. 포더 집사도 회장에게 혼이 났다던.

"데이지의 말을 듣지 않을 거라는 감이 왔습니다. 그분은 모든 것을 마음대로 해야 하는 분이었으니까요." 집사는 눈물을 흘리며 말을 이었다. "하지만, 사람을 죽인다는 것은 실로 끔찍한 일이라. 그건 회장님이 불같이 화를 내신 후에도, 생각해 본 적 없습니다. 결코, 상상조차 할 수 없는 일이었죠. 그런데, 그만....... 픽셔들이 쏟아져 나오는 겁니다. 세상에! 아직 열리지도 않은 파티에 대해, 얼마나 많은 말들이 쏟아지는지. 정말 공포스러웠습니다. 게다가 날이 갈수록 관심이 가라앉기는커녕, 점점 뜨거워지고 열렬해지는데... 저는 더욱 겁에 질리고, 공포에 질리고, 숨이 막혔습니다. 급기야 빅 올더로 메이저 캐스터들이 대거 모인다고... 아아... 그들이 밖에서 진을 치고 있는 파티에서, 데이지가 고백을 받다니... 그 이후, 펼쳐질 장면은 상상만으로도 지옥이었죠."

-84세 노인과 26세 처녀.

-쿠어 그룹 전 회장과 시골 처녀 데이지 포더.

-1조 6천억 골드 머니의 주인공.

하느님, 맙소사! 집사는 파들파들 몸을 떨었다. "픽셔는 우리 데이지에 관해 모든 것을 파헤칠 겁니다. 20년간의 삶을, 성격과 외모, 그 내면마저. 모든 것을 갈기갈기 파헤쳐 놓고, 제멋대로 찢어발겨 놓겠죠. 그리고 그 누구보다 먼저 패밀리들과 인터뷰를 할 텐데. 프러포즈를 눈앞에서 본 저들은 얼마나 분노하고 악의에 찰까요? 어떤 인터뷰를 하고 어떤 악담을 퍼부을까요? 당장이라도 데이지를 죽여 버리고 싶을... 헉스 씨와 메리 부인과도 인터뷰를 할 텐데... 제보랍시고 얼마나 자극적이고 끔찍한 이야기를 지어낼까요. 검증할 수도 없는 추측과 과거의 일들을 입에서 나오는 대로 지껄이면, 픽셔들이 실어 나르겠죠... 아, 제발 제 생각이 틀렸다고 해 주세요... 제발... 당신이 잘못 생각한 거라고. 그런 일은 일어나지 않는다고. 당신은 망상으로 회장님을 살해한 것뿐이라고...... . 흑."

그러나 그 애원은 도리어 그의 생각이 확실하다는 것을 상기시키는 듯했다. 다른 사람들은 몰라도, 여기 모인 사람들은 알고 있었다. 이미 유산과 파티에 관한 픽셔가 4십만 건이나 나왔다는 것을. 단 한 달여 만에 4십만이 건이 넘는 글이 쏟아져 나왔다는 것을.

"회장님은 그것이 얼마나 끔찍한 일이라는 것을 전혀 생각하지 못하셨습니다. 저택에서만 살면 된다고 하셨으니까요. 픽셔는 안 보면 그만이라고 하셨죠. 그러나 건강도 안 좋은 분이, 당장 내일이라도 돌아가시고 나면, 데이지는, 우리 딸은 어떻게 되는 거죠. 세상에 나가고 싶었던 우리 딸은요……. 파티가 끝나면 늦습니다. 그때는 세상의 모든 관심과 비난이 데이지에게 쏟아질 테니까요. 사람들은 수천억 골드 머니의 향방을 궁금해하며, 홀린 듯 픽셔만 보고 있지 않았습니까. 그런데 거기에 데이지가 등장하다니. 막대한 유산을 받을 제 1상속녀로. 얼마나 많은 픽셔들이 쏟아졌을까요? 어떤 섹션에서? 수많은 사람들이 상대적 박탈감과 허탈감을 느낄 테고, 그들의 분노와 혐오, 증오를 담은 픽셔는 날개 돋친 듯이 읽힐 테죠. 사람들은 데이지에게 분노하고 데이지를 혐오하겠죠. 돈만 보고 늙은이에게 접근한 파렴치한 처녀, 무서운 악녀, 더러운 창녀. 노력도 하지 않은 주제에 수천억 골드 머니를 가로챈 여자. 그게 우리 딸에게 평생 붙어 다닐 꼬리표인 겁니다."

　모두 거기서 온몸에 소름이 돋은 듯했다. 애나와 매릴린도 숨이 막힌 듯, 얼굴이 새파랗게 질렸다.

　"헉스 씨의 보우 건이 어디 있는지 알고 있었습니다. 그건 이미 애나 양이 오빠 몰래 훔쳐내, 물푸레나무 묘목을 심은 구덩이에 파묻었습니다. 딸을 찾아갔다 그걸 봤습니다. 그게 떠올랐지만 시간만 흘러갔습니다. 생각만 할 뿐. 매일 밤 악몽에 시달릴 뿐. 결국 파티 전날까지 아무것도 하지 못했습니다. 그리고 이제는 더 지체할 수 없는 때가 되었는데… 먼저 헉스 씨에게 동쪽 언덕 경비를 부탁드리려고 했는데, 마침 정전이 되어 발전기를 빌려 오라며 그를 마을로 내보냈습니다. 그리고 딸과 정원사들에게 정원을 깨끗이 치우라고 잔소리를 하고, 그들이 흩어지자 보우 건을 파냈습니다. 그리고 바지 허리춤에 차고 있다가... 늦은 오후에 마담이 없을 때를 노려... 레오에게 그녀가 데이지와 함께 온실에 있다는 얘기를 듣고, 홀로 들어가서는....... ."

어느새 애나가 데이지 곁으로 와, 그녀의 등을 토닥이고 있었다.

"회장님을 찾아가 그분의 이마에 보우 건을 대고 쏘아 자살로 위장할 생각이었습니다. 그런데 양날의 문으로 들어가 보니 계단 옆 바닥에 이상한 게 보이는 겁니다. 가슴이 무섭게 뛰는데. 가까이 다가가 보니 그분이 쓰러져 있고... 전 실수로 추락하신 거라 생각했습니다. 그래서, 정신을 차리시기 전에... 용기를 냈습니다. 무섭고도 끔찍한 용기를....... . 보우 건을 쏘고... 시간을 두고, 칼 의사에게 달려갔죠... 흉기는 헉스 씨에게 피해가 가지 않도록, 나중에 신고하러 갈 때 올트의 방 침대 밑, 판자 아래에 감춰 뒀습니다."

패밀리들은 말이 없었다. 뜻밖의 진상에 놀라기도 지친 듯, 멍하니 앉아 있었다.

아일랜이 말했다. "그렇군요. 직원들 방은 첫날 수색하고 끝이었으니. 직원들은 회장의 사망으로 저택에서 쫓겨날 처지가 된 데다. 범인은 틀림없이 패밀리 중 누군가라 생각해서... 그들 방은 꼼꼼하게 수색하지 못했거든요. 대신 종묘장 구덩이가 수상하다는 건 알았어요. 뭔가를 감추기 좋은 곳이라. 그런데 애나 양과 포더 씨가 거기 나타났더군요. 그리고 두 분 중, 포더 씨의 진술이 마음에 걸리는 거예요. 회장이 쓰러져 움직이지 못하는 걸 보고, 칼 씨에게 달려갔다는데. 사실 그런 상황이면 피가 먼저, 눈에 띄지 않았을까요? 그런데 그의 진술에는 피에 관한 이야기가 없길래, 이상하다 생각했죠. 물론 제 생각일 뿐, 쓰러진 모습이 더 눈에 띄었을 수도 있지만요."

잠시 침묵이 흘렀다. 데이지의 흐느끼는 울음소리만 리셉션 룸에 가득 찼다.

"허, 참... 회장님 곁에 집사가 붙어 있으니, 그를 피해 사건을 저지른 게 대담하다 생각했는데... 범인이 포더 집사일 줄이야." 헉스가 기가 차다는 듯 중얼거렸다.

이야기를 마친 집사는 여전히 떨고 있었다. 그러다 포기한 듯, 체념한 듯, 자리에서 일어나 정중하게 허리를 굽혀 인사를 했다. 그리고 간절한 목소리로 애원하기 시작했다.

"여러분께 마지막 요청이 있습니다. 제발, 부디, 제 부탁을 들어주시길 바랍니다. 우리 데이지는 빼 주십시오. 저는 어제 저분들의 말씀을 듣고, 제가 한 일을 고백할 생각이었습니다.

여기 있는 분들이 혐오의 대상이 된다니, 우리 딸도 포함해서 말이죠. 마음이 무척 무거웠습니다... 그래서 제 죄를 고백하고 죗값을 달게 받을 생각이었습니다. 그러니 부디 우리 딸만큼은... 심리에서 증언하실 때도, 캐스터와의 인터뷰에서도... 언급하지 않으셨으면... 하고 부탁드립니다. 제가 회장님을 평생 모셨으나, 유산에서 배제되는 바람에, 화가 나 일을 저지른 것으로... 부디 그렇게 말씀해 주시길....... . 우리 데이지를 부탁드립니다." 나이에 비해 성성한 백발이 그의 고통을 보여 주는 듯했다.

그러자 마담도 자리에서 일어나 같은 말을 했다. "저도 그렇게 말해 주시죠. 질투가 아니라 돈 때문에 한 짓으로요. 아들을 위해 좀 더 많은 몫을 요구하다 다툼이 일어서 그를 밀친 것으로 해 주세요. 사랑을 뺏긴 패배자보다는 돈에 눈이 먼 악녀가 훨씬 낫죠. 사람들도 그 이유에 더 공감할 거구요."

아일랜은 깜짝 놀랐다. 뉴윈이 예견한 대로, 그들이 마지막 부탁을 청했기 때문이었다.

-어차피 '살인 동기'는 피의자, 즉 범인이 고백하는 것으로 끝납니다. 범죄를 증명하는 증거는 있을 수 있으나, 동기처럼 심리를 뒷받침하는 증거는 찾기 어렵죠. 때문에 범죄의 동기란, 순전히 범인들의 생각과 진술에만 의존하게 돼 있어요. 그

러니 혹시 마담과 포더 집사가 미처 이런 생각을 하지 못했다면, 아일랜 씨가 한 번 제안해 주세요. 동기는 순전히 돈 때문으로 하자고요... 데이지 양과 레오 군에게 사람들의 시선이 몰리지 않았으면 합니다. 너무나 가혹한 짐이에요.

아일랜이 패밀리들을 돌아보았다. "두 분의 이야기를 듣는 게 좋지 않을까요. 그게 오히려 돌아가신 쿠어 회장의 명예도 지킬 수 있을 것 같은데요."
얼마 시간이 흐른 후. 칼이 먼저 입을 열었다. "포더 집사의 말대로 합시다. 여기서 나온 말들이 결코, 밖으로 새 나가지 않도록 모두 입단속을 하도록 하죠. 유산 문제가 얽혀 있는데. 유산을 분배하는 일은, 쿠어 회장의 의사가 가장 중요하니까. 조금이라도 밖으로 새어 나가면, 소송에 휘말려 유산을 뺏길 것을 각오해야 할 거예요."
"하... 참, 데이지는 걱정하지 말아요. 어쨌든 당신은 우리의 은인인 셈이니까요." 기가 차다는 듯, 한숨을 쉰 메리 부인은 매릴린을 보고도 같은 이야기를 전했다. "레오도 저택에서 나가는 일은 없을 거예요."
그러자 아일랜이 통신기를 이용해, 대원들을 불렀다. 이미 범인에 대해 간략히 들은 윌킨스와 캐롤이 2층으로 올라와 포더 집사와 매릴린을 데리고 나갔다.

패밀리들은 자리를 지키고 있었다. 데이지는 조용히 눈물만 흘렸다. 애나가 데이지의 손을 꽉 잡고, 오빠를 바라보았다.

그 눈빛을 본 헉스가 머리를 거칠게 긁으며 큰 소리로 외쳤다. "제기랄. 어쨌든 우리가 저 두 사람에게 제일 좋은 변호사를 구해 줘야 해. 저들이 아니었으면 유산이 통째로 날아갈 뻔했으니까. 휴."

컬린이 고개를 끄덕였다. "실력이 좋은 변호사를 여럿 알고 있어요. 남편 때문에... 쭉, 연락하고 있었거든요. 그들을 소개할 게요. 뭐, 간단한 법률 지식으로도 마담은 기껏해야 '과실치사'가 될 거고, 회장의 추락이 실수인지 고의인지 알 수 없으니까요. 잘하면 사체를 감춘 것 정도로 끝날 거예요. 그리고 포더 집사는 '우발적 살인'이나 '시체 훼손' 정도가 될 거예요. 그건 계획 살인과 형량이 완전히 달라질 테죠."

마크가 고개를 끄덕였다. "사망을 확인하지 않고 보우 건을 쏘았으니, 계획적이고 잔인한 살인이라고 볼 근거가 없습니다. 그건 거의 팩트에 가깝죠... 그래서 전, 얼마 전 포더 집사가 회장에게 혼이 나 화가 난 상태였다, 그러다 실수로 추락한 회장을 보고 욱하는 마음에 보우 건을 쏜 것 같다, 흉기는 딸이 일하는 종묘장에서 우연히 발견했는데, 헉스에게 돌려주려고 가지고 있었다고 한다, 이렇게 법가원에서 진술할 겁니다."

"그래요. 남편의 말이 맞아요. 우리 모두 똘똘 뭉쳐야 해요."

메리 부인의 목소리에 힘이 들어갔다.

애나가 친구를 보며 고개를 끄덕였다. "나도, 나도, 심리에서 그렇게 증언할 거야. 그러니까 힘을 내, 데이지."

어느새 한마음이 된 그들은 데이지를 바라보고 있었다.

사람들을 돌아보던 데이지가 마침내 고개를 끄덕였다. 그리고 눈물을 닦으며, 입을 열었다. 처음 아일랜이 들었던 대로, 종소리처럼 맑고 단단한 어조였다.

"네... 힘을 낼 게요... 이제는 제가 아버지를 지켜 드려야 하니까요."

좀 더 패밀리에 가까워진 듯한 그들을, 아일랜은 가만히 지켜보았다. 뉴윈의 말이 다시 떠올랐다.

-사실, 어릿광대가 부정적인 면만 있는 것은 아니죠. 우리 모두 자의든, 타의든, 언제 어디서든 어릿광대가 될 수 있고요. 부디 어릿광대 저택의 패밀리들이 긍정적인 결정을 내리길 바랍니다. 사실, 그들 모두 고생을 했으니까요.

-고생요?

-네. 단 사흘이지만 그들이 어떤 생활을 하고 있는지 직접 보고 놀랐어요. 그들의 일과는 오전 8시에 시작해서, 저녁 만찬을 마치면 오후 9시가 넘더군요. 하루 세 번의 식사, 한 번의 티 타임을 회장과 함께 해야 하고. 맡은 일에 대해 각자 꼼꼼히

보고를 해야 하고. 마크 씨는 잠도 제대로 못 자며, 장부를 들여다봐야 했죠. 주말도 없이 말입니다. 그들이 하는 업무량을 보면, 윌킨스 씨보다 세 배의 급여를 받는 게, 결코 플러스인 것 같지는 같던데요... 쿠어 회장은 사람을 부리는 면에서 정말 탁월하더군요... 그리고 그가 자신의 저택을 '어릿광대 저택'이라고 불렀다는 게... 다른 패밀리를 가리키는 말이 아니라, 스스로를 가리키는 말인 것 같다는 생각이 들었습니다... 쿠어 회장이야말로, 패밀리들이 고된 현실을, 진실을 보지 못하도록 눈을 가린 어릿광대였던 게 아닐까요. 마크 씨에게 패밀리의 장부를 맡겨 보고하게 하고, 모두가 보는 데서 누군가를 혼내고. 그들이 서로를 미워하며 백안시하게 만든 것도 바로 쿠어 회장이 아닐까, 하는 생각이 드는데요... 솔직히 그가 정말 유산을 그들에게 나눠 줬을지도 의심스러워요. 죽음이 눈앞에 닥쳤을 때, 그가 자신의 명망을 위해, 유산을 어떻게 처분했을지는 모르는 일이니까요. 오직 저택에서만 살았으니 뜻밖의 사건, 사고에 휩쓸리는 일은 없었을 테고. 침대에서 유언을 바꿀 시간은 충분했겠죠.

뉴원의 이야기는 패밀리들에게도 해당되는 말이었다. 과연 이들이 오늘의 엔딩을 끝까지 지켜 나갈 수 있을 것인가. 남은 날들은 많고... 인간의 탐욕은 끝이 없으므로... 앞으로 어떻게 전개될지 누구도 모르는 일이다.

  아일랜은 우려와 걱정을 감출 수 없었으나 이제 자리에서 일어나기로 한다. 그는 냉정한 시선으로 패밀리들을 쳐다본 다음, 의자에서 일어나 사람들에게 목례를 했다. 그리고 플더백을 챙겨, 회장의 룸을 빠져나왔다.

* 에필로그   DAY-4 오후 5:40

3일 만에 재개된 열차를 타기 위해 승객들이 몰려들고 있다. 빅 올더와 육지를 연결하는 유일한 교통편이라 이용객이 밀린 듯했다.

일찌감치 역사에 도착한 뉴원은 커네리크호가 승강장에 들어서자 곧바로 열차에 올랐다. 사람들을 피해 2호 객차의 맨 뒷자리까지 찾아가 굳이 역방향 좌석을 선택해 앉았다. 가방을 내려 놓고 잡지를 꺼내 들었으나, 결국 창밖을 보며 생각에 잠긴다.

사건의 전모라고 알려 주었지만... 사실, 그것이 진실인지는 누구도 모르는 일이다... 진실에 한없이 가깝다는 것도 자신의 생각일 뿐.

그러나 사건보다는, 어젯밤 아일랜과의 대화가 더욱 마음에 걸려 있다. 그의 마지막 질문이 워낙 뜻밖이었기 때문이다.

아일랜은 사건에 대한 이야기를 다 듣고도 한동안 침묵을 지키기만 했다. 그러더니 잠시 후, 뜻밖의 이야기를 꺼냈다.

"혹시 뉴원 씨는, 과거, 어떤 사건에 휘말리지 않았나요? 혐오, 혹은 혐오 섹션의 픽셔 때문에요. 오늘밤이 대화를 나눌 수 있는 마지막 기회인 것 같으니, 조금이라도 얘기를 해 줬으면 해요."

마지막이란 말에 망설이기는 했으나. 결국 뉴윈은 고개를 가로저었다. 그래도 작가는 포기하지 않고 다시 청해 왔다.

"이번에 절 도와줬으니, 저도 도울 수 있는 일이 있을까 해서 묻는 거예요. 그게 아니라도 사건 정도는 알려 줄 수 있잖아요. 어차피 범죄 사건이라 제가 알 리도 없구요."

그 바람에 그 대답을 하고 말았다. "....... 범죄 사건이 아니라 사고로 남아 있습니다. 11년이나 된 일이고요. 어머니가 그 사고에 휘말려 돌아가셨죠."

그러자 그의 얼굴이 새파랗게 질렸다. "아... 어머니가... 돌아가셨군요. 전, 범죄 사건인 줄 알았는데, 사고였다니... 어쩔 수 없는 일이지만... 안타깝네요."

어쩔 수 없는 사고... 거기서 뉴윈의 균형이 더욱 무너진 듯했다. 결코 하지 않으려고 했던 이야기가 입 밖으로 흘러나오고 말았다. "어쩔 수 없는 일이... 아니죠... 어쩔 수 없는 사고라는 말은 당치 않습니다. 사고의 99%는 막을 수 있는 일이니까요. 자연재해라면 모를까. 아니, 자연재해조차도 인간이 환경을 파괴하며 급속도로 늘어났으니, 어쩔 수 없는 일이 아니죠. 게다가 그것은 엄연히 살인이었습니다... 당시 현장에 범인이 있었거든요."

"네? 그럼 진짜 살인 사건이란 말이잖아요. 틀림없이 픽셔들이 쏟아지고 범인을 추적했을 텐데. 아직도 사고로 남아 있다니... 믿을 수가 없어요." 아일랜의 눈은 전등만큼 커졌다.

뉴윈은 다시 저도 모르게 대꾸하듯 말을 쏟아 냈다. 누구에게도 밝히지 않으려고 했던, 가슴 깊이 묻어 둔 이야기들이었다. "이미 말씀드렸다시피, 픽셔로 나오지 않을 뿐, 지금 이 순간에도 사건, 사고는 일어나고 있습니다. 그러나 픽셔에 나와야 '일어난 사건, 일어난 사고'가 되죠. 죽음에도 황금이 결탁된 것을 알고 있나요? 돈이 되는 죽음과 돈이 되지 않는 죽음이 있다는 걸요. 픽셔에 막대한 돈을 벌어 주는 죽음과 땡전 한 푼 도움이 되지 않는 죽음이 있어요... 당시, 피해자들은 모두 무연고 사망자로 처리됐습니다. 일부는 부랑자들이었고요... 화재 사고로 처리됐을 뿐이죠."

"아니, 사고라도... 어떻게... 그런 참담하고 끔찍한 일이 묻혀지는 게... 가능하죠?"

거기서 용케 입을 다물었다. 그다음은 아주 길고 긴 이야기였으므로... 차마 할 수가 없었다.

그러나 조금이라도 이야기를 꺼낸 것이 못내 마음에 걸린다. 후회와는 약간 다른 심정이다. 잘한 듯싶기도 하고, 어리석은 짓을 한 것 같기도 하다.

아무리 급박한 상황에 쫓겨도, 말해야 할 것과 하지 말아야 할 것을 구분할 줄 안다고 생각했는데... 아닌가 보다. 이상하게 그 작가에게는 휩쓸리듯 이야기를 하게 된다.

그러나 뉴원은 다시 긍정적으로 생각하기로 한다. 실제 아일랜에게 도움 받을 일이 있을 수도 있지 않은가. 아일랜은 '어릿광대 저택의 살인 사건'을 계기로, 단번에 이름을 알렸다. 오늘 점심 무렵 나온 그의 픽셔는 조회 수 1위에 등극했으며, 작가 또한 캐스터 트렌드 차트 44위에 올랐다. 만약 그가 사랑이 아닌 분노나 혐오 섹션으로 픽셔를 발표했다면 순위는 더 올라갔을지 모른다.

픽셔라는 말의 어원은 'fictioner' 픽션을 쓰는 작가라는 의미이다. 때문에 알고 보면, 픽셔와 캐스터는 같은 말이다. 결국 글이 존재하는 게 아니라 글을 쓴 사람들만 존재하며. 팩트가 존재하는 게 아니라, 팩트라고 말한 사람이 존재할 뿐.

이제는 기사 대신 픽셔가, 기자라는 말 대신 캐스터라는 용어가 쓰이고 있으며, 말을 다룰 줄 아는 사람들만 남아 있다. 진실도 없고, 사실도 없으며. 오직 감정을 자극하는 '스토리'만 있는 시대인 것이다.

수많은 사건 사고를, 감정을 자극하는 스토리로 바꿔 써 내는 캐스터들은, 추종하는 사람들의 머릿수로 급이 나뉜다.

메이저 캐스터가 되면 아주 짧은 픽셔라도 조회 수가 100만이 넘으며, 그 메이저 캐스터의 대부분이 분노와 혐오 섹션의 캐스터들이다.

그런데 엉뚱하게 사랑 섹션의 픽셔로 아일랜 러비가 세상에 알려졌으니.

하루 한 번 운행하는 기차가 출발 준비를 마친 듯했다. 역사 안에 전자음이긴 하지만 기적 소리가 삐익, 하고 길게 울렸다. 출발을 알리는 그 소리는, 옛 열차의 기적 소리와 아주 흡사했다. 바퀴가 구르고 차체가 덜컹거릴 것만 같다. 그러나 전자기 열차는 매끄럽게 앞으로 나아갈 것이다.

열차가 출발하자 뉴원은 비로소 마음이 놓이는 듯했다. 무엇이 불안했는지 알 수는 없지만. 안도의 숨이 절로 나온다.
그는 푸른 바다가 나타나기를 바라며 창밖으로 시선을 던졌다. 그때였다.
짝짝짝.
문득, 머리 위에서 박수 소리가 들렸다. 순간, 심장이 쿵 내려앉고 만다. 곧이어, 허스키하지만 빠르고 수다스러운 목소리가 햇빛처럼 뉴원의 정수리로 쏟아져 내렸다.
"어머, 저도 집으로 돌아가는 길인데. 여기서 만날 줄은 몰랐네요. 여기 앉아도 되죠?"
왼편으로 고개를 돌리지 않아도, 흑백 체크 무늬가 시야 끝에 어른거리고 있다.

후우... 회색 남자의 머릿속에 복잡한 곡선들이 선회하기 시작했다.

4시 40분 도착, 5시 44분 출발. 하루 한 편 운행하는 열차에서 만날 줄 몰랐다니. 게다가 앞에 빈자리가 한두 개가 아닌 것을 확인했는데. 그럼에도 불구하고 2호 객차 마지막 좌석까지 찾아왔다면... 우연일 리 없다.

역시 이 상황은 인과 심리학 응용 편에 나오는 네 번째 예로, 결코 우연이 아니며... 이 대화의 진짜 목적은 우연을 가장한 접근. 귀찮은 것은, 여기서 '네'라고 대답하면 상대방이 이쪽 영역으로 들어올 것을 확실히 각오해야 한다고, 책에서 미리 경고해 놓았다는 점이다.

뉴원은 천천히 고개를 돌렸다. 발그레하게 붉어진 얼굴로 미소를 짓고 있는 작가는 거절당할 것은 생각하지 않는 듯. 벌써 테이블과 좌석 사이로 통통한 엉덩이를 밀고 들어오는 중이다. 결국 그는 가볍게 고개를 끄덕일 수밖에 없었다.

아일랜은 플더 백을 통로 쪽에 놓고, 뉴원의 맞은편 창가 자리에 앉았다. 핑크빛 두 손을 깍지 껴 턱을 받치더니, 후우, 안도의 숨을 내쉬자마자 수다스럽게 떠들기 시작한다.

"아아. 마침 잘됐어요. 다시 만난 김에 저 좀 도와주세요. 정말 곤란한 문제가 생겼지 뭐예요. 난처해 죽겠어요. 어떡하죠? 방금 역까지 조안 팀장이 차를 태워 주는 거예요. 배웅해 주겠다는 말에 전 아무 생각 없이 차에 올랐죠. 그걸 거절했어야 했는데. 역에 도착해 내렸는데, 그녀가 악수를 건네며 이렇게 말하는 거예요. '이제는 사건도 해결됐으니, 아일랜 씨의 책을 읽을 수 있게 됐네요. 서던의 비밀스러운 밤과 발코니에서 들려오는 거친 숨결인가 그랬죠? 하하 잘 기억하고 있어요.' 라고 말이죠. 어떡하죠, 그거 19금 소설인데. 남에게 소개할 만한, 그럴듯한 제목으로만 뽑다 보니. 그만 내용은 생각하지 못했어요. 팀장님이 읽고 충격을 받지는 않겠죠? 그래도 성인이 잖아요. 물론 그런 적나라한 묘사를 읽은 적은 없겠지만. 하지만 그건 사랑을 나누는 아름다운 장면일 뿐이라구요."

조안의 웃음소리를 흉내 내기까지 하는 그는 정말 난처해 보였다.

잠시 생각에 잠긴 후, 뉴윈은 고개를 들었다. 그리고 천천히 가로저을 수밖에 없었다.

"……. 제 생각입니다만, 그건 아무도 도와줄 수 없는, 아주 심각한 문제인 것 같은데요."

작가의 말

작가로서 작품을 쓸 때 지향하는 제1목표는, 재미있는 이야기를 좀 더 쉽게 써 보자는 것입니다. 그에 더해 이번 작품에서는 다른 욕심도 생겼습니다. 그 하나가 바로, 이 시대에 어울리는 새로운 추리 소설을 써 보자는 것이었습니다.

작금의 시대란 아마, 해석하는 사람에 따라 수천수만의 모습으로 규정될 것입니다. 그러나 저는 글을 쓰는 작가이므로 제 관점으로 보자면, 이 시대는 수많은 지식과 정보가 경계 없이, 한계 없이 교류하는 때인 것 같습니다. 또한 삶에 꼭 필요한 지식과 정보뿐 아니라, 재미와 흥미를 유발하는 가벼운 농담과 사담도 폭포수처럼 쏟아지고 있는 때입니다. 그리고 이 모든 현상이 가능한 바탕, 고갱이는 바로 '말과 글' 덕분이 아닐까 합니다. 때문에 한마디로 제 눈에 비친 '이 시대'란 말과 글이 넘쳐 나는 시대인 것입니다.

거기서 문득 아이디어가 떠올랐습니다. 어쩌면 이 시대 추리 소설에서는 그 무엇보다 말과 글이 최고의 트릭이 되지 않을까, 라는 생각이 든 것입니다. 그리하여 미스터리 소설의 황금기에 나온 위대한 작품들의 형식을 빌려 와 조금 색다른 추리소설을 써 보자고 마음먹었습니다.

작품을 완성한 지금, 저는 궁금할 뿐입니다. 과연 어릿광대 저택의 사건에 초대된 독자분들이 한 권 가득 채워진 말과 글에 속지 않고, 추리를 해 나갈 수 있을 것인가. 참고인들의 수많은 진술 중 필요한 것을 선별하고 앞뒤 내용을 비교해 모순점을 찾아낼 수 있을 것인가. 그렇게 추리를 시작한 사람이라도 끝까지 말과 글에 속지 않고 사건의 진상에 다가갈 수 있을 것인가. 궁금하고 흥미롭기도 합니다.

그에 더해, 이 작품 역시 쉽고 재미있게 독자분들에게 다가갈 수 있기를 바랄 뿐입니다. 지금은 화려하고 실감 나는 영상에 재미있는 스토리가 결합된 멀티미디어 창작물이 넘쳐 나고 있습니다. 스토리가 재미있을 뿐만 아니라, 그 형식 또한 오감을 자극하고 만족시키는 형태로 만들어진 작품들이 시공간을 넘어 교류되고 있습니다. 때문에 대중들은, 흰 것은 종이요 검은 것은 글씨인, 단순하기 짝이 없는 책이라는 창작물로부터 더욱 멀어진 듯합니다.

그러나 책은 책만의 재미가 있습니다. 문자는 영상과 결합되어 폭발적인 시너지를 발휘하겠지만, 또한 완전히 문자만으로 이루어진 작품도 그만의 재미가 있다고 생각합니다. 소설은 소설만의 재미가 있다고 믿고 있으며, 부디 이 작품이 그 재미를 담고 있기를 바랍니다.

  물론 이러한 목표나 바람 외에 많은 이야기가 담겨 있는 소설입니다. 아주 많은 이야기가 담겨 있으나, 지금부터 이 책의 주인, 새로운 창작자는 바로 독자 여러분입니다. 여러분들이 책을 읽으며 더 많은 이야기, 더 재미있는 이야기들을 찾아내 주시길 기다릴 뿐입니다.
  저는 다시 제자리로 돌아가 새로운 미스터리 소설 '휴먼 체인지'에 매진할 생각입니다.
  부디, 다음 작품에서도 만나 뵙길 바라며 인사를 마칩니다.

어릿광대 저택의 살인 사건

초판 1쇄 인쇄 2022년 2월 22일
초판 1쇄 발행 2022년 3월 5일
지은이 노원
펴낸이 김선화
펴낸곳 포문출판
표지, 삽화 jjubu4
등록   2017년 11월 6일 (제 2017-000005호)
주소   경남 양산시 동면 석금산로 171
전화   055-367-3282
팩스   055-367-3288
이메일 alalcnf448@gmail.net
ISBN   979-11-964143-7-5 (03810)

*이 책은 저작권법에 따라 보호받는 저작물이므로 무단전재와 복제를 금지하며, 이 책의 내용 일부 또는 전부를 이용하려면 반드시 저작권자와 포문출판사의 서면동의를 받아야 합니다.

*파본은 구입하신 서점이나 본사에서 교환해 드립니다.

*책값은 뒤표지에 있습니다.

*이 도서의 정보는 서지정보유통지원시스템 홈페이지 (http://seoji.nl.go.kr)에서 확인할 수 있습니다.